Knaur

Von Paul Harding sind außerdem erschienen:

Das Haus des roten Schlächters
Das Lied des dunklen Engels
Das Parlament der Toten
Der Kapuzenmörder
Der Mörder von Greenwood
Der Prinz der Finsternis
Der Zorn Gottes
Die Galerie der Nachtigallen
Sakristei des Todes
Tod auf der Themse

Über den Autor:

Paul Harding ist das Pseudonym eines englischen Historikers. Der Autor versteht es, das mittelalterliche London mit all seinem Glanz und seinen Schatten wachzurufen.

Paul Harding

Die Hitze der Hölle

Roman

Aus dem Englischen
von Holger Wolandt

Knaur

Die englische Originalausgabe erschien unter dem Titel
Satans Fire bei Headline Book Publishing PLC, London

Besuchen Sie uns im Internet:
www.droemer-knaur.de

Vollständige Taschenbuchausgabe April 1998
Droemersche Verlagsanstalt Th. Knaur Nachf., München
Copyright © 1995 by P.C. Doherty
Published by arrangement with
Headline Book Publishing LTD., London
Copyright © 1998 der deutschsprachigen Ausgabe bei
Droemersche Verlagsanstalt Th. Knaur Nachf., München
Alle Rechte vorbehalten. Das Werk darf – auch teilweise –
nur mit Genehmigung des Verlags wiedergegeben werden.
Umschlaggestaltung: Agentur Zero, München
Satz: Ventura Publisher im Verlag
Druck und Bindung: Elsnerdruck, Berlin
Printed in Germany
ISBN 3-426-63074-5

2 5 4 3

*Meinem neugeborenen Sohn
Little Paul (Mr. T.T.)*

Prolog

An den Ufern des Toten Meeres, wo die Dschinns und Teufel von ihrem ständigen Kampf gegen den Menschen ausruhen, stand auf einem Felsen die aus Sandstein errichtete Festung von Am Massafia, der Bau des Scheichs Al-Jebal, des Alten Mannes der Berge. Die Pfade, die zum Bau des Alten Mannes führten, waren schmal, verschlungen und schwer zu finden. Geier, deren Schatten den Wanderer ständig begleiteten, kreisten über ihnen. Das letzte Stück des Weges führte auf einer schwankenden Hängebrücke über einen tiefen Abgrund und wurde von Schwertkämpfern aus dem Sudan bewacht. Ihre breiten Krummschwerter, die am Gürtel hingen, waren wie Rasiermesser. Hatte der Besucher jedoch erst einmal diesen fürchterlichen Abgrund und ein eisenbeschlagenes Tor passiert, dann fand er sich in einem Palast mit Mosaikfußböden und kühlen Innenhöfen mit sprudelnden eiskalten Brunnen wieder, die Schutz gegen die Sonne boten. Pfauen stolzierten umher, und Papageien krakeelten in den Rosengärten oder raschelten im dunklen Laub der Maulbeerbäume. Die Innenhöfe waren von Spalieren umgeben, an denen sich seltene exotische Pflanzen emporrankten, die die trockene Luft mit ihrem Duft erfüllten. Weihrauchfässer, die in Ecken oder auf Borden standen, sandten ihren gelbbraunen Rauch in den ewigblauen Himmel.

Doch unter der Festung verbargen sich Räumlichkeiten, die einen ganz anderen Charakter hatten: dunkle und heiße Gänge, fensterlose, stickige Gelasse. Hier flackerte nur gelegentlich einmal eine Fackel vor dem blutroten Sandstein. Die Kerker des

Alten Mannes der Berge beherbergten viele Gefangene. Einige waren schon lange tot. Ihr Fleisch war verwest, und ihre Knochen nahmen in der Hitze eine immer gelblichere Färbung an. Andere waren verrückt geworden, kauerten wie Tiere angekettet in den Kerkern oder liefen auf allen vieren wie Hunde, ließen die Zunge heraushängen und heulten gegen die Dunkelheit an. Ihnen sah der Wahnsinn aus den Augen. In einer Zelle jedoch wand sich der Unbekannte, der andersgläubige Ritter mit flachsblondem Haar und wasserblauen Augen, auf fauligem Stroh und sann auf Rache. Einzig der Traum von Vergeltung hielt die nachtschwarzen Gedanken und die Dämonen, die ständig nach seiner Seele trachteten, auf Abstand. Haß, Wut und dieses glühende Verlangen nach Rache ließen ihn seinen Verstand behalten und trieben ihn auch dazu, sich körperlich zu stählen. Er versuchte die Gedanken an die Schrecken, die ihn umgaben, zu verdrängen und lebte ständig in der Vergangenheit. Er dachte an die schreckliche Nacht, in der die mächtige Stadt Akka den Türken in die Hände gefallen war. Immer wieder erinnerte er sich an das Donnern der Kesseltrommeln. Es hatte die Stürmung der Stadt durch die muslimischen Horden begleitet. Die schwerbewaffneten Regimenter der Mamelucken hatten die Wallanlagen überwunden, waren über Leichen und zerstörte Rammböcke geklettert, hatten die verwundeten Ritter zurückgeworfen und von den Straßen der Stadt Besitz ergriffen. Der Gefangene blinzelte, hob den Arm und schaute auf den weißlichen Schorf, der Arme und Beine bedeckte. Er schloß die Augen und bat, daß Gott sein Leben erhalten möge. Er betete nicht darum, vom Aussatz geheilt zu werden, sondern darum, so lange am Leben zu bleiben, daß er Rache üben könne.

In den prächtigen luftigen Räumen weit oberhalb des Kerkers saß Scheich Al-Jebal, der Alte Mann der Berge, und sah auf einen von einer Mauer umgebenen Garten mit einem Marmorbrunnen, der funkelnden Wein in die von Blütenduft erfüllte Luft schleuderte. Er schaute mit opiumverschleiertem Blick auf Pavillons, die mit Seidenteppichen ausgelegt waren, und auf geflieste Säulengänge, in denen junge Männer mit tscherkessischen Mädchen lagen und im Haschischrausch vom Paradies träumten. Die paradiesische Stunde dauerte jeden Tag, bis die Befehle des Alten Mannes erfolgten. War der Würfel einmal gefallen, dann zogen diese jungen Männer in weißen Roben mit roten Schärpen und in scharlachroten goldbestickten Pantoffeln von der Festung in die Täler, um diese nach dem Willen ihres Herrn heimzusuchen. Niemand vermochte sich ihm zu widersetzen. Niemand entging je seinem Todesurteil. Zwei Dolche in roter Seide neben dem Kopfkissen und ein Stück Sesambrot an einem auffälligen Platz waren eine Warnung vom Alten Mann der Berge, daß seine Meuchelmörder bald ihre Arbeit ausführen würden, die Tage des Betroffenen gezählt waren.

Der Alte Mann drehte sich um und legte sich auf den purpurnen Seidendiwan zwischen seine nackten Konkubinen, deren Haut golden glänzte. Sie murmelten im tiefen Schlaf des Rausches, und er starrte an die Zedernholzdecke seines Gemaches, die mit Intarsien aus Gold und Diamanten geschmückt war. Unruhig setzte er sich auf und betrachtete die leblosen Vögel aus Gold und Silber mit emaillierten Flügeln und funkelnden Augen aus Rubinen. Der Scheich streckte die Hand nach dem Tisch neben dem Bett aus, auf dem sich ihm auf goldenen Tellern und in Kelchen aus farbigem Glas die süßesten Weine und die reifsten Früchte darboten. Er hatte genug gegessen und getrunken und empfand Langeweile, doch es gab einige Dinge, um die er sich kümmern mußte.

»Was nützt es dem Menschen«, murmelte Scheich Al-Jebal und zitierte die Christen, »wenn er die ganze Welt gewinnt und leidet doch Schaden an seiner Seele?«

Am Vortag waren Boten mit Nachrichten aus der großen Welt eingetroffen, mit Gerüchten von den geschäftigen Märkten

Alexandriens und Tripolis' sowie aus dem Westen aus den Ländern der Ungläubigen, aus Rom, Avignon, Paris und London. Der Scheich erhob sich vom Diwan. Er reckte sich, und ein Sklave, der in einer Ecke gewartet hatte, eilte mit einem weißen Umhang aus dünnem Stoff herbei und legte ihn vorsichtig seinem Herrn um die Schultern. Der Alte Mann schenkte ihm keinerlei Beachtung. Er ging zu einer kleinen Nische, zog einen goldgeprägten Ledervorhang beiseite und betrachtete seine Schachfiguren aus Elfenbein.

»Es ist der Wille Allahs!« murmelte er. »Es ist der Wille Allahs, daß ich in dieses Spiel eingreife.«

Er nahm die Figur des Königs und, sie auf seiner Wange hin und her bewegend, durchmaß er den Raum und ließ sich auf seinem thronähnlichen Stuhl nieder. Er dachte an die ungläubigen Könige des Westens, Edward von England und Philipp von Frankreich, und an seine unversöhnlichsten Feinde, jene Soldatenmönche, jene Tempelherren mit ihren roten Kreuzen, großen Burgen und ihrer unglaublichen Macht. Er spielte mit der Figur des Königs und lächelte träge.

»Es ist an der Zeit«, murmelte er, »daß ich mich unter die Menschen begebe.«

England und Frankreich standen kurz vor der Unterzeichnung eines wichtigen Friedensvertrags. Der Templerorden würde sich diesen Frieden zunutze machen und die Aufmerksamkeit der westlichen Könige und Prinzen auf die Wiedereroberung Jerusalems und weiterer heiliger Stätten richten. Erneut würde man die Flotten Venedigs, Genuas und Pisas vor der Küste Palästinas sehen. Die Templer würden ihre Burgen mit Nachschub versorgen, und die großwüchsigen Ritter in eisernen Rüstungen aus dem Westen würden die Küste überschwemmen, ihre Fahnen über Akka, Damaskus, Tripolis und Sidon aufziehen und überall ein riesiges Blutbad veranstalten. Man munkelte seltame Dinge, erzählte sich seltsame Geschichten, die der Alte Mann der Berge kaum glauben mochte, die er jedoch in seinen Plan einbezogen hatte. Er schloß die Augen und flüsterte die drei geheiligten Botschaften der Meuchelmörder, der Assassinen, die sie jedem ihrer Opfer zukommen ließen.

Wisse, daß wir kommen und gehen, wie es uns beliebt, und daß Du uns nicht daran hindern kannst.
Wisse, daß Dir all Dein Besitz abhanden kommt und schließlich uns zufällt.
Wisse, daß wir Macht über Dich besitzen und daß das so sein wird, bis wir unsere Mission erfüllt haben.

Er öffnete die Augen. Wenige entkamen einer solchen Botschaft, nur einem, Edward von England, war es bisher gelungen. Auf einem Kreuzzug in Palästina hatte sich ein vergiftetes Messer in seine Schulter gebohrt. Aber der Gnade Gottes und der Pflege seiner Frau war es zu verdanken gewesen, daß er von dem Gift wieder genesen war. Der Alte Mann der Berge spielte mit den Ringen an seinen Fingern. Er mußte sich die Geheimnisse, die er kannte, zunutze machen. Aber wie, fragte er sich, konnten die Meuchelmörder auf Edwards kalte und neblige Insel gesandt werden? Er spielte weiter mit den Ringen und betrachtete das Funkeln der wertvollen Steine. Dann hob er den Kopf. Es gab noch andere Arten, einen Mann umzubringen, als ihn von einem Skorpion stechen zu lassen.
»Bringt den Gefangenen her!« flüsterte er in die von Düften erfüllte Luft. »Laßt den Ungläubigen frei, den Ritter, den wir den Unbekannten nennen. Er wird tun, was ich von ihm verlange!«

Etwa drei Monate später waren Lady Cecilia und Lady Marcia vom Orden des heiligen Benedikt auf der alten Römerstraße unterwegs, die zu dem Stadttor Yorks führte, das den Namen Botham Bar trägt. Es dämmerte bereits, dunkel erhoben sich die nassen Wälder zu beiden Seiten der Straße. Die Nonnen, in braune Trachten aus Wolle gehüllt, ritten die besten Zelter ihres Klosters und schwatzten angeregt, um ihre Besorgnis zu unterdrücken. Ihre Angst hielt sich jedoch in Grenzen, denn ihr Begleiter, Thurston of Guiseborough, der vor ihnen herging, war ein kräftiger, etwas untersetzter Bauer. Er trug einen kurzen und schmalen Schild auf dem Rücken sowie Schwert und Dolch im Gürtel. In seiner kräftigen Faust hielt er eine Keule, mit der er einen Ochsen hätte bewußtlos schlagen können. Die beiden Nonnen liebten es, einander angst zu machen. Ab und zu schauten sie hastig zur Seite und auf die regenfeuchten Bäume und gedachten der Römer, die diese Straße gebaut hatten. Die Geister dieses Volkes der Antike lebten in den von Weinranken umwucherten Ruinen inmitten des feuchtkalten Waldes, in denen Eulen, Füchse und Dachse hausten.

Die Angst der guten Nonnen wuchs, je dunkler es wurde und je mehr nächtliche Geschöpfe am Rande des Weges sichtbar wurden. Ein Wildschwein brach krachend mit funkelnden Fangzähnen aus dem Unterholz hervor. Füchsinnen heulten den aufgehenden Mond an, und in einem zwischen den Bäumen verborgenen Weiler kläffte ein Hund verzweifelt, vermutlich, weil er sich vor der Dunkelheit fürchtete. Die beiden ritten enger beieinander und versuchten sich im stillen zu trösten. Wer würde zwei Frauen, die ihr Leben Gott geweiht hatten, schon etwas zuleide tun? Tatsächlich vertrauten sie jedoch mehr auf Thurstons schwere Keule und auf die bevorstehende Ankunft des Königs in York. Man hatte die Landstraßen und Waldwege von Räubern und Vagabunden gesäubert. Außerdem ließ die Anwesenheit derart vieler Sergeanten des mächtigen Templerordens Schurken, Verbrecher und Geächtete die Stadt York meiden. Die beiden Nonnen unterhielten sich über die Templer, jene Männer in eisernen Rüstungen mit sonnengebräunten Gesichtern, die über ihren Kettenpanzern einen weiten Umhang aus

Wolle trugen mit einem blutroten Kreuz, das sechs Spitzen hatte. Die Nonnen waren eben erst an Framlingham, dem prächtigen Landsitz der Templer, vorbeigekommen. Die schon halb im Dunkeln liegenden Gebäude hatten sie zu ihrer Unterhaltung über diese außergewöhnlichen Männer veranlaßt. Die Templer waren Soldatenmönche, die enthaltsam lebten und ihr Leben dem Krieg verschrieben hatten. Sie besaßen große Reichtümer und kannten die seltsamsten Geheimnisse. Die beiden Nonnen hatten dies während ihres Aufenthalts im Mutterkloster in Beverley erfahren. Im Refektorium hatten sich die Nonnen darüber unterhalten, wie die Tempelherren in den Klosterhof geritten waren und Proviant für sich und ihre Pferde verlangt hatten. Sorgfältig hatten sie einen gedeckten Wagen mit einer Truhe mit sechs Schlössern bewacht, in der sich, wie sie von Schwester Perpetua erfahren hatten, eine Reliquie von erstaunlicher Wirksamkeit befand.
»Warum hätten sie sonst«, hatte Schwester Perpetua abschließend gesagt, »den Wagen von Rittern, Soldaten und Bogenschützen, alle mit den Insignien des Ordens, bewachen lassen?«
Lady Cecilia und Lady Marcia hatten sich während ihres langen Ritts über die verschiedenen Gerüchte über die Templer unterhalten. Jetzt begannen die Eulen zu rufen, und die beiden überlegten, ob die Templer wohl einen Fluch über das Land gebracht hatten.
»Wir leben wirklich in fürchterlichen Zeiten«, sagte Lady Marcia. »Überlegt doch nur, Schwester, gab es sonst schon einmal Regen zu Saatzeiten? Die jungen Triebe verfaulen auf den Feldern, und der Weizen schimmelt in der Ähre.«
»Ja«, entgegnete Lady Cecilia, »es wird schon von einer Hungersnot geredet und davon, daß die Armen ihr Mehl mit Kalk mischen.«
»Und dann diese anderen Geschichten«, fuhr Lady Marcia fort.

»Bei Hull hat ein Hilfsgeistlicher drei Hexen gesehen, die drei Fuß über der Erde auf ihn zugeritten kamen und ...«
»Und bei Ripon«, unterbrach sie Lady Cecilia und war begierig, auch mit ihrem Wissen zur Unterhaltung beizutragen, »hat man den Teufel zur Mittagsstunde unter dem Ast einer Eberesche gesehen. Er schaute mit seinen fürchterlichen Augen in Richtung des Klosters.«
Die zwei Schwestern hörten vor sich ein Geräusch. Lady Cecilia schrie auf und zügelte ihr Pferd. Thurston ging weiter und verfluchte halblaut die beiden ständig schwatzenden Frauen. Dann blieb er stehen und spähte die Straße entlang.
»Da ist nichts«, meinte er in seinem langsamen Yorkshire Dialekt, »obwohl ...« Er unterdrückte ein Grinsen und kratzte seinen zerzausten Bart.
»Was?« fuhr Lady Cecilia ihn an.
»Nun«, meinte Thurston zögernd und genoß die Situation außerordentlich, »es gibt da Gerüchte ...«
»Gerüchte worüber?«
»Seit die Templer wieder in York sind«, fuhr Thurston fort und starrte in die Dunkelheit, »erzählt man sich von Teufeln, die aussehen wie Wiesel und auf riesigen gelbbraunen Katzen diese Straßen entlangreiten.«
Die beiden Nonnen rangen nach Luft.
»Oder auch«, Thurstons Stimme war jetzt nur noch ein Flüstern, »wie vor Walmer Bar, wo Beelzebub höchstpersönlich gesichtet wurde. Er trug einen purpurroten Umhang und eine schwarze Kappe auf seinem Kopf.« Er ging zurück und schaute Lady Cecilia in ihr faltiges Gesicht. »Er sah fürchterlich aus«, meinte er mit heiserer Stimme. »Er hatte eine riesige Adlernase, glühende Augen, haarige Hände und Beine und Füße wie ein Greif.«
»Das reicht«, unterbrach ihn Lady Marcia. »Thurston, Ihr macht uns angst. Wir sollten schon lange in York sein.«

Ja, dachte Thurston, das sollten wir auch, schon seit einer Stunde, und das wären wir auch, wenn ihr nicht dauernd über Kobolde, Templer, Dämonen und Magie geredet hättet. Er schaute in den sternenübersäten Himmel.
»Macht Euch keine Sorgen, meine Gnädigen«, rief er über die Schulter. »Noch zwei Meilen, und wir haben Botham Bar erreicht, wenn Ihr Eure Pferde zu einem schnelleren Gang veranlassen könntet, wären wir noch eher dort.«
Den beiden Nonnen mußte man das nicht zweimal sagen. Sie bohrten ihren Pferden die Fersen in die Flanken und riefen Thurston zu, er solle nicht zu weit vorausgehen. Ihr Führer lief weiter und freute sich darüber, diese beiden wohlgenährten Klatschweiber aufgescheucht zu haben, die seit ihrem Aufbruch aus Beverley mehr über den Teufel als über ihre Weihen gesprochen hatten. Doch unvermittelt blieb er stehen. Er kam vom Lande, war ein geborener Wilderer, kannte den Wald und wußte daher, welche Geräusche und Gerüche Gefahr bedeuteten und welche er nicht weiter beachten mußte. Jetzt stimmte etwas nicht. Er hob die Hand. Schweißperlen bildeten sich auf seiner Stirn, und sein Herz schlug schneller. Er nahm in der Nachtluft einen schwachen Rauchgeruch wahr, und da war noch etwas – ein Geruch von versengendem Menschenfleisch. Thurston kannte den Geruch. Er konnte sich noch sehr gut erinnern, als die alte Hexe auf dem Markt von Guiseborough verbrannt worden war. Das ganze Dorf hatte noch Tage später gestunken, als hätte die alte Frau die Luft im Augenblick ihres Todes verflucht.
»Was ist los?« kreischte Lady Cecilia. Sie mühte sich, die Kontrolle über ihr sonst immer so zahmes Tier zu bewahren. Es war unruhig, weil es den Geruch ebenfalls wahrgenommen hatte.
»Ich weiß nicht«, entgegnete Thurston. »Horcht!«
Die beiden Frauen lauschten, und da hörten sie es auch: der wilde Hufschlag eines Gauls, der den Weg entlang auf sie zukam. Thurston führte ihre Pferde hastig an den Rand des Weges,

da tauchte das andere Pferd auch schon in wildem Galopp vor ihnen auf. Es hatte den Hals ausgestreckt und die Ohren angelegt. Thurston fragte sich eine Sekunde lang, ob es ihm wohl gelingen würde, das durchgegangene Tier aufzuhalten. Das Pferd sah sie, blieb abrupt stehen, bäumte sich seitlich auf und galoppierte dann weiter. Thurston gefror das Blut in den Adern: Die Beine, einzig die Beine des Reiters, steckten immer noch in den Steigbügeln.
»Was war das?« flüsterte Lady Cecilia.
Thurston sank, die Hand vor den Mund gepreßt, in die Knie.
»Thurston!« schrie Lady Marcia. »Was ist los?«
Der Führer wandte sich ab und übergab sich. Dann ergriff er den Weinschlauch, der an Lady Cecilias Sattelknauf hing. Er beachtete die Proteste der beiden Frauen nicht weiter, öffnete ihn und trank mit großen Schlucken.
»Wir sollten unseren Weg fortsetzen.« Er verschloß den Schlauch, warf ihn Lady Cecilia zu und ging dann weiter, ohne sich noch einmal umzudrehen. Sie kamen um eine Kurve und näherten sich ängstlich einem gewaltigen Feuer, das am Waldrand brannte. Lady Marcia mußte bei dem schrecklichen Gestank würgen, ihr Pferd ging nur sehr widerwillig. Sie warf einen Blick auf das Feuer, das den Rumpf eines Mannes verzehrte, schrie laut auf und fiel wie ein nasser Sack aus dem Sattel. Bei dem scheußlichen Anblick war sie ohnmächtig geworden.

1

York. Mariä Verkündigung 1303

Ich brauche es, weiß Gott!« Edward von England fuhr sich mit der Hand durch sein stahlgraues Haar und schlug dann mit der Faust auf den Tisch im Refektorium des Klosters St. Leonard bei York. Der Faustschlag hallte in dem langen weißgekalkten Raum wider. »Ich brauche Geld!« rief der König.

Die Kommandanten des Templerordens, die wichtigsten Offiziere des Kriegerordens der Christenheit, ließen sich von der Vorstellung des englischen Königs jedoch nicht einschüchtern. Alle vier schauten an das andere Ende der Tafel. Hier saß Jacques de Molay, der Großmeister ihres Ordens, gerade erst aus Frankreich eingetroffen, auf einem Stuhl mit hoher Lehne und hielt die Hände wie zum Gebet gefaltet.

»Nun?« brüllte Edward. »Wollt Ihr mir jetzt eine Antwort geben, oder wollt Ihr mir Euren Segen erteilen?«

»Eure Hoheit, wir sind nicht Eure Untertanen!«

»Bei allem, was recht ist, einige von Euch sind das sehr wohl!« fauchte Edward ihn an. Er richtete sich auf, straffte die Schultern und klopfte mit seinem Zeigefinger auf die Tafel. »Auf dem Weg hierher bin ich an Eurem Gut Framlingham mit seinem eleganten Torhaus, seinen großen Feldern und Weiden, Teichen und Obstgärten vorbeigekommen. Dieses Land gehört mir. Das Vieh, das dort grast, gehört mir. Die Spatzen, die in den Bäumen nisten, und die Tauben in Euren Taubenschlägen sind ebenfalls mein Eigentum. Mein Vater hat Euch dieses Gut gegeben, ich kann es Euch jederzeit wieder wegnehmen!«

»All unsere Habe«, entgegnete de Molay mit leiser Stimme, »kommt von Gott. Es wurde uns alles von edlen Prinzen wie Eurem Vater zum Lehen gegeben, damit wir unseren Kampf gegen die Ungläubigen fortsetzen und die heiligen Stätten in Outremer zurückerobern können.«

Edward von England war sehr versucht, ihm entgegenzuhalten, daß die Tempelherren dabei bisher ja offensichtlich versagt hatten. Sein dunkelhaariger Bevollmächtigter, der in einer Fensternische saß, fing seinen Blick auf und schüttelte unmerklich den Kopf. Edward atmete hörbar durch die Nase aus und schaute auf die polierte Stichbalkendecke.

»Ich brauche nun einmal Geld«, erklärte Edward. »Mein Krieg in Schottland nähert sich seinem Ende. Wenn ich ihn nur erwische, diesen Halunken, dieses Irrlicht Wallace ...«

»Mit Frankreich befindet Ihr Euch aber zur Zeit nicht im Krieg«, unterbrach ihn de Molay. »Ihr und Seine erlauchte Majestät Philipp IV. seid drauf und dran, einen Vertrag über einen ewigen Frieden zu unterzeichnen.«

Edward bemerkte den ironischen Unterton und unterdrückte ein Grinsen.

»Euer Sohn«, fuhr de Molay fort, »Euer gesetzmäßiger Thronerbe, der Prinz von Wales, wird die Tochter Philipps IV. heiraten, die Prinzessin Isabella. Sie hat eine reiche Mitgift.«

John de Warrenne, der Earl of Surrey, der links vom König saß, mußte aufstoßen. Der Blick seiner wasserblauen Augen wich nicht einen Moment von de Molays Gesicht. Edward trat de Warrenne mit dem Stiefelabsatz auf die Zehen.

»Der gute Earl«, entschuldigte ihn Edward, »reagiert vielleicht gelegentlich nicht allzu elegant, Seigneur de Molay, doch Ihr verspottet uns. Isabella ist erst neun Jahre alt. Es dauert noch drei Jahre, bis sie heiraten kann. Ich aber bin gezwungen, in den

nächsten Monaten Geld aufzutreiben. Im Sommer muß eine neue Armee in Schottland einsatzbereit sein.«
Edward schaute die vier Kommandanten des Templerordens verzweifelt an. Sie werden mir doch sicher helfen? Sie sind Engländer. Sie kennen die Probleme, mit denen ich zu tun habe. Die wettergegerbten Züge von Bartholomew Baddlesmere, dessen Haupt so kahl war wie ein Taubenei, zeigten jedoch kein Mitleid. Neben ihm saß William Symmes, sein Antlitz von Narben übersät. Über dem linken Auge trug er eine schwarze Augenklappe, sein dünnes blondes Haar hing strähnig um ein schmales und niederträchtiges Gesicht. Von ihm hatte er nichts zu erhoffen. Beide waren sie durch und durch Tempelherren. Abgesehen von ihrem verdammten Orden, interessieren sie sich für nichts. Edward versuchte Blickkontakt zu Ralph Legrave aufzunehmen, der vor zwanzig Jahren Ritter an seinem Hofe gewesen war. Jetzt trug er den weißen Umhang der Templer mit dem roten Kreuz. Legraves offenes, jungenhaftes Gesicht mit jungfräulich glatter Haut zeigte jedoch kein Mitgefühl mit seinem ehemaligen Herrn. Gegenüber von Legrave saß Richard Branquier, ein hochgewachsener, schon etwas gebeugter Mann, der Großkaplan der Templer in England. Er wischte sich gerade mit dem Handrücken die Nase. Sein kurzsichtiger Blick wich dem des Königs aus. Statt dessen sah er mit resignierter Miene in die vor ihm aufgeschlagenen Bilanzbücher.
Er ist ein ganz gewöhnlicher Krämer, dachte Edward, und hält mich für nicht sonderlich kreditwürdig. Edward schaute auf seine unter dem Tisch geballten Fäuste. Ich würde ihnen gerne die Köpfe einschlagen. Neben ihm scharrte de Warrenne mit den Füßen und wiegte langsam den Kopf. Edward ergriff dessen Handgelenk und hielt es fest. De Warrenne war nicht der klügste seiner Earls, und Edward wußte, was geschehen konnte. Wenn dieses Treffen noch länger dauerte und die Templer nicht allmählich nachgaben, dann würde de Warrenne nicht zögern, sie

zu beschimpfen oder auch zu Tätlichkeiten zu schreiten. Edward sah zu dem Mann in der Fensternische und folgte seinem Blick in den Innenhof. Unberechenbarer Idiot, dachte Edward. Sir Hugh Corbett, Hüter des königlichen Geheimsiegels, sollte eigentlich hier zur Rechten des Königs sitzen, statt aus dem Fenster zu starren und sich nach seiner flachsblonden Frau zu sehnen. Das Schweigen in dem Refektorium wurde immer bedrückender. Die Templer glichen geschnitzten Statuen.

»Soll ich Euch anflehen?« fauchte der König.

Edward kratzte an einem Flecken auf seinem purpurnen Umhang. Er beobachtete aus dem Augenwinkel, wie Branquier sich zu de Molay hinüberbeugte und diesem etwas ins Ohr flüsterte. Der Großmeister nickte nachdenklich.

»Der Schatzkanzler des Königs hält sich in York auf?« erkundigte er sich.

»Ja, die Staatskasse befindet sich hier, aber sie ist verdammt leer!« entgegnete Edward.

Branquier zog eine Hand unter seinem Hauptbuch hervor und ließ eine Goldmünze über den Tisch tanzen. Edward fing sie geschickt auf. Dann schaute er sie an, und sein Herz setzte einen Schlag aus. Er schnitt eine Grimasse in Richtung de Warrennes.

»Noch eine!« flüsterte er und gab sie an seinen Gefährten weiter. Der Earl sah sie neugierig an. Sie war so groß wie ein Shilling und schien frisch geprägt. Auf beiden Seiten war ein schlichtes Kreuz. Er wog die Münze sorgfältig in der Hand.

»Nun«, meinte Edward spöttisch, »ist das alles?«

»Ihr sagt, daß der Staatsschatz erschöpft ist«, Branquier beugte sich über den Tisch und deutete auf die Münze, die de Warrenne inzwischen von einer Hand in die andere warf, »und doch tauchen diese Münzen im Augenblick in ganz York auf. Frisch und sauber geprägt. Werden sie nicht von Eurem Schatzamt in Umlauf gebracht?«

»Nein, allerdings nicht«, entgegnete Edward. »Seit meiner Ankunft in York sind Dutzende dieser Münzen aufgetaucht, aber sie stammen nicht aus unserer Münze.«

»Wer sonst könnte über solche Goldreserven verfügen?« fragte Branquier, »und wie können sie nur solche wertvollen Münzen in Umlauf bringen?«

»Das weiß ich nicht«, antwortete Edward, »aber wenn ich es wüßte, dann würde ich das Gold beschlagnahmen und den Lumpen aufhängen lassen, der die Münzen geprägt hat!« Er zog einen Shilling aus der Tasche, der dünn wie eine Hostie war, und warf ihn ans andere Ende des Tisches. »Das hier stellt unsere Münze her, Sir Richard, sogenanntes Silbergeld. Sie enthalten soviel Silber wie, hm, meine Hände!«

»Aber wer würde solche Münzen fälschen?« fragte de Molay, der sich von dem Thema nicht abbringen ließ. »Wer hat das Gold und die Möglichkeit, derart wertvolles Metall zu prägen?«

»Ich weiß es nicht«, brüllte Edward. »Und mit Verlaub, Seigneur, ist das allein unsere Angelegenheit. Die Falschmünzerei gilt in diesem Reich als Hochverrat. Ich verstehe nicht, was diese Sache mit unseren Geschäften zu tun haben soll.«

»Unseren Geschäften?«

»Einer Anleihe von fünfzigtausend Pfund Sterling«, entgegnete Edward.

Die Templer rutschten auf ihren Stühlen hin und her und schüttelten die Köpfe.

»Könntet Ihr nicht«, meinte Baddlesmere und schaute Branquier an, »Philipp von Frankreich um eine Anleihe bitten? Die er später gegen die Mitgift seiner Tochter verrechnen würde? Schließlich sitzt Philipps Gesandter, Sir Amaury de Craon, in der Vorratskammer des Klosters und läßt es sich dort gutgehen.«

Edward warf einen Blick zu Corbett. Der Bevollmächtigte hatte die Ohren gespitzt, als der Name seines Erzfeindes und politischen Gegners gefallen war.

»Was haltet Ihr davon, Sir Hugh?« rief Edward zu ihm hinüber. »Soll ich Euch nach Frankreich schicken, damit Ihr meinen Bruder in Christo bittet, seinen Staatsschatz für mich zu plündern?«
»Ihr könntet mich genausogut auf den Mond schicken, Sir. Philipp ist vermutlich ebenso bankrott wie Ihr.«
»Worum handelt es sich denn wirklich bei Eurem Anliegen?« ergriff jetzt de Molay wieder das Wort. »Um eine Anleihe oder ein Geschenk?«
Edward strahlte über das ganze Gesicht. Er zwinkerte Corbett zu. Endlich waren die Templer zu Verhandlungen bereit.
»Wenn Ihr mir ein Geschenk anbietet, de Molay«, meinte er spöttisch, »dann sage ich natürlich nicht nein.«
»Nur unter folgender Bedingung«, erwiderte der Großmeister. »Ihr müßt den Besitz der Templer in England und in der Gascogne unter Euren Schutz stellen ...«
Edward nickte bereits heftig.
» ... Freizügigkeit für unsere Kaufleute garantieren und unsere Kirche in London anerkennen sowie unsere bewegliche und nicht bewegliche Habe.«
Der König war außer sich vor Freude. »Ja, ja«, murmelte er nur.
»Und uns ein Viertel dieses Goldes überlassen«, meinte de Molay abschließend.
Edward fuhr auf. »Welches Gold?«
»Ihr erwähntet einen Falschmünzer«, sagte de Molay. »Wer immer er ist, er muß eine Menge Gold besitzen. Wir wollen ein Viertel dieses Goldes.«
»Einverstanden«, entgegnete Edward.
»Und dann war da noch etwas«, de Molay beugte sich vor und faltete die Hände. »Vor zwölf Jahren fiel Akka, unsere letzte Festung in Outremer, unser Tor zu den heiligen Stätten, in die Hände der Ungläubigen.«
»Gott weiß«, murmelte Edward scheinheilig, »daß mir die Stadt

Akka immer noch schwer auf der Seele liegt.« Er trat de Warrenne erneut auf den Fuß, um diesen am Kichern zu hindern.
»Ja, ja, davon bin ich überzeugt«, meinte de Molay ironisch.
»Ich habe im Heiligen Land gekämpft«, gab Edward zurück. »Vor dreiunddreißig Jahren zog ich mit meiner geliebten Frau Eleanor dorthin. Ihr erinnert Euch vielleicht, daß der Alte Mann der Berge einen seiner Assassinen nach mir ausschickte, um mich zu ermorden.«
»Und Ihr wurdet von einem Arzt der Templer geheilt«, unterbrach ihn de Molay. »Eure Hoheit, Ihr wurdet nur aus einem Grund geheilt. Wir wollen, daß Ihr das Kreuz nehmt.« Er sah, wie das Lächeln von Edwards Zügen verschwand. »Wir wollen, daß Ihr ein Gelübde ablegt, Euch auf einen Kreuzzug zu begeben und Euch dem Templerorden in einem großen heiligen Krieg gegen die Mächte des Islam bei der Befreiung Akkas anzuschließen. Wenn Ihr das tut, wird unser Schatzmeister in London Euch beziehungsweise Eurem Schatzamt durch seine italienischen Banken bis zum Fest von St. Peter und Paul fünfzigtausend Pfund Sterling zur Verfügung stellen.«
»Einverstanden!« rief der König.
»Wir fordern die sofortige Erfüllung des Gelübdes.«
»Unmöglich!« entgegnete Edward. »Ich kämpfe immer noch gegen die Schotten.«
»Wenn dieser Krieg vorüber ist, legt Ihr das Gelübde dann ab?« rief William Symmes und faßte sich an seine Augenklappe. »Der Krieg in Schottland ist bald vorbei. Wir haben der Schenkung zugestimmt, jetzt müßt Ihr in unseren Wunsch einwilligen.«
Das eine Auge des Templers funkelte fanatisch. Edward bedauerte, so voreilig gewesen zu sein. Ihr habt euch das alles schon lange überlegt, ging es ihm durch den Kopf. Ihr hattet das alles schon vor unserem Treffen geplant. Er schaute zu Corbett, der mit resigniertem Gesichtsausdruck dasaß. Sein Bevollmächtigter hatte den Verlauf der Verhandlung vorhergesehen.

»Morgen früh«, meinte de Molay, »werdet Ihr nach York kommen und in St. Mary's die Messe hören. Wir wünschen, daß Ihr nach dem Abendmahl Euer Gelübde ablegt. Ihr sollt mit der Hand auf dem Sakrament schwören, uns bei unserem Kreuzzug zu unterstützen, wenn der Krieg in Schottland vorüber ist.«
»Und ich bekomme das Geld?«
»Werdet Ihr das Gelübde ablegen?«
»Ja, ja, ich werde morgen durch das Micklegate nach York reiten und dann durch die Trinity Lane zur Abtei, um dort die Messe zu hören. Ich werde das Gelübde ablegen, aber werdet Ihr auch das Geld zahlen?«
»Wie ich es versprochen habe«, antwortete de Molay. Er lehnte sich auf seinem Stuhl zurück. »Als wir dieses Treffen vereinbarten, Eure Hoheit, sagtet Ihr, daß Ihr noch anderes auf dem Herzen hättet.«
Sir Hugh Corbett betrachtete immer noch die Jongleure, die die Truppen des Königs im Innenhof unterhielten. Ein Mann warf Kegel in die Luft und fing sie geschickt wieder auf, und ein zerzauster Bär mit einem Äffchen auf der Schulter tanzte behäbig zu den Klängen einer schrillen Flöte. Er hörte de Molays Bemerkung über »anderes« und seufzte. Dann erhob er sich und setzte sich auf den Stuhl zur Rechten des Königs.
»Wacht endlich aus Euren Träumen auf!« zischte dieser. »Ihr könntet mich auch tatkräftiger unterstützen.«
Die Kommandanten des Templerordens wechselten ein paar Worte und schauten verstohlen zum anderen Ende der Tafel.
»Er erinnert an einen Mönch«, flüsterte Branquier und betrachtete Corbetts kurzgeschnittenes schwarzes Haar, das an den Schläfen bereits ergraut war, seinen dunklen Teint und seine tiefliegenden Augen. Alle hatten die erzürnt geflüsterten Worte des Königs gehört und warteten nun auf die Antwort des geheimnisumwitterten Bevollmächtigten. Corbett stützte sich mit

den Ellbogen auf den Tisch und beugte sich ganz nah zu Edward hinüber.

»Eure Hoheit«, flüsterte er. »Ihr braucht meine Hilfe nicht. Wie immer habt Ihr ein Geschick, das selbst der Teufel bewundern würde, aber warum habt Ihr ...«

Der König schaute ihn an, ganz gespielte beleidigte Unschuld.

»Ihr habt Euer Geld«, fuhr Corbett fort. »Die Schreiber des Schatzamtes werden einen Vertrag aufsetzen, und Ihr werdet schwören, was Euch beliebt.«

»Ihr werdet nicht nach Hause reiten«, zischte Edward boshaft. »Ich brauche Euch hier, Hugh. Würdet Ihr jetzt so gut sein und unseren Gästen erklären, was wir für Probleme haben?«

»Seigneur de Molay«, begann Corbett seine Rede, »Kommandanten des Templerordens.« Er erhob sich. »Was ich zu sagen habe, ist vertraulich. Der König hat seinen Feind, den Alten Mann der Berge, erwähnt. Ihr wißt, da Ihr alle in Outremer gelebt und gekämpft habt, daß der Alte Mann eine gefährliche Sekte von Assassinen anführt.«

Es wurde zustimmend gemurmelt.

»Diese Sekte«, sagte Corbett, »ist stolz darauf, daß ihr bisher noch niemand entkommen ist. Meere, Gebirge und Wüsten stellen kein Hindernis für sie dar. Sie folgt immer demselben Ritual: Zwei Dolche in roter Seide neben dem Kopfkissen und ein Stück Sesambrot an einem auffälligen Platz dienen als Vorwarnung für ihr Opfer.« Er hielt inne und trommelte mit den Fingern auf die Tischplatte. »Seine Exzellenz, der König, haben vor zehn Tagen eine solche Warnung erhalten«, erklärte Corbett, »zwei Dolche, die das Stück Sesambrot hielten, fanden sich im Portal der St. Pauls Kathedrale in London.« Corbett nahm ein Pergament aus seiner Brieftasche. »An jedem der Dolche hing eine rote Schleife. An einem der beiden steckte außerdem noch dieses Pergament:

Wisse, daß wir kommen und gehen, wie es uns beliebt, und daß Du uns nicht daran hindern kannst.
Wisse, daß Dir all Dein Besitz abhanden kommt und schließlich uns zufällt.
Wisse, daß wir Macht über Dich besitzen und daß das so sein wird, bis wir unsere Mission erfüllt haben.«

Corbett hielt inne. Die Worte hatten bei den Tempelherren Entrüstung ausgelöst. Sie, die jetzt ihre Stühle zurückschoben, waren nicht länger die ruhigen gefühllosen Krieger. Bei der Erwähnung ihrer Erzfeinde und bei der Verlesung der unverschämten Botschaft hatten sie nach ihren Dolchen gegriffen und angefangen, finstere Drohungen auszustoßen.
Der Großmeister de Molay aber saß immer noch so da, als wäre er aus Stein gehauen.
»Wie konnte ihnen das unbemerkt gelingen?« rief Legrave. »Die Assassinen leben in den Wüsten von Syrien, nicht in Cheapside.«
Seine Worte sorgten für Heiterkeit.
»In London«, erklärte Baddlesmere, »würde ein solcher Assassine genauso auffallen wie ein Habicht zwischen Tauben!«
Corbett schüttelte den Kopf. »Ihr habt Sir Amaury de Craon erwähnt? Es stimmt, daß er hier ist. Er nimmt an den Verhandlungen über die Eheschließung von Philipps Tochter teil.« Corbett hielt inne, um sich seine Worte ganz genau zu überlegen. »Aber gestern überbrachte de Craon auch Nachrichten aus Frankreich. Eine ähnliche Botschaft ist ebenfalls an das Portal von Saint Denis geheftet worden. Wenig später versuchte ein unbekannter Bogenschütze Philipp zu töten, während dieser im Bois de Boulogne jagte.«
Im Refektorium war es ganz still geworden. Alle Augen waren auf Corbett gerichtet.
»Sir Hugh, Ihr habt unsere Frage immer noch nicht beantwor-

tet«, sagte de Molay leise. »Wie konnte einer dieser Assassinen unbemerkt durch die Straßen von Paris und London gehen?«
»Seigneur, gibt es nicht Verbindungen zwischen dem Orden und den Assassinen?«
De Molay brachte den Widerspruch seiner Gefährten zum Verstummen.
»Wir hatten früher mit ihnen zu tun, genauso wie Euer König mit verschiedenen Kalifen und Sultanen zu tun hatte, ganz zu schweigen von den Anführern der Mongolen. Sagt mir, worauf Ihr hinauswollt.«
»Monsieur de Craon ist der Meinung«, fuhr Corbett fort, »daß der Meuchelmörder ein abtrünniges Mitglied, ein Renegat Eures Ordens ist!«
Bei diesen Worten sprangen die Kommandanten des Templerordens auf, und einige Stühle fielen polternd um. Baddlesmere zog seinen Dolch. Symmes deutete hochrot vor Wut auf Corbett.
»Wie könnt Ihr es wagen?« brachte er nur mit Mühe hervor. »Wie könnt Ihr es wagen, uns des Hochverrats anzuklagen? Wir sind Männer Christi. Wir geben unser Leben und unser Blut, um den heiligen Glauben an Gott zu verteidigen.«
»Setzt Euch!« rief de Molay. »Alle!« Sein sonnengebräuntes Gesicht war aschfahl geworden, und seine Augen funkelten mordlüstern.
»Nehmt wieder Platz!« befahl de Warrenne. »In Gegenwart des Königs eine Waffe zu ziehen ist Hochverrat.«
»Ich habe Gerüchte über die Vorfälle in Paris gehört«, erklärte de Molay. »Und ich halte sie vorerst für skurriles Geschwätz. Kann de Craon beweisen, was er da von sich gegeben hat?«
»Einiges spricht für seine Behauptung«, sagte Edward. »Erstens wurde am Tage des Überfalls auf Philipp ein Soldat mit dem Umhang der Templer gesehen, wie er eilig aus dem Bois de Boulogne floh. Zweitens sind die Templer sowohl in London als auch in Paris. Drittens kennen die Templer die Rituale der

Assassinen, die Dolche, die rote Seide, das Sesambrot und die dreifache Botschaft. Viertens«, Edward richtete sich hoch auf und deutete auf de Molay, »wißt Ihr ebenso gut wie ich, Monseigneur, daß es viele im Orden gibt, einige sitzen vielleicht sogar hier mit am Tisch, die glauben, daß der Templerorden nur deswegen aus dem Heiligen Land vertrieben wurde, weil ihn die Königreiche im Westen nicht ausreichend unterstützten. Und schließlich«, Edward schaute an die Decke, »ja, schließlich möchte ich noch folgendes sagen. Vor dreißig Jahren versuchten die Assassinen, mich umzubringen. Es gelang ihnen nicht, denn ich erschlug den Angreifer mit einem Hocker. Kaum einer weiß von diesem Überfall. Die meisten, die damals dabei waren, sind inzwischen tot. Aber die Templer haben davon Kenntnis.«
»Gibt es noch etwas?« fragte de Molay müde.
Corbett, den der Ärger, den seine Worte ausgelöst hatten, nicht sonderlich beeindruckt hatte, fuhr in sachlichem Ton fort.
»Seit der Regierung des letzten Königs besitzen die Templer das Herrenhaus Framlingham an der Straße nach Botham Bar, unweit von York. Normalerweise kümmern sich Verwalter und Amtmänner darum. Seit zwei Wochen jedoch, seit Ihr in York weilt, ist von seltsamen Vorfällen die Rede, von nächtlichen Feuern im Wald und davon, daß bestimmte Räume und Gänge nicht mehr betreten werden dürfen ...«
»Das ist alles Unsinn!« unterbrach ihn Branquier. »Wir sind ein religiöser Orden. Wir haben unsere Rituale. Sir Hugh, die Templer sind eine weltabgewandte Gemeinschaft. Wir erzählen einfach nicht jedem, was wir machen. Der König oder Ihr selbst würdet auch nicht jedem erlauben, die Räume der Kanzlei in Westminster oder die Gewölbe des Schatzamtes im Tower zu betreten.«
»Das ist etwas anderes«, entgegnete Corbett. »Sir Richard Branquier, Ihr habt uns eine Goldmünze gezeigt, die sicher nicht aus der königlichen Münze stammt. Mit Verlaub, aber diese Gold-

münzen tauchten im letzten Monat zum erstenmal auf, also als Ihr und Eure Gefährten in Framlingham einzogt.«
Die Kommandanten des Templerordens widersprachen lautstark und schlugen mit den Fäusten auf den Tisch. Sie stellten alles in Abrede, was Corbett vorgebracht hatte. De Molay hielt sich zurück. Er verfügte über jene eiserne Disziplin, für die der Templerorden so berühmt war.
»Sprecht weiter, Sir Hugh«, meinte er resigniert. »Wofür sollen wir noch verantwortlich sein? Doch nicht etwa auch für diesen seltsamen Todesfall auf der Straße nach Botham Bar?«
Corbett lächelte schwach. »Da Ihr die Rede darauf bringt, Monseigneur, zwei Nonnen, Cecilia und Marcia, und ihr Führer Thurston erschienen vor dem Bürgermeister und den Stadtältesten und schworen, daß ein Pferd mit der unteren Hälfte eines Mannes an ihnen vorbeigaloppiert sei, als sie sich der Stadt näherten. Weiter des Weges erblickten sie einen Leichnam, der von einem unerklärlichen Feuer verzehrt wurde.«
»Ja, davon haben wir auch gehört«, meinte Baddlesmere. »Das erzählt man sich in ganz York. Der Mann war bis zur Unkenntlichkeit verbrannt und ...«
»Nicht ganz«, unterbrach ihn Sir Hugh. »Nur die obere Hälfte des Mannes brannte, die untere Hälfte seines Oberkörpers und seine Beine ...« Er zuckte mit den Schultern. »Ihr habt die Geschichte ja vernommen. Seltsam nur, daß niemand weiß, wer er war, warum er angegriffen wurde, wer der Mörder war oder woher das merkwürdige Feuer kam.«
»Ich protestiere.« Branquier erhob die Stimme und wandte sich an de Molay. »Monseigneur. Man hat nach uns gesandt und unser Entgegenkommen mißbraucht. Wir haben der englischen Krone immer ergeben gedient und gerade einem überaus großzügigen Geschenk zugestimmt. Jetzt tritt der wichtigste Bevollmächtigte des Königs vor und erhebt die skandalösesten Anschuldigungen.«

De Molay legte die Ellbogen auf den Tisch und die Fingerspitzen gegeneinander. »Nein, nein.« Er schüttelte den Kopf. »Das war doch nicht Eure Absicht, Sir Hugh? Glaubt Ihr wirklich, die Templer hätten sich so fürchterlicher Taten schuldig gemacht?«
»Nein, Monseigneur.« Corbett warf Branquier einen finsteren Blick zu. »Aber bedenkt, Sirs, wir haben nicht hinter Eurem Rücken getuschelt, sondern Euch direkt darüber informiert, was uns zugetragen wurde. Außerdem ist es schon merkwürdig, was sich alles seit Eurem Eintreffen hier ereignet. Am wichtigsten scheint mir jedoch: Die Templer sind ein Staat im Staate. Ihr besitzt Ordenshäuser von Schottland bis nach Süditalien, von Rouen im Westen bis an die Grenzen der Slawenreiche. Jetzt Goldmünzen, brennende Leichen ...« Corbett zuckte erneut mit den Schultern. »Damit werden wir schon zurechtkommen, aber die Bedrohung seiner königlichen Hoheit, das ist eine andere Sache. Ihr habt das Wissen und die Macht, Euch Informationen zu verschaffen. Ihr kennt die Gerüchte der Königshöfe.«
»Mit anderen Worten«, unterbrach ihn de Molay, »wir sollen herausfinden, warum die Assassinen ihren alten Groll gegen Euren König wieder ausgegraben haben.«
»So ist es«, sagte Corbett. »Es liegt nicht in unserer Absicht, Euch anzuklagen.« Er drehte sich um und verbeugte sich vor Edward. »Der König hat bereits zugestimmt, Eure Rechte und Privilegien zu bestätigen. Wir bitten nur um Eure Hilfe in dieser Angelegenheit. Wir sind für jede Erkenntnis dankbar.«
»Und das hat keine Auswirkungen auf unsere Übereinkunft?« fragte der König.
»Nein«, antwortete de Molay, »überhaupt nicht.«
Der König stieß einen Seufzer aus. »Dann auf morgen in der Abteikirche. Ich werde das Gelübde ablegen.«
Seine Worte beendeten das Treffen. De Molay und seine Kommandanten verbeugten sich und gingen. Edward, de Warrenne und Corbett blieben in dem Refektorium sitzen und lauschten,

wie die Schritte der eisenbeschlagenen Stiefel der Templer in der Ferne verhallten. Der König grinste Corbett hinterhältig an.
»Ich habe doch jetzt erreicht, was ich wollte, oder etwa nicht?«
»Und die Templer ebenfalls, edler Herr. Mit Eurem Gelübde werdet Ihr öffentlich erklären, daß Ihr sie unterstützt.«
»Wirklich eine Schande«, Edward schob seinen Stuhl zurück, »daß Ihr sie mit solchen Anklagen konfrontieren mußtet.«
Corbett lächelte und räumte seine Schreibutensilien vom Tisch.
»Edler Herr, Ihr seid bedroht worden. Das sind Dinge, an denen man den Templern die Schuld geben kann. Indem Ihr diesen Dingen Ausdruck verleiht, warnt Ihr die Templer, daß Ihr Orden vielleicht nicht mehr dieselbe Unterstützung genießt wie früher.«
»Glaubt Ihr, daß wir die Drohung der Assassinen ernst nehmen müssen?« wollte de Warrenne wissen.
»Die Dolche sind echt«, entgegnete Corbett. »Vor dreißig Jahren wurde Seine königliche Hoheit schon einmal von den Assassinen angegriffen. Dann ist da die Warnung, die uns Monsieur de Craon überbracht hat.« Er zuckte mit den Schultern. »Trotzdem ist alles sehr fragwürdig.«
»Mit anderen Worten«, Edward stand auf und reckte sich, daß seine Gelenke knackten, »nicht so ernst, daß Ihr hier in York bleiben müßtet, was, Hugh? Ihr könntet Euch also dünnmachen, auf Euer Gut Leighton und zur liebreizenden Lady Maeve und Eurer kleinen Eleanor.«
»Ich bin jetzt schon drei Monate von zu Hause fort, Sire. Ihr hattet mir zugesichert, daß ich Mariä Lichtmeß den Dienst quittieren könnte, also vor ungefähr sieben Wochen.«
Edward schaute auf ihn hinunter. »Wichtige Angelegenheiten des Staates, Sir Hugh.« Er hob seine lange, mit Narben übersäte Hand. »Wir haben hier in York eine Versammlung. Der französische Gesandte hat sich eingefunden. Wir müssen über die Heirat meines Sohnes verhandeln. Dann ist da die Sache mit den

Falschmünzern und die Angelegenheit mit den Templern.« Er faßte Corbett an der Schulter. »Ich brauche Euch hier, Hugh.«
»Und meine Frau braucht mich zu Hause«, entgegnete Corbett. »Ihr habt mir Euer Wort gegeben, Sire, Ihr, Edward von England. Denkt an Euren Wahlspruch: ›Mein Wort gilt.‹«
Der König zuckte mit den Schultern. »Nun, gelegentlich mag das so sein ...« Er nahm seinen Umhang von der Stuhllehne. »Gelegentlich ist es jedoch auch anders.«
»Wir würden alle gerne nach Hause reiten, heim zu unseren Frauen und Familien«, rief de Warrenne und schaute Corbett wie ein wütender Eber an. Der Earl hatte nie ganz verstanden, wie der König Corbetts Direktheit dulden konnte. Corbett biß sich auf die Zunge. Er hätte den Earl gerne daran erinnert, daß er auch soviel Zeit wie möglich auf Reisen verbringen würde, wenn er mit Lady de Warrenne verheiratet wäre. Er schaute den König an.
»Wann kann ich aufbrechen, Sire?«
Edward spitzte die Lippen. »Mitte April, das verspreche ich Euch, am Fest des heiligen Alphage werde ich Euch entlassen. Aber bis dahin«, Edward ging zur Tür und gab de Warrenne ein Zeichen, ihm zu folgen, »will ich, daß die Falschmünzer gefaßt sind. Außerdem will ich, daß Ihr ein Auge auf die Templer habt. Darüber hinaus gibt es über hundert Petitionen unserer guten Bürger der Stadt York. Ihr und Euer grünäugiges Schlitzohr von Schreiber Ranulf könnt Euch darum kümmern.« Der König machte, die Hand bereits auf der Türklinke, eine Pause. »Oh, und als Zeichen, daß alle Animositäten zwischen mir und dem Großmeister vergessen sind: Geht zum Weinhändler und Meisterschankwirt Hubert Seagrave. Er besitzt die größte Schenke in York ein paar Schritte von der Coppergate Lane entfernt. Bestellt bei ihm ein Faß des besten Gascogner Weins. Morgen, wenn ich das Gelübde abgelegt habe, sollt Ihr es als kleine Aufmerksamkeit von mir nach Framlingham bringen.«

Corbett drehte sich auf seinem Stuhl nach ihm um. »Und werdet Ihr auf einen Kreuzzug gehen, Sire?«
Edward schaute ihn unschuldig an. »Natürlich, Hugh. Ich habe mein Ehrenwort gegeben. Wenn die Angelegenheiten hier in England geregelt sind, dann werden wir alle zusammen, Ihr, ich, de Warrenne und der ganze Troß, auf einem Kreuzzug nach Jerusalem ziehen.«
Leise kichernd verließ der König das Refektorium. De Warrenne trottete hinter ihm her. Corbett seufzte und erhob sich. Er blickte sich um. An der Stirnwand des Refektoriums hing ein gewaltiges schwarzes Kreuz und über dem Kamin ein Triptychon in leuchtenden Farben. Er ging zum Fenster und schaute wieder auf den Innenhof. Die Soldaten des Königs hatten zwei blinde Bettler dazu überredet, mit Holzschwertern gegeneinander zu kämpfen. Die beiden langhaarigen und zerlumpten Männer sprangen vor und versuchten, so gut es ging, aufeinander einzuschlagen. Meist trafen ihre Hiebe jedoch ins Leere. Ab und zu stieß sie einer aus dem Kreis der Soldaten unter allgemeinem Gelächter wieder in den Kampfring zurück.
»Hat es dir nicht gereicht?« flüsterte Corbett halblaut vor sich hin. »Gab es im Krieg in Schottland nicht genug Demütigungen und Blutvergießen?«
Er setzte sich in die Fensternische. Seit Ende Januar hatte sich der König in den nördlichen Grafschaften aufgehalten und immer wieder Ausfälle über die schottische Grenze gemacht. Er hatte versucht, den Anführer der Schotten, William Wallace, in eine Schlacht zu verwickeln oder ihn gefangenzunehmen. Der Anblick der niedergebrannten Weiler und Dörfer und der Leichen in roten Blutlachen in feuchter niedergetrampelter Heide hatte ihm Übelkeit verursacht. Die grauen Rauchsäulen, der Geruch von Tod und Verwesung und die Galgen, an denen die nackten Toten dicht an dicht hingen. Vieh und Schafe geschlachtet, deren aufgeblähte Kadaver Flüsse

und Brunnen verseuchten. All das ging in einem Flammenmeer unter, denn Edward pflegte beim Rückzug alles zu brandschatzen.
Corbett wollte nicht nur zu Maeve und Eleanor zurückkehren, weil sie ihm fehlten, sondern weil ihn der gnadenlose Versuch, die Schotten in die Knie zu zwingen, krank machte. Die gemeinen höfischen Intrigen waren ebenfalls nicht nach seinem Geschmack. Er verabscheute Adlige wie de Warrenne, die glaubten, ihnen gehöre die ganze Welt und alle anderen seien nur auf der Erde, um ihnen zu dienen. Die beiden Bettler weinten. Corbett war versucht, sie nicht weiter zu beachten, erhob sich dann aber und öffnete das Fenster.
»Hört auf!« schrie er.
Einer der Soldaten wollte bereits eine unflätige Geste machen, da wurde Corbett jedoch erkannt. Corbett rief einen Sergeanten heran.
»Bring die Bettler zum Almosenpfleger!« rief er. »Gebt ihnen Brot und Wein und schickt sie weiter!«
Der graubärtige Veteran nickte. »Die Burschen haben nur ihren Spaß, Sir.«
»Sie haben sich jetzt lange genug amüsiert!« rief Corbett zurück. »Sie sollen für ihren Spaß gefälligst bezahlen. Laßt einen Hut herumgehen, und sammelt für die Bettler!«
Corbett wartete, bis der Sergeant seinen Befehl ausgeführt hatte, und schloß dann wieder das Fenster. Es klopfte.
»Herein!«
Sein Diener Ranulf, der inzwischen Beamter in der Kanzlei des Grünen Siegels geworden war, stolzierte herein. Er trug sein rotes Haar in einem Knoten und war stolz auf seinen hellblauen Rock, der mit Eichhörnchenfell abgesetzt war – die Kluft der königlichen Schreiber. Ranulf steckte seine Daumen in seinen breiten Schwertgürtel und zwinkerte.
»Geht es nach Hause, Herr?«

»Nein!« fauchte Corbett. »Geht es nicht.« Er trat wieder an den Tisch.

Ranulf verzog das Gesicht in Richtung des blonden Kuriers Corbett, Maltote, der keine Gemütsregung erkennen ließ.

»Gut«, flüsterte Ranulf.

Corbett wandte sich hastig zu ihm um. »Was hält dich in York, Ranulf?«

»Nichts, Herr.«

Corbett sah ihn nachdenklich an. »Hast du jemals in deinem Leben die Wahrheit gesagt, Ranulf?«

»Immer, wenn ich den Mund aufmache, Herr.«

»Keine Affäre? Keine einzige dralle Bürgersfrau ist dir zugetan?«

»Natürlich nicht, Herr.«

Corbett wandte sich wieder seinen Schreibutensilien zu. Ranulf schnitt hinter ihm eine Grimasse und dankte Gott im stillen, daß ihn Corbett nicht nach den drallen Bürgerstöchtern gefragt hatte.

»Wir bleiben also?«

»Ja«, antwortete Corbett müde. »Wir wohnen in der St. Mary's Abbey. Es gibt genug zu tun. Hast du die Petitionen?«

Maltote legte eine beachtliche Pergamentrolle vor ihn hin. »Das hier ist bei den Schreibern eingegangen.«

Corbett gab seinen Dienern ein Zeichen, sich zu ihm an den Tisch zu setzen.

»Wir wollen noch zwei Stunden arbeiten«, meinte er.

Corbett öffnete sein Schreibzeug, und Ranulf schaute Maltote mit verdrehten Augen an. »Master Langschädel«, wie Ranulf Corbett insgeheim nannte, war nicht allzu guter Laune. Trotzdem halfen ihm die beiden. Er ging die Pergamentrolle mit sämtlichen Petitionen durch. Sie waren eingereicht worden, als es sich bei den guten Bürgern von York herumgesprochen hatte, daß der König die Stadt besuchen würde. Jede Stadt hatte das Recht, Petitionen an die Krone zu richten, und Edward nahm das auch sehr ernst. Die Schreiber der Kanzlei sammelten die einzelnen Petitionen und schrieben sie auf Pergamentblättern ins reine, die dann zusammengenäht wurden. Eine von Corbetts Aufgaben bei Hofe bestand darin, sich mit solchen Anfragen auseinanderzusetzen. In diesen Petitionen ging es um die unterschiedlichsten Streitsachen und Anliegen: Francesca Ingoldsby klagte Elizabeth Raddle an, sie auf der Straße im Beisein der Nachbarn mit einem Besenstil angegriffen zu haben. Matthew Belle klagte gegen Thomas Cooke. Er war von diesem in der Greenmantle Tavern mit einem Schürhaken ins Gesicht geschlagen worden. Thomasina Wheel bat um Erlaubnis, übers Meer zum Schrein des heiligen Jakobus von Compostela ziehen zu dürfen. Mary Verdell behauptete, eines Mantels verlustig gegangen zu sein, und glaubte, Elizabeth Fryer sei die Schuldige. John de Bartonon und seine Frau Beatrice klagten darüber, daß der Pfarrer ihrer Kirche ständig widerrechtlich ihr Grundstück betrete. Und so ging es weiter, eine Petition nach der anderen. Corbett befahl, einige von ihnen an den Stadtrat weiterzuleiten, andere an den Sheriff oder den Bürgermeister. Ein paar blieben übrig, über die der König entscheiden sollte. Eine Petition fand Corbett besonders interessant: Sie stammte von Hubert Seagrave, »dem Weinhändler des Königs in seiner eigenen Stadt York«, der um Erlaubnis nachsuchte, zwei Anwesen zu kaufen, die an seine Schenke angrenzten.

Corbett lächelte Ranulf an. »Wir können das selbst regeln«, sagte er. »Ich soll bei Seagrave ein Faß Wein holen und zu den Templern in Framlingham bringen.«

Ranulf, der die Entscheidungen seines Herrn eilig niederschrieb, murmelte eine Entgegnung. Corbett wandte sich wieder der Pergamentrolle zu. Er bemerkte, daß in einer beachtlichen Zahl von Petitionen sowohl einzelner Bürger als auch der Stadt York über die seltsamen und rätselhaften Vorfälle beim Templeranwesen Framlingham geklagt wurde. Ein Mann, John

de Huyten, beschwerte sich über Lichter, die noch spät in der Nacht im Herrenhaus brannten, und über Hymnen, die zu nächtlicher Stunde gesungen wurden. Eine Reihe weiterer Petitionen beschäftigte sich damit, daß die Gärten und übrigen Flächen von Framlingham seit der Ankunft der Templer sehr sorgfältig bewacht würden und daß diese so gegen alte Wegerechte verstießen. Ein Bittsteller, der Zimmermann Leofric Goodman, erklärte, daß man ihn aus Framlingham vertrieben habe. Er hätte im Herrenhaus arbeiten sollen. Er war ins Obergeschoß gegangen, um einen Fensterladen zu reparieren, aber ein Soldat der Templer hatte ihn beschimpft und handgreiflich vertrieben. Corbett legte seine Feder hin und stellte sich wieder neben das Fenster. Es wurde allmählich dunkel. Lampen und Fackeln waren bereits entzündet, und Ranulf murmelte, daß das Licht zu schwach zum Lesen sei. Corbett versuchte seine Gedanken zu ordnen. Er wäre gerne zu Maeve zurückgekehrt, hatte jedoch das Vorgefühl eines Unheils. Die Warnungen, die der König in London erhalten hatte, die Dolche, die in der Tür der St. Pauls Kathedrale gesteckt hatten, der seltsame, makabre Mord an der Landstraße bei York. Wer war der unglückliche Reiter? Wer hatte seinen Körper entzweigehauen und die obere Hälfte so gründlich verbrannt? Warum hielt sich Jacques de Molay in England auf? Und was wollten die Templer verstecken? Außerhalb des Klosters schrie eine Eule und kündigte ihre nächtliche Jagd an. Corbett erinnerte sich an einen alten Soldaten, den er auf einem Kriegszug in Wales kennengelernt hatte.
»Wenn die Eule vor der Abenddämmerung schreit«, hatte ihn dieser Mann gewarnt, »ist der Teufel unterwegs!«

Kapitel 2

Im Herrenhaus Framlingham machte Guido Reverchien, der Verwalter der Templer-Liegenschaften in Yorkshire, seine tägliche, einsame Wallfahrt den Kiesweg des großen Labyrinths entlang. Guido machte diese Wallfahrt wie gewöhnlich auf Händen und Knien und sprach dabei die kanonischen Gebete aus dem Brevier, um für seine Sünden zu büßen. Guido, der bereits seinen sechzigsten Geburtstag hinter sich hatte, war weißhaarig. Seine Haut hatte von der südlichen Sonne eine dauerhafte Bräune erhalten. Er glaubte eine große Sündenlast auf seinen Schultern zu tragen. Er war einer der dienenden Brüder, der Krieger Christi gewesen, die die Mauern Akkas im Jahre 1291 verteidigt hatten, bis die Horden der Mamelucken diese gestürmt und die Templerstadt in ein Meer aus Blut verwandelt hatten. Guido war es gelungen zu entkommen. Schulter an Schulter mit seinen Kameraden hatte er sich den Weg zum Kai und zu einem der letzten Boote freigekämpft, das ihn und andere Flüchtlinge zur Christenflotte draußen auf der Reede bringen konnte. Und wie Guido gekämpft hatte! Gelegentlich hatten sie in den schmalen staubigen Straßen knöcheltief in Blut gestanden, und doch war die Stadt gefallen, und er, Guido Reverchien, war gerettet worden. Seit dieser schrecklichen Nacht hatte er unter Alpträumen gelitten. Jede Minute seines Schlafes schien von der Zerstörung Akkas überschattet zu sein.
Jahre waren vergangen, und Guido hatte die Überzeugung erlangt, daß auch er hätte in Akka sterben sollen. Er hätte kämpfen

sollen, bis ihn die Feinde Christi umgebracht hätten. So hätten andere entkommen können.

»Statt dessen«, hatte Guido seinem Beichtvater zugeflüstert, »kehrte ich nach England zurück zu einer angenehmen Aufgabe. Ich sollte Kornspeicher, Landsitze, Felder und Weiden des Templerordens beaufsichtigen. Pater, ich habe Christus verraten, ich habe meinen Gott enttäuscht. Ich muß zurückkehren. Nur so kann ich meine Seele retten.« Immer wieder hatte ihm sein Beichtvater versichert, daß das absolut nicht nötig sei.

»Außerdem werdet Ihr in England gebraucht«, hatte er Guido durch das Gitter zugeflüstert. »Eure Pflichten liegen hier.«

Aber Guido ließ sich nicht trösten, bis sein Beichtvater eines Tages das Labyrinth neben dem Herrenhaus der Templer erwähnte. Hohe Hecken umgaben die schmalen Pfade, die auf ein gewaltiges Holzkreuz mit einer Figur des gekreuzigten Christus zuführten.

»Wenn Ihr für Eure Sünden büßen wollt, Guido«, hatte sein Beichtvater zu ihm gesagt, »wenn Ihr etwas sühnen wollt, dann geht jeden Morgen vor Sonnenaufgang auf den Knien durch den Irrgarten und betet die Psalmen.« Und das tat Guido. Die Kiesel bohrten sich in seine Knie, doch das machte nichts, da Guido das Labyrinth als seinen Pfad zum Himmel ansah. Die Perlen eines hölzernen Rosenkranzes glitten durch seine krummen Finger. Er kannte das Labyrinth in- und auswendig, jede unerwartete Biegung, jede Sackgasse. Gelegentlich nahm Guido absichtlich die falschen Abzweigungen und erhöhte so seine Schmerzen. Die körperlichen Qualen, die er sich selbst beibrachte, ließen ihn die seelischen besser ertragen. Schließlich erreichte er die Mitte des Labyrinths. Seine Knie waren inzwischen blutig, und die Schmerzen in seinen Schultern und Armen waren groß. Der Schweiß lief ihm über das Gesicht.

»Ich bin in Jerusalem«, flüsterte er und schaute auf das Kreuz. »Ich habe mein Versprechen gehalten!« Er kroch auf Händen und Knien zum Sockel des Kruzifixes und blickte in das gequälte Antlitz seines Erlösers. »Domine«, murmelte er und schlug sich gegen die Brust, »ich habe gesündigt vor dir und vor dem Himmel.«

Guido entzündete die drei dicken gelben Kerzen, die in eisernen Haltern auf den Stufen vor dem Kreuz standen. Er zog seine Knie aus den Blutlachen, die sich um sie herum gebildet hatten, und starrte in die in der Morgenbrise flackernden Flammen und dann auf das Kruzifix.

»Wie in Akka«, flüsterte er, »ein grauer Morgen und flackernde Flammen.«

Guido kniff die Augen zusammen. Der Gestank der zum Untergang verdammten und brennenden Stadt verfolgte ihn. Die Kerzenflammen wurden größer, plötzlich schien alles um ihn herum zu brennen. Guido öffnete den Mund, um zu schreien, aber da hatten ihn die Flammen schon vollkommen erfaßt.

Edward von England ritt mit flatternden Wimpeln und Bannern nach York. Herolde gingen vor der langen Prozession her, die sich unter dem Micklegate hindurchwand. Hinter dem König kam ein langer Zug Karren und Packpferde, die von Lanzenträgern und Bogenschützen flankiert wurden. In der Stadt war es zugegangen wie in einem umgestürzten Bienenkorb, denn erst in letzter Minute hatten die königlichen Herolde bekanntgegeben, durch welches Stadttor der König reiten würde. Jetzt war ganz York auf den Beinen, um den Monarchen zu begrüßen. Bürger in Pelzroben und hermelingefütterten Kutten, ihre Frauen und Töchter in Sarsenett und schwerer, mit Gold durchwirkter Seide. Sie hatten ihre Augenbrauen gezupft und trugen auf ihrem glänzenden Haar einen aufwendigen Kopfputz und aufwendige Schleier. Priester in bunten Meßgewändern waren mit ihren Gemeinden, mit Weihwasserkesseln und -wedeln erschienen und segneten den König, als dieser vorbeiritt. Der Rat der

Stadt hatte keine Mühe gescheut. Die Straßen waren gefegt, die Rinnsteine gesäubert, die von Wunden übersäten Bettler vertrieben. Die Pranger lagen verwaist, und die Leichen waren von den Galgen und aus den Eisenkäfigen entfernt. Die Corpus Christi Gilde und die Gilde der Dreieinigkeit waren ebenfalls mit ihren prächtigen bunten Bannern vertreten.

Der Bürgermeister und die Ratsherren waren dem König bis vor das Micklegate entgegengekommen und hatten ihm dort die Schlüssel der Stadt auf einem purpurroten Kissen überreicht. Das Lächeln des Königs war noch breiter geworden, als er einige Beutel mit Gold- und Silbermünzen in Empfang genommen hatte. Er hatte gedankt, ihr Zeichen der Ergebenheit entgegengenommen und die Beutel de Warrenne in die Hand gedrückt. »Laßt sie nicht aus den Augen«, hatte er geflüstert. »Ich möchte nicht, daß ein einziger Penny verlorengeht.«

Nach Passieren des Micklegate blieb die Prozession stehen und lauschte einem Knabenchor in weißen Chorhemden, der eine dreistimmige Hymne sang, in der der König willkommen geheißen, seine Regierung gepriesen und seine Siege gefeiert wurden. Dann zog das Gefolge des Königs in die Innenstadt weiter, die schmalen Straßen entlang und an den prächtigen Häusern vorbei, deren Balken glänzend schwarz gestrichen waren. Das Weiß des Putzes glitzerte in der Morgensonne. Trotz der Anordnungen der Stadtväter war die farbige Unterwelt Yorks ebenfalls zugegen. Die Huren in ihren ausgeschnittenen Gewändern und orangefarbenen und roten Perücken betrachteten die Soldaten und versuchten einen Blick der vorbeireitenden Ritter und Sergeanten aufzufangen. Die verarmten Bewohner der engen Nebengassen, die keinem Herrn dienten, waren auch erschienen. Sie suchten im Schatten Schutz vor der Sonne, jederzeit darauf gefaßt, beim Auftauchen eines Amtmanns das Weite zu suchen. Die Krüppel, Bänkelsänger, Betrüger, Ganoven und Taschendiebe hatten sich versammelt und sahen sich nach mildtätigen Seelen und Opfern um. Die Marktstände waren beiseite geräumt, und die Kaufleute und ihre Lehrjungen, die in den Farben ihrer Gilde gekleidet waren, standen mit offenen Mündern da, bemüht einen Blick auf ihren mächtigen König zu erhaschen.

Edward sah wirklich aus wie der alles überwindende Regent: ein goldenes Diadem in seinem stahlgrauen Haar, ein Kettenpanzer – darauf hatte Corbett bestanden –, darüber ein Umhang aus golddurchwirkter Seide. Edward saß auf seinem gewaltigen Streitroß Black Bayard. Sattel und Zaumzeug waren aus purpurgefärbtem Leder mit Silberbeschlägen. Der König ritt mühelos und hielt die Zügel nur mit einer Hand. Auf der anderen befand sich ein prächtiger schneeweißer Falke aus Paris. Neben ihm ritt John de Warrenne, der Earl of Surrey, ebenfalls teilweise in Rüstung und mit dem Banner des Königs, einem goldenen Löwen im Sprung auf blutrotem Tuch. Corbett kam direkt hinter dem König. Er war unruhig und suchte mit den Augen unablässig Menschenmassen und offene Fenster ab. Hin und wieder faßte er nach seinem Dolch und warf dann einen Blick zu Ranulf neben ihm. Sein Diener war jedoch vollauf damit beschäftigt, den Frauen und Töchtern der Bürger zuzulächeln und ihnen Küsse zuzuwerfen. Gelegentlich blieb die Prozession stehen, und die prachtvoll gekleideten Herolde spielten eine Fanfare, bevor sie unter den flatternden Bannern mit den Wappen Englands, Schottlands, Wales', Frankreichs und Kastiliens weiter in Richtung Stadtmitte ritten.

An der Ecke der Trinity Lane hielt der König inne, um ein Tableau anzusehen, eine Szene aus dem Jüngsten Gericht. Ein riesiger Wandteppich der Corpus Christi Gilde hing an einem Rahmen, der auf drei große Karren montiert war. In grellen Farben wurde das Schicksal der Sünder dargestellt. Gesetzgeber, die schlechte Gesetze verabschiedet hatten, waren in brennende Mäntel aus Schwefel gehüllt, bestechliche Richter wurden gepfählt und gerädert. Edward mußte beim Anblick einer anderen Szene lachen. Einige Mönche mit rasierten Schädeln wurden von einem Dämon mit dem Antlitz eines Affen zu einer Grube geführt, aus der es vor Hitze qualmte und die noch dazu mit Giftschlangen gefüllt war. Vor dieser behelfsmäßigen Bühne standen Gruppen junger Frauen in Weiß, die Schnüre aus grünen Perlen im Haar trugen und eine süße Weise sangen, in der ihr Herrscher willkommen geheißen wurde. Edward hörte andächtig zu und streichelte den Falken auf seinem Handgelenk. Dann warf er einige Silbermünzen vor die Karren, küßte eines der jungen Mädchen und befahl, die Prozession fortzusetzen. Corbett schaute zu Ranulf, der dem Beispiel des Königs zu folgen versuchte und nach dem Arm eines der jungen Mädchen faßte.

Sie waren gerade in die Trinity Lane eingebogen, da hörte Corbett das Pfeifen eines Armbrustbolzens zwischen sich und dem König. Einer der Wachsoldaten, der nebenherging, ließ seinen Speer fallen und brach schreiend und gurgelnd zusammen. Ein Blutschwall kam aus seinem Mund. Corbett stellte sich in die Steigbügel und rief den Wachen zu, um den König einen Ring zu bilden. Ihre erhobenen Schilde ließen eine Wand aus Eisen entstehen. Corbett warf einen eiligen Blick auf die Häuser zu beiden Seiten.

»Dort!« schrie Ranulf.

Corbett sah in die angegebene Richtung und auf ein Fenster im Obergeschoß einer Schenke, ein Eckhaus, hinter dem es in eine schmale Gasse ging. Der Fensterladen und ein Fensterflügel wurden gerade geöffnet, und Corbetts Blick fiel auf eine Gestalt in Kapuze und auf die Spitze einer Armbrust. Wieder war ein leises Sirren zu vernehmen: wie ein Falke, der sich auf seine Beute stürzt. Diesmal traf der Bolzen eines der aufgerichteten Schilde.

»Kommt!« drängte Corbett.

Er stieg ab, zog sein Schwert und bahnte sich mit Ranulf und Maltote einen Weg durch die Menge. Das Chaos, das um sie herum ausgebrochen war, beachteten sie nicht weiter. Schließlich waren sie im Schatten der Häuser. Corbett schaute nach oben und fluchte. Er hatte die Orientierung verloren. Dann sah er den Anfang der Gasse. Ein Bettler kauerte dort mit verhülltem Gesicht und ausgestreckten Händen. Corbett stieß ihn beiseite und rannte auf die Tür der Schenke zu, über der an einer Stange ein in der schwachen Brise schaukelndes Schild hing. Ranulf befahl er, die Gasse entlangzulaufen und den Hinterausgang zu bewachen. Dann trat er in einen schmalen dunklen Flur. Niemand dort hatte auch nur den leisesten Schimmer, was draußen vorging. Die Gesellschaft bestand aus Schankkellnern, Küchenjungen und Mägden. Corbett rief ihnen zu, beiseite zu treten, und rannte eine schmale Holztreppe hinauf. Er war inzwischen schweißgebadet und schloß seine Hand jetzt fester um sein Schwert. Er fragte sich verzweifelt, was er tun sollte, wenn er dem Angreifer gegenüberstand. Er versuchte sich an die Lage des Fensters zu erinnern.

»Ganz oben«, murmelte er und stieg vorsichtig die nächsten Stufen hinauf. Er befand sich auf halber Höhe, da sah er unter einer Tür in einer Nische auf dem folgenden Treppenabsatz Rauch hervorquellen. Er drehte sich um.

»Maltote!« schrie er »Lauf nach unten! Sag dem Wirt, das Haus brennt!«

Corbett hielt sich die Nase zu und rüttelte an der Tür zur Bodenkammer. Er machte einen Schritt zurück und öffnete sie mit einem Fußtritt. Rauch schlug ihm entgegen, der meiste verschwand jedoch durch das offene Fenster. Unter dem Fensterbrett stand ein Stuhl mit einer Armbrust und einigen Bolzen. Auf dem Fußboden daneben lag die verkohlte Leiche eines Mannes, die noch an einigen Stellen brannte. Eine Weile stand Corbett wie erstarrt. Die unheimlichen bläulichen und gelblichen Flammen, die über dem geschwärzten Toten züngelten, erfüllten ihn mit Grauen.

»Gott steh uns bei!« murmelte Maltote, der hinter Corbett das Zimmer betreten hatte. »Herr, was ist das für ein Feuer?«

Hustend und spuckend wand sich Corbett ab. Er zerrte einen schweren, schon etwas zerschlissenen Vorhang von der Vorhangschiene hinter der Tür, gab Maltote ein Zeichen, mit anzufassen, und warf ihn über den brennenden Leichnam. Die Flammen waren schnell erstickt. Der Wirt und sein Gesinde eilten mit Wassereimern herbei. Sie schütteten Wasser über die Decke und über den Fußboden. Die Flammen hatten weder Wände noch Dielen erfaßt. Diese waren allerdings an einigen Stellen etwas geschwärzt. Schließlich war auch der letzte Brandherd gelöscht. An das Feuer erinnerte nur noch der fürchterliche Gestank, die geschwärzten Stellen auf dem Fußboden und ein Zischen, als Wasser durch den Vorhang über die Leiche sickerte.

»Räum das Zimmer, Maltote«, befahl Corbett. »Schaff sie alle raus!«

Der Wirt, ein kahlköpfiger Patron mit einem Bierbauch, meuterte. Da stürzte Ranulf in die Dachkammer.

»Ich habe niemanden gesehen!« keuchte er. »Überhaupt niemanden! Was ist hier los?«

»Ihr, Sir«, Corbett wandte sich an den Schankwirt, »Ihr wartet unten auf mich.«

Maltote und Ranulf schoben die anderen aus der Kammer. Corbett zog den schweren Vorhang zurück. Der fürchterliche Gestank verschlug ihm den Atem. Maltote wandte sich ab und übergab sich auf einen Strohhaufen in der Ecke. Ranulf kniete sich ungerührt neben die sterblichen Reste.

»Wie ist das passiert?« fragte er und deutete auf die Armbrust und die Bolzen auf dem Hocker.

»Das weiß ich nicht«, antwortete Corbett. »Hier haben wir einen

Mann, lebenslustig und bösartig. Er nimmt seine Armbrust, schießt zweimal, versucht den König zu ermorden und ist Minuten später eine qualmende Leiche. Ein seltsames Feuer hat ihn zu Asche werden lassen, sich jedoch nicht auf Wände oder Dielen ausgebreitet.«

»Früher oder später wäre das doch geschehen«, meinte Ranulf. »Irgendwann hätte das Holz angefangen zu schwelen und dann zu brennen. Wir sind dem nur zuvorgekommen. Aber was anderes: Wer ist er, und wie ist er gestorben?«

Corbett zwang sich, die Leiche zu untersuchen. Das Gesicht und der Oberkörper waren bis zur Unkenntlichkeit verbrannt. Die Augen hatten sich verflüssigt. Haare, sowohl auf dem Kopf als auch der Bart, waren zu Asche geworden. Corbett schluckte.

»Seht mal.« Er zog den Vorhang weiter nach unten. »Die obere Hälfte des Körpers ist fürchterlich verbrannt.« Er deutete auf die Strümpfe und Stiefel des Mannes. »Das hier ist aber nur angesengt.«

Corbett stand auf und ging zum Bett. Eine zerschlissene Satteltasche aus Leder lag halb unter dem fleckigen Kopfkissen. Corbett zog sie hervor, schnitt die Riemen durch und leerte den Inhalt auf die Bettdecke aus Wolle. Zum Vorschein kamen ein walisischer Dolch, ein Beutel voll Silbermünzen und der schmutzige weiße Umhang der Templer mit einem roten Kreuz vorne und hinten.

»Reich, auf jeden Fall für einen Soldaten«, meinte Corbett.

Er öffnete den Geldbeutel und wog die Münzen in der Hand. Dann legte er sie aufs Bett und wandte seine Aufmerksamkeit den Pergamentfetzen zu, die er ebenfalls in dem Beutel gefunden hatte. Bei dem einen handelte es sich um eine grobe Skizze der Straße, die vom Micklegate zur Trinity Lane führte, bei dem anderen um eine Liste von Lebensmitteln, die ein gewisser Walter Murston, Sergeant des Herrenhauses Framlingham, gekauft hatte. Corbett setzte sich aufs Bett.

»Ranulf, leg alles wieder in die Satteltasche und breite da«, er deutete auf die verkohlte Leiche, »um Gottes willen was drüber. Hier haben wir also«, fuhr er fort, »Walter Murston, ein Mitglied des Templerordens, der Hochverrat und versuchten Königsmord begangen hat. Er feuert zwei Bolzengeschosse auf unseren König und wird dann in Minutenschnelle von einem geheimnisvollen Feuer dahingerafft.«

»Die Strafe Gottes«, meinte Maltote feierlich.

»Falls das so ist«, erwiderte Ranulf spöttisch, »dann müßte halb York in Flammen aufgehen.«

Corbett erhob sich und schaute aus dem Fenster. Das Gefolge des Königs zog gerade weiter. Die Menge starrte auf die Schenke, die inzwischen von Soldaten mit Lanzen und Schilden umringt war. Draußen auf der Treppe waren schwere Schritte zu hören. Eine tiefe Stimme verfluchte sämtliche Schankwirte als »vaterlose und uneheliche Brut Satans«. Corbett grinste.

»Der edle Earl of Surrey ist im Anmarsch«, murmelte er.

Die Tür der Kammer flog so heftig auf, daß die Lederscharniere beinahe rissen.

»Syphilitische Schweinehunde! Undankbare Schurken!« rief de Warrenne. Sein hochrotes Antlitz war schweißbedeckt. Er trottete wie ein alter Bär in die Kammer. »Na, Corbett, verdammter Bevollmächtigter! Was soll das hier?« Der Earl zog den zerrissenen Vorhang zurück und starrte auf die Leiche. »Zur Hölle! Wer ist das?«

»Offensichtlich ein Sergeant, ein Armbrustschütze des Templerordens«, antwortete Corbett. »Er hielt sich mit seiner Armbrust hier in der Kammer auf und versuchte unseren König zu ermorden.«

»Und wer hat ihn umgebracht?«

»Darüber unterhalten wir uns gerade, edler Herr. Maltote glaubt, es war Gott, aber Ranulf ist der Meinung, daß York ein einziges Flammenmeer sein müsse, wenn jeder Sünder so bestraft würde.«

De Warrenne räusperte sich, ging wieder zur Tür und rief etwas die Treppe hinunter. Einige der Bogenschützen des Königs kamen herauf.

»Schafft das da weg!« befahl de Warrenne. »Ich will, daß die Leiche durch die ganze Stadt geschleift und dann am höchsten Galgen aufgehängt wird!«

Die Bogenschützen zogen eilig das Bett ab und wickelten den Toten in die schmutzigen Laken. De Warrenne schaute Corbett aus dem Augenwinkel an. »Und dann soll einer von den Faulpelzen von Schreibern ein Schild malen mit der Aufschrift: ›So sterben Verräter‹. Hängt das dem Schwein um den Hals.«

De Warrenne gab den Bogenschützen ein Zeichen, daß sie mit ihrer Last das Zimmer verlassen sollten, und knallte die Tür hinter ihnen zu. »Wie heißt das Schwein?«

»Walter Murston.«

»Der König wird über all das Rechenschaft verlangen«, sagte de Warrenne ungehalten. »Ich traue diesen verdammten Kriegermönchen kein bißchen!« Er ging auf die andere Seite der Kammer und trat mit dem Stiefel die Asche beiseite. Seine Sporen klirrten auf den Holzdielen. Dann schaute er aus dem Fenster. »Ich habe Angst, Hugh«, flüsterte er, »ich habe schreckliche Angst. Als die Assassinen vor dreißig Jahren versuchten, den König zu ermorden, war ich dabei. Ein Mann, der sich als Kurier ausgab.« Der alte Earl kniff die Augen zusammen und atmete schwer durch die Nase. »Er war auf einmal ganz nah, es ging so schnell. Der König reagierte ebenfalls blitzschnell. Er schlug ihm einen Hocker über den Kopf. Und jetzt sind sie wieder hinter ihm her.« Er faßte Corbett am Arm. Der Bevollmächtigte verzog keine Miene. »Um Himmels willen, Corbett, Ihr könnt das nicht zulassen!« De Warrenne schaute weg. »Wir müssen alle sterben«, murmelte er, »all die alten Freunde des Königs.«

»Sagt Seiner Hoheit«, entgegnete Corbett, »daß ihm schon nichts passieren wird. Sagt ihm, daß ich ihn in der St. Mary's Abbey aufsuchen werde.«
De Warrenne stürmte aus der Kammer.
»Noch etwas, edler Herr.«
»Ja, Corbett.«
»Sagt dem König, daß ich nicht nach Leighton Manor zurückreiten werde.« Er zwang sich zu einem Lächeln. »Zumindest nicht, bis wir mit dieser Sache fertig sind.«
Er lauschte den schweren Tritten de Warrennes auf der Treppe. Der Earl beschimpfte im Vorbeigehen jeden in der Schenke. Ranulf und Maltote standen nur noch mit offenen Mündern da.
»Was ist los, Ranulf?« wollte Corbett wissen. »Wenn du nicht den Mund zumachst, wird noch eine Fliege hineinfliegen.«
»Ich habe nie gehört, daß de Warrenne Euch Hugh genannt hätte«, sagte Ranulf. »Er muß wirklich schreckliche Angst haben ...«
»Hat er auch. Die Assassinen sprechen keine leeren Drohungen aus.« Corbett schloß das Fenster. »Aber laßt uns gehen. Es stinkt hier. Ranulf, nimm die Satteltasche.«
»Wer sind die Assassinen?« fragte Maltote.
»Das erzähle ich dir später. Ich will wissen, wie ein Mitglied des Templerordens ihr Handlanger wurde.«
Sie gingen die Treppe hinunter und in die Schankstube, einen niedrigen muffigen Raum, dessen Deckenbalken rußgeschwärzt waren. In der hinteren Ecke neben der Tür zur Spülküche saß der Wirt, umgeben von einigen liderlichen Frauen, und schüttete den Wein nur so in sich hinein. Als Corbett sich ihm näherte, warf er einen kurzen Blick auf ihn, fiel auf die Knie und streckte dem Bevollmächtigten seine gefalteten Hände entgegen.
»Herr, habt Erbarmen!« heulte er. Corbetts grimmiger Gesichtsausdruck schürte seine Angst noch. Es fehlte nicht viel, und er

hätte Corbett die Stiefel geleckt. »Herr, glaubt mir, wir haben nichts damit zu tun!«
Ranulf zog sein Schwert und legte es dem Mann mit der flachen Seite auf die Schulter. »Wenn das nicht stimmt«, drohte Corbetts rothaariger Diener, »dann hängt Ihr, noch bevor die Woche um ist. Anschließend wird man Euch vierteilen und Eure gepökelten Glieder über dem Micklegate baumeln lassen.«
Der Wirt klammerte sich an Corbetts Umhang. »Herr«, stöhnte er, »Gnade!«
Corbett schob Ranulfs Schwert beiseite und stieß den Mann wieder auf seinen Hocker.
»Holt Eurem Herrn einen Becher vom besten Wein und mir und meinen Gefährten ebenfalls«, befahl er den Mägden. »Also hört zu, Sir«, Corbett zog einen Hocker heran und setzte sich so vor den Wirt, daß seine Knie die des anderen fast berührten. »Ihr habt nichts zu fürchten, wenn Ihr die Wahrheit sagt.«
Dem Wirt gelang es kaum, sein Zittern zu unterdrücken. Ranulfs Schwert war eine Sache, aber dieser Bevollmächtigte mit seiner leisen Stimme war weitaus bedrohlicher. Eine Weile brachte er kein Wort heraus.
»Ihr seid nicht in Gefahr«, versicherte ihm Corbett. »Man kann Euch nicht für jeden in Eurer Schenke verantwortlich machen.« Er nahm einen Becher Wein, den ein Diener gebracht hatte, und drückte ihn dem Mann in die Hand. Corbett nippte an seinem eigenen und stellte ihn dann beiseite. Der Wein war gut, nur der Anblick einer Fliege, die obenauf schwamm, verursachte ihm ein Gefühl der Übelkeit. »Also, wer war dieser Mann?«
»Ich weiß es nicht. Er tauchte gestern abend hier auf. Ein Reisender. Er sagte, er heiße Walter Murston, und er zahlte sehr gut für die Dachkammer, zwei Silbermünzen. Er aß zu Abend, und danach habe ich ihn nicht mehr gesehen.«
»Kam er nicht herunter, um zu frühstücken?«
»Nein, wir waren außerdem wegen der Ankunft des Königs in

York sehr beschäftigt.« Der Wirt stöhnte und bedeckte sein Gesicht mit den Händen. »Wir hatten uns so auf dieses Fest gefreut. Eben standen wir noch vor der Tür und jubelten den Bannern zu und hörten die Fanfaren, und dann ...«
»Niemand sonst war bei ihm?« setzte Corbett seine Befragung fort. »Niemand hat ihn besucht?«
»Nein, Herr. Die Schenke hat allerdings zwei Eingänge, einen von vorne und einen von hinten. Es ist ein einziges Gehen und Kommen, besonders an einem Tag wie diesem«, sagte der Wirt und verstummte dann.
Corbett schloß die Augen und erinnerte sich daran, wie mühsam es gewesen war, sich durch die Menge einen Weg zu bahnen. Er hatte den Bettler beiseite gestoßen, während Ranulf die Gasse hinuntergerannt war. Er öffnete die Augen wieder.
»Wartet hier«, befahl er und ging aus der Schenke.
»Wonach sucht Ihr?« Ranulf eilte hinter ihm her. Corbett lief bis zum Anfang der Gasse und schaute diese entlang, ein schmaler, stinkender Tunnel zwischen den Häusern, in dem Unrat lag und Katzen herumstreunten. Zwei Kinder versuchten gerade auf einer alten Sau zu reiten, die in den Abfällen wühlte. Von dem Bettler fehlte jede Spur. Corbett ging in den Schankraum zurück.
»Ich vermute, Schankwirt, daß es in York ebenso zugeht wie in London. Die Bettler haben ihre Reviere, bestimmte Straßenecken oder Vordächer von Kirchen. Steht normalerweise ein Bettler neben Eurer Schenke?«
Der Wirt schüttelte den Kopf. »Nein, Herr. Und dort würde sich auch kein Bettler hinstellen, zu weit weg von den Marktständen, und die Gasse führt eigentlich nirgendwohin.« Er lächelte, und ein entzündeter roter Gaumen wurde sichtbar. »Außerdem trennen sich meine Gäste nur ungern freiwillig von einem Penny.«
»In diesem Fall könnt Ihr jetzt zu Euren Bierfässern zurückkehren, Schankwirt. Ihr habt nichts zu befürchten.«

Corbett gab Ranulf und Maltote ein Zeichen, und sie traten wieder auf die Trinity Lane.

»Sir.« Ein Sergeant der königlichen Hofhaltung kam auf sie zu. Er hatte eine Hand auf dem Griff seines Schwertes, in der anderen hielt er seinen Helm. »Der Earl of Surrey hat uns aufgetragen, hierzubleiben, bis Ihr fertig seid.«

»Nehmt Eure Leute, Captain«, befahl Corbett. »Begebt Euch wieder in die Abtei zum König. Richtet dem Earl of Surrey aus, daß ich ihn in Kürze aufsuchen werde. Wo sind unsere Pferde?«

Der Soldat hob die Hand, und ein Bogenschütze kam mit ihren Pferden.

»Ihr werdet sie führen müssen«, sagte der Soldat. »Die Straßen sind voller Menschen.«

Als die Trinity Lane hinter ihnen lag, sah sich Corbett gezwungen, diese Einschätzung zu teilen. Nachdem das königliche Gefolge vorüber war, standen die Menschen bis zum Micklegate dicht gedrängt. Die Marktstände waren wieder aufgebaut, und es wurden wie sonst Geschäfte gemacht. Kaufleute, Straßenhändler und Gesellen versuchten, sich die Festtagsstimmung in der Stadt zunutze zu machen. Corbett führte sein Pferd, Ranulf und Maltote gingen hinter ihm. Sie kamen nur langsam voran. Vor der St. Martin's Church hatte eine Schauspielertruppe auf zwei Karren eine provisorische Bühne errichtet und spielte zur Freude der Menge ein Stück über Kain und Abel. Als Corbett vorbeikam, war Gott, eine in ein Laken gehüllte Gestalt mit einem goldenen Heiligenschein auf dem Hinterkopf, gerade im Begriff, Kain mit dem Kainsmal zu zeichnen, einem roten Kreuz. Wenn es doch nur so einfach wäre, dachte Corbett. Wenn das Kainsmal doch nur auf der Stirn von jedem Assassine oder potentiellen Mörder leuchten würde.

»Glaubt Ihr, daß der Templer Helfershelfer hatte?« fragte Ranulf, der aufgeholt hatte.

»Ja«, antwortete Corbett. »Wie lange haben wir gebraucht, um von der Seite des Königs in diese Dachkammer zu kommen?«
Ranulf überlegte eine Weile. Eine Gruppe Kinder lief hinter einem Holzreifen her und an ihnen vorbei. Und dann kam eine Promenadenmischung, ein mageres gerupftes Huhn in der Schnauze. Sie wurde von einer erzürnten Hausfrau verfolgt, die aus vollem Hals schrie.
»Sie sprechen hier schon seltsam«, meinte Ranulf. »Schneller und abgehackter als in London.«
»Aber die Mädchen sind genauso hübsch«, entgegnete Corbett. »Ich habe dir eine Frage gestellt, Ranulf. Wie lange, meinst du, haben wir gebraucht?«
»Ungefähr so lange wie zehn Ave Maria.«
Corbett dachte daran, wie er sich durch die Menge gedrängt, die Orientierung verloren, die Schenke betreten hatte und schließlich die Treppe hinaufgegangen war.
»Ihr glaubt, daß sie zu zweit gewesen sind?« fragte Ranulf.
»Ja. Die Tür der Kammer war verschlossen. Vermutlich hat der Komplize des Armbrustschützen auf dem Weg nach unten den Schlüssel umgedreht und abgezogen. Mir fiel auf, daß der Schlüssel fehlt.«
»Ihr habt also nach dem Bettler gesucht?«
»Vielleicht, doch das erklärt auch nicht alles«, antwortete Corbett. »Murston muß diese beiden Bolzengeschosse abgefeuert haben. Aber wie war es möglich, einen Berufssoldaten in so kurzer Zeit umzubringen? Wieso leistete er keinen Widerstand? Und was ist mit diesem schrecklichen Feuer, das seinen Körper in Blitzesschnelle verbrannte?«
»Der andere hat ihn vielleicht umgebracht«, meinte Ranulf, »ist dann nach unten gelaufen und hat dort so getan, als wäre er nur ein Bettler. Diesen habt Ihr schließlich umgerannt.«
»Das sind bloß Mutmaßungen«, entgegnete Corbett.
Er faßte die Zügel seines Pferdes fester, als sie sich der Brücke

über die Ouse näherten. Sie war breit, und an den Holzgeländern standen Tische, von denen Fisch verkauft wurde. »Frisch gerupft aus dem Fluß«, riefen die Händler. Corbett blieb stehen und bat Ranulf, die Zügel der Pferde zu halten. Dann schaute er durch eine Lücke im Geländer. Rechts lag der Hauptturm von York Castle, links ließen sich die gewaltigen Türme von York Minster und der St. Mary's Abbey ahnen.
»Was sollen wir dem König sagen?« murmelte er vor sich hin, ohne die seltsamen Blicke der Umstehenden weiter zu beachten. Er schaute auf den wirbelnden Fluß, auf die Stare, die unter der Brücke ihre Nester hatten, und auf die zerbrechlichen Boote der Fischer, die auf den Wellen tanzten. Diese ruderten gegen den Strom, klammerten sich an ihre Netze und wichen dem Unrat aus, der überall auf dem Fluß trieb und zwischen den gewaltigen Brückenpfeilern steckenblieb. Corbett konnte sich auf den Tod des Templers keinen Reim machen. Ein Kämpfer, den man kurzerhand in ein Häufchen Asche verwandelt hatte! Er ging zu Ranulf zurück. Da lief ein kleiner Bettlerjunge auf ihn zu. Er hielt in der einen Hand einen Penny, in der anderen ein Pergament und brabbelte etwas. Corbett kniete sich hin.
»Was willst du, Junge?«
Das Lächeln des Knaben verstärkte sich. Er drückte Corbett den schmutzigen zusammengefalteten Pergamentfetzen in die Hand. Der Bevollmächtigte öffnete ihn, und der Junge rannte davon. Corbett las ihn, und trotz Sonne und Menschenmassen gefror ihm das Blut in den Adern.

Wisse, daß Dir all Dein Besitz abhanden kommt und schließlich uns zufällt.
Wisse, daß wir kommen und gehen, wie es uns beliebt, und daß Du uns nicht daran hindern kannst.
Wisse, daß wir Macht über Dich besitzen und daß das so sein wird, bis wir unsere Mission erfüllt haben.

Corbett studierte das Gekritzel auf dem Pergament. Die Reihenfolge war verändert, aber deswegen war die Bedrohung nicht minder wirklich. Er schaute auf. Der Junge war verschwunden. Es war unmöglich, ihn zu verfolgen. Irgendwo aus der Menge heraus hatte der Meuchelmörder sie beobachtet. Er hatte sie verfolgt. Der tote Templer hatte nicht allein gehandelt, man hatte ihn kaltblütig geopfert. Das Spiel hatte gerade erst begonnen.

Kapitel 3

Edward von England hatte sich in der großen hölzernen Badewanne in dem privaten Gemach im Palast des Erzbischofs ausgestreckt. Der Boden um die Wanne herum war mit purpurfarbenem Buckram ausgelegt. Die Wanne selbst war von einem Trupp Diener mit Eimern kochendheißen Wassers gefüllt worden, in dem Malvenblüten und andere Kräuter schwammen und einen angenehmen Duft verbreiteten. Der König ließ seine Arme über die Seiten der Wanne hängen. Er schwamm in süßlich duftendem, mit Seifenschaum bedecktem Wasser, während er über den Rand der Wanne auf Corbett, der neben de Warrenne saß, schaute. Der Bevollmächtigte bemühte sich, sein Gesicht nicht zu verziehen. Nicht daß Edward im Bad auch nur das Geringste seiner Königswürde eingebüßt hätte, Corbett amüsierte sich mehr über den Dünkel des Erzbischofs, den Eigentümer der Wanne, dessen Wappen zusätzlich zu einigen Kreuzen auf die Außenseite gemalt waren.

»Findet Ihr das vielleicht lustig?« knurrte Edward. »Die Templer haben mir gerade eine Anleihe von fünfzigtausend Pfund Sterling zugesagt. Ich habe vor ihnen ein verdammtes Gelöbnis abgelegt, mich auf einen Kreuzzug zu begeben, und jetzt sagt Ihr, daß die Schweine versuchen, mich umzubringen!«

»Das war keine Anleihe«, entgegnete Corbett, »sondern ein Geschenk. Mit Verlaub, Eure Hoheit, aber eher fängt diese Wanne an, das Tedeum zu singen, als daß Ihr Euch auf einen Kreuzzug begebt.«

Edward erhob sich und schüttelte sich wie ein nasser Hund. Er kletterte aus der Wanne. De Warrenne legte ihm ein wollenes Laken um die Schultern.

»Das war jetzt gut«, sagte Edward. »Hoffentlich dauert es bis zum nächsten Bad nicht bis Mittsommer.« Er ging mit nassen Füßen auf Corbett zu und schüttelte sich das Wasser aus den Haaren. »Ihr badet doch einmal in der Woche?«

»Ein arabischer Arzt, der in Salerno studiert hat, meinte, daß mir das nicht schaden könne.«

»Verweichlichung!« grollte Edward.

Der König begab sich zu einem kleinen Tisch, füllte drei vergoldete Becher mit Wein und drückte de Warrenne und Corbett je einen in die Hand.

»Dieser Templer schoß also zweimal und ging dann in Flammen auf?«

»Es hat ganz den Anschein, Eure Hoheit. Er muß jedoch einen Komplizen gehabt haben«, entgegnete Corbett. »Dieselbe Person folgte mir durch York und ließ mir die warnende Botschaft zukommen.«

»Aber warum sollten die Templer mich umbringen wollen?« fragte Edward. »Und hat dieser Mordversuch etwas mit diesem armen Teufel zu tun, den die beiden Nonnen brennend an der Straße nach York gefunden haben?« Er holte tief Luft. »Ihr seht noch ganz frisch aus, Corbett. Ich möchte, daß Ihr nach Framlingham reitet.« Er nahm einen Ring vom Finger und gab ihn Corbett. »Zeige diesen Ring de Molay. Er wird ihn erkennen.«

Corbett schaute auf einen funkelnden, in Gold gefaßten Amethyst.

»Die Templer schenkten diesen Ring meinem Vater«, erklärte Edward. »Ich will ihn zurückhaben, doch bis dahin seid Ihr durch ihn autorisiert. Ihr sollt in dieser Angelegenheit ermitteln, Corbett! Gebraucht Eure lange Nase und Euren scharfen Verstand, findet heraus, wer der Meuchelmörder ist, damit ich ihn umbringen kann!«

»Ist das alles, Eure Hoheit?«

»Was denn noch?« fragte Edward höhnisch. »Soll Euch die Wanne des Erzbischofs etwa noch das Tedeum vorsingen? Und«, rief er Corbett hinterher, der sich bereits verbeugt hatte und auf dem Weg zur Tür war, »ich will, daß Ihr in Framlingham wohnt, bis diese Angelegenheit geregelt ist. Als Zeichen meiner Freundschaft mit dem Großmeister sollt Ihr dieses Faß Wein mitnehmen, das ich versprochen habe.«

Es wurde geklopft, und die Türe wurde so abrupt geöffnet, daß Corbett beinahe zu Fall kam. Amaury de Craon, der Gesandte Philipps IV. am englischen Hof, stolzierte erregt in den Raum.

»Eure Hoheit«, murmelte er. »Ich habe von dem Angriff auf Euer Leben gehört.« Er hob sein rotbärtiges Antlitz, das dem eines Fuchses glich. »Im Namen meines Gebieters danke ich Gott, daß er Euer Leben geschont hat. Ich bete darum, daß Euer Feind bald sein wohlverdientes Ende findet.«

»Wird geschehen. Wird geschehen.«

Edward streckte dem französischen Gesandten seine Hand zum Handkuß hin. De Craon kniete sich hin, küßte sie und erhob sich dann wieder.

»Unser geschätzter und geachteter Bevollmächtigter, Sir Hugh Corbett, der Hüter des Geheimsiegels«, fuhr der König fort, »wird die Wahrheit schon herausfinden.«

»Wie ich das bereits bei anderer Gelegenheit getan habe«, meinte Corbett, schloß die Tür und lehnte sich dagegen.

De Craon drehte sich um. »Sir Hugh, Gott stehe Euch bei!« Er ging auf Corbett zu, umarmte ihn und küßte ihn auf die Wange, ein Judaskuß. »Ihr seht aus wie das blühende Leben, Sir Hugh!«

Corbett starrte seinen Erzfeind an, Philipps Meisterspion, der für sämtliche Heimtücke des französischen Königs verantwortlich war. Corbett bewunderte die auffällige Kleidung des Franzosen, einen Waffenrock aus Damast mit einer Goldborte an

Hals und Manschetten. Der Saum über den glänzenden roten Stiefeln war mit winzigen Edelsteinen besetzt.
»Ihr habt Euch ebenfalls nicht verändert, Sir Amaury.«
»Ich bin jedoch nicht hierhergekommen, um Höflichkeiten auszutauschen.« De Craon wandte sich um. »Und auch nicht, um das knappe Entrinnen Seiner Hoheit zu feiern.«
»Warum dann?« fauchte Corbett.
»Um Euch eine Warnung meines Herrn zu überbringen«, fuhr de Craon fort. »Ihr habt davon gehört, daß er auf der Jagd im Bois de Boulogne auf ähnliche Weise angegriffen wurde?«
»Sprecht weiter«, sagte Edward leise.
»Der Täter wurde gefaßt«, berichtete de Craon. »Ein Templer, ein hochrangiger Sergeant aus ihrer Festung in Paris. Die Spione meines Herrn schnappten ihn. Er legte ein volles Geständnis ab, nachdem er eine kurze Zeit in den Kerkern des Louvre gesessen hatte.«
»Und?« fragte Corbett.
»Offensichtlich existieren hochrangige Templer, die den westlichen Regenten die Schuld an ihrer Vertreibung aus dem Heiligen Land geben, und nicht nur diesen, sondern auch dem Kaiser des Heiligen Römischen Reiches sowie dem Papst selbst, aber ganz besonders Philipp von Frankreich und Edward von England.«
Corbett ging zu ihm hinüber. »Ihr überbringt uns also eine Warnung?«
»Ja, Sir Hugh, ich überbringe Euch eine Warnung. England und Frankreich stehen kurz davor, einen wichtigen Friedensvertrag zu unterzeichnen. Dieser soll durch eine Heirat zwischen den beiden Häusern besiegelt werden. Unsere Länder hatten ihre Meinungsverschiedenheiten. Das hier jedoch ist eine Gefahr, die uns beide bedroht und die diesen Frieden zerstören könnte.«
»Was hat der Sergeant noch alles gestanden?« wollte Edward wissen.

De Craon zog ein Pergament aus seinem Ärmel und warf es Corbett zu. »Seht selbst!«
Corbett rollte das Pergament auf und las. Offensichtlich war sein Mißtrauen de Craon gegenüber diesmal unbegründet.
»Was steht da?« fragte der König und setzte sich auf eine Bank. Corbett las in der Handschrift und ging mit ihr zum Fenster, weil es dort heller war. »Es handelt sich um ein Geständnis«, sagte Corbett, »von einem Sergeant, der im Temple in Paris stationiert war. Er gibt zu, versucht zu haben, Philipp im Bois de Boulogne zu ermorden. Offensichtlich führte der Sergeant bloß den Befehl eines hochrangigen Offiziers aus, der ihm allerdings nur unter dem Namen Sagittarius oder Bogenschütze bekannt war.«
»Und Philipps Folterknechten gelang es, ihm dieses Geständnis abzupressen?« fragte Edward.
»Nein«, Corbett schaute auf, »das gelang den königlichen Folterknechten nicht.« Er bemerkte de Craons zufriedenes Lächeln. »Das war kein geringerer als der Großinquisitor.«
»Ihr wißt«, unterbrach ihn de Craon, »daß die Heilige Inquisition Gesetz ist?«
»Offensichtlich«, fuhr Corbett fort und las weiter in der Handschrift, »fand man gewisse Gegenstände im Besitz des Templers. Ein Fünfeck, ein Bild des umgekehrten Kreuzes und andere Gerätschaften der Schwarzen Magie.« Er schaute hoch. »Deshalb hat sich auch die Inquisition dieser Sache angenommen. Der Sergeant behauptete, er und einige andere Templer gehörten zu einer Loge von Hexenmeistern, die an satanischen Riten teilnehmen und Dämonen und einen vom Rumpf abgetrennten Kopf verehren.«
Corbett schaute auf die letzten Zeilen. Er betrachtete das blutrote Siegel der Heiligen Inquisition und die Unterschriften des Großinquisitors und seiner beiden Zeugen.«
»Es handelt sich also um eine ernste Drohung?« Edward beugte sich vor.

De Craon nickte kurz. »Mein Herr hat bereits an Papst Bonifatius VIII. geschrieben und um eine Ermittlung gegen den Orden gebeten.« Er erhob sich und sank vor dem König auf die Knie. »Aber ich werde meinen Herrn darüber informieren, daß Ihr noch einmal unversehrt davongekommen seid. Und«, meinte er hinterhältig und schaute Corbett aus dem Augenwinkel an, »über Euren heiligen Eid, Euch auf einen Kreuzzug zu begeben.«

»Bei diesem Unterfangen wird sich mein Herr der Hilfe der anderen westlichen Prinzen versichern«, warf Corbett ein.

De Craon erhob sich und verbeugte sich vor Corbett. »Philipp von Frankreich wird da niemandem in etwas nachstehen. Er ist bereit, sein Blut zu vergießen, wie das schon sein Großvater getan hat, um das Lehen Gottes zurückzuerobern.« Unter weiteren Verbeugungen verließ de Craon das Zimmer so schnell, wie er gekommen war.

»Das muß de Craon wirklich schwergefallen sein«, meinte Corbett und versicherte sich, daß die Tür richtig geschlossen war, »einmal in seinem Leben die Wahrheit zu sagen.«

»Reitet nach Framlingham«, befahl ihm Edward. »Nehmt dort Quartier. Sagt dem Großmeister, daß jeder Templer, der das Gut verläßt, unter dem Verdacht auf Hochverrat festgenommen wird.«

Ranulf und Maltote beklagten sich bitterlich, daß sie ihr Würfelspiel mit den Bogenschützen des Königs abbrechen mußten. Ihr Geheule wurde noch lauter, als Corbett ihnen mitteilte, wohin es gehe.

»Hört mit dem Gejammer auf«, sagte Corbett. »Zum einen ist es bloß eine Frage der Zeit, daß den Bogenschützen auffällt, daß du mogelst. Zum anderen tut es deinem Seelenheil nur gut, Ranulf, daß du eine Weile nicht hinter jedem Rockzipfel herrennen kannst.«

Als sie später durch die Straßen von York ritten, drehte sich Corbett nicht um, aber er wußte, daß Ranulf mit finsterer Miene hinter ihm ritt und halblaut etwas von »Master Langschädel« und »Spielverderber« murmelte. Maltote war gefaßter. Solange er bei den Pferden sein konnte und in etwa wußte, was als nächstes geplant war, war er zufrieden. Er ließ also Ranulf murren und versuchte ein bösartiges Packpferd im Zaum zu halten, dem es ganz und gar nicht gefiel, daß es den gemütlichen Stall gegen die lauten und staubigen Straßen Yorks hatte eintauschen müssen.

Ranulf, der die Stadt gut kannte, kam schließlich auf eine Höhe mit Corbett.

»Herr, wir sollten doch eigentlich in die entgegengesetzte Richtung reiten? Framlingham liegt hinter Botham Bar im Norden der Stadt.«

Corbett blieb stehen, bevor sie auf Yorks großen Fleischmarkt, Shambles, kamen.

»Wir haben noch bei Master Hubert Seagrave zu tun, Ranulf, den königlich approbierten Weinhändler und Eigentümer der Greenmantle Tavern in der Coppergate Lane. Wir sollen dem Großmeister ein Geschenk überbringen.«

Corbett spähte in die engen Straßen vor sich. Blut und Fleischabfälle bedeckten die Pflastersteine, eine blutige Schmiere. An den Ständen zu beiden Seiten hingen die ausgeweideten Kadaver von Schafen, Lämmern und Schweinen. Corbett wendete.

»Laß uns einen anderen Weg nehmen.«

Als er sich umdrehte, schwirrte ein Armbrustbolzen an seinem Gesicht vorbei und schlug in den Putz des Hauses hinter ihm ein. Corbett war sprachlos. Ranulf ergriff seine Zügel, und sie galoppierten eine schmale Gasse entlang auf die Coppergate Lane zu. Kaufleute, Lehrlinge, Bettler, Kinder und nach Futter suchende Hunde und Katzen brachten sich vor den donnernden Hufen in Sicherheit. Die Geistesgegenwärtigeren hoben Unrat

vom Boden auf und warfen ihn auf die drei Reiter, denn Maltote hatte sich Corbett und Ranulf rasch angeschlossen. Als sie die Coppergate Lane erreicht hatten, zügelte Corbett sein Pferd.
»Wer hat den abgeschossen?« fragte er.
Ranulf wischte sich den Schweiß aus dem Gesicht. »Das weiß der Himmel, aber ich reite ganz sicher nicht zurück, um das herauszufinden.«
Corbett stieg ab und befahl Ranulf und Maltote, das ebenfalls zu tun.
»Nehmt hinter den Pferden Deckung!« befahl er.
Sie gingen die Coppergate Lane entlang. Ein Kaufmann lief auf sie zu und beklagte sich über ihren rücksichtslosen Galopp. Ranulf zog sein Schwert und rief, daß sie in Geschäften des Königs unterwegs seien, und der Mann wich zurück.
»Was war das, eine Warnung?« fragte Ranulf.
»Das glaube ich nicht«, antwortete Corbett. »Wenn ich mich nicht gerade umgedreht hätte, dann wäre das ein Treffer gewesen.«
»Sollen wir zurückgehen?« fragte Maltote. »Vielleicht …«
»Sei nicht blöd!« knurrte Ranulf. Er deutete auf die Häuser zu beiden Seiten der Straße. »Fenster, Türen, Gäßchen, Nischen und Winkel. Du könntest eine ganze Armee in York verstecken.«
Corbett ging weiter. Er wünschte nur, sein Magen würde sich endlich beruhigen. Daß er noch einmal so knapp davongekommen war, ließ ihn schwindeln, und kalter Schweiß bedeckte seine Glieder. Er versuchte sich abzulenken, indem er die Menschen mit ihren bunten Kleidern um sich herum betrachtete und auf die Rufe der Marktschreier lauschte. Trotzdem blieb die Angst. Er war kurz davor, sein Schwert zu ziehen und auf die Menge loszudreschen. Außerdem gingen ihm Maeve und seine kleine Tochter Eleanor nicht aus dem Sinn. Sie werden gerade mit dem Frühjahrsputz beschäftigt sein, dachte er, jetzt in diesen ersten warmen Tagen. Maeve stellt vermutlich wieder alles auf

den Kopf. O Gott, würde sie das vielleicht gerade auch tun, wenn der Bote die Allee zum Herrenhaus hinaufgeritten kam? Würde sie ihm entgegenlaufen? Wie würde sie die Nachricht vom König aufnehmen, daß sein betrauter und über alles geschätzter Bevollmächtigter, ihr Ehemann, tot sei, ermordet in York von der Hand eines Meuchelmörders? Er hörte, wie von weit entfernt sein Name gerufen wurde.

»Herr? Sir Hugh?«

Corbett blieb stehen und schaute Ranulf an.

»Was gibt's?« fragte Corbett mit rauher Stimme. Mund und Lippen waren trocken wie Pergament.

»Wohin gehen wir eigentlich?« fragte Ranulf mit leiser Stimme. Daß Corbett so bleich war, beunruhigte ihn.

»Ich habe einen Fehler gemacht, Ranulf«, gestand Corbett. »Es tut mir leid, aber wir hätten York verlassen sollen.«

»Unsinn«, Ranulf ergriff die Hand seines Herrn. Sie war eiskalt. »Wir gehen jetzt zur Greenmantle Tavern, holen dort das Faß Wein und reiten nach Framlingham. Dann sagen wir diesen Schweinen von Templern, daß sie das Anwesen nicht verlassen dürfen, und Ihr stellt Eure Fragen. Ihr setzt Euch hin und denkt nach, wie Ihr das immer tut. Und noch vor Christi Himmelfahrt werdet Ihr einen weiteren Verbrecher seiner gerechten Strafe überantwortet haben. Kommt schon«, drängte ihn Ranulf, »Kopf hoch. Schließlich bin ich es, der seine Lucia verlassen muß.«

»Seine Lucia?« fragte Corbett.

»Herr, sie ist das schönste Mädchen in ganz York.« Ranulf ging weiter. »Sie hat Haar schwarz wie die Mitternacht, Haut wie weiße Seide und Augen«, er deutete auf den Himmel zwischen den sich nach vorne neigenden Fassaden, »blauer als das.« Er drehte sich nach Maltote um. »Und dann hat sie noch eine Schwester. Das erinnert mich doch«, redete er weiter, »an diese Geschichte über den Bischof von Lincoln, der mitten in der Nacht in diesem Bauernhaus Schutz suchte ...«

Ranulfs Gesprächigkeit beruhigte Corbett, und er entspannte sich. Sie blieben an der Ecke zur Hosier Lane stehen. Hier verdingte Ranulf einen jungen Burschen, sie in den Hof von Master Seagraves Schenke zu führen.

Die Greenmantle Tavern war geräumig und lag in einem vierstöckigen Gebäude mit zwei Seitenflügeln an der Newgate Lane. Der Hof vor dem Haus hatte eine Mauer zur Straße. Die Schenke glich mehr einem kleinen Dorf, mit allen Nebengebäuden, Schmieden, Ställen, einer kleinen Gerberei sowie Werkstätten für Böttcher und Tischler. Der Eigentümer, Hubert Seagrave, kam ihnen entgegen. Er war in wollene Kleider gehüllt und glich eher einem Kaufmann als einem Wirt. Ein Strohhut saß als Schutz gegen die Sonne auf seinem kahlen Kopf. Er stolzierte mit einem Rohrstock über den Hof.

»Wie ein Bischof in seinem Palast«, flüsterte Ranulf.

Seagrave war es ganz offensichtlich gewohnt, Beamte des Königs zu empfangen, doch sein unwirsches Gesicht und seine stechenden Augen wurden unterwürfig, als Corbett sich vorgestellt hatte.

»Tut mir leid, es war mir nicht klar ...« stotterte er. »Normalerweise schickt der Hof Diener ...«

»Der König wünscht ein Faß Eures besten Weins, Master Seagrave«, bemerkte Corbett wie nebenbei. »Und wenn ich sage, den besten, dann meine ich auch den besten. Geschenk an den Großmeister der Templer.«

Seagrave sah plötzlich ganz besorgt aus.

»Was ist los?« wollte Corbett wissen. »Ist Euch der Wein ausgegangen?«

Seagrave zupfte Corbett am Ärmel und zog ihn näher zu sich heran, als wären sie Verschworene.

»Nein, nein«, flüsterte der Weinhändler. »Aber die ganze Stadt ist voller Gerüchte über die seltsamen Vorfälle in Framlingham und den Angriff auf den König heute morgen.«

Corbett machte vorsichtig seinen Arm los. »Erzähl es einem Wirt«, meinte er, »und die ganze Welt weiß es. Ihr solltet nicht jedes Geschwätz ernst nehmen.«

Seagrave nickte. »Ich habe ein Faß, einer der besten Jahrgänge aus der Gascogne. Es ist zehn Jahre in meinen Kellern gelagert. Ich hoffte es dem König verehren zu können. Meine Diener werden es holen. Aber kommt, wollt Ihr einen kleinen Imbiß zu Euch nehmen?«

»Gleich, Master Seagrave, da ist noch etwas. Die beiden Anwesen, die Ihr kaufen wollt.«

Seagrave wurde noch unterwürfiger. Er rieb sich die Hände, als witterte er ein gutes Geschäft. Er bestand darauf, Corbett, dem zynischen Ranulf und dem ehrfürchtigen Maltote seinen Besitz zu zeigen, die Lager und Schmieden am Innenhof, die tiefen Keller, wo sich das Faß befand, das er ausgesucht hatte. Dann führte er sie durch Räume, in denen ein süßlicher Geruch hing, der von den frischen Binsen auf dem Fußboden und aus den Küchen kam. Dahinter lag ein hübscher Garten, von einer hohen von Efeu und Flechte bewachsenen Backsteinmauer umgeben. Im Garten wuchsen auf kleinen Beeten Gemüse und Kräuter für die Küche, wie ihnen Seagrave erklärte.

Ranulf fragte ungeduldig nach den beiden Anwesen, und Seagrave führte sie zu einer kleinen Pforte. Ein paar Schritte davor blieb Corbett stehen und schaute auf ein großes Tuch, das ein riesiges Loch bei der Wand bedeckte.

»Ich sehe, daß Ihr anbaut, Master Seagrave?«

»Ja, wir wollen ein paar Lauben bauen, in denen man sich windgeschützt aufhalten und etwas trinken kann. Dort sollen ausgewählte Gäste an milden Sommertagen sitzen.«

Corbett nickte und sah sich um. Der Garten war wunderschön. Auf einer Seite stand ein Taubenschlag, der von Bienenstöcken flankiert wurde. Er schloß die Augen, atmete den Duft der Blumen ein und lauschte dem leisen Summen der Bienen.

»Ein schöner Ort, was, Sir Hugh?«
»Ja, hier kriege ich regelrecht Heimweh.« Corbett öffnete die Augen. Ranulf schaute ihn fragend an. »Aber kommt, Master Seagrave, laßt mich das Land sehen, das Ihr kaufen wollt.«
Der Schankwirt öffnete die Pforte und führte sie hindurch. Dahinter lag ein verwildertes Stück Land, auf dem Gras und Brombeerranken wuchsen, fast dreieckig und von den Rückseiten anderer Häuser umgeben.
»Wem gehört das Land?« wollte Corbett wissen.
»Erst dachte ich, der Stadt, aber als ich die Urkunden studierte, stellte ich fest, daß es sich um ein Lehen der Templer handelt. Sie besitzen hier viele solche Grundstücke.«
»Aha!« Corbett seufzte. »Und natürlich bedarf der Verkauf der Erlaubnis des Königs.«
Seagrave runzelte die Stirn. »Natürlich, Sir Hugh. Kein Land, das einem Orden übertragen worden ist, kann ohne königliche Erlaubnis weiterverkauft werden.«
Sie gingen in die Schenke zurück. Ranulfs hungrigem Blick entnahm Corbett, daß sie auf Seagraves Angebot, den kleinen Imbiß, eingehen sollten. Also blieben sie noch und aßen Fisch und ein würziges Huhn. Seagrave kredenzte ihnen persönlich einen kühlen Weißwein aus seinen Kellern. Nach dem Essen banden die Stallknechte des Schankwirts das kleine Weinfaß auf dem Packpferd fest, und sie verabschiedeten sich. Corbett und seine beiden Getreuen ritten die Colney Gate entlang, durch die Lock Lane, dann die Petergate hinauf und schließlich durch das weite und etwas unheimliche Botham Bar. Corbett ritt voran. Ranulf und Maltote waren bester Laune. Sie hatten so gut in York noch nicht gegessen.
Aus dem Nachmittag war fast schon Abend geworden, und Corbett fragte sich, was er den Templern sagen sollte.
»Meinst du, sie wissen davon?« rief er über die Schulter.
»Was, Herr?«

»Meinst du, daß die Templer vom Angriff auf den König gehört haben?«
»Keine Ahnung, Herr.«
Ranulf verzog das Gesicht und sah in Richtung Maltotes. Trotz aller launigen Bemerkungen, die er auf ihrem Ritt nach Framlingham machte, war er besorgt. Corbett war fest entschlossen, den Dienst des Königs zu quittieren und sich auf Leighton Manor zur Ruhe zu setzen. Der nur wenige Stunden zurückliegende Angriff auf sein Leben würde ihn in diesem Entschluß nur bestärken. Was sollte dann aus ihm werden? Leighton war wunderschön, besonders im Sommer. Er hatte oft zu Maltote gesagt, daß ein Schaf wie das andere aussehe und daß Bäume und Hecken es nicht mit den verwinkelten Gassen Londons aufnehmen könnten, was Spannung und Abenteuer angehe. Er fing an, diese Fragen wieder einmal mit Maltote zu besprechen, als sie die Häuser und Bauernkaten gerade hinter sich ließen und in das offene Land kamen, das er so sehr verabscheute. Corbett saß nicht sonderlich entspannt im Sattel, und Ranulf wurde ebenfalls nervös, als der Weg schmaler und auf beiden Seiten von Hecken gesäumt wurde. Die Bäume lehnten sich von links und rechts so dicht aneinander, daß ihre Äste über ihren Köpfen einen Baldachin bildeten. Ab und zu trällerte eine Waldtaube, und eine Saatkrähe auf der Jagd krächzte heiser. Ranulf versuchte das nicht weiter zu beachten, er lauschte und wartete auf eine Bewegung, ein Geräusch, ein Gefahrensignal. Ihm wurde wieder leichter ums Herz, als die Hecken ein Ende nahmen und der Weg breiter wurde. Corbett blieb gelegentlich stehen und murmelte vor sich hin. Er schaute auf den Weg und ritt dann weiter.
»Um Himmels willen, Herr!« rief Ranulf. »Was ist Aufregendes an Steinen und Erde?«
Corbett hielt sein Pferd an. »Der brennende Leichnam ohne Kopf«, sagte er, »wurde hier ganz in der Nähe gefunden.« Er beachtete Ranulfs Proteste nicht weiter und stieg ab. »Schaut

her.« Er deutete auf den Weg. »Dort, vor der Biegung bei den Bäumen, dort haben die guten Schwestern die sterblichen Reste gefunden.«
»Seid Ihr Euch da sicher?« fragte Ranulf.
»Ja, ihr Führer berichtete, daß sie sich gerade einer Wegbiegung genähert hätten. Das Pferd galoppierte um diese Biegung und verschwand hinter ihnen. Als sie selbst um die Ecke waren, fanden sie den Toten, oder jedenfalls Teile von ihm, die lichterloh brannten.« Er stieg wieder auf sein Pferd und grinste Ranulf an. »Wollen doch mal sehen, ob mich mein Gedächtnis im Stich läßt. Die guten Nonnen meinten, daß sie eine halbe Stunde später Botham Bar erreicht hätten. Wir sind jetzt etwa ebensolang geritten.«
Es zeigte sich, daß Corbett recht hatte. Sie ritten weiter und in das kleine Wäldchen hinein. Corbett spähte in die Dunkelheit, dann schaute er auf die Erde, die von Kieseln bedeckt war, und deutete auf den großen Brandfleck.
»Warum interessiert Ihr Euch so für diesen Mord?« wollte Ranulf wissen.
»Nur ein Berufssoldat, jemand, der in der Lage ist, ein großes Schwert, das man mit beiden Händen halten muß, zu handhaben, kann einen Mann mittendurch hauen. Das Pferd galoppierte davon, und der geköpfte Oberkörper wurde von einem geheimnisvollen Feuer verzehrt. Wo kam das wohl her?«
»Die Templer?« unterbrach ihn Ranulf. »Sie haben doch solche Zweihänder.«
Corbett lächelte. »Jetzt verstehst du, warum ich mich so für diesen Mord interessiere. Bleib mal da stehen.« Corbett zog sein Schwert. »Gut, Ranulf, du bist das Opfer, und ich bin der Angreifer.« Er nahm sein Schwert in beide Hände, rannte vor und schlug Ranulf leicht mit der flachen Seite auf den Bauch.
»Hat es sich so zugetragen, Herr?«
Corbett steckte sein Schwert wieder in die Scheide. »Möglicher-

weise. Aber warum ist das Opfer dem Schwert nicht ausgewichen? Warum hat es nicht sein Pferd gewendet und ist geflohen?«

»Es war dunkel«, bemerkte Ranulf.

Corbett schüttelte den Kopf. »Das ergibt keinen Sinn. Warum erst den Mann halbieren und dann nur den Oberkörper verbrennen? Und wenn du das Opfer bist, also irgendein harmloser Reisender, warum fliehst du dann nicht?«

»Wie wollen wir wissen, daß er so harmlos war?« fragte Ranulf.

»Wir haben keine Waffen gefunden.« Corbett sah die Landstraße entlang zurück. »Außerdem scheint er kaum Widerstand geleistet zu haben.«

»Kam das Opfer aus York, oder war es dorthin unterwegs?« erkundigte sich Ranulf.

Corbett schüttelte den Kopf. »Soweit ich mich erinnern kann, gab es keine einzige Petition, in der nach dem Verbleib eines Bürgers der Stadt York gefragt wurde. Es wurde auch niemand vermißt gemeldet.«

»Wieso meint Ihr«, fragte Maltote, »daß es sich bei dem Angreifer um einen Templer gehandelt hat?«

Corbett tätschelte den Hals seines Pferdes. »Das gefällt mir, Maltote. Gute Fragen, die den Kern der Sache treffen. Ich glaube, daß es sich um einen Ritter gehandelt hat«, fuhr er fort. »Wie bereits gesagt, den Körper eines anderen Menschen mit einem Schlag zu durchtrennen, erfordert ungeheure Kraft, aber auch Geschicklichkeit. Du mußt dir das so vorstellen, Maltote. Der Mörder läuft mit dem Schwert in den Händen auf sein Opfer zu. Dann schwingt er es nach hinten wie ein Bauer die Sense und durchtrennt sein Opfer glatt über dem Schritt. Nur ein geübter Ritter, ein erfahrener Krieger, kann ein Schwert mit solcher Genauigkeit und Macht schwingen. Ich habe das in Schottland und Wales gesehen. Das kann nur, wer jahrelang im Krieg war.«

»Aber warum ein Templer?« beharrte Maltote.
»Weil sie über diese Fertigkeiten verfügen und weil Framlingham nicht weit ist. Soviel ich weiß, waren die einzigen anderen Ritter, denen ich so etwas zutrauen würde, beim König.«
»Zwischen dem Mord auf dieser einsamen Landstraße und dem Tod des Meuchelmörders in der Stadt besteht also ein Zusammenhang?« wollte Ranulf wissen.
»Ja, beide Männer wurden ermordet und ihre Leichen anschließend verbrannt. Warum und von wem, das ist ein Geheimnis.«
»Was ist, wenn das Opfer ebenfalls ein Templer war?« fragte Maltote, der immer noch stolz über das Lob war, das Corbett ihm ausgesprochen hatte.
»Möglich«, entgegnete Corbett. »Das könnte auch erklären, warum sich bisher noch niemand um die sterbliche Hülle gekümmert und warum man das Pferd und die übrige Leiche nicht gefunden hat. Doch«, meinte er nachdenklich, »ich habe irgendwie das Gefühl, daß er kein Templer war.« Er zuckte mit den Schultern. »Aber auch dafür habe ich keinen Beweis.« Corbett schaute wiederum auf den Brandfleck und dann in das grüne Dunkel der Bäume. »Wir werden sehen«, murmelte er.
Eine Weile ritten sie schweigend. Corbett versuchte sich über die Schwierigkeiten klarzuwerden, die ihn erwarteten. Wer war das Opfer auf der einsamen Landstraße? Warum wurde er ermordet? Warum hatte man anschließend seine Leiche angezündet? Warum hatte niemand den Toten gekannt? Warum hatte ein Sergeant der Templer versucht, den König zu ermorden? Warum war er dann selbst von einem rätselhaften Feuer verzehrt worden? Konnte es wirklich sein, daß der Templerorden so von Gier und Intrige unterwandert war? Gab es dort eine nachtschwarze Verschwörung, die sich die Vernichtung der Regenten durch Mord und Schwarze Magie zum Ziel gesetzt hatte? Wer war Sagittarius? Corbett schloß die Augen, sein Pferd fand auch so den Weg. Dann war da diese Geschichte mit den

Münzen. Wer hatte die Mittel, schwere Goldmünzen zu prägen? Woher stammte das Edelmetall? Wie kamen die Münzen unter die Leute? Hatte diese Sache ebenfalls mit den Templern zu tun? Hatten sie das Geheimnis der Alchimie entdeckt? Konnten sie wertloses Metall in Gold verwandeln? Corbett öffnete wieder die Augen. Was vermochte er in Framlingham auszurichten? Er trug den Ring des Königs in seinem Beutel und die königliche Vollmacht in seiner Brieftasche, aber wie würden die Templer reagieren? Sie konnten ihn kaum zurückweisen, er hatte aber auch keine Garantie, daß sie sich zur Zusammenarbeit willig zeigen würden. Corbett kreisten die Gedanken wie ein kleiner Hund, der um einen Bratenspieß hechelt. Er war so sehr in seine Überlegungen vertieft, daß er auf einmal erschrocken feststellte, daß sie Framlingham Manor schon fast erreicht hatten. Als sie sich den schweren eisenbeschlagenen Toren näherten, ahnte Corbett bereits, daß etwas nicht in Ordnung war. Der kleine Wachturm über den Toren war bemannt, und ein Trupp Bogenschützen stand Wache. Ihre weißen Umhänge mit dem roten Kreuz leuchteten.

»Bleibt, wo Ihr seid!« ertönte eine laute Stimme.

Corbett hielt inne und hob die Hand zum Zeichen seiner friedlichen Absichten. Ein Templer-Soldat trat auf sie zu. Sein Gesicht wurde fast ganz von einem Kettenpanzer und einem schweren Helm mit Nasenschutz verdeckt. Er stellte eine Reihe Fragen, und erst als Corbett den Ring des Königs und seine Vollmachten hervorzog, wurden die Tore geöffnet und sie durften weiterreiten. Zwei Soldaten gingen vor ihnen her, einen schattigen, gewundenen Weg zwischen Bäumen entlang. Gelegentlich knackte es im Farn zu beiden Seiten des Weges. In der Nähe bellte ein Hund. Ranulf brachte sein Pferd neben Corbetts.

»Was ist hier los?« flüsterte er. »Die Tore sind befestigt. Und überall sind Templer-Soldaten mit Hunden.«

»Ist etwas nicht in Ordnung?« rief Corbett.

Einer der Soldaten blieb stehen und kam dann zu ihnen. »Habt Ihr das nicht gehört?« fragte der Templer. »Sir Guido, der Kustos des Herrenhauses, ist heute früh getötet worden. Er starb in der Mitte des Irrgartens. Er verbrannte.«
»Verbrannte?« fragte Corbett.
»Ja. Ob das Feuer aus dem Himmel oder der Hölle kam, das wissen wir nicht. Der Großmeister und alle Kommandanten des Templerordens befinden sich in einer Ratssitzung.«
Er führte Corbett und seine Gefährten weiter den Weg entlang. Es ging um eine Kurve, und sie kamen auf die große Wiese vor Framlingham Manor. Das Herrenhaus war ein stattliches vierstöckiges Gebäude, das es mit jedem Kaufmannshaus aufnehmen konnte, mit zahlreichen Anbauten und zwei Seitenflügeln. Es hatte die Form eines Hufeisens, ein großes, palastartiges Anwesen. Das Sockelgeschoß war aus Stein, die oberen Stockwerke waren aus Fachwerk, dessen Putz zwischen den schwarzen Balken mit Goldfarbe gestrichen war. Das Dach bestand aus rötlichem Schiefer. Die verglasten Fenster funkelten in der Abendsonne. Trotz all dieser Pracht waren die Stille und die gedrückte Stimmung deutlich spürbar. Der Soldat führte sie um das Herrenhaus und in den Hof bei den Stallungen. Die Pferdeknechte und Stallburschen wirkten verängstigt. Sie eilten herbei, als harrten sie begierig jeder Ablenkung. Corbett befahl Ranulf und Maltote, das Packpferd zu bewachen, und folgte dem Soldaten durch eine Hintertür in einen getäfelten Gang.

Der Ritter, den Scheich Al-Jebal den Unbekannten genannt hatte, glitt vor dem Lazar Hospital unweit der Kirche St. Peter-Le-Willows am Walmer Gate Bar aus dem Sattel seines Pferdes. Eine Weile lehnte er gegen sein Pferd und hielt sich mit einer Hand am Sattelknauf fest. Die andere lag auf dem Griff seines riesigen Zweihänders, der vom Sattelknauf herabhing.

»Ich muß sterben«, flüsterte der Unbekannte.
Die schreckliche Krankheit, die ihn befallen hatte, war jetzt bereits an großen offenen Wunden auszumachen. Er hatte versucht, diese mit einem Umhang mit Kapuze zu verbergen, der ihn von Kopf bis Fuß einhüllte, sowie mit einem schwarzen Tuch, das die untere Hälfte seines Gesichts bedeckte, und mit schwarzen Stulpenhandschuhen. Das alte Streitroß, das er in Southampton gekauft hatte, schnaubte und wieherte. Erschöpft ließ es den Kopf hängen.
»Wir sind beide erledigt«, murmelte der Unbekannte. »Gott ist mein Zeuge, ich schaffe es nicht weiter.«
Er hatte mehrere Tage damit verbracht, sich in York umzusehen, auch in Richtung Botham Bar und Framlingham Manor. Er hatte aus dem Schutz von Bäumen die Kommandanten des Templerordens und ihren Seigneur, Jacques de Molay, beobachtet. Der Anblick ihrer Umhänge und ihrer flatternden Banner und Wimpel hatte ihm das Herz schwer gemacht und ihm die Tränen in seine erlöschenden Augen getrieben. Seit seiner Entlassung hatten seine Rachegelüste nachgelassen. Vor dem Tod wollte er noch Frieden mit seinen Brüdern und mit Gott schließen, und der Tod war sehr nahe. Jahrelang war der Unbekannte in den Verließen des Alten Mannes der Berge dem Tode entronnen, aber jetzt, in der Sonne des Schöpfers, in einem Land, in dem Kirchenglocken über sattgrüne Auen hallten, was war dort die Rache schon wert? Gott hatte bereits sein Urteil gesprochen ...
»Kann ich helfen?«
Der Unbekannte drehte sich um und faßte dabei nach dem Griff des Dolches, den er im Gürtel stecken hatte. Der freundliche alte Klosterbruder verzog keine Miene, als der Unbekannte die Seidenmaske vom Gesicht zog.
»Ihr leidet an Aussatz«, flüsterte der Bruder. »Braucht Ihr Hilfe?«

Der Unbekannte nickte und schaute in die sanften, wäßrigen Augen. Er öffnete seinen vernarbten Mund, um zu sprechen, da warf sein Pferd den Kopf zur Seite, und ihm wurde schwindlig. Alles verschwamm, der Klosterbruder und die Wände des Lazar Hospitals hinter ihm. Er schloß die Augen und sackte vor den Füßen des Bruders zusammen.

4

In Framlingham führte ein Sergeant Corbett eine dunkle Mahagonitreppe hinauf und einen kahlen, widerhallenden Gang entlang. Kreuze und Wappenschilde verschiedener Ritter hingen an den Wänden, dazwischen die ausgestopften Köpfe von Wölfen und Hirschen, die ihn glasig anstarrten. Der Gang bekam nur durch ein Fenster am anderen Ende Licht und hatte deshalb eine etwas bedrohliche Stimmung. Licht und Dunkel mischten sich unheimlich. An Ecken und in Türnischen standen Soldaten Wache, reglos wie Statuen. Sie gingen eine weitere Treppe hinauf und kamen in den Ratssaal. Er war oval und hatte abgesehen von zwei riesigen Bannern mit dem Zeichen der Templer kahle Wände. Es gab keinen Kamin, nur eine offene Feuerstelle mit einem Rauchabzug hoch oben in der Decke. Ein kalter, Ehrfurcht einflößender Raum ohne Möbel und Teppiche, die Fenster Schießscharten. Ein seltsamer Geruch von verbranntem Fett hing in der Luft und erinnerte Corbett an die brennenden Dörfer in Schottland. Ihm drehte sich der Magen um. Die Kommandanten des Templerordens saßen in einem prächtigen geschnitzten Chorgestühl, das die Form eines Hufeisens hatte. Sie verstummten, als Corbett eintrat. De Molay, der in der Mitte saß, winkte Corbett zu einem Platz neben sich. Der Bevollmächtigte ging an einem Tisch vorbei, auf dem ein Leichnam lag, der von einem dünnen, mit Goldfäden gesäumten Seidenstoff bedeckt wurde. Um den Toten herum standen purpurne Wachskerzen. Ein gespenstischer Anblick und die Ursache des fürchterlichen Gestanks. Was nicht recht passen wollte, waren die schmutzigen Stiefel, die unter dem Stoff hervorragten.

»Wir haben mit Eurem Kommen gerechnet, Sir Hugh.« De Molay deutete auf den Tisch. »Wir beraten über die Todesursache, wie es die Regeln unseres Ordens vorsehen. Der Hüter dieses Herrenhauses, Sir Guido Reverchien, wurde heute morgen unter rätselhaften Umständen getötet. Er verbrannte bei lebendigem Leib inmitten des Irrgartens.«

Corbett warf einen Blick in die Runde der Kommandanten des Templerordens. Mit ihren versteinerten Mienen und ihrer sonnengebräunten Haut unterschieden sie sich kaum voneinander. Keiner hieß ihn willkommen.

»Jeden Morgen kurz vor Sonnenaufgang«, fuhr de Molay fort, »machte Sir Guido seine private Wallfahrt in das Herz des Irrgartens, egal, wie das Wetter war. Er hatte ihn im Laufe der Jahre so gut kennengelernt, daß er seinen Weg auch im Dunkeln fand. Er sprach Gebete und ließ die Perlen seines Rosenkranzes durch die Finger gleiten.«

Corbett schaute auf den Katafalk. Er hatte von solchen Irrgärten gehört. Wer sein Gelübde, sich auf einen Kreuzzug oder eine Wallfahrt zu begeben, nicht einzulösen in der Lage war, konnte dafür sühnen, indem er sich auf den Knien die steinigen Wege eines Labyrinths entlangquälte, bis zu dessen Mittelpunkt, in dem ein Kreuz oder ein Christusbild aufgerichtet war.

»Wie konnte er in einem Irrgarten ein solches Ende finden?« wollte Corbett wissen.

»Deswegen sind wir hier versammelt«, erklärte Legrave. »Offensichtlich hatte Sir Guido die Mitte erreicht. Er entzündete gerade die Kerzen am Fuß des Kreuzes, als ihn das geheimnisvolle Feuer erfaßte.«

»Sonst war niemand dort?« fragte Corbett.

»Niemand«, antwortete Legrave. »Kaum einer kennt die Geheimnisse dieses Irrgartens. Sein alter Freund Odo Cressing-

ham, unser Bibliothekar, hat immer den Eingang bewacht. Vor Sir Guido war niemand in den Irrgarten gegangen, und niemand war ihm gefolgt. Odo saß auf einem Absatz in der Wiese, wie er das jeden Morgen tat. Sir Guidos Knie und Beine waren immer von Wunden bedeckt, wenn er den Irrgarten verließ, und er brauchte Hilfe, um zum Refektorium zu kommen. Odo sagt, es sei ein wunderschöner Morgen gewesen. Der Himmel sei gerade heller geworden, da habe er Sir Guidos fürchterliche Schreie gehört. Er stand auf und sah eine Rauchsäule aus der Mitte des Irrgartens aufsteigen. Gleich danach gab er Alarm. Als er mit einigen Soldaten die Mitte erreichte, fand er das hier.« Legrave erhob sich und schlug das Bahrtuch zurück.
Corbett warf nur einen kurzen Blick auf den Toten und wandte sich dann ab. Reverchiens Körper war vollkommen verkohlt. Von seinen versengten Haaren bis hin zu den erschütternden Stiefeln war alles bis zur Unkenntlichkeit verbrannt, Fleisch, Fett und Muskeln, alles war zu einer schlackenartigen Asche verglüht. Hätte Corbett die Form des Kopfes nicht erkannt und die Stellen, an denen Augen, Nase und Mund einmal gewesen waren, hätte er gedacht, einen verkohlten Baumstamm vor sich zu haben.
»Deck den Toten wieder zu!« befahl de Molay. »Bruder Guido ist tot. Seine Seele ist bei Christus. Wir müssen herausfinden, wie er starb.«
»Muß der Tote nicht dem städtischen Leichenbeschauer übergeben werden?« wollte Corbett wissen.
»Wir haben unsere Rechte«, entgegnete Branquier unwirsch, »die uns die Krone zugebilligt hat.«
Corbett wischte sich mit dem Handrücken über den Mund.
»Warum seid Ihr hier?« wollte der Schatzmeister jetzt kurz angebunden wissen.
»Laßt uns unserem Gast mit Höflichkeit begegnen«, mischte sich William Symmes ein.

Er saß neben Corbett und lächelte seinen Nachbarn an. Auf einmal schrak der Bevollmächtigte auf. Ein kleines pelziges Etwas hüpfte von Symmes' Schoß in seinen. Corbetts Entrüstung entschärfte die gespannte Stimmung etwas. Symmes sprang auf, entschuldigte sich und nahm Corbett eilig das kleine Wiesel aus dem Schoß.
»Das ist mein Haustier«, erklärte er.
Corbett schaute über die Armlehne auf das kleine gelbbraune Tier mit seiner spitzen Schnauze, zuckenden Nase und dem unverwandten Blick seiner schwarzen Knopfaugen. Symmes wiegte es in den Armen wie einen Säugling und streichelte es.
»Er ist immer so«, sagte er, »neugierig, aber dabei freundlich.«
De Molay klopfte auf seine Armlehne, und alle Augen richteten sich auf ihn.
»Ihr seid doch wegen der neuesten Vorfälle in der Stadt hier, Sir Hugh? Wegen des Angriffs auf den König!«
»Ja. Der Täter ist ein Sergeant Eures Ordens, Walter Murston.«
Corbett beachtete die erstaunten Ausrufe nicht weiter. »Die Sache stellt sich folgendermaßen dar: Murston feuerte zwei Armbrustbolzen auf den König, als das königliche Gefolge die Trinity Lane entlangkam.«
»Und?«
»Als ich in die Dachkammer der Schenke trat, in der Murston auf der Lauer gelegen hatte, war er ebenfalls von einem geheimnisvollen Feuer getötet worden. Es hatte die obere Hälfte seines Körpers verbrannt.«
»Woher wollt Ihr dann wissen, daß es Murston war?« fragte Legrave.
»Wir fanden seine Satteltasche, einen Templerumhang und eine Liste von Lebensmittelkäufen mit seinem Namen. Ich bin mir sicher, daß Eure eigenen Nachforschungen ergeben werden, daß der Sergeant fort ist und in Eurer Waffenkammer eine Armbrust fehlt.« Corbett schaute Branquier an. »Ihr braucht

Euch auch keine Gedanken mehr darüber zu machen, woran Murston gestorben ist. Sir John de Warrenne, der Earl Marshall von England, hat verfügt, daß er in York an den Galgen gehängt wird.«

De Molay lehnte sich zurück. Corbett fiel auf, daß seine asketischen Züge, die die eines Heiligen waren, eine aschfahle Färbung angenommen hatten. Dunkle Ringe um die Augen des Großmeisters bewiesen, daß er nur wenig geschlafen hatte und innerlich sehr aufgewühlt sein mußte. Ihr wißt das selbst, dachte Corbett. Ihr wißt, daß hier etwas faul ist. Es gärt innerhalb des Ordens.

De Molay holte tief Luft. »Murston war einer meiner Leute«, sagte er. »Ein Angehöriger meines Gefolges. Er stammte aus der Gascogne und gehörte zum französischen Kapitel unseres Ordens.«

»Warum sollte gerade er den Versuch machen, den König zu ermorden?« fragte Corbett.

De Molay tippte sich gegen die Stirn. »Murston diente in Outremer. Die Hitze dort kann die Sinne eines Mannes verwirren. Er war ein guter Sergeant, sein Verstand war aber leider etwas durcheinander.«

»Das ließe sich über viele Menschen in York sagen, und sie versuchen trotzdem nicht, Hochverrat zu begehen und den König zu ermorden.«

»Es gibt Angehörige unseres Ordens«, ergriff Legrave das Wort, »die behaupten, daß die mangelnde Unterstützung der westlichen Prinzen der Christenheit die Stadt Akka gekostet habe. Der Templerorden hat viele ausgezeichnete Ritter in Akka verloren, ganz zu schweigen von den Schätzen und dem Stützpunkt im Heiligen Land. Wenn man Akka gehalten hätte ...« Legrave runzelte die Stirn. »Wenn Edward von England mehr unternommen hätte«, fuhr er fort, »vielleicht hätte sich die Tragödie dann verhindern lassen.«

»Aber das ist doch alles schon zwölf Jahre her!« rief Corbett.
»Einige Wunden eitern«, sagte Baddlesmere verärgert, »andere heilen schnell. Murston war einer von denen, die sich verraten fühlten.«
»Also gibt es noch andere?« wollte Corbett wissen. »Er handelte nicht alleine.«
»Könnt Ihr das beweisen?« rief Symmes.
»Ich vermag nicht zu glauben, daß alle potentiellen Mörder einfach so verbrennen, auch dann nicht, wenn es sich bei dem vorgesehenen Opfer um ein gekröntes Haupt handelt.«
»Aber Ihr habt dafür keinen Beweis«, meinte Legrave.
»Nein, das habe ich nicht. Ich habe aber den Beweis, daß ich, als ich heute morgen durch York ritt, ebenfalls die Warnung des Meuchelmörders erhielt. Man drückte mir eine Nachricht in die Hand. Jemand hatte sie auf ein Stück Pergament gekritzelt und dann einen Jungen dafür bezahlt, sie mir zu geben. Wenig später verfehlte der Bolzen einer Armbrust nur knapp meinen Kopf. Das habe ich mir nicht eingebildet; mehr Beweise brauche ich nicht.« Corbett hob die Hand, an der er den Ring des Königs trug.
»Ich sehe«, sagte de Molay leise. »Ihr handelt in dieser Angelegenheit für den König?«
»Ja. Wir sollten also zur Sache kommen«, erwiderte Corbett. »Vor einigen Tagen ereignete sich an der Landstraße nach York, nicht weit von Botham Bar, ein abscheulicher Mord. Ein Mann wurde in der Mitte durchgehauen und sein Oberkörper dann von einem fürchterlichen Feuer verbrannt. Nur ein geübter Ritter mit einem Zweihänder ist zu einer so schrecklichen Tat fähig.« Er schaute de Molay an. »Ihr seid alle jetzt erst aus Frankreich gekommen, Großmeister?«
De Molay nickte und strich sich mit den Fingern durch seinen Bart.

»Das Großkapitel hatte sich dort versammelt«, erklärte Branquier.

»Ja, und kurze Zeit später«, entgegnete Corbett, »versuchte ein Sergeant der Templer Philipp von Frankreich zu ermorden.«

»Gerüchte«, höhnte Branquier. »Gibt es noch mehr Gerüchte, Bevollmächtigter?«

»Ihr werdet die Wahrheit eher erfahren, als Euch lieb ist«, antwortete Corbett. »Wir haben Nachricht aus Frankreich. Dieser Sergeant ist gefangengenommen und der Inquisition übergeben worden. Er gestand, daß sich einige hochrangige Ritter Eures Ordens mit Schwarzer Magie befassen und einen geheimen Krieg gegen Gottes gesalbte Prinzen führen.«

Corbetts Worte hatten einen allgemeinen Aufruhr zur Folge. Legrave und Symmes sprangen auf. Symmes streichelte jedoch weiterhin sein Schoßwiesel, und das so zärtlich, daß sich Corbett fragte, ob die beiden wohl miteinander verwandt seien. Er wies diesen Gedanken aber sogleich als unfair von sich.

Richard Branquier verbarg das Gesicht in den Händen, schaute Corbett durch die Finger jedoch mit einem solchen Haß an, daß er sich wünschte, er hätte Ranulf und Maltote mitgenommen. Der alte Baddlesmere schüttelte nur den Kopf. Erst als de Molay mit seinem hohen Absatz donnernd auftrat und »Ruhe!« brüllte, setzten sich alle Ritter wieder hin.

»Wir haben von diesem Angriff gehört«, sagte er. »Früher oder später wird uns der Temple in Paris mitteilen, was an dieser Geschichte eigentlich dran ist, obwohl der Gesandte von Edward von England natürlich nie Lügen verbreiten würde. Was wißt Ihr noch, Sir Hugh?«

»Der französische Templer gestand auch, daß die Gruppe von einem hochrangigen Offizier angeführt wird, der sich Sagittarius oder Bogenschütze nennt.« Corbett wandte sich zur Seite und deutete auf de Molay. »Ihr, Sire, wißt, daß da etwas im argen liegt. Das steht Euch ins Gesicht geschrieben. Deswegen patrouillieren Eure Soldaten hier auf dem Anwesen, und deswegen stehen auch schwerbewaffnete Wachen draußen auf dem Gang. Wovor habt Ihr Angst?«

»Nichts als Aberglauben«, erwiderte de Molay. Er zuckte mit den Schultern. »Einige Templer sind über das, was in Akka und sonstwo passiert ist, vollkommen verbittert. Das erinnert an die englischen Barone, die keinen Frieden mit Frankreich wollen.«

»Habt Ihr deshalb der Geldforderung des Königs so schnell nachgegeben?« fragte Corbett. »Beabsichtigt Ihr, seinen Schutz zu kaufen?«

Diesmal wußte er, daß er ins Schwarze getroffen hatte. Es gab keinen Aufruhr und keine Proteste.

De Molay lächelte schwach. »Sir Hugh«, entgegnete er, »Templer sind Mönche, die kämpfen. Wir alle hier sind Geistliche und gleichzeitig Krieger. Wir sind diesem Orden aus einem Grund beigetreten und nur aus einem Grund: um Jerusalem und die heiligen Stätten zu verteidigen, um das Land Christi vor den Ungläubigen zu beschützen. Jetzt schaut uns an … Kaufleute, Bankiers, Bauern. Natürlich hören wir die lauter werdenden Proteste. Man schimpft uns arbeitsscheu und sagt, wir lägen nur auf der faulen Haut. Aber was sollen wir tun? Männer wie Guido Reverchien, Murston und ich, alle Ritter hier im Saal würden unser Leben vor den Mauern Jerusalems lassen und da unser Blut vergießen, damit Euresgleichen im Heiligen Grab niederknien und dort den Boden küssen kann. Es ist unser Grundsatz«, meinte er nachdenklich, »uns unsere Freunde in Machtpositionen zu suchen, sei es jetzt Philipp von Frankreich oder Edward von England.«

»Wir sind ergebene Untertanen des Königs.« Das jungenhafte Antlitz Legraves wirkte auf einmal noch jungenhafter.

»Dann solltet Ihr nichts dagegen haben, das zu beweisen«, erwiderte Corbett. »Wo wart Ihr alle heute zwischen zehn und zwei Uhr, als die Angriffe sowohl auf den König als auch auf mich stattfanden?«

»Warum wollt Ihr von uns gerade das wissen?« fragte Baddlesmere ungehalten. »Wir sind nicht die einzigen Templer.«

»Ihr wart in Frankreich, als Philipp angegriffen wurde. Murston gehörte hierher nach Framlingham. Er hatte einen Beutel mit Silber bei sich, weit mehr, als ein normaler Sergeant besitzt. Außerdem wurde der mörderische Überfall unweit von Botham Bar meiner Meinung nach auch von einem Ritter des Templerordens verübt. Und schließlich waren die einzigen, die wußten, welche Route der König wählen würde, um zum Palast des Erzbischofs zu kommen, John de Warrenne, Ihr und ich selbst.«

»Unsinn!« rief Baddlesmere.

Corbett schüttelte den Kopf. »Nein, Sir. Das einzige Mal, daß von dieser Route die Rede war, war gestern nachmittag im Kloster. Ich habe dafür gesorgt, daß der König zwischen vier oder fünf verschiedenen Routen durch die Stadt wählen konnte. Die Entscheidung, daß das Gefolge die Trinity Lane entlangkommen würde, fiel Minuten, ehe das Treffen zwischen Euch und dem König stattfand. Öffentlich bekanntgegeben wurde die Route erst, als sich der König York bereits näherte, und doch hatte sich Murston schon am Abend vorher in der Schenke einquartiert.«

Jetzt bekamen die Templer wirklich Angst. Baddlesmere scharrte mit den Füßen, Branquier kaute an einem Fingernagel, und Legrave schaute erbost zu Jacques de Molay. Symmes saß einfach nur mit gebeugtem Haupt da, streichelte sein Wiesel und redete ihm beruhigend zu.

»Falls das, was Ihr sagt«, ergriff nun de Molay das Wort, »stimmt, dann befindet sich der Verräter hier im Saal.«

»Ihr vergeßt bei der ganzen Sache nur eins, Bevollmächtigter«, meinte Branquier und deutete auf die von einem Bahrtuch bedeckte Leiche. »Guido Reverchien wurde heute morgen vor

Sonnenaufgang ermordet. Concedo, daß es eine Verbindung zwischen dem Tod des Fremden bei Botham Bar, dem von Murston und dem geheimnisvollen Ende von Guido Reverchien gibt. Ihr könnt jedoch nicht beweisen, daß einer der hier Anwesenden zum fraglichen Zeitpunkt in der Nähe von Botham Bar oder bei Murston war. Aber wir können beweisen, daß sich jeder hier im Saal in der St. Leonard's Priory befand, als Sir Guido Reverchien starb.« Er bemerkte Corbetts Überraschung. »Habt Ihr das nicht gewußt, Bevollmächtigter? Wir haben dort die vergangene Nacht verbracht. Wir kamen erst kurz vor Euch wieder hierher und erfuhren erst da von der Tragödie.«
»Und bevor Ihr fragt«, unterbrach ihn de Molay, »heute morgen waren wir in der Stadt. Wir hatten bei unseren Bankiers zu tun.«
»Alle zusammen?« Corbett versuchte sein Erstaunen zu verbergen.
De Molay zuckte mit den Schultern. »Natürlich nicht. Legrave begleitete mich, die anderen waren hier und dort. Es gab viel zu erledigen.«
»Also könnte jeder von Euch bei Murston gewesen sein?« fragte Corbett. »Jeder von Euch könnte auch die Nachricht geschrieben oder einen Armbrustbolzen auf mich abgefeuert haben?«
»Sir Hugh«, schrie ihn de Molay fast an und übertönte so den Widerspruch der anderen, »Ihr könnt das alles nicht beweisen!«
»Ich kam kurz nach Mittag wieder hierher«, protestierte Branquier, »um mit Bruder Odo, unserem Bibliothekar, zu sprechen.«
»Und die anderen?« wollte Corbett wissen.
Er erhielt alle möglichen Antworten. Es stellte sich heraus, daß alle Templer erst kurz vor Corbetts Ankunft wieder in Framlingham eingetroffen waren.
»Wir hörten von Guidos Tod«, erklärte Branquier, »und uns kam das alles nicht geheuer vor. Die Tore wurden verschlossen, die Wachen verdoppelt und diese Versammlung einberufen.«

»Ihr seid vielleicht wirklich alle unschuldig«, sagte Corbett, »doch meine Order vom König lautet: Kein Templer darf den Grund von Framlingham Manor verlassen, ehe diese Angelegenheit geklärt ist. Keiner von Euch darf die Stadt York betreten.«

»Einverstanden«, meinte de Molay schnell. »Und ich vermute, Ihr und Eure Gefährten seid solange unsere Gäste?«

»Ja, bis diese Sache aus der Welt ist«, antwortete Corbett.

»In diesem Fall wird Euch Ralph«, de Molay gab Legrave ein Zeichen, »zu unserem Gästehaus führen.«

Corbett deutete auf die Leiche. »Und der Tod Eures Gefährten?« De Molay verzog das Gesicht und erhob sich. »Entweder ein Akt Gottes oder ...«

»Mord«, beendete Corbett den Satz.

»Ja, Sir Hugh, Mord. In diesem Fall könnten uns Eure Fähigkeiten nützlich sein. Schaut Euch doch, nachdem Euch Legrave Eure Zimmer gezeigt hat, mal den Irrgarten an. Ein Tau läuft vom Eingang zur Mitte, an dem Ihr Euch orientieren könnt.«

Corbett folgte Legrave zur Tür.

»Sir Hugh!« De Molay trat vor. »Morgen früh werden die Brüder eine Totenmesse für Sir Guido singen. Ihr seid herzlich willkommen. Im übrigen seid Ihr uns ein sehr geschätzter Gast. Wir bitten Euch jedoch, gewisse Regeln zu beachten. Wir sind ein Mönchsorden. Bestimmte Teile des Klosters sind uns allein vorbehalten. Fremde dürfen sie nicht betreten.«

Corbett nickte und ging dann mit Legrave in die Eingangshalle, in der Ranulf und Maltote in einer kleinen Nische neben dem Hauptportal warteten. Legrave führte sie über einen Kiesweg zum Erdgeschoß des Ostflügels.

»Wir haben nur Mönchszellen«, erklärte Legrave. Er öffnete eine Tür. »Sir Hugh, Eure Diener können diese hier teilen.«

Dann öffnete er eine weitere Tür und schob Corbett in eine große, höhlenartige Zelle, die ein einziges Schießschartenfenster hatte. Die Wände waren gekalkt. Ein Kruzifix hing über dem Feldbett. An seinem Fußende stand eine Truhe und daneben auf einem Tisch ein eisenbeschlagenes Kästchen. Unter dem Fenster befanden sich ein Schreibtisch und ein thronähnlicher Stuhl mit geschnitzten Armlehnen und geschnitzter Rückenlehne.

»Ihr könnt Eure Mahlzeiten mit uns im Refektorium einnehmen«, meinte Legrave. Er schaute über die Schulter zu Maltote und Ranulf, die immer noch im Gang standen. Dann schloß er die Tür und lehnte sich dagegen. Sein Gesicht verzog sich zu einem Lächeln.

»Nichts für ungut wegen des Empfangs vorhin, Sir Hugh. Unser Orden befindet sich in Aufruhr. Er ähnelt einem Schiff ohne Ruder, das von den Winden hin und her geworfen wird. Das Heilige Land ist verloren. Die Ungläubigen haben sich in unseren heiligen Stätten häuslich eingerichtet. Was sollen wir also jetzt tun? Viele unserer Gefährten verließen ihre Familie, ihr Zuhause, ihren Herd, um Templer zu werden. Der Orden ist nun ihre Familie. Was sie sehen, ist jedoch, daß ihr geliebter Orden von Prinzen ausgeplündert wird.«

»Das ist doch keine Entschuldigung für Mord und Hochverrat«, entgegnete Corbett.

»Nein, nein, allerdings nicht. Aber das, Sir Hugh, müßt Ihr erst noch beweisen. Wie auch immer, die Glocke ruft Euch zum Abendessen.« Mit diesen Worten verließ Legrave auf leisen Sohlen den Raum.

Ranulf und Maltote traten mit Corbetts Satteltaschen ein.

»Die Pferde sind im Stall«, berichtete Maltote, »einschließlich dieses perfiden Biestes von Packpferd. Es hat den Stallburschen wirklich keine Freude gemacht.«

»Was meint Ihr, Herr?« fragte Ranulf, während er Corbetts Satteltaschen in die große Truhe legte und sich einen Hocker heranzog.

»Rätselhaft«, antwortete Corbett. »Die Templer sind ein Buch mit sieben Siegeln, mit allen Wassern gewaschene Kämpfer. Sie mögen uns nicht. Sie haben etwas gegen unsere Einmischung, und doch liegt hier ganz sicher etwas im argen.«

»Ihr meint den Tod des Hüters? Wir haben alles darüber gehört«, sagte Ranulf, »aber nicht von den Templern, o nein, die halten dicht und bewegen sich auf leisen Sohlen, sondern von den Dienern.«

»Und habt Ihr etwas Wichtiges in Erfahrung gebracht?«

»Nein, nur daß alle Angst haben. Das übliche Gerede über seltsame Lichter in der Nacht, über Kommen und Gehen. Offensichtlich war alles ruhig und friedlich, bis de Molay und die Kommandanten des Templerordens hier eintrafen. Normalerweise steht das Herrenhaus leer. Nur der Hüter und einige wenige Diener leben dann hier. Jetzt geht alles drunter und drüber. Sie glauben, der Hüter wurde mit Schwarzer Magie umgebracht. Die Flammen, die ihn das Leben kosteten, kamen angeblich aus der Hölle. Alle packen bereits. Sie weigern sich, weiterhin hier zu arbeiten.«

Corbett schaute aus dem Fenster. Das Rotgold der untergehenden Sonne überzog den Himmel. Er wollte sich hinlegen und seine Gedanken ordnen, konnte aber das gräßliche Bündel auf dem Tisch des Ratssaales nicht vergessen.

»Also, Ranulf, Maltote, packt unsere Sachen aus. Schließt hinter mir ab. Ich gehe in den Irrgarten. Ihr könnt Euch ein wenig umsehen, tut so, als wüßtet Ihr von nichts.« Corbett zwinkerte Maltote zu. »Dir dürfte das ja nicht schwerfallen. Probier mal, wo du überall hinkommst, Ranulf. Wenn man dich zurückweist, fang keinen Streit an. Wir treffen uns in etwa einer Stunde wieder hier.«

Corbett verließ das Gästehaus und ging um das Herrenhaus herum. Er schlenderte an den Ställen, den Schmieden und den Nebengebäuden vorbei. Dann kam er durch ein riesiges Tor in einen großen wunderschönen Garten, einen Ort der Ruhe und

des Friedens, mit einem Laubengang über und über mit weißen Heckenrosen und Geißblatt bewachsen auf der einen Seite. Unter dem Laubengang blühten Maiglöckchen. Corbett setzte sich auf einen Absatz und schaute sich bewundernd um.
»Oh!« flüsterte er. »Wenn Maeve das doch nur sehen könnte!« Seine Frau hatte ein leidenschaftliches Interesse an Gärten, und dieser war schöner als alle, in denen Corbett jemals gewesen war, die, die zu Edwards Palästen gehörten, eingerechnet. In einer Ecke waren schachbrettartig Beete angelegt, und der süße Duft der Kräuter, die dort wuchsen, hing schwer in der Luft. Nach einer Weile stand Corbett auf und begab sich zu dem Beet mit Immergrün, Engelsüß, Fenchel, Schlüsselblumen und Florentiner Schwertlilien. Daneben lagen ein Beet mit Liebstöckel und kleine, etwas erhöhte Beete mit Schafgarbe, Maßliebchen und Echtem Labkraut. Corbett ging weiter und in einen kleinen Obstgarten mit Apfel-, Birnen- und Maulbeerbäumen, die Schatten gegen die blendende untergehende Sonne boten. Er schaute zum Herrenhaus zurück mit seinen Fenstern, schmal wie Schießscharten, und kleinen verglasten Erkern, und fragte sich, ob man ihn wohl beobachtete.
Er verließ den Garten durch eine kleine Pforte in der Mauer, die auf eine abschüssige Wiese führte. Am Fuße des Abhangs lag ein kleines Gehölz am Rande eines großen schimmernden Sees. Bei den Ställen in der Nähe muhte das Vieh, das über Nacht von den Weiden getrieben wurde. Ein Mann sang, und die Hammerschläge eines Schmiedes hallten in der Stille wider. Eine Idylle, die Corbett schmerzlich an sein eigenes Herrenhaus in Leighton erinnerte. Trotzdem war es ihm nicht wohl in seiner Haut. Er war sich sicher, daß jemand jede seiner Bewegungen überwachte. Er wandte sich nach rechts und ging am Herrenhaus vorbei auf eine Baumreihe zu. Hinter dieser lag der Irrgarten, ein Meer aus grünen, stachligen Hecken, das sich bis zu den Mauern des Herrenhauses erstreckte. Er lief um den Irrgarten herum,

schaute in jeden Eingang und fand schließlich das Seil auf der Erde. Es schlängelte sich durch die Hecken. Corbett folgte ihm. »Der Himmel stehe mir bei!« flüsterte er und schaute auf die dichten Büsche zu beiden Seiten. »Guido Reverchien muß eine Leidenschaft für Selbstkasteiung gehabt haben.«
Er erschrak, als ein Vogel aus der Hecke flog und flügelschlagend über ihm verschwand. Das Geräusch erinnerte Corbett an das eines Armbrustbolzen. Er ging weiter. In dem Labyrinth wurde es von Minute zu Minute stiller, als hätte er sich in einem magischen und geheimnisvollen Wald verlaufen. Immer weiter ging er den Pfad entlang, dem Seil folgend. Die unheilverkündende Ruhe nahm stetig zu. Sein Herz setzte einen Schlag aus, und der Schweiß rann sein Rückgrat hinab. Die Schatten wurden länger, und an einigen Stellen verschwanden die letzten Sonnenstrahlen ganz hinter den hohen Hecken. Corbett schleppte sich weiter. Er bedauerte es, daß er nicht bis zum nächsten Morgen gewartet hatte. Plötzlich hörte er das Knirschen von Kies. Er drehte sich ruckartig um. Folgte ihm jemand? Oder kam das Geräusch von einem Vogel oder einem anderen Tier jenseits der Hecke? Er stand eine Weile da und wartete, ob er noch etwas hören würde, dann ging er beruhigt weiter. Schließlich führte ihn das Seil um eine letzte Biegung, und er befand sich in der Mitte des Irrgartens. Einige Stufen führten zu einem großen Kruzifix aus Stein hinauf. Auf diesen mußte Reverchien gekniet haben. Die Steine und die schweren Kandelaber aus Eisen waren gesprungen und geschwärzt. Corbett schaute in das aus Stein gehauene Antlitz seines Erlösers.
»Was ist passiert?« fragte er. »Wie kann ein alter Soldat, der seine Gebete spricht, einfach so verbrennen? Das ist wirklich rätselhaft.«
Corbett betrachtete den Fleck, auf dem das Feuer gewütet hatte. Er sah nicht, was das Inferno verursacht hatte. Die Kerzen waren geschmolzen, nur noch einige Streifen Wachs waren vorhanden.

Sie hätten Reverchien vielleicht versengen oder auch seine Kleidung entzünden können. Es war jedoch undenkbar, daß sie ihn in eine lebende Fackel verwandelt hatten. Corbett setzte sich auf eine Rasenbank und versuchte sich die Situation vorzustellen. Reverchien mußte denselben Pfad wie er entlanggekommen sein. Er hatte seine Gebete gesprochen und seine Perlen in der Hand. Es war vermutlich hell genug gewesen, daß er jede weitere Person in der Mitte des Irrgartens gesehen hätte. Reverchien war schließlich, obschon bereits alt, Soldat gewesen. Er hatte ein gutes und geschultes Gehör. Er hätte gewußt, wenn ihm jemand durch den Irrgarten gefolgt wäre. Wenn der Mörder einer der Kommandanten des Templerordens gewesen war, einer der fünf, die er im Ratssaal getroffen hatte, dann hätte er auch gar nicht dort sein können, als Reverchien gestorben war. Corbett schaute erneut auf den großen Brandfleck.

»Was wäre aber«, murmelte er, »wenn es sich um mehrere Täter gehandelt hätte? Wenn es hier in Framlingham auch eine Verschwörung gäbe? Wenn jemand vor Sir Guido in den Irrgarten gekommen wäre?«

Doch in dem Fall hätte der Mörder das Labyrinth auch wieder verlassen müssen, und dabei wäre er entdeckt worden.

Corbett starrte in den Himmel. Da hörte er wieder das Knirschen eines Stiefels hinter der Ligusterhecke, dann ein Geräusch, als würde eine Tür geöffnet. Er warf sich sofort zu Boden. Ein langer Pfeil aus Eibenholz bohrte sich in das Kruzifix. Corbett suchte hinter diesem Deckung und zog seinen Dolch. Wieder Knirschen auf Kies. Ein weiterer Pfeil schlug in die Hecke hinter ihm ein. Corbett wartete den dritten Pfeil nicht mehr ab, sondern rannte zu dem Pfad aus dem Irrgarten zurück und zu dem Seil. Er floh und hielt dabei seine Augen auf das Seil geheftet, das sich durch den Irrgarten schlängelte. Hinter sich konnte Corbett die leisen Sohlen seines Verfolgers hören. Er kam um eine Ecke, und das Seil nahm plötzlich ein Ende. Er blieb stehen und rang nach Luft. Sollte er sich nach rechts oder links wenden? Er versuchte die Hecke zu erklimmen, aber die Äste waren spitz und stachlig und zerschnitten ihm die Hände. Seine Füße fanden außerdem keinen Halt. Er kniete sich wieder hin, atmete tief durch und versuchte zur Ruhe zu kommen. Er erinnerte sich daran, wie weit er gerannt war, und rechnete schnell aus, daß er sich ganz in der Nähe des Eingangs befinden mußte. Wenn er jedoch den falschen Weg einschlug, würde er sich verlaufen, säße in der Falle und würde ein erstklassiges Ziel für den Meuchelmörder abgeben. Er wartete eine Weile und lauschte, hörte jedoch nur das Krächzen der Krähen und ein gelegentliches Rascheln, wenn ein Vogel aus einem der Nester in der Hecke aufflog.

Schließlich war Corbett gefaßt genug, um sich zu bewegen. Er zog seinen Umhang aus und schnitt Streifen von ihm ab, die er um die Äste band.

»Dann weiß ich zumindest, wann ich mich im Kreis bewege«, murmelte er.

Er kroch auf allen vieren und versuchte sich zu erinnern, wie er den Irrgarten betreten hatte.

»Ich bin immer nach links gegangen«, flüsterte er, »immer nach links.«

Er wählte den Pfad zu seiner Rechten und kroch weiter. Ab und zu verlor er die Orientierung und stieß hinter einer Biegung auf einen Stoffetzen, der von einem Busch herabhing. Er fluchte und versuchte es erneut. So arbeitete er sich langsam vorwärts. Nur einmal hörte er seinen Verfolger. Der Kies knirschte, und sein Herz setzte einen Schlag aus. Sein Angreifer war jetzt vor ihm. Es wurde langsam dunkel. Ein Hund heulte kläglich, als das Licht schwächer wurde. Nach einer Weile fühlte sich Corbett wieder sicher. Er hatte den Eindruck, nicht länger verfolgt oder beobachtet zu werden. Außerdem glaubte er, daß man das Seil nicht etwa entfernt hatte, um ihn auf immer im Irrgarten festzuhalten, sondern um ihm die Verfolgung zu erschweren, sollte er überleben und sein Angreifer fliehen müssen. Corbett tastete sich weiter. Da hörte er Ranulfs Stimme.

»Herr?«

»Hier!« rief Corbett und schwenkte den Rest seines Umhangs über den Kopf.

»Ich habe Euch gesehen!« rief Ranulf zurück.

»Mach dich weiter bemerkbar!« befahl Corbett.

Ranulf kam dieser Bitte gerne nach. Er lotste seinen Herrn durch Zurufe, und Corbett folgte der Richtung, aus der diese kamen. Die Hecken wurden durchsichtiger, und er fand sich auf dem Pfad wieder, auf dem Ranulf und Maltote standen und über das ganze Gesicht grinsten.

»Ihr solltet vorsichtiger sein!« rief sein Diener.

»Ich war verdammt noch mal vorsichtig«, entgegnete Corbett unwirsch. »Irgendein Schwein hat das Seil entfernt und versucht, mich zu ermorden.«

Ranulf schaute sich um. »Wo ist er dann? Er muß immer noch im Irrgarten sein.«

»Nein, er ist fort. Ranulf, hast du jemanden bemerkt?«

»Nur einen Gärtner mit einer Schubkarre.«

»Wie sah er aus?«

»Er hatte einen Umhang mit Kapuze, Herr. Aber das ganze Herrenhaus ist voller Diener.«

Corbett schloß die Augen. Er erinnerte sich daran, in der Nähe des Irrgartens eine Schubkarre gesehen zu haben, die von einem schmutzigen Laken bedeckt gewesen war.

»Warum sollten sie mich umbringen wollen?« fragte er mit rauher Stimme. »Wenn dieser Geheimbund der Templer den König vernichten will, wie kann ihnen mein Tod dabei nützen?«

»Sie haben etwas gegen Eure Einmischung.«

»Aber der König wird einfach wieder jemanden schicken. Warum sollten sie das Mißtrauen gegen sich noch vergrößern?«

Corbett schaute in den dunklen Himmel. »Es ist ihnen also heute schon zum zweitenmal nicht gelungen. Das ist jetzt das letztemal, daß ich in diesem verfluchten Herrenhaus alleine unterwegs bin. Also, was habt ihr herausgefunden?«
Eine Glocke läutete; es war Zeit für das Abendessen. Sie gingen zurück zum Hauptportal, und Ranulf erzählte, wie er mit Maltote durch die Gänge und Korridore gewandert war. Er blieb stehen und faßte seinen Herrn am Arm.
»Framlingham ist ein geheimnisvoller Ort. Es gibt unzählige Zellen, Treppen, Keller, ja sogar einen Kerker. Überall stehen Wachen, schwerbewaffnete Männer an jeder Ecke. Sie haben jedoch nie den Versuch gemacht, uns aufzuhalten, erst als wir den Dachboden betreten wollten. Die Treppe dorthinauf wird von Soldaten bewacht. Sie waren höflich, schüttelten aber die Köpfe. Als ich sie fragte, warum nicht, lächelten sie nur und meinten, ich solle mich um meine eigenen Angelegenheiten kümmern.«
»Erzähl ihm noch von dieser anderen Sache«, unterbrach Maltote.
»O ja, Herr.« Ranulf kam einen halben Schritt näher. »Der zweite Stock des Hauptgebäudes hat acht Fenster.«
»Und?« fragte Corbett.
»Vom Gang gehen jedoch nur sieben Türen ab.«

5

Corbett und seine Gefährten kehrten in das Gästehaus zurück und zogen sich für das Abendessen um.

»Sagt nichts über den Angriff auf mich«, ermahnte Corbett Ranulf und Maltote, als sie den Gang zum Refektorium entlanggingen.

Die Templer waren bereits versammelt und saßen um einen Tisch in der Mitte des Raums, der relativ klein und freundlich war. Von der Stichbalkendecke hingen zur Zierde bunte Banner. De Molay sprach rasch das Tischgebet und segnete das Essen, das bereits aufgetragen war. Dann brachte ein Diener, noch bevor alle sich setzten, ein Tablett mit Trinkbechern und eine ebenso große Anzahl Teller mit Brot, das mit Salz bestreut war. Die Templer sowie die drei Gäste erhielten jeder einen Becher und ein Stück gesalzenes Brot.

»Laßt uns der Brüder gedenken«, erhob de Molay die Stimme, »die vor uns gegangen sind. Laßt uns unserer Kameraden gedenken, die schon im Staub liegen.«

»Amen!« erscholl es wie aus einem Mund.

Corbett sah sich in dem Raum um, dessen Ecken im Dunkeln lagen, und versuchte sich eines Fröstelns zu erwehren. Die Geister, die de Molay beschworen hatte, schienen sich um sie herum versammelt zu haben. Er nippte an seinem Becher und biß in das gesalzene Brot. Ranulf fing an zu husten, aber Corbett stieß ihn in die Seite, und Ranulf aß eilig die letzten Krümel.

»Laßt uns der heiligen Stätten gedenken«, hob de Molay ein

weiteres Mal die Stimme, »an denen unser Herr, Jesus Christus, aß, trank, litt, starb und auferstand.«
Anschließend wurden die Becher und die Teller abgeräumt. De Molay gab allen ein Zeichen, sich zu setzen, und das Abendessen begann. Trotz dieses etwas düsteren Trinkspruchs war das Essen ausgezeichnet – würziger Fasan, im Topf geschmorter Hase, frisches Gemüse, Rotwein und zum Dessert eisgekühlter Wein aus dem Elsaß. Corbett trank in kleinen Schlucken und dachte an das Geschenk des Königs an de Molay, während er den Unterhaltungen um sich herum lauschte. Meist ging es um Dinge jenseits des Kanals, so als versuchten die Templer die jüngsten Ereignisse zu verdrängen. Sie sprachen von Schiffen, von den Korsaren im Mittelmeer, die nur kurze Zeit zurückliegende Kapitelversammlung in Paris und die wichtige Frage, ob sie sich mit dem Johanniterorden verbünden sollten. Sie waren zwar aufmerksam Corbett und seinen beiden Gefährten gegenüber, bezogen sie aber kein einziges Mal in die Unterhaltung ein. Erst als Odo, der Bibliothekar, ein dünner, kahlköpfiger Mann mit einem üppigen weißen Bart, sich an die Tafel setzte, besserte sich die Stimmung etwas. Odo war ein sorgloses Gemüt, lächelte immer und hatte zahllose Lachfältchen um die Augen. Corbett fand ihn auf Anhieb sympathisch.
»Ihr langweilt unsere Gäste«, sagte Odo vom anderen Ende der Tafel her. »Ihr seid keine Ritter und Gentlemen, sondern grau gewordene Soldaten, die es nicht besser verstehen.« Er verbeugte sich in Richtung de Molays. »Großmeister, ich entschuldige mich für das Zuspätkommen.«
»Unsinn.« De Molay lächelte ihn an. »Wir kennen Euch und Eure Bücher, Bruder Odo, und Ihr habt ganz recht. Wir sollten uns mehr um unsere Manieren kümmern.«
Ein Küchenjunge kam herein und legte dem Bibliothekar ein frisches Bratenstück vor. Odo stützte seine Ellbogen auf den Tisch, und Corbett blieb einen Augenblick die Luft weg. Odos

linke Hand fehlte. An ihrer Stelle saß ein Stumpf aus poliertem Holz. Legrave, der ihm gegenübersaß, beugte sich etwas vor.
»Wir tolerieren das bei Bruder Odo«, flüsterte er so laut, daß alle es hören konnten, und lächelte den Bibliothekar dabei an. Dieser warf Legrave einen gespielt-verärgerten Blick zu. »Es wird ihm nicht gefallen, daß wir Euch das erzählen, aber Odo ist ein Held, ein veritabler Paladin.«
»Das ist wahr!« trompetete Branquier. »Warum würden wir uns sonst mit seinen Reden und schlechten Manieren abfinden?«
Corbett spürte, welche Verehrung, ja sogar Liebe sie dem alten Templer entgegenbrachten.
»Zu seiner Zeit«, sagte Symmes, »war Bruder Odo ein Ritter, auf den auch Arthur, Roland oder Oliver stolz gewesen wäre.«
»Hört schon auf!« wehrte der Bibliothekar mit seiner unversehrten Hand ab, obwohl er das gutmütige Geplänkel ganz offensichtlich genoß.
»Er war in Akka«, fuhr Legrave fort, »wie wir alle, aber er versuchte noch die Stadtmauer zu verteidigen, als sie schon längst überrannt war. Er floh als letzter. Erzähle uns, Bruder, und unseren Gästen, wie das genau war.«
Corbett war sich im klaren darüber, daß es sich hier um ein Ritual handelte, nur hatte es diesmal einen etwas anderen Hintergrund. Diese Männer wollten ihm unbedingt beweisen, daß sie in einer anderen Zeit die Verteidiger des Christentums gewesen waren, egal, was für Gerüchte und geflüsterte Anklagen jetzt kursierten. Sie waren Helden, Heilige in Rüstungen. Die anderen Templer schlossen sich der Aufforderung an. Also nahm Odo noch einen Schluck und hob seine polierte Armprothese.
»Ich habe meine Hand in Akka verloren«, fing er an. »Ja, damals, im März 1291, als die Stadt fiel.« Er sah die vier Kommandanten des Templerordens an. »Ihr wart ebenfalls dabei.«
»Wir bekamen es mit der Angst zu tun und liefen davon.«

Legrave hatte die Augen gesenkt. »Wir flohen mit unseren Schilden auf dem Rücken und unsere Gesichter dem Meer zugewandt aus der Stadt.«
»Nein, das stimmt nicht«, widersprach Odo mit leiser Stimme. »Ihr mußtet den Rückzug antreten. Das habe ich Euch schon hundertmal gesagt, man erwirbt keinen Ruhm dadurch, daß man sein Leben einfach wegwirft. Was ist Ehrenvolles an einem blutigen Leichnam? Auch Gefangenschaft kann einen nicht mit Stolz erfüllen.«
»Ihr seid nicht geflohen«, bemerkte Branquier.
De Molay schlug mit dem Griff seines Messers auf die Tischdecke. »Das habt Ihr mir doch alle voraus. Ich war noch nicht einmal dort. Ich habe die sengende Hitze der Wüsten in Outremer nie kennengelernt. Ich habe weder den Schrei der Mamelucken, der einem das Blut in den Adern gefrieren läßt, gehört noch die rohe Grausamkeit der Schlacht erlebt. Akka ist nicht unseretwegen verlorengegangen, sondern weil ...« Er fing Corbetts Blick auf, und seine Stimme erstarb. Dann hob der Großmeister erneut die Augen. Sie standen voller Tränen. »Erzähl es uns noch einmal, Odo«, flüsterte er. »Erzähl uns, wie die Stadt fiel.«
»Die Belagerung nahm im März ihren Anfang.« Odos Stimme war tief und sanft. Er lehnte sich zurück, schloß die Augen und schuf mit seinen Worten großartige Bilder. »Wie Ihr alle wißt, war Akka eine dem Untergang geweihte Stadt. Und doch waren die Straßen voller Leben und die Tavernen überfüllt. Es wurde bis spät in die Nacht gezecht. Syrische und griechische Mädchen warteten im Obergeschoß der Weinschenken. Eine fieberhafte Aufregung ergriff von der Stadt Besitz, als die Türken damit begannen, sie einzukesseln.« Er öffnete wieder die Augen. »Warum«, fragte er, »tanzen dem Tode Geweihte eigentlich noch ausgelassener? Sir Hugh, wart Ihr je in einer Schlacht?«
»Ich bin in Wales ab und zu in einen Hinterhalt geraten und habe

auf dem Marsch nach Schottland die nasse Heide kennengelernt, aber nichts im Vergleich mit Euch, Bruder Odo.« Corbett sah sich in der Runde der Templer um. »Ich kann niemanden dafür verurteilen, was er in einer Schlacht getan hat, denn ich bin mir nicht sicher, was ich selbst tun würde.«

Odo prostete ihm wortlos zu und setzte dann seine Erzählung fort. »Der entscheidende Angriff war im Mai. Die Einschläge der Steinschleudern und das Donnern der Rammböcke gegen die nachgebenden Stadtmauern, das Prasseln und Wüten der riesigen Brände – und dann diese Trommeln. Erinnert Ihr Euch, Brüder, an den gnadenlosen Takt der Mamelucken-Trommeln?«

»Noch heute«, sagte Branquier, »kann ich diese Trommeln hören, wenn ich schlaflos in meiner Zelle liege.« Er sah sich verzagt um. »Ich stehe dann auf, schaue durch das Fenster auf die Schatten zwischen den Bäumen und frage mich, ob mich Satan mit seinen Heerscharen verhöhnt.«

Odo nickte. »Ich stand im Westen auf der Stadtmauer. Eine Bresche wurde geschlagen, man vergoß Öl, das den Boden schwärzte und einen Rauchschleier erzeugte. Die Mamelucken füllten die Gräben mit Tierkadavern. Die Lasttiere rannten kopflos in die Wallgräben und brachen sich dort das Genick. Über diese Wälle konnten die Mamelucken nachrücken. Von uns waren nicht mehr viele in der Stadt. Ich war müde, der Rauch nahm mir die Sicht, und meine Arme waren wie Blei.« Er machte eine Pause. »Hinter dem Rauchschleier konnten wir den Gesang der Derwische und die Trommeln hören. In dem grauen Licht vor der Dämmerung kam der erste Angriff – dunkle Massen, als würde die Hölle Legionen von Dämonen ausspeien. Wir wehrten sie ab, aber ihnen folgten einige Regimenter Mamelucken in Rüstung, und die Stadtmauern wurden eingenommen. Wir wichen zurück und kamen an einer Gruppe Mönche vorbei, Dominikanern. Sie hatten sich versammelt, um das ›Salve Regina‹ zu singen. Wir konnten sie nicht retten. Überall um uns herum starben Menschen. Sie verbrannten in ihren Türmen, in den Türen ihrer Häuser oder auf den Barrikaden, mit denen sie die Gassen versperrt hatten.«

»Aber Ihr habt sie aufgehalten«, unterbrach ihn Branquier. »Eine Weile zumindest, Bruder Odo, habt Ihr sie aufgehalten.«

»Ja. Eine Straße führte hinunter zu den Docks. Alle flohen dorthin. Jede Ordnung war zusammengebrochen, und die Schiffe füllten sich in einer unglaublichen Geschwindigkeit mit Menschen. Ich und noch etwa zwei Dutzend weitere Templer – ausgewählte Männer – hielten die letzte Barrikade.« Odo setzte sich gerade auf. Sein Gesicht wurde jünger, und seine Augen leuchteten vor Erregung. »Wir kämpften den ganzen Nachmittag und sangen dabei die ›Paschales Laudes‹, die Osterhymne, bis sich selbst die Ungläubigen zurückzogen und uns versprachen, uns das Leben zu schenken. Wir lachten sie aus, und sie griffen wieder an. Feuerbälle regneten auf unsere Barrikaden; dann wurde alles schwarz.« Er ließ die Schultern hängen. »Als ich erwachte, war ich auf einem der Schiffe, die eilig das offene Meer zu erreichen suchten. Meine linke Hand war verschwunden. Akka war gefallen. Ich erfuhr später, daß ein Mann überlebt hatte. Er hatte mich auf die Stufen des Piers geschleift und das Boot gefunden.« Odos Stimme zitterte. »Manchmal wünsche ich bei Gott, daß ich mit meinen Brüdern gestorben wäre.«

»Unsinn.« William Symmes, der jetzt etwas milder gestimmt dreinblickte, erhob sich und kniete sich neben ihn. »Wärt Ihr gestorben«, sagte er leise, »hätten wir diese Geschichte nie gehört, und Framlingham hätte keinen berühmten Bibliothekar.«

»Ihr wart also abgesehen vom Großmeister alle in Akka?« fragte Corbett.

»Wir kamen mit wenigen Überlebenden zurück«, entgegnete Legrave, »und sind jetzt alle Kommandanten des Templer-

ordens, ich in Beverley, Baddlesmere in London, Symmes in Templecombe in Dorset und Branquier in Chester.«
»Und beim Großkapitel«, sagte Corbett und versuchte, einen unbeschwerten Ton anzuschlagen, »wurden neue Pläne geschmiedet? Will der Orden das Verlorene zurückerobern?«
»Wenn es dazu an der Zeit ist«, antwortete de Molay. »Aber worauf wollt Ihr mit Euren Fragen hinaus, Sir Hugh?« Er schnalzte mit den Fingern, und ein Diener kam aus einer dunklen Ecke, um ihre Weingläser nachzufüllen.
»Vielleicht ist das nicht der richtige Anlaß.« Corbett schaute rasch zu Ranulf und Maltote, die, gesättigt, jetzt mit großen Augen diese seltsamen Männer ansahen, die Dinge erlebt hatten, die sie sich kaum vorstellen konnten.
»Unsinn«, entgegnete de Molay. »Was wollt Ihr wissen, Corbett?«
»Ihr seid alle wegen des Großkapitels nach Frankreich gereist? Warum, Großmeister, seid Ihr nach England zurückgekehrt? Und warum seid Ihr alle zusammengeblieben, statt Euch auf Eure verschiedenen Posten zu begeben?«
»Es ist meine Pflicht, sämtliche Provinzen zu besuchen«, antwortete de Molay. »Und wenn ich das tue, dann werde ich von den höchsten Kommandanten des Templerordens begleitet.«
»Wann seid Ihr zurückgekehrt?«
»Sieben Tage ehe die Warnung an das Portal der St. Pauls Kathedrale geheftet wurde«, sagte de Molay sarkastisch, »und nur wenige Tage nach dem Angriff auf Philipp von Frankreich im Bois de Boulogne.«
»Fragt weiter.« Legrave stützte die Ellbogen auf die Tischplatte und leckte sich die Finger.
»Und Ihr kamt nach Framlingham?« wollte Corbett wissen.
»Ja«, antwortete Legrave. »Wir waren hier in Framlingham, als dieser schreckliche Mord unweit von Botham Bar verübt wurde.«

»Und wir waren auch in York«, erhob Branquier seine Stimme, »als man Euren König angriff und Euch um ein Haar ermordete.«

»Aber das alles«, erklärte Baddlesmere, »ist Zufall und nicht etwa der Beweis für Hochverrat.«

»Und denkt daran«, sagte Bruder Odo, »keiner meiner Kameraden war hier, als Sir Guido inmitten des Labyrinths den Tod fand. Alle hatten Framlingham am Vorabend verlassen, um den König in der St. Leonard's Priory zu treffen.«

»Sir Guido war Euer Freund?« wollte Corbett wissen.

»Ja, und bevor Ihr fragt, ich trauere nicht, weil ich froh bin, daß Sir Guido tot ist. Er quälte sich fortwährend. Jetzt hat er in den Armen Christi Frieden gefunden. Die Qualen und Selbstzweifel haben ein Ende.« Der alte Bibliothekar mußte blinzeln. »Morgen begraben wir ihn, und dann hat er ewige Ruhe.«

»Ihr wart dort«, sagte Corbett. »Ihr seid mit ihm zusammen zum Eingang des Irrgartens gegangen?«

»Ja, kurz vor der Dämmerung. Es war ein wunderbarer Morgen. Der Himmel hatte eine tiefblaue Färbung. Sir Guido meinte, sie erinnere ihn an Outremer. Er kniete mit dem Rosenkranz in der Hand nieder und begann seine Wallfahrt. Ich saß einfach nur da, wie ich das immer tat, genoß den frischen Duft der Morgenbrise und wünschte, Sir Guido müßte sich nicht so sehr quälen. Ich war eingenickt und wurde von schrecklichen Schreien geweckt. Als ich aufstand, sah ich, wie sich eine schwarze Rauchsäule über das Labyrinth erhob. Alles andere wißt Ihr.«

»Und Ihr seid Euch sicher, daß sonst niemand dort war?« fragte Corbett.

»Gott ist mein Zeuge, Sir Hugh, es war sonst niemand da.«

Corbett schaute den Templern ins Gesicht. »Und Ihr seid dann alle am späten Nachmittag hierhergekommen?«

»Wie bereits gesagt«, antwortete de Molay, »waren wir in der Stadt. Wir hatten da geschäftlich zu tun. Bruder Odo hielt es nicht für sinnvoll, uns dort zu benachrichtigen. Sir Guido war tot, nichts würde ihn zurückbringen.«

»Außer Branquier«, meinte Bruder Odo. »Er kam früher. Wir waren um ein Uhr miteinander verabredet.« Er lächelte und stocherte in seinem Essen. »Ich schlief, Branquier mußte mich wecken. Manchmal fordert das Alter sein Recht. Aber wie spät war es da eigentlich?«

»Die Stundenkerze hatte den dreizehnten Ring noch kaum erreicht«, entgegnete Branquier. »Ihr habt das selbst gesehen.« Er schaute zu Corbett hinüber. »Ich wollte, daß Bruder Odo mir ein Buch heraussucht. Als ich jedoch nach Framlingham kam, erzählte mir ein Diener von Sir Guidos Tod. Ich ging in meine Zelle, legte meine Sachen ab und suchte dann erst Bruder Odo auf.«

»Das sind die Informationen, die ich benötige«, erklärte Corbett. »Ich entschuldige mich, Großmeister, aber ich muß alle befragen, wann genau sie sich wo aufgehalten haben.« Er hob beschwichtigend die Hand. »Ich bin mir sicher, daß diese Fragen einiges klären werden. Weder ich noch seine Hoheit der König wollen jemanden beleidigen. Als Beweis habe ich aus der Greenmantle Tavern ein Faß Wein mitgebracht, Großmeister, den besten Wein, den die Gascogne jemals hervorgebracht hat. Ein Geschenk seiner Hoheit.«

»Ah.« De Molay lächelte dankbar. »Vom Weinhändler des Königs, Hubert Seagrave. Er hat beantragt, ein bestimmtes Areal von uns zu kaufen, ein verwildertes Stück Land ...«

Er verstummte. Ein fürchterlicher Schrei drang aus der Küche. Ranulf reagierte als erster. Er sprang auf, warf seinen Stuhl dabei um und rannte in die Küche. Corbett und die anderen folgten ihm in einen riesigen höhlenartigen Raum mit Haken an den Wänden, von denen Kasserollen, Töpfe und Pfannen hingen. Hier glich alles eher einer Szene aus der Hölle: Neben dem Ofen stand einer der Köche und schrie. Seine Kollegen starrten ihn entsetzt an. Hoch auflodernde Flammen hüllten ihn ein. Das Feuer hatte die Schürze des Mannes erfaßt. Seine Beinkleider sowie sein Halstuch waren angesengt. Er schwankte einen Schritt nach vorne und sank dann in die Knie. Ranulf goß einen großen Eimer Wasser über ihn aus und schleifte mit Maltotes Hilfe ein schweres Stück Sackleinwand herbei, das neben einem Brotkorb gelegen hatte, und warf es über den gequälten Mann, um auch noch die letzten Flammen zu ersticken. Corbett ließ seinen Blick rasch über die Templer wandern. De Molay hatte sich umgedreht und schaute auf die Wand. Bruder Odo und die vier Kommandanten des Templerordens starrten mit einem entsetzten Gesichtsausdruck vor sich hin. Die Schreie des Kochs wurden schwächer und gingen in ein Wimmern über. Dann war es still. Schließlich regte sich die Gestalt unter der Sackleinwand nicht mehr. Ranulf, dessen Hände und Gesicht rußgeschwärzt waren, schlug sie zurück. Der Koch war tot, sein gesamter Körper wies die fürchterlichsten Verbrennungen auf. Ein schrecklicher Anblick. Maltote würgte und verschwand durch die Tür, die auf den Hof führte.

Die anderen Diener, Küchenjungen, Tellerwäscher und Köche entfernten sich, so weit es ging, von den Templern. Einer warf ein Zinngefäß um, das laut klirrend über den Boden kullerte.

»Er lachte«, flüsterte einer der Köche. »Er lachte, und dann stand er auf einmal in Flammen. Ihr habt es doch gesehen? Die Flammen waren überall.« Wir hatten gerade ein paar Witze erzählt. Er lachte.« Der Mann fuhr sich mit der Hand an die Nase. Jetzt erst hatte er den fürchterlichen Gestank bemerkt.

»Wer ist er?« fragte Corbett leise.

»Peterkin. Er lebte mit seiner Mutter an der Coppergate Lane. Er hatte den Ehrgeiz, seine eigene Garküche zu eröffnen.«

»Schafft ihn weg.« De Molay wandte sich an die Templer-Sergeanten, die sich inzwischen in der Tür des Refektoriums drängten. »Bedeckt die Leiche mit einem Tuch, und bringt sie in die Krankenstube.«

Die Diener drängten sich immer weiter Richtung Tür. Der Küchenmeister, ein breiter Mann mit einem kahlen Kopf, trat vor. Er zog seine Lederschürze aus und warf sie zu Boden. »Jetzt reicht's!« brüllte er. »Wir gehen. Versucht nur, uns aufzuhalten. Morgen früh sind wir hier weg.« Er deutete auf die Templer. »Wir wollen unseren Lohn, und dann sind wir hier weg.«

Corbett bemerkte den bösartig roten Abszeß auf der Handfläche des Mannes, und es wurde ihm beim Gedanken daran, was er gegessen hatte, übel. Die Forderungen des Kochs wurden von den anderen wiederholt. Die Stimmung in der Küche hatte sich spürbar verändert. Einer der Küchenjungen ergriff ein Schabmesser, ein anderer eine Fleischaxt, an der Blut klebte. Corbett hörte, daß die Sergeanten, die hinter ihm standen, ihre Schwerter zogen.

»Das ist lächerlich«, rief Corbett. »Ich bin Bevollmächtigter des Königs. Großmeister, bezahlt diese Leute und laßt sie gehen, wenn sie meine Fragen beantwortet haben. Aber nicht hier. Gott sei diesem armen Teufel gnädig, doch dieser Raum stinkt nach seinem verbrannten Fleisch.«

De Molay wandte sich an seine Kommandanten. »Sorgt dafür, daß das Herrenhaus ordentlich bewacht wird. Unser Abendessen ist beendet. Sir Hugh und ich werden diese guten Leute befragen«, sagte er diplomatisch, »und sorgt Euch nicht.« Er lächelte schwach. »Ich bin mir sicher, daß uns Master Ranulf hier alle beschützen wird.«

Erst machten alle vier Kommandanten Anstalten zu widersprechen. Sie hatten die Hände an den Griffen ihrer Dolche und schauten zunächst zu den Köchen und dann zu Corbett.

»Geht schon«, drängte sie de Molay mit leiser Stimme.

Die Gruppe löste sich auf. Corbett ging vor den Köchen her ins

Refektorium und auf das Podium zu. Er stellte sich darauf, und die Köche drängten sich zusammen. Außerhalb der Küche bekamen sie Angst. Sie traten von einem Fuß auf den anderen und wollten nur eins: weg.
»Was ist geschehen?« fragte Corbett.
»Es war, wie sie sagen«, erhob der Hauptkoch die Stimme. »Das Mahl war beendet, und wir räumten die Küche auf. Peterkin war unser Pastetenbäcker. Er harkte die Kohlen aus dem Ofen, lachte und redete. Im nächsten Augenblick hörte ich ihn schreien. Als ich hinsah, stand er schon vollkommen in Flammen.«
Er wandte sich um und schnalzte mit den Fingern. Einer der Küchenjungen zog eine dünne Lederschürze aus und gab sie Corbett.
»Er trug so eine hier.«
Corbett betrachtete sie neugierig. Das Leder war sehr dünn. Die Schürze wurde von einer Schlaufe, die man über den Kopf zog, gehalten und hinten zugebunden. Sie schützte die Kleider vor Flecken und vor Funken, aber nicht vor hoch auflodernden Flammen, wie sie Corbett gesehen hatte.
»Was hatte er an den Händen?«
»Dicke Fausthandschuhe aus Wolle«, antwortete der Koch. »Sie bedeckten seine Arme bis an die Ellbogen.«
»Zeigt mir, was er gerade tat«, drängte Corbett. »Kommt schon, nur wir beide.«
Der Koch wollte gerade widersprechen, aber Corbett trat von dem Podium herunter und hielt ihm eine Silbermünze vor die Nase.
»Ich werde Euch den ganzen Weg begleiten«, versicherte ihm Corbett.
Die Silbermünze verschwand, und die beiden gingen in die Küche. Der Koch führte Corbett zu der großen offenen Feuerstelle. Auf beiden Seiten von ihr war ein riesiger Ofen in die Wand eingebaut.

»Er stand hier«, erklärte der Koch und öffnete die eiserne Ofentür.
Corbett spähte vorsichtig hinein und wich sofort wieder zurück. Die Glut der hoch aufgeschichteten Holzkohle unter einem Netz aus Stahldraht war ungeheuer heiß. Der Koch nahm ein Schüreisen mit einem Holzgriff und deutete in den Ofen.
»Seht Ihr, Master, Peterkin legte die Pies auf das Netz, schloß die Tür und wartete, bis sie durch waren. Er wußte immer ganz genau, wie lange er sie im Ofen lassen mußte.« Das etwas fettige Gesicht des Mannes verzog sich zu einem traurigen Lächeln. »Er war ein guter Koch. Die Krusten seiner Pies waren immer goldgelb und knusprig, das Fleisch zart und würzig. Er hinterläßt seine Mutter«, fuhr er fort, »eine Witwe.«
Corbett legte ein Silberstück in die geschwärzte Hand des Mannes. »Dann gebt ihr das hier«, sagte er und fügte hinzu: »Richtet ihr aus, daß sie beim König ein Hilfegesuch einreichen soll, da dieser in York weilt.«
»Das wird gerade was nützen«, murrte der Kerl.
»Ja, es würde wahrscheinlich nichts nützen«, entgegnete Corbett, »wenn nicht ausgerechnet ich die Gesuche bearbeiten würde. Also, was tat Peterkin genau?«
Der Koch deutete auf eine Eisenschale voller Asche, die auf dem Fußboden lag.
»Wenn alles gebacken ist, müssen die Öfen gelöscht werden. Peterkin bestand immer darauf, das selbst zu tun, damit auch alles für den nächsten Tag vorbereitet wäre. Er wußte genau, wie sauber die Öfen sein müssen und wie man die Holzkohle verteilt. Er harkte Kohlen und Asche gerade in die Schale, als ich ihn schreien hörte.«
»Was meint Ihr, ist passiert?« fragte Corbett und ging vom Ofen weg.
Der Koch folgte ihm. »Ich weiß nicht, Sir. Ich habe durchaus schon gesehen, wie Männer in der Küche verbrannten, beson-

ders, wenn sie versehentlich Öl ins Feuer gossen; die Verbrennungen der Hände und des Gesichts waren fürchterlich. Gelegentlich verbrühen wir auch unsere Beine und Füße.« Der Mann zog einen Lumpen unter seiner Schürze hervor und wischte sich den Schweiß vom Gesicht. »Aber, Herr«, er trat so nah an Corbett heran, daß diesem sein Körpergeruch in die Nase stach, »so etwas habe ich noch nie gesehen. Ein guter Mann, der sich in Sekundenschnelle in eine lebende Fackel verwandelt.«
Corbett ging zum Hinterausgang der Küche, den man aufgerissen hatte. Der beißende Gestank verbrannten Fleisches hing immer noch schwer in der Luft. Aus der Halle hörte er Gemurmel. Im Freien klapperten im Dunkeln Kettenpanzer. Er blieb in der Türöffnung stehen und schaute zum Mond, der sich in den Pfützen auf dem gepflasterten Hof spiegelte.
»Was habt Ihr gesehen?« fragte Corbett. »Ich meine im ersten Augenblick?«
»Die Flammen.« Der Mann strich sich über die Schürze. »Sie hüllten ihn von vorne ein, seine Brust, seinen Bauch und seine Hände. Sogar die Wollhandschuhe standen in Flammen.«
»Habt Ihr heute abend etwas Besonderes bemerkt?«
»Nein, Sir!«
»Nichts?« fragte Corbett.
»Wir hatten viel zu tun, Sir.«
»Und niemand kam in die Küche? Weder vor dem Mahl noch während des Tages?«
»Ich habe niemanden bemerkt, Sir!«
»Was habt Ihr dann gesehen?«
Der Koch verzog das Gesicht. »Da ist dieser Reiter ...«
»Welcher Reiter?«
»Maskiert, mit Kapuze und mit einem riesigen Zweihänder am Sattelknauf.« Der Mann trat von einem Fuß auf den anderen. »Ich habe ihn nur einmal gesehen. Ich jagte gerade, nun ja,

Kaninchen in den Wäldern hier in der Gegend. Er saß wie der Schatten des Todes zwischen den Bäumen und starrte auf das Herrenhaus. Er bewegte sich nicht – ich ergriff die Flucht.«
Corbetts Herz setzte einen Schlag aus. Lauerte in den Wäldern zwischen Framlingham und York ein unbekannter Gewaltverbrecher?
»Meint Ihr, daß dieser maskierte Reiter aus Framlingham kam?«
»Ich weiß nicht; aber über diesem Haus liegt ein Fluch«, sagte der Koch hastig. »Einige von uns wohnen hier draußen, der Rest, wie Peterkin, in der Stadt. Wir haben von diesem seltsamen Mord bei Botham Bar gehört. Früher war es immer so ruhig, Sir, ehe die Kommandanten mit ihren Soldaten hierherkamen. Jetzt singen sie seltsame Hymnen zu allen Nachtstunden. Teile des Hauses sind gesperrt! Und dann war da der Tod von Sir Guido. Er war ein guter Mann, etwas mürrisch, aber nicht unfreundlich – darüber mußte Peterkin auch lachen.«
Corbett drehte sich überrascht um. »Was meint Ihr damit?«
»Er sagte, das Feuer, das Sir Guido getötet habe, sei aus der Hölle gekommen, ein Höllenfeuer.«
»Wieso das?« fragte Corbett.
Der Koch schaute auf die Tür, die zum Refektorium führte, dann auf eine weitere Silbermünze, die Corbett zwischen den Fingern hielt.
»Es gibt da Gerüchte«, meinte er.
»Gerüchte worüber?« bohrte Corbett. »Kommt schon, Ihr habt nichts zu befürchten.«
»Einer der Küchenjungen sah einen der Templer.« Der Koch machte eine Pause.
»Ihr meint, einen der Kommandanten?«
»Ja. Ich weiß nicht, welchen, aber, nun, er sah, wie dieser einen anderen Mann küßte. Ihr wißt schon, Sir, so wie man eine Frau küßt. Und, um Euch diese Frage zu ersparen: Er konnte auch nicht erkennen, wen er küßte.«

»Seid Ihr Euch da sicher?« fragte Corbett.
»Ganz sicher. Er kam einen Korridor entlang und erhaschte einen Blick auf den Kommandanten, der mit dem Rücken zu ihm stand. An dem Umhang, den er trug, sah er, daß es sich um einen der Besucher handelte. Ich denke, der andere war ein Sergeant der Templer, ein jüngerer Mann. Ihr habt selbst feststellen können, wie dunkel es hier in den Gängen ist, Sir. Sie standen im Schatten. Der Küchenjunge bekam es mit der Angst zu tun, drehte sich um und nahm die Beine in die Hand. Jedenfalls lachte Peterkin gerade über diese Geschichte. Ihm gelang es immer, alles in einen Witz zu verwandeln. Er sagte: ›Hier stinkt es nach Schwefel aus der Hölle.‹ Und dann passierte es.« Der Koch nahm Corbett die Münze aus den Fingern. »Jetzt gehe ich, Sir.«

Er trat aus der Küche in die Halle. Corbett hörte laute Stimmen, und als er wieder in das Refektorium kam, sah er, wie der Koch die anderen zur Tür führte.

»Ich konnte sie nicht daran hindern«, sagte de Molay. »Sie sollen zum Schatzmeister gehen, sich ihren Lohn holen und verschwinden. Was meint Ihr, Sir Hugh?« Der Großmeister trat in den Lichtschein der Kerzen auf dem Tisch und setzte sich, den Kopf in die Hände gestützt, hin. Ranulf und Maltote ließen sich ebenfalls auf Stühlen nieder. Beide hatten einiges getrunken. Das war ihnen anzumerken.

»Ich habe schon ähnliche Unfälle gesehen«, meinte Ranulf. »Männer, die in den Londoner Garküchen verbrannten.«

»So nicht«, entgegnete Corbett und nahm gegenüber von de Molay Platz.

Der Großmeister schaute auf. Er schien um Jahre gealtert. Seine stahlgrauen Haare waren zerzaust, und er hatte dunkle Ringe unter den Augen. Sein Antlitz hatte jede Heiterkeit und alles Herrische verloren. »Satan greift von allen Flanken an«, murmelte er.

»Wieso sagt Ihr das?« fragte Corbett. »Das in der Küche könnte auch ein Unfall gewesen sein.«

De Molay lehnte sich auf seinem Stuhl zurück. »Das war kein Unfall, Corbett. Erst der Mord bei Botham Bar, dann der Angriff auf den König, der Tod von Sir Guido und jetzt das hier!«

»Warum sollte es der Satan auf Euch abgesehen haben?«

»Das weiß ich auch nicht«, fauchte der Großmeister und erhob sich, »aber wenn Ihr ihm begegnet, Corbett, dann könnt Ihr ihm diese Frage ja persönlich stellen!« De Molay verließ mit langen Schritten das Refektorium und knallte die Tür hinter sich zu.

Corbett erhob sich ebenfalls und gab Maltote und Ranulf ein Zeichen, ihm zu folgen.

»Hört zu! Von jetzt ab schlafen wir im selben Zimmer. Wir halten abwechselnd Wache. Seid vorsichtig mit dem, was ihr eßt und trinkt. Geht nicht alleine irgendwohin.« Corbett seufzte. »Was mich betrifft, haben wir hier wieder dieselben Verhältnisse wie auf dem Feldzug nach Schottland. Der einzige Unterschied ist, daß wir damals wußten, wer die Feinde waren. Jetzt wissen wir nicht einmal das!«

Sie gingen in Richtung des Gästehauses. Auf einmal blieb Corbett stehen. Sein Herz setzte einen Schlag aus. Jemand rannte durch die Dunkelheit auf sie zu. Aber es war nur ein Diener, der seine Habseligkeiten zu einem Bündel verschnürt hatte und sich beeilte, zum Tor zu kommen.

»Morgen früh sind sie alle weg«, sagte Ranulf. »Und wenn es nach mir ginge, Herr, würden wir es ihnen gleichtun!«

»Und wohin?« fragte Corbett. »Zu Edward nach York oder nach Leighton Manor?«

Ranulf verweigerte die Antwort. Wieder im Gästehaus stand Maltote schläfrig Wache vor der Tür. Corbett bat Ranulf, zu ihm ins Zimmer zu kommen. Der Diener setzte sich auf einen Hocker. Corbett betrachtete ihn neugierig. Der sonst so freche

Ranulf war bleich, und er hatte seine übliche Gelassenheit eingebüßt.
»Was ist los?« wollte Corbett wissen.
»Ach nichts.« Ranulf trat gegen die Binsen, die den Fußboden bedeckten. »Ich bin so glücklich, daß ich mir vorstellen kann, ebenfalls Templer zu werden.« Er schaute Corbett finster an. »Ich verabscheue dieses verdammte Framlingham. Ich mag die Templer einfach nicht. Ich weiß nicht, was ich von ihnen halten soll. Was sind sie eigentlich? Mönche oder Soldaten? Der Bibliothekar ist ja vielleicht ein feiner alter Mann, aber bei den anderen läuft es mir kalt den Rücken runter.«
»Du hast einfach Angst, oder etwa nicht?« Corbett setzte sich auf die Bettkante.
Ranulf kratzte sich am Kopf. »Nein, Herr, ich habe keine Angst, mich hat das blanke Entsetzen gepackt. Maltote denkt nur an Pferde. Er redet über nichts anderes. Was hier abläuft, hat er noch nicht in seinen dicken Schädel bekommen.« Ranulf klopfte auf den Dolch in seinem Gürtel. »Ich weiß, wie man mit seinen Feinden fertig wird, Herr, Straßenräuber in schmalen Gassen, Meuchelmörder in dunklen Zimmern. Aber das hier? Menschen, die einfach in Flammen aufgehen? Rätselhaft! Reverchien in der Mitte des Labyrinths, dieses arme Schwein in der Küche ...«
»Für jedes natürliche Phänomen«, sagte Corbett, »das waren schon Aristoteles' Worte, gibt es auch eine natürliche Ursache.«
»Das kann er sich sonstwohin schreiben!« fauchte Ranulf. »Dieser verdammte Aristoteles ist auch nicht hier. Wenn dieser Idiot das wäre, würde er sich das ziemlich bald anders überlegen!«
Corbett mußte lachen.
»Ihr findet das vielleicht lustig, Herr«, knurrte Ranulf. »Wir sind jetzt erst ein paar Stunden hier, und man hat uns bereits bedroht, auf uns geschossen und uns im Irrgarten verfolgt.«
Corbett nahm Ranulfs Hand. »Ja, ich habe auch Angst, Ranulf.«

Er stand auf, reckte sich und schaute auf das schwarze geschnitzte Kruzifix an der Wand. »In all den Jahren, in denen ich Mörder zu stellen suchte, habe ich so etwas noch nicht erlebt. Ja, man hat mich im Irrgarten verfolgt.« Er drehte sich um, und sein Gesicht war auf einmal unerbittlich. »Ich mag das nicht, daß man es auf mich abgesehen hat, Ranulf. Ich lasse mir nicht drohen. Ich will nicht mit diesem ständigen Alptraum leben, daß ein Bote des Königs eines Tages zu Maeve und der kleinen Eleanor kommt und ihnen sagt, ich sei tot, aber meine Leiche würde zum Begräbnis heimgebracht.« Er setzte sich wieder. »Ich bin königlicher Bevollmächtigter. Ich habe mit Siegelwachs und Pergament zu tun. Ich löse Probleme. Ich schütze den König und bringe seine Feinde zur Strecke. Manchmal habe ich Angst, so große Angst, daß ich nachts schweißgebadet aufwache. Wenn du nicht wärst, hätte ich schon lange das Weite gesucht. Aber das genau ist die Absicht dieses Meuchelmörders. Er will, das alles drunter und drüber geht. Doch ich werde die Ordnung wiederherstellen, und dann werden wir abwarten!«
»Wenn wir so lange leben.«
»Das werden wir. Ich mache zwar ab und zu einen Fehler, aber früher oder später werde ich doch dafür sorgen, daß der grausame Schweinehund, der hinter alldem steckt, festgenommen wird und mit seinem Kopf bezahlt. Also, laß uns für Ordnung sorgen. Da haben wir die Templer. Sie haben Ordenshäuser in England und überall in Westeuropa. Sie sind aus dem Heiligen Land vertrieben worden und haben dadurch ihre Daseinsberechtigung verloren. Man begegnet ihnen feindselig und wegen ihres Reichtums auch mit Neid. Sie haben ebenfalls Angst. Deswegen haben sie unserem König auch die fürstliche Summe von fünfzigtausend Pfund angeboten. Der alte Fuchs wußte, daß er das Geld bekommen würde. Komm schon, Ranulf, Hüter des Grünen Siegels, was ist bisher passiert?«
»Es fing mit der Sitzung des Großkapitels in Paris an.«

»De Molay hatte dabei den Vorstand«, fuhr Corbett fort, »und die vier englischen Kommandanten waren ebenfalls anwesend. Sie kamen kurz nach dem Angriff auf Philipp IV. alle nach England. Während sie sich in London aufhalten, wird eine Warnung der Assassinen an das Portal der St. Pauls Kathedrale geheftet. Sie begeben sich nach York, und schon kurz nach ihrem Eintreffen in Framlingham wird das Herrenhaus schwer bewacht, und bestimmte Teile des Gebäudes sind gesperrt. Dann haben wir den seltsamen Mord unweit von Botham Bar, die Angriffe auf den König und auf mich, die Ermordung von Reverchien und jetzt den Tod von Peterkin, dem Pastetenbäcker. Nun, Ranulf, siehst du da einen Zusammenhang?«

Ranulf kratzte sich das Kinn. »Nur einen. Wo de Molay und seine vier Kommandanten sich aufhalten, gibt es Ärger. Und es läßt sich kein Sinn hinter alldem erkennen. Die meisten Mörder haben ein Motiv. Sicher, es könnte Untergruppen des Templerordens geben, einen Geheimbund, der sich mit Schwarzer Magie beschäftigt. Einer der Kommandanten oder auch alle, selbst de Molay, könnten es sich zum Ziel gesetzt haben, sich an den Königen von Frankreich und England zu rächen.«

»Aber das erklärt noch nicht den seltsamen Mord unweit von Botham Bar und die Exekution von Peterkin«, meinte Corbett. »Warum sollte jemand einen armen Pastetenbäcker einfach so verbrennen? Und, was wichtiger ist, wie entstehen diese seltsamen Feuer überhaupt?«

Ranulf erhob sich und ging unruhig im Zimmer auf und ab. »Herr, Ihr habt gesagt, daß es für jedes natürliche Phänomen eine natürliche Ursache gibt. Aber was wäre, wenn das alles widernatürlich ist? Menschen stehen nicht einfach plötzlich in Flammen.«

Corbett schüttelte den Kopf. »Ich weiß, was du meinst, Ranulf, und doch habe ich den Verdacht, daß wir genau das denken sollen.«

»Aber wie kann das sein?« fragte Ranulf unbeirrt. »Es stimmt schon, daß sich die Templer in der Stadt befanden, als der Angriff auf den König erfolgte. Sie waren jedoch nicht hier, als Reverchien ermordet wurde. Das wissen wir sicher.«
»Bruder Odo war hier«, entgegnete Corbett. »Er ist zwar alt, hat aber selbst zugegeben, daß er eine Kämpfernatur ist. Er hätte Sir Guido ermorden, das Herrenhaus verlassen und dann Murston aufsuchen können, um mit ihm durch die Straßen Yorks zu schlendern und auf uns zu warten. Anschließend hätte er nach Framlingham zurückeilen und wieder hiersein können, noch ehe die anderen eintrafen. Legrave meinte, er habe geschlafen.«
»Ihm fehlt eine Hand.«
»Und? Ich habe schon von Männern gehört, die weitaus stärker behindert waren und trotzdem Morde begingen. Wie wollen wir wissen, daß er Reverchien nicht in den Irrgarten folgte und ihn dort ermordete? Oder daß er Peterkins Tod nicht zu verantworten hat?«
»Und die Sache bei Botham Bar?« fragte Ranulf. »Hat er etwa auch den Zweihänder geschwungen?«
Corbett zuckte mit den Schultern. »Concedo, das wäre ihm schwergefallen, ist aber nicht vollkommen unmöglich. Aber dann hat mir der Koch auch von einem maskierten Reiter erzählt, der in den Wäldern in der Nähe des Herrenhauses auf der Lauer liegt.«
»Ein Auftragsmörder?« wollte Ranulf wissen.
»Möglich. Vielleicht hat mich der Koch aber auch angelogen. Schließlich ist da noch eine Sache – die Falschmünzen. Oder handelt es sich womöglich gar nicht um Falschmünzen ...« überlegte Corbett laut. »Auf jeden Fall sind sie nach der Ankunft der Templer erstmals in York aufgetaucht.«
»Womit wir wieder bei Alchimie oder Magie wären«, sagte Ranulf. »Herr, als ich noch die Straßen von London unsicher

machte, kannte ich einige Falschmünzer. Sie nehmen einfach eine echte Münze und lassen zwei daraus werden. Ich habe noch nie gehört, daß ein Falschmünzer solide Goldmünzen hergestellt hat.«
Corbett setzte sich aufs Bett und rieb sich die Augen. »›Wenn man alles analysiert hat‹«, zitierte er, »›und immer nur auf eine Lösung kommt, dann ist diese Lösung die Wahrheit.‹« Er sah Ranulf an. »Vielleicht ist es ja Magie.« Und dann meinte er noch nachdenklich: »Vielleicht brennt unter uns das Höllenfeuer.«

6

Die beiden Ritter stellten sich an entgegengesetzten Seiten des Turnierplatzes auf. Den staubigen Platz entlang lief eine Holzschranke, die mit Leder gepolstert war. Die Ritter trugen volle Rüstungen und große Turnierhelme. Knappen reichten ihnen Schilde und Turnierlanzen aus Holz. Beide Reiter lenkten ihre Pferde mit den Schenkeln. Aus der Haltung ihrer Lanzen sprach große Erfahrung. Eine Trompete erklang. Die Ritter bewegten sich langsam aufeinander zu. Ein weiteres Trompetensignal, und die Pferde fielen in Galopp. Ihre eisenbeschlagenen Hufe wirbelten eine Staubwolke auf. Sie hatten die Köpfe gesenkt. Die beiden Ritter hielten parallel zur Turnierschranke geradewegs aufeinander zu. Sie hoben die Schilde und senkten die Lanzen. In der Mitte des Turnierplatzes trafen sie mit einem widerhallenden Krachen aufeinander. Die Lanzen splitterten. Beide Ritter schwankten im Sattel, blieben jedoch sitzen und ritten bis zum Ende des Turnierplatzes weiter.

»Ausgezeichnet!« rief Bruder Odo, lehnte sich gegen die Mauer und stieß seinen Stock mehrmals auf den Boden. »Trefflich, Legrave. Symmes!« brüllte der alte Bibliothekar. »Senkt Eure Lanze etwas früher, oder Ihr werdet noch auf den Hintern fallen!«

Diese letzten Worte riefen bei den Zuschauern, Rittern und Sergeanten Gelächter hervor. Corbett und seine beiden Gefährten standen etwas im Hintergrund. Die Sonne brannte, und der Staub vom Turnierplatz fing sich in ihren Augen und ihrer Kehle. Die Ritter bereiteten sich auf einen neuen Waffengang vor. Neue

Lanzen, Schilde in Position, und auf ein weiteres Trompetensignal hin stürmten die riesigen Streitrösser, denen man buntes Zaumzeug angelegt hatte, los. Als sich die beiden Gegner einander näherten, fielen sie in Galopp. Sie trafen aufeinander, aber diesmal war Symmes zu langsam. Er verfehlte mit seiner Lanze Legrave und ließ gleichzeitig sein Schild sinken, was ihn verwundbar machte. Es krachte fürchterlich. Symmes' Pferd bäumte sich auf, und dieser purzelte aus dem Sattel.

»Ausgezeichnet!« rief de Molay. Er saß auf einem thronähnlichen Stuhl unter einem Baldachin aus Seide. Dann gab er Corbett ein Zeichen, näher zu treten.

»Habt Ihr Legrave gesehen? Er hat gewechselt und die Lanze in der Linken gehalten! Eine solche Geschicklichkeit! Sagt schon, Sir Hugh, habt Ihr so etwas bei den Rittern des Königs schon einmal gesehen?«

»Nein, Großmeister.«

Corbett sprach die Wahrheit. Nach der Totenmesse und dem Frühstück hatten die Templer mit dem Turnier begonnen. Corbett hatte ihre umfassenden Fertigkeiten sehr bald bewundert, obschon er müde war und ihm die Hitze und der Staub zu schaffen machten. Er schaute auf den Turnierplatz. Knappen halfen Symmes gerade wieder auf die Beine und nahmen ihm seinen Helm ab. Sie hielten ihm Schöpfkellen mit Wasser hin, um sich den Staub aus der Kehle zu spülen und den Schweiß aus dem Gesicht zu waschen. Legrave stieg ebenfalls ab und entledigte sich seines Helms. Er trat zu seinem unterlegenen Gegner. Symmes war noch etwas mitgenommen, wandte sich aber seinem Widersacher zu. Sie umarmten sich und gaben sich den Friedenskuß auf die Wange.

»Wenn man doch nur alle Zwistigkeiten so friedlich beilegen könnte«, murmelte de Molay. Er reichte Corbett einen Becher gekühlten Weißwein und machte einem Gefolgsmann ein Zeichen, Ranulf und Maltote ebenfalls einen zu bringen. »Ich würde

Euch gerne danken, Sir Hugh.« De Molay beugte sich so nahe zu Corbett, daß nur er diese Worte hören konnte. »Es war ritterlich von Euch, es uns zu gestatten, unseren Toten zu begraben und sein Andenken mit einem Waffengang zu ehren.« Er seufzte. »Jetzt ist das erledigt. Wollt Ihr unverzüglich mit uns sprechen?«

»Ja, Großmeister.«

De Molay zuckte mit den Schultern. »Ich habe meinen Gefährten entsprechende Anweisungen gegeben. Ihr könnt uns im Refektorium befragen.«

Corbett leerte seinen Becher und reichte ihn einem Gefolgsmann. Dann gab er Ranulf und Maltote zu verstehen, ihm zu folgen. Sie gingen über den Turnierplatz, der von ihren Räumen aus gesehen auf der anderen Seite des Herrenhauses lag, und zurück zum Gästehaus.

»Gott sei Dank«, stöhnte Ranulf und setzte sich auf einen Hocker, »bin ich kein Templer. Sie greifen ja gnadenlos an.«

»Sie sind wirklich ausgezeichnete Reiter«, meinte Maltote. »Hast du gesehen, wie sie ihre Streitrösser nur mit den Knien lenken?«

»Wir verplempern unsere Zeit«, sagte Ranulf mürrisch. »Ich dachte schon, diese Totenmesse würde nie ein Ende nehmen!«

Corbett, der am Fenster stand, wo es etwas kühler war, dachte anders darüber, schwieg jedoch. Die Totenmesse war wunderschön gewesen. Reverchiens Sarg hatte mit den Flaggen und Bannern des Ordens bedeckt vor dem Hochaltar der prachtvoll ausgestatteten Templerkapelle gestanden. Die kleine Kirche war sehr gut besucht gewesen, und die Templer hatten mit ihren tiefen Stimmen das »Requiem Dona Ei« gesungen, einen Choral voll feierlicher Majestät. Corbett hatte in einem der Seitenschiffe gesessen. De Molays wunderschöne Lobrede auf Sir Guido Reverchien hatte ihn zutiefst bewegt. Ab und zu hatte er allerdings doch die Trauergemeinde gemustert. Die vier

Kommandanten des Templerordens hatten zusammen mit dem Großmeister im Chor gesessen, die Sergeanten, Knappen und anderen Gefolgsleute im Schiff hinter dem hölzernen Lettner gestanden.

Corbett hatte versucht, sich auf die Messe zu konzentrieren, konnte aber das traurige Los des Kochs nicht verdrängen. Er fragte sich, welche der Kommandanten des Templerordens und der anderen Anwesenden ein homosexuelles Verhältnis haben mochten. Immer wieder wies Corbett diesen Gedanken als wahnsinnig von sich. Für die Betroffenen stellte er eine fürchterliche Gefahr dar. In den Augen der Kirche war Homosexualität eine Todsünde. Würden die Übeltäter gefaßt, dann mußten sie mit einem grausamen Tode rechnen. Und doch siegte seine Neugier. Beim »osculum pacis«, dem Friedenskuß vor der heiligen Kommunion, hatte er Baddlesmere und einen jungen Sergeanten am Durchgang des Lettners beobachtet. Jetzt tauschten alle den Friedenskuß, bei dem ergrauten Templer und dem jungen blonden Sergeanten meinte Corbett jedoch etwas anderes zu bemerken. Ranulf fiel es natürlich sehr schwer, die Augen in der Kirche offenzuhalten. Die Wachsamkeit seines Herrn hatte ihn jedoch darauf aufmerksam gemacht, daß etwas nicht in Ordnung war, und er folgte dessen Blick. Dann beugte er sich vor.

»Gott vergebe mir, aber denkt Ihr dasselbe wie ich?«

Corbett hatte Ranulf leicht an der Schulter gefaßt und küßte ihn auf die Wange.

»Pax frater«, flüsterte er. »Friede, Bruder.«

»Et cum spirituo tuo«, antwortete Ranulf.

»Behalte deine Überlegungen für dich«, zischte ihm Corbett zu und konzentrierte sich wieder auf die Messe.

Nachdem Reverchien in der Krypta unter der Kapelle beigesetzt war, gab es eine Kollation im Refektorium, und anschließend hatte das Turnier zu Ehren des toten Ritters stattgefunden.

»Meint Ihr, daß sie kommen werden?« unterbrach Ranulf Corbetts Überlegungen.
Corbett wandte sich vom Fenster ab. »Wenn de Molay ihnen das befohlen hat, werden sie das tun.«
»Mögen sie eigentlich alle keine Frauen?« fragte Ranulf unvermittelt.
Corbett zuckte mit den Schultern. »Nicht, daß ich wüßte. Der einzige Unterschied zwischen ihnen und uns ist der, daß sie ein Keuschheitsgelübde abgelegt haben. Ihre Braut ist die Kirche Christi.«
Ranulf stieß einen leisen Pfiff aus. »Aber sie müssen doch Gefühle haben«, meinte er frotzelnd.
Corbett setzte sich an den kleinen Tisch und öffnete die Satteltaschen mit seinen Schreibutensilien. »Warum stellst du die Frage nicht direkter, Ranulf? Jedes Mitglied des Templerordens hat sich einem Leben der Keuschheit und Ehelosigkeit verschrieben. Das ist eines der Opfer, die sie bringen. Wie bei allen Männerbünden gibt es allerdings auch hier Mitglieder, die einander verfallen.«
»Aber das ist doch Sünde«, sagte Maltote. »Und wenn sie erwischt werden?«
»Dann helfe ihnen Gott. Der Templerorden hat angeblich solche Männer in eine Zelle gesperrt und anschließend Tür und Fenster zugemauert. Dort sind sie verhungert.«
»Werdet Ihr de Molay nach der Geheimkammer fragen?« wollte Ranulf wissen. »Dort im zweiten Stock, wo es ein überzähliges Fenster gibt. Ich habe es heute morgen nach der Messe noch einmal kontrolliert. Zwischen zwei Zimmern ist die Wandvertäfelung erneuert. Vermutlich war da einmal eine Tür.«
»Der Großmeister wird viele Fragen beantworten müssen«, entgegnete Corbett. »Ich brenne darauf zu erfahren, was sie dort verstecken.«

»Könnte das etwas mit den Feuern zu tun haben? Eine geheime Waffe oder eine Wunder wirkende Reliquie? Ich habe einmal in London einen Mann getroffen«, erzählte Maltote, »der vorgab, bis ins tiefste Ägypten gereist zu sein. Jenseits von Alexandria sei er auf einen Stamm gestoßen, der die Bundeslade besessen habe. Wenn man sie berührt, wird man angeblich von einem seltsamen Feuer verzehrt. Das ist die Wahrheit!« Maltote hatte immer lauter gesprochen, da Ranulf angefangen hatte, verstohlen zu lachen. »Ich habe ihm zwei Pence für einen Holzsplitter gezahlt!«

»Ich wette, daß der Bursche nie weiter als bis Southampton gekommen ist«, sagte Ranulf kichernd. »Habt Ihr eigentlich Maltotes Reliquiensammlung schon einmal gesehen, Herr? Er hat unter anderem ein rostiges Schwert, das Herodes' Soldaten beim bethlehemitischen Kindermord geschwungen haben sollen ...«

Ein plötzliches Klopfen an der Tür beendete diesen launischen Wortwechsel. Corbett öffnete. Er rechnete damit, einen Boten des Großmeisters vor sich zu haben. Statt dessen stand ihm der junge Sergeant gegenüber, den er während der Messe beobachtet hatte. Er wurde von einem untersetzten und stämmigen Mann begleitet, der an einen Mastiff erinnerte. Er hatte ein markantes Kinn, preßte die Lippen zusammen und blinzelte kein einziges Mal. Seine Frisur wirkte außerordentlich lächerlich – die Haare waren bis über die Ohren rasiert und standen auf dem Kopf wie ein wirrer Busch ab.

»Bitte?« fragte Corbett.

»Ein Besucher, Sir Hugh.«

»Ihr hattet mich doch erwartet?« sagte der Fremde ungehalten und ging ohne weitere Umschweife ins Zimmer, wobei er Corbett fast umstieß. Die Tür schlug er hinter sich zu und dem jungen Templer ins Gesicht. Er stand breitbeinig da, die Daumen in den Gürtel eingehakt, an dem ein Schwert hing. Dann

zog er seinen dunkelbraunen Umhang aus und warf ihn über einen Stuhl.
»Verdammt«, er schmatzte lautstark, »ich bin am Verdursten!«
»Wenn Ihr nicht ein bißchen plötzlich erklärt, wer Ihr seid, dann könnte Euch jeder Durst vergehen!«
Ranulf sprang auf. »Wer seid Ihr, um Himmels willen?«
»Roger Claverley, der Vertreter des Sheriffs von York.« Der Besucher öffnete einen Beutel, nahm eine Vollmacht auf einem Pergament heraus und warf sie Corbett zu. »Das ist meine Vollmacht vom Bürgermeister und Sheriff. Ich bin hier, um Euch zu helfen.«
Corbett kaute auf der Unterlippe, um ein Grinsen zu unterdrücken. Je länger er Claverley betrachtete, der Ranulf feindselig gegenüberstand, je mehr erinnerte er ihn an den kleinen Mastiff, der immer hinter Uncle Morgan, einem Verwandten von Maeve, hertrottete. Der Mastiff mochte Ranulf nicht, und dieses Gefühl war gegenseitig.
»Hol unserem Besucher einen Becher Wein, Ranulf«, sagte Corbett und las den Brief ganz genau. »Er ist ein überaus einflußreicher Beamter, und wenn dieser Brief stimmt, dann kann er uns sehr wertvolle Informationen über die Goldmünzen und andere Dinge liefern.« Corbett legte das Pergament auf den Tisch und ging mit ausgestreckter Hand auf Claverley zu.
Dieser nahm sie und hätte Corbett beinahe die Gelenke zermalmt.
»Ihr seid uns sehr willkommen, Roger«, sagte Corbett und versuchte, nicht zu grinsen.
Der Vertreter des Sheriffs wirkte mit einmal weniger verkrampft. Ein warmes Lächeln erschien auf seinem häßlichen Gesicht.
»Ich bin eigentlich der Schrecken der Diebe der Stadt«, erklärte er mit einer großartigen Geste. »Ich kenne sämtliche Schurken,

und sie kennen mich. Eine Art guter Hirte, nur eben umgekehrt. Wo sie hingehen, dahin folge ich ihnen.«

Corbett deutete auf einen Stuhl. Er gab Ranulf unmißverständlich zu verstehen, sich zurückzuhalten. Claverley schaute erst Maltote an, der wie üblich mit offenem Mund dastand, und dann Ranulf.

»Ich wette einen Monatssalär, daß du schon einmal ein Gefängnis von innen gesehen hast, Bursche. Selbst quer durch ein überfülltes Zimmer erkenne ich einen Verbrecher, wenn da einer ist.«

»Ja, ich habe in Newgate gesessen«, erwiderte Ranulf mürrisch. »Ich hatte mich mit den Aufschneidern, Betrügern und anderen aufrechten Männern zusammengetan. Aber sagt mir, Claverley, habt Ihr so unhöflich das Licht der Welt erblickt? Oder seid Ihr so unhöflich von Amts wegen?«

Claverley beugte sich plötzlich vor, streckte die Hände aus und lächelte charmant. Ranulf ergriff eine Hand.

»Ich wollte Euch nicht beleidigen. Ich habe ebenfalls gesessen«, sagte Claverley. »Aber schließlich sind die besten Wildhüter ehemalige Wilderer. Also, Sir Hugh, man hat mich beauftragt, Euch behilflich zu sein. Und das werde ich tun. Um keine langen Worte zu machen, wenn ich Euch zu helfen vermag, könnt Ihr dann meinen Namen dem König gegenüber erwähnen?«

Corbett mußte über die Ehrlichkeit und Direktheit dieses kleinen Mannes lächeln.

»Master Claverley, ich werde Euch nicht vergessen.«

»Gut«, entgegnete der Vertreter des Sheriffs. »Wir haben jetzt den Rest gefunden, das heißt die verwesende untere Hälfte der Leiche. Ihr erinnert Euch, der Führer der guten Nonnen, Thurston, erhaschte einen Blick auf sie, als das Pferd an ihnen vorbeigaloppierte. Einige unserer jungen Kaufleute waren auf der Jagd, und ihre Hunde haben sie gefunden.«

»Und das Pferd?«

»Von dem fehlt jede Spur.«
»Sonst noch was?« fragte Corbett.
»Der Bogenschütze der Templer – ich habe die Leiche in einem Käfig ausstellen lassen. An dem Käfig hing ein Schild, das alle Verräter und Königsmörder mit der gleichen Strafe bedrohte.«
»Und?«
»Heute morgen war das Schild weg. Statt dessen hatte man das hier mit einem Stück Draht an den Käfig gebunden.« Claverley reichte Corbett ein Pergament.
»Guter Gott!« stöhnte Corbett, als er es las.

Wisse, daß Dir all Dein Besitz abhanden kommt und schließlich uns zufällt.
Wisse, daß wir kommen und gehen, wie es uns beliebt, und daß Du uns nicht daran hindern kannst.
Wisse, daß wir Macht über Dich besitzen und daß das so sein wird, bis wir unsere Mission erfüllt haben.

Corbett hielt das Pergament hoch. »Die Reihenfolge ist verändert, doch es ist die Drohung der Assassinen.«
»Die Templer können dafür aber nicht verantwortlich sein«, meinte Ranulf. »Sie stehen hier in Framlingham auf Befehl des Königs unter Hausarrest.«
»Sie sind alle in der Lage, über eine Mauer zu klettern«, wandte Maltote ein.
»Ich glaube nicht, daß einer von ihnen damit zu tun hat«, erklärte Claverley. »Wir haben in der Stadt auch unsere Befehle erhalten. Kein Templer darf eingelassen werden.«
»Er hätte sich verkleiden können«, meinte Maltote.
Claverley zuckte mit den Schultern. »Die Wachen an den Stadttoren sind verdoppelt. Alle Fremden werden aufgehalten und durchsucht, aber vermutlich ist es trotzdem möglich.«
»Der Meuchelmörder könnte sich in York aufhalten«, sagte

Corbett und beschrieb den maskierten Reiter, den der Koch gesehen hatte.

Claverley kratzte sich am Kinn. »Ein Meuchelmörder, der sich in den Wäldern an der Landstraße nach Botham Bar versteckt hält?« Er verzog das Gesicht. »Davon ist mir nichts bekannt.« Dann deutete er mit dem Kopf nach hinten: »Was geht hier eigentlich vor? Keine Diener, nur Soldaten des Templerordens und Knappen.«

»Sie sind alle geflüchtet«, erklärte Corbett. »Es gab hier gestern nacht einen Toten.«

Es wurde geklopft. Legrave trat ein. »Sir Hugh, wir warten alle im Refektorium. Der Großmeister ...« Er hielt inne und schaute Claverley finster an. »Kommt Euer Besucher vom König?«

»Ja«, antwortete Corbett. »Ranulf, bleibe mit unserem Besucher hier, und erzähle ihm, was wir wissen.«

Corbett folgte Legrave aus dem Gästehaus und hinüber ins Refektorium. De Molay saß am Kopfende der Tafel, seine Gefährten an den beiden Längsseiten. De Molay ließ Corbett an dem ihm gegenüberliegenden Ende des Tisches Platz nehmen. Er bemerkte den Lederbeutel mit Schreibfedern, den Corbett zusammen mit Pergament und einem Tintenfaß vor sich auf den Tisch legte.

»Sir Hugh, dies hier ist eine offizielle Zusammenkunft.«

Corbett pflichtete ihm bei.

»Ihr macht diese Befragung im Auftrag des Königs. Ihr werdet also nichts dagegen haben, daß wir ebenfalls Protokoll führen. Sir Branquier wird als unser Schreiber fungieren.«

»Tut, was Euch beliebt, Großmeister. Wir haben jedoch nicht viel Zeit, also werde ich sehr direkt sein. Sollte ich jemanden beleidigen, dann entschuldige ich mich schon jetzt dafür. Und Ihr werdet mir vergeben, wenn ich meine Frage von vorhin noch einmal stelle?«

De Molay nickte.

»Großmeister, gibt es in Eurem Orden eine Spaltung?«
»Ja.«
»Sind einige Eurer Kommandanten über die mangelnde Unterstützung der westlichen Prinzen verbittert?«
»Natürlich. Aber das heißt noch lange nicht, daß wir Verräter sind!«
»Habt Ihr jemals von einem hochrangigen Offizier des Templerordens gehört«, fuhr Corbett unerbittlich fort, »der den Spitznamen Sagittarius oder Bogenschütze führt?« Er schaute auch die anderen an. Niemand verzog eine Miene.
»Noch nie!« antwortete de Molay. »Obwohl einige der Ritter in der Tat ausgezeichnete Bogenschützen sind und hervorragend mit der Armbrust, mit dem walisischen Langbogen und mit den Waffen der Sarazenen umgehen können.«
»Habt Ihr etwas von dem Templer gehört, der von der Inquisition vernommen wurde?«
»Nein, aber wir warten jeden Tag auf Nachricht. Wir kennen nicht einmal seinen Namen.«
»Aber Ihr kanntet Murston?«
Corbett beobachtete Branquier, der die Feder in der Linken hielt und gewissenhaft alles mitschrieb.
»Murston war mein Gefolgsmann. Ein schwacher Mensch, den seine Gefährten nicht mochten. Er trank viel und war verbittert.«
»Aber er war kein Verräter?«
»Nein, Sir Hugh, nicht daß ich wüßte.«
»Hat man ihn hier nicht vermißt? Schließlich mietete er die Dachkammer über der Schenke schon am Vorabend des Anschlags auf den König.«
»Ihr müßt daran denken, Sir Hugh, daß wir alle den König am Vortag in der St. Leonard's Priory getroffen hatten. Meine Gefährten und ich ritten von dort nach York. Es hätte also ein paar Tage dauern können, ehe man Murston überhaupt vermißt hätte.«

Corbett hielt inne, um aufzuschreiben, was er erfahren hatte. Seine Feder flog über das weiche Pergament. Er schrieb eine Geheimschrift, die nur er lesen konnte.

»Und an dem Tag, an dem der König nach York kam?« fragte er und legte die Feder hin.

»Wir verließen die St. Leonard's Priory«, entgegnete de Molay, »und ritten nach York. Legrave und ich suchten unsere Bankiers auf, Goldschmiede in der Stonegate.«

»Wie heißen sie?«

»Coningsby«, antwortete Legrave. »William Coningsby und Peter Lamode.«

»Und dort wart Ihr den ganzen Morgen?«

»Das geht zu weit«, fuhr Branquier dazwischen. »Wir sind Ritter vom Kreuz, keine Schwerverbrecher, die von der Krone verhört werden!«

»Ruhe!« De Molay hob die Hand. »Was wir sagen, Brüder, ist die Wahrheit. Legrave und ich waren bis zum Nachmittag in der Stonegate. Ich prüfte unsere Konten. Dann verließ ich York via Petergate und durch Botham Bar. Das Gefolge des Königs befand sich zu diesem Zeitpunkt bereits vor York Minster. Ich wäre gerne auch dort gewesen.« Der Großmeister lächelte schwach. »Ich wartete damit jedoch bis zum folgenden Tag.«

»Und Ihr, Sir William?« fragte Corbett.

Kein Muskel bewegte sich in Symmes' narbigem Gesicht, seine Augen funkelten jedoch bedrohlich.

»Eine Weile begleitete ich den Großmeister, aber dann suchte ich Kaufleute in der Goodramgate auf und ritt anschließend zu einem Freund, der Geistlicher an der St. Mary's Church ist. Ich hatte mich mit dem Großmeister vor dem Haus des Pergamentmachers unweit von Botham Bar verabredet und ritt mit ihm zurück.«

»Und Sir Bartholomew?« Corbett machte sich einige Notizen auf seinem Pergament.

»Ich ging in die Jubbergate, wo die Waffenschmiede und Pfeilhersteller ihre Werkstätten haben. Ich wollte Waffen kaufen.«
»Und wart Ihr allein?« fragte Corbett unschuldig.
»Nein, in Begleitung eines Sergeanten.«
»Sein Name?« wollte Corbett wissen.
Der Templer schluckte. »John Scoudas. Er befindet sich hier im Herrenhaus.«
»Ihr braucht mich nicht zu fragen!« schrie Branquier vom anderen Ende der Tafel. »Ich verließ St. Leonard's Priory als letzter. Als ich nach York kam, waren die Straßen wegen der Ankunft des Königs voller Menschen. Ich verweilte ein wenig, aber schließlich wurde es mir in der Stadt zu eng und zu heiß. Dann kam ich hierher. Das kann Euch Bruder Odo bestätigen.«
Corbett schaute rasch auf das bisher Geschriebene. De Molay und Legrave gaben sich gegenseitig ein Alibi. Bruder Odo stand für Branquier ein. Aber Baddlesmere? Corbett hatte den Verdacht, daß er log. Das galt auch für Symmes, der das hinter der Tischkante verborgene Wiesel streichelte. Corbett starrte auf sein Pergament. Die Templer wurden langsam ungeduldig, Stuhlbeine scharrten, und ärgerliche Seufzer ließen sich vernehmen.
»Was meint Ihr eigentlich, wo wir waren?« fragte Legrave unvermittelt. »Meint Ihr, wir hätten Murston bei seinem Versuch, den König zu ermorden, geholfen? Oder daß wir Euch die Nachricht auf der Ouse Bridge hätten zukommen lassen?«
»Oder daß wir den Hinterhalt für Euch geplant hätten?« spottete Baddlesmere.
»Großmeister«, Branquier warf seine Feder hin und bekleckste die Tafel dabei mit Tinte. »Das ist das letztemal, daß ich auf solche Fragen antworte. Weil so ein Idiot von Sergeant, der nicht mehr alle auf der Reihe hatte, versucht hat, den König zu ermorden, und weil blödsinnige und anmaßende Warnungen hierhin und dorthin geschickt werden, sind wir schuldig?«

Seine Worte stießen auf Zustimmung. De Molay war es ganz eindeutig unwohl in seiner Haut. Seine dunklen und aristokratischen Züge verrieten sein Unbehagen. Corbett schaute nach links und nach rechts. Baddlesmere kratzte sich das Kinn seines wettergegerbten Gesichts. War er etwa der Mörder, fragte sich Corbett, der heimliche Sünder? Oder Legrave mit seinem ordentlich gescheitelten braunen Haar, seinem bronzenen Teint und seinem jungenhaften Gesicht? Ein erstklassiger Soldat. Oder der einäugige Symmes? Oder der große Branquier, der über die Tafel gebeugt saß? Corbett war sich sicher, in einem dieser Männer den Mörder vor sich zu haben, ja, vielleicht steckten sie alle unter einer Decke, und es würde bald weitere Morde geben.

»Wir haben Peterkins Leiche in die Stadt schaffen lassen«, ergriff de Molay wieder das Wort, »in einem hübschen Sarg.« Er hob die Hand. »Keine Sorge. Sie wurde nicht von einem Templer begleitet, sondern von einem unserer Verwalter. Dieser hatte auch ein Beileidsschreiben und einen Beutel Silber für die Mutter dabei. Warum sollte jemand einen armen Koch ermorden, Sir Hugh? Was ist durch seinen Tod gewonnen?«

»Und was ist mit dem armen Reverchien?« sagte Baddlesmere unwirsch.

»Ich weiß es nicht«, antwortete Corbett. »Aber, Großmeister, warum seid Ihr eigentlich nach York gekommen?«

»Das habe ich Euch bereits gesagt. Es ist Pflicht jedes neuen Großmeisters, alle Ordensprovinzen zu besuchen.«

»Vor Eurer Ankunft«, fragte Corbett unbeschwert weiter, »wurde Framlingham Manor von Sir Guido Reverchien, einem Amtmann und einem Administrator verwaltet?«

»Ja.«

»Warum werden bestimmte Treppenaufgänge jetzt bewacht? Welche anderen Geheimnisse gibt es in diesem Herrenhaus?«

»Wie zum Beispiel?«

»Der maskierte Reiter, der in den Wäldern bei Framlingham gesehen worden ist.«

De Molay schaute seine Gefährten an und schüttelte dann den Kopf. »Davon wissen wir nichts. Was noch?«

»Was ist mit dem verschlossenen Raum im zweiten Stock des Herrenhauses?«

»Ruhe!« befahl de Molay, als seine Gefährten Corbett vorwerfen wollten, herumzuschnüffeln. »Habt Ihr Eure Befragung jetzt beendet, Sir Hugh?«

»Ja.«

»Dann werde ich Euch nun unser geheimes Zimmer zeigen.«

De Molay erhob sich. Corbett legte seine Schreibgeräte so schnell wie möglich weg und ging hinter dem Großmeister her aus dem Refektorium.

»Sir Richard Branquier«, rief de Molay über die Schulter, »kommt bitte ebenfalls.«

Der Großmeister hatte Mühe, nicht die Selbstbeherrschung zu verlieren. Er führte Corbett die Treppe hinauf und durch den Flur des zweiten Stocks. Der Fußboden bestand aus Dielen, die Wände waren holzverkleidet und mit Schnitzereien verziert. De Molay ging etwa bis zur Mitte des Gangs und blieb stehen.

»Branquier, öffnet dieses Zimmer für Sir Hugh!«

Der Templer drängte sich an Corbett vorbei und stieß ihn beinahe zu Boden. Er schob einen Teil der Wandverkleidung beiseite und drückte auf einen Hebel. Es klickte, ein Teil der Täfelung schwang nach vorn, und eine Tür wurde sichtbar. De Molay zog einen Schlüssel aus einem Beutel, steckte ihn in das Schloß, und die Tür öffnete sich. Sie traten in eine kleine und schmale Zelle mit nacktem Fußboden und weißgekalkten Wänden. Durch ein winziges Fenster fiel etwas Licht.

Corbett schaute ein wenig verlegen auf die Truhen und Kisten, die hier gelagert wurden.

»Hier verwahren wir unsere Schätze«, erklärte Branquier. »In

vielen unserer Burgen und Herrenhäuser gibt es einen solchen Raum. Ist es beim König nicht ebenso?« Branquier trat ganz nahe an Corbett heran. »Vielleicht sogar bei Euch, Hüter des königlichen Geheimsiegels. Öffnet Ihr, Sir Hugh, etwa alle Eure Zimmer und Kammern den Neugierigen und Aufdringlichen?«
»Ich hatte nur gefragt«, entgegnete Corbett.
»Und da habt Ihr Eure Antwort.«
Corbett betrachtete den Gobelin an der Wand, ein kostbares Stück in einem schmalen Holzrahmen. Dargestellt war die Kreuzabnahme. Nikodemus und der Apostel Johannes beugten sich über den Leichnam. Maria kniete mit ausgestreckten Armen. Dem Künstler war es gelungen, ein außerordentlich lebendiges Bild zu schaffen. Mit seinen Gold-, Blau-, Rot-, Grün- und Purpurtönen glich es mehr einem Gemälde als einer Stickerei.
»Dieser Gobelin ist sehr kostbar«, erklärte de Molay. »Er stammt aus Italien. Allein die Goldfäden kosten den Jahresgewinn dieses Gutes. Aber kommt, Sir Hugh, wir wollen Euch noch mehr zeigen.«
Corbett trat aus der Kammer. De Molay verschloß die Tür, und Branquier schob die Wandtäfelung an ihren Platz zurück. Dann gingen sie den Gang weiter und einige Stufen hinauf. Am Ende der Stufen bewachten zwei Soldaten eine Treppe, die vermutlich auf den Dachboden führte. De Molay befahl ihnen, beiseite zu treten. Er schloß die Tür auf. Sie kamen in einen langen, ziemlich muffigen Raum. Auf der anderen Seite war über einem provisorischen Podium mit einem hölzernen, von Kerzenhaltern flankierten Altar ein ovales Fenster.
»Schaut Euch nur um«, sagte Branquier spöttisch zu Corbett.
»Das ist nicht nötig«, entgegnete Corbett, »hier ist so wenig zu finden wie auf einem Heuboden.«
Er warf einen Blick in den Dachstuhl. Durch die Dachziegel schimmerte der Himmel. Corbett ging auf den Altar zu. Davor lagen zwei Kissen. Er untersuchte das Wachs auf dem Altar.

»Hier ist nichts!« meinte Branquier unwillig. Er sah jedoch so aus, als hätte er Angst, sich längere Zeit auf diesem Dachboden aufzuhalten.
»Warum wird dieser Speicher dann so gut bewacht?« fragte Corbett.
Branquier zuckte zusammen und wollte schon antworten. De Molay kam ihm jedoch zuvor.
»Sir Hugh, Ihr seid das Mißtrauen in Person. Wir sind der Templerorden. Wir haben unsere eigenen Riten und Rituale.«
»Ihr habt doch eine wunderschöne Kapelle im Erdgeschoß.«
»Das ist richtig«, erwiderte der Großmeister. »Aber seht Euch nur irgendein anderes Klostergebäude in York an, das der Zisterzienser, der Kartäusermönche oder der Kreuzbrüder. Sie haben alle geheime Schatzkammern und Kapellen, in denen sie sich den Blicken der Öffentlichkeit entziehen. Hier ist es nicht anders.«
»Für alle?« wollte Corbett wissen.
»Aber nein«, antwortete de Molay. »Nur Sir Richard und ich haben diese Stufe in unserem Orden erreicht.«
De Molay hielt sich im Schatten, sein Gesicht abgewendet. Corbett wußte intuitiv, daß der Großmeister ihm etwas verschwieg, aber was sollte er dazu schon sagen? Er hatte seine Fragen gestellt, und de Molay hatte geantwortet.
Er ging zur Tür. »Ich danke Euch für Euer Entgegenkommen, Großmeister. Heute morgen hat mein Diener ein Faß Wein, ein Geschenk des Königs, in der Küche abgegeben.« Er lächelte über die Schulter. »Das wird Euch aber kaum für den Ärger entschädigen, den ich Euch verursacht habe.«

7

Corbett verließ den Dachboden, drehte sich aber auf halber Treppe noch einmal um.
»Übrigens, Großmeister, hat jemand Framlingham Manor gestern abend verlassen?«
»Außer den Dienern, die die Flucht ergriffen, niemand. Die Mitglieder unserer Gemeinschaft haben strikte Anweisung, Framlingham nicht zu verlassen.«
Corbett dankte ihm und kehrte zum Gästehaus zurück. Ranulf und Maltote unterhielten sich gerade mit Claverley detailliert über präparierte Würfel und wie einfach es sei, beim Münzenwerfen zu mogeln.
»Wir brechen auf«, gab Corbett kurz angebunden bekannt. »Maltote, sattle unsere Pferde. Ranulf, hole meinen Mantel und mein Schwert, wir sehen uns unten vor den Ställen.«
»Und Ihr, Herr?«
»Ich will noch Bruder Odo treffen. Übrigens, Claverley«, rief Corbett bereits beim Hinausgehen, »was auch immer Ihr für Pläne habt, würfelt nicht mit Ranulf und kauft auch keine seiner wundertätigen Mixturen.«
Ein Sergeant der Templer führte ihn in die Bibliothek, einen langen Raum mit hohen Gewölben und Blick auf den Garten. Hier war es friedlich und kühl. Bücher bedeckten die Wände, einige waren festgekettet und mit Vorhängeschlössern versehen, andere lagen offen auf Pulten. An einem Ende waren in einem Säulengang kleine Lesenischen mit jeweils einem Tisch, einem Stuhl, einem Tablett mit Schreibzeug und einer großen

Bienenwachskerze mit Metallhaube. Die Bibliothek schien menschenleer, Corbett ging langsam durch den Mittelgang, und seine Schritte hallten in dem riesigen Raum wider.
»Wer ist da?«
Corbett überkam ein Schrecken. Bruder Odo trat aus einem dunklen Winkel, in dem er über ein Manuskript gebeugt gesessen hatte. Seine eine Hand war mit Tinte befleckt.
»Sir Hugh, ich wußte nicht, daß Ihr Bücher schätzt.«
»Ich wünschte, es wäre so, Bruder.«
Corbett schüttelte Bruder Odo die Hand, und der Bibliothekar führte ihn in eine der Lesenischen.
»Alle diese Handschriften gehören den Templern«, erklärte Odo. »Zumindest dem Bezirk nördlich des Trent.« Er schaute sich nachdenklich um, sogar auf seinen Lippen fanden sich Tintenflecken. »Wir haben so viele Bibliotheken im Osten verloren. Wir besaßen sogar ein Original des Bibelkommentars des heiligen Hieronymus ... Aber Ihr seid sicher nicht hierhergekommen, um mich darüber zu befragen?«
Er deutete auf einen Hocker, der neben seinem Stuhl stand. Corbett setzte sich etwas verlegen und schaute auf die Handschriften, die auf dem Tisch verstreut lagen.
»Ich schreibe eine Chronik«, verkündete Odo stolz. »Eine Geschichte der Belagerung und des Falls von Akka.«
Er zog ein Velinpapier zu sich, und Corbett betrachtete die Zeichnung: Tempelritter, an den Kreuzen auf ihren Umhängen unschwer zu erkennen, die einen Turm verteidigten. Sie schleuderten Speere und Felsbrocken auf finster aussehende Türken. Die Zeichnung war nicht sonderlich genau, die Perspektive fehlte, sie hatte jedoch eine eigene Dramatik. Darunter stand in einer winzigen Handschrift ein lateinischer Kommentar.
»Ich habe bereits dreiundsiebzig Illuminationen angefertigt«, berichtete Odo, »die Chronik soll jedoch zweihundert enthalten, ein dauerhaftes Zeugnis für die Tapferkeit unseres Ordens.«

Ein Pergament fiel vom Tisch. Corbett hob es auf. Es war beschrieben, jedoch mit seltsamen Schriftzeichen. Corbett, der Lateinisch und das normannische Französisch der königlichen Kanzlei fließend beherrschte, hielt es für Griechisch.
»Nun, welche Sprache ist das, Corbett?« frotzelte Odo.
»Griechisch?«
Odo grinste und nahm das Pergament.
»Nein. Das sind Runen, angelsächsische Runen. Meine Mutter hieß Tharlestone. Sie stammte von Leofric ab, dem Bruder von Harold, der in der Schlacht von Hastings fiel. Sie besaß Ländereien in Norfolk. Seid Ihr jemals dort gewesen, Corbett?«
Der Bevollmächtigte erinnerte sich an den vergangenen November und die gefährlichen Wochen, die er im Mortlake Manor verbracht hatte.
»Ja«, antwortete er. »Aber das war kein besonders erfreulicher Besuch.«
»Ich bin dort aufgewachsen. Meine Mutter starb jung.« Die Augen des alten Bibliothekars füllten sich mit Tränen. »Sie war sanft wie ein Reh. Keine andere Frau war ihr gleich. Das war vermutlich auch der Grund dafür, daß ich in den Orden eintrat. Nun denn«, fuhr er in geschäftsmäßigerem Ton fort, »mein Großvater zog mich auf. Wir haben zusammen in den Marschen gefischt. Ich tue das heute noch gelegentlich, müßt Ihr wissen. Ich habe ein kleines Boot unten am See liegen, das ich *The Ghost of the Tower* getauft habe. Jedenfalls hat mir Großvater, während wir darauf gewartet haben, daß etwas anbeißen würde, Runenzeichen beigebracht, indem er sie in Rindenstückchen ritzte. Seht Ihr diese Rune, die unserem P gleicht? Das ist das W. Der Pfeil ist ein T und dieses torähnliche Zeichen ein V. Ich benutze Runen für meine Notizen.« Er nahm Corbett das Pergament wieder aus der Hand. »Niemand kann also lesen, was ich schreibe.« Er lächelte. »Womit kann ich Euch übrigens helfen?«

»An dem Tag, als Reverchien starb«, fragte Corbett, »ist Euch da irgend etwas aufgefallen?«
»Nein. Sowohl Sir Guido als auch ich waren froh, als der Großmeister und seine Kommandanten Framlingham verließen. Framlingham fiel wieder in seinen Dornröschenschlaf. Wir machten eine Runde, inspizierten die Vorräte, und ich verbrachte den Rest des Tages hier in der Bibliothek. Dann trafen wir uns wieder in der Kapelle, um die Messe zu singen. Er hatte eine gute Stimme, Reverchien, etwas höher als meine. Wir sangen aus vollem Hals die Strophen und gingen dann ins Refektorium, um dort zu Abend zu essen. Am nächsten Morgen nahm Sir Guido nach der Frühmesse das in Angriff, was er seinen kleinen Kreuzzug nannte.« Bruder Odo zuckte mit den Schultern. »Alles übrige wißt Ihr.«
»Und was geschah danach?«
»Nun, als ich den Rauch wahrnahm und die Schreie hörte, lief ich mit einigen Dienern in den Irrgarten. Es ist ziemlich schwierig, sich dort zurechtzufinden. Man muß sich an eine bestimmte Richtung halten.« Der alte Mann sah auf einmal traurig aus. »Als wir die Mitte erreichten ...« Ihm versagte die Stimme. »Versteht mich nicht falsch. Ich habe in Akka gesehen, wie Männer bei lebendigem Leib verbrannten, aber in der Mitte eines englischen Labyrinths an einem warmen Frühlingsmorgen die qualmende, von Kopf bis Fuß verkohlte Leiche eines Gefährten zu entdecken ist etwas anderes ... Die Hitze muß sehr stark gewesen sein. Die Erde und der große Eisenkandelaber waren ganz geschwärzt. Wir hüllten den Toten in Tücher und trugen ihn ins Leichenhaus. Anschließend begab ich mich zur Vorratskammer. Vermutlich trank ich dort etwas zuviel. Ich wurde schläfrig und ging in meine Zelle. Ich muß ziemlich geschnarcht haben, als Branquier mich aufweckte.«
»Was hat Eurer Meinung nach das Feuer verursacht?« wollte Corbett wissen.

»Ich habe keine Ahnung. Es geht das Gerücht, dies sei das Höllenfeuer gewesen.« Der alte Bibliothekar beugte sich näher zu Corbett hinüber. »Aber Sir Guido war ein guter Mann, freundlich und großzügig, vielleicht manchmal etwas verwirrt, doch von der Liebe zu Gott, zur heiligen Mutter der Kirche und zu seinem Orden erfüllt. Warum sollte so ein guter Mann in Flammen aufgehen, während die Bösen herumlaufen und mit ihren Missetaten auch noch prahlen?« Der Bibliothekar blinzelte und strich mit einer Hand über das Pergament. Er berührte es so zärtlich wie eine Mutter ihr Kind.
»Ich glaube nicht, daß es das Höllenfeuer war«, entgegnete Corbett. »Sir Guido war ein guter Mann. Er wurde ermordet. Aber warum und wie, das weiß der Herrgott.«
»Die Flammen waren bereits erloschen, aber es stank fürchterlich«, murmelte Odo. »Ich roch Schwefel. Geradezu, als ob ...«
»Als ob?« fragte Corbett.
Der alte Bibliothekar kratzte sich die unrasierte Wange. »Ich kann mich nicht erinnern«, flüsterte er. »Gott möge mir vergeben, Corbett, aber ich erinnere mich nicht.« Er schaute den Bevollmächtigten an. »Habt Ihr noch eine Frage?«
Corbett schüttelte den Kopf und stand auf. Er berührte sanft die knochige Schulter des Alten.
»Sie werden von Euch noch in fernen Zeiten sprechen«, sagte Corbett herzlich. »Eure Chronik wird man in Klöstern, Abteien und Bibliotheken überall im Lande abschreiben. In Oxford und Cambridge wird man sich um sie reißen.«
Odo schaute auf. Seine Augen leuchteten. »Glaubt Ihr das wirklich?«
»Ja. Der König hat eine große Bibliothek in Westminster. Er wird ebenfalls nach einer Abschrift verlangen, Bruder«, meinte Corbett. »Überdenkt noch einmal, was Ihr an dem Morgen gesehen habt, an dem Sir Guido starb.«

Mit des Bibliothekars Versicherung, daß er das tun werde, ging Corbett zu den Ställen, um dort seine Gefährten zu treffen.
Wenige Minuten später verließ Corbett in Begleitung von Claverley und Ranulf, die lautstark darüber stritten, ob es in London oder York schöner sei, Framlingham. Sie ritten einen einsamen Weg entlang und passierten die Wachen und das Tor. Dann schlugen sie die Richtung von Botham Bar ein. Es war recht spät am Tage, doch die Sonne schien immer noch stark. In den Hecken zu beiden Seiten der Landstraße raschelten die Vögel, und die Bienen suchten in den Blüten der Wiesenblumen summend nach Nektar.
»Ich besitze Bienenstöcke«, erzählte Claverley. »In meinem Garten habe ich über ein Dutzend. Der beste Honig in York, Sir Hugh.«
Corbett lächelte zerstreut. Er war in Gedanken immer noch in der Bibliothek. Odos Erinnerung hatte an etwas gerührt. Corbett konnte nur hoffen, daß ihm das gute Gedächtnis des alten Mannes einen Schlüssel zu all diesen Geheimnissen liefern würde. Sie ritten im Schatten der aufragenden Bäume weiter. Schließlich zügelte Claverley sein Pferd.
»Wir müssen die Landstraße hier verlassen.« Der Vertreter des Sheriffs deutete auf einen schmalen, aber offensichtlich stark frequentierten Pfad, der am Waldrand entlangführte. »Der Rest des Leichnams wurde weiter drinnen im Wald gefunden.«
»In was für einem Zustand war er?« fragte Ranulf.
»Irgendein Tier hatte ihn ausgegraben. Er war halb verwest von Jagdhunden aufgestöbert und umhergeschleift worden. Man hat ihn in einen Ledersack gepackt, ein Wildhüter hat ihn in die Stadt gebracht, damit er ein Armenbegräbnis erhalten kann. Kommt, ich zeige Euch den Fundplatz.«
Sie verließen die Landstraße und begaben sich in den Wald. Das Sonnenlicht wurde schwächer, als sich der Pfad zwischen Steineichen, Ulmen, Lärchen, Schwarzpappeln, Ahorn, Buchen und

Blutbuchen dahinschlängelte. Der Himmel war nicht mehr zu sehen, die Sonnenstrahlen konnten den dichten Baldachin der Blätter und ineinandergreifenden Äste nicht durchdringen. Die Pferde wurden unruhig, wenn es im Farn raschelte oder ein Vogel unvermittelt zu singen begann. Ihr Weg führte über vereinzelte Lichtungen. Hier war das Gras saftig grün, und Wiesenblumen erfüllten die Luft mit ihrem starken Duft. Dann ging es wieder zurück in das grüne Dunkel, das seltsam an eine Kathedrale erinnerte, deren Wände aus Bäumen bestanden und deren Decke aus Blättern. Ferner Vogelgesang erinnerte an Choräle. Ranulf, den selten Angst befiel, beendete seinen humorvollen Wortwechsel mit Claverley und sah sich nervös um. Corbett ritt an die Spitze und lauschte angestrengt. Jedes Rascheln, jeder abbrechende Ast konnte Gefahr bedeuten. Gelegentlich warf sein Pferd den Kopf zurück und schnaubte wütend. Corbett faßte die Zügel fester, tätschelte seinen Hals und sprach beruhigend auf das Tier ein.

»Ich war natürlich schon einmal hier«, erklärte Claverley. Seine Stimme schien unter den Bäumen zu dröhnen. »Jetzt ist es nicht mehr weit.«

Nun übernahm er die Führung, und sie gelangten zu einer kleinen Lichtung. Claverley deutete auf einen Felsen in der Mitte, vor dem eine Grube ausgehoben war. Corbett ritt langsam weiter und betrachtete sorgfältig die Stelle, an der die übel zugerichtete untere Hälfte des geheimnisvollen Toten begraben gewesen war. In den Felsen oberhalb der Grube war etwas nachlässig ein Kreuz gehauen.

»Gibt es hier irgendeine Siedlung? Ein Dorf oder einen Weiler?« Claverley zuckte mit den Schultern und strich sich über sein kurzgeschnittenes Haar. »Nicht, daß ich wüßte.«

»Hinter uns war nichts«, meinte Corbett. »Rechts und links ist auch keine Spur von Besiedlung. Wir sollten also unserem Pfad weiter folgen.«

Sie ritten tiefer in den Wald hinein. Corbett schloß die Augen und betete darum, daß ihnen der Angreifer aus Framlingham nicht gefolgt war. Plötzlich brachte er sein Pferd zum Stehen. Es wieherte, da ihnen der beißende Qualm eines Feuers entgegenwehte.
»Da ist etwas vor uns«, schrie Corbett über die Schulter.
»Vermutlich ein Wildhüter«, entgegnete Claverley, »oder ein Holzfäller.«
Nach einer Weile gelangten sie auf eine Lichtung. An ihrem Ende lag vor den Bäumen eine geräumige, strohgedeckte Hütte mit riesigem Dachstuhl. Sie wurde von Schuppen und Stallungen aus Holz flankiert und von aufgeschichteten Baumstämmen, um die herum magere Hühner in der Erde pickten. Eine Schar Gänse, aufgestört durch ihre Ankunft, floh kreischend zum Haus. Die Tür wurde geöffnet, und eine Promenadenmischung kam laut kläffend auf sie zu. Hinter ihr rannten zwei Kinder in zerlumpten Kleidern mit rußgeschwärzten Gesichtern und Händen und fettigen verfilzten Haaren. Sie zeigten keine Furcht, sondern starrten die unerwarteten Besucher unverwandt an. Sie plapperten in einem Dialekt, den Corbett nicht verstand.
»Was wollt Ihr?«
Ein Mann war in der Tür aufgetaucht. Er trug einen dunkelbraunen Umhang, der von einem Seil über seinem runden Bauch zusammengehalten wurde. Seine dunkelbraunen Beinkleider steckten in schwarzen, ausgetretenen Stiefeln. Eine Frau blickte unruhig über seine Schulter zu Corbett und seine Gefährten. Der Bevollmächtigte hob die Hand zum Zeichen des Friedens. Der Mann lehnte die Axt, die er in der Hand hielt, an die Hauswand, pfiff den Hund zurück und ging auf die Reiter zu.
»Seid Ihr vom Weg abgekommen?« fragte er.
»Nein. Wir sind aus der Stadt.« Claverley ritt etwas näher heran.

»Und wir interessieren uns für die Leiche, die auf der Lichtung gefunden wurde.«
Der Mann schaute weg. »Ja, ich habe davon gehört«, murmelte er. Er trat nervös von einem Bein aufs andere, drehte sich dann um und rief seinen Kindern etwas zu.
»Dürfen wir reinkommen?« fragte Corbett. Er deutete auf den Brunnen. »Vielleicht habt Ihr einen Becher Wasser und etwas zu essen für uns? Wir sind ziemlich hungrig.«
»Herr«, meinte Maltote, »wir haben doch ...« Er verstummte, als Ranulf ihn finster anblickte.
Corbett stieg ab und streckte die Hand aus. »Ich bin Sir Hugh Corbett, der Bevollmächtigte des Königs. Wer seid Ihr?«
Der Holzfäller hob sein wettergegerbtes Gesicht, schaute Corbett aber immer noch nicht in die Augen. »Osbert«, murmelte er, »Wildhüter und Holzfäller.« Er drehte sich nach seiner Frau um. »Tretet ein!« sagte er dann etwas unwillig.
Corbett befahl Maltote, bei den Pferden zu bleiben, dann folgten sie dem Holzfäller und seiner Familie in das lange, nur aus einem einzigen Raum bestehende Haus. Auf einer Feuerstelle aus Stein inmitten des Raums brannte ein Feuer, der Rauch zog durch einen Rauchfang im Dach ab. An einer Wand führte eine Leiter auf den Boden, auf dem die Familie schlief. Die Einrichtung war nur spärlich, und auf ein paar Brettern stand der bescheidene Hausrat.
»Macht es Euch so bequem wie möglich«, der Holzfäller deutete auf den Fußboden aus festgetretener Erde.
Corbett, Ranulf und Claverley setzten sich nahe ans Feuer. Corbett begann eine Unterhaltung mit Osberts Frau. Er suchte ihr Mißtrauen zu zerstreuen, während ihr Mann einige Zinnbecher mit Wasser füllte. Die Frau lächelte, strich das Haar zurück und rührte im Topf, der über dem Feuer hing.
»Das riecht wirklich sehr gut«, sagte Corbett, obwohl ihn der Geruch abstieß.

»Was wollt Ihr?« fragte Osbert. Er gab jedem einen Becher und setzte sich. »Ihr seid Bevollmächtigter des Königs. Ihr seid bessere Speise gewohnt. Eure Diener haben Wasserflaschen, also müßt Ihr Euch von mir keins geben lassen.«
»Das stimmt«, entgegnete Corbett, »Ihr seid ein scharfer Beobachter, Master Osbert. Genau wie ich. Ihr habt doch die Leiche begraben?«
Die Frau des Holzfällers erhob sich eilig, um nach ihren Kindern zu sehen, die mit dem Daumen im Mund an der Wand saßen und die Besucher gebannt betrachteten.
»Ihr habt den Toten gefunden«, nahm Corbett den Faden wieder auf, »und weil Ihr ein rechtschaffener Mann seid, habt Ihr ihn begraben. Ihr habt bei dem Felsblock eine Grube ausgehoben, gehofft, daß sie tief genug sei, um das Wild abzuhalten, und mit Eurer Axt ein Kreuz in den Felsen geritzt.«
»Sag ihm die Wahrheit«, Osberts Frau deutete auf Corbett, »oder wir werden alle hängen!«
»Unsinn«, erwiderte Corbett. »Also heraus mit der Sprache, Osbert.«
»Es war kurz vor Sonnenaufgang«, begann der Holzfäller. »Ich jagte gerade einen Fuchs, der ein Huhn gestohlen hatte. Da hörte ich ein Wiehern und fand unweit der Landstraße das Pferd. Es war am Bein verletzt und hinkte auf mich zu. Einen Moment lang glaubte ich, in der Hölle zu sein. Die Beine des Reiters steckten noch in den Steigbügeln. Der Sattel war mit Blut und Eingeweiden beschmiert. Das Pferd war erschöpft. Ich begrub die Leichenteile unterhalb des Felsens, sprach ein Gebet und ging dann mit dem Pferd nach Hause. Den Sattel warf ich in eine Grube. Ich hätte ihn nicht verkaufen können, denn er war blutgetränkt.«
»Und das Pferd?«
Osbert schluckte und deutete auf den Topf. »Das essen wir gerade.«

Ranulf hustete und mußte würgen.
»Wir haben Hunger«, fuhr Osbert fort, »Hunger auf Fleisch. Das Wild ist verschwunden. Es flieht die Stadt.« Er breitete seine schmutzigen Hände aus. »Was hätte ich tun sollen, Herr? Hätte ich das Pferd auf den Markt gebracht, hätte man mich als Dieb gehängt. Hätte ich es behalten, wäre vermutlich dasselbe passiert. Das Tier war krank, am Bein verletzt, und ich habe wenig Ahnung von Heilkunde, also tötete ich es. Ich nahm es aus, salzte und pökelte es und hängte die zerlegten Teile in einer Hütte tief im Wald über einem Holzkohlenfeuer auf, um das Verderben des Fleisches zu verhindern.«
»Was habt Ihr noch gefunden?« wollte Corbett wissen. Er zog zwei Silbermünzen aus seiner Geldbörse. »Sagt mir die Wahrheit, und die hier gehören Euch. Was Ihr getan habt, wird keine Folgen haben.«
Osbert leckte sich die Lippen und dachte nach. Da ergriff seine Frau die Initiative. Sie ging ans andere Ende der Hütte, erklomm die Leiter zum Boden und kam mit einem Paar mitgenommener Satteltaschen über dem Arm wieder zurück. Diese warf sie Corbett vor die Füße.
»Da war auch etwas Geld drin«, sagte Osbert mürrisch. »Das ist aber schon alles verbraucht. Ich habe die Gänse davon gekauft. Das ist der ganze Rest.«
Corbett leerte die Taschen aus: ein Wams, zwei Paar ordentlich gestopfte Strümpfe, ein Gürtel, eine Sammlung kleiner Pilgermarken aus Metall, Statuen von Heiligen und billiger Nippes, wie man ihn vor jeder Kirche kaufen konnte.
»Wulfstan of Beverley«, sagte Corbett schließlich, »Händler religiöser Gegenstände und Reliquien.« Er schaute Claverley und Ranulf an. »Warum sollte jemand den armen Wulfstan umbringen? Seinen Körper entzweihauen, sein Pferd in die Dunkelheit scheuchen und die obere Hälfte der Leiche verbrennen?« Corbett warf Claverley die Satteltasche zu, stand auf und

drückte Osbert die beiden Münzen in die Hand. »Wenn Ihr das nächstemal die Messe besucht, dann betet für die Seele des armen Wulfstan.«

»Ich habe getan, was ich konnte«, murmelte Osbert. »Gott erteile ihm die Absolution. Wollt Ihr noch etwas wissen, Master?«

Corbett fragte: »Habt Ihr im Wald jemals einen maskierten Reiter mit Kapuze gesehen?«

»Einmal«, antwortete Osbert. »Nur einmal, Master, kurze Zeit nachdem ich das Pferd gefunden hatte. Ich schlug Feuerholz an der Landstraße nach Botham Bar. Da hörte ich ein Geräusch und versteckte mich im Farn. Ein Reiter, gekleidet wie ein Mönch, kam vorbei. Sein Pferd war alt und sein Umhang zerrissen, aber an seinem Sattelknauf sah ich einen großen Zweihänder hängen. Ich dachte, daß er wohl ein Räuber sei, und blieb in meinem Versteck, bis er vorbeigeritten war.« Er verzog das Gesicht. »Mehr habe ich nicht gesehen.«

Corbett dankte ihm. Sie verließen den Holzfäller, gingen zu ihren Pferden und ritten zur Landstraße nach Botham Bar zurück. Ranulf und Claverley fingen sofort an darüber zu streiten, ob man Pferdefleisch essen soll. Maltote wurde ganz bleich und konnte nur noch immer wieder ausrufen: »Pferde essen! Pferde essen!«

»Das würdest du auch«, meinte Claverley. »Mein Vater hat mir erzählt, wie sie bei Carlisle in der Zeit der großen Hungersnot Ratten gefangen und als Delikatesse verkauft haben.«

Corbett beschleunigte den Schritt seines Pferdes. Er hielt erst an, als sie den Fundort von Wulfstan erreichten.

»Was sucht Ihr noch?« fragte Claverley, als Corbett abstieg und auf die Bäume zuging.

»Das sage ich Euch, wenn ich es gefunden habe«, antwortete Corbett.

Er ging weiter und kniete nieder, um die großen Brandflecken auf der Erde näher in Augenschein nehmen zu können. Dann schnitt er mit seinem Schwert die Brombeerranken und das hohe Gras weg. Kleinere Brandflecken tauchten auf. An den Bäumen fanden sich Spuren wie von den Krallen einer großen Katze.

»Wo kommen die her?« rief Claverley, der ihm gefolgt war.

Corbett drehte sich zu Maltote um, der immer noch auf seinem Pferd saß und sie gefühlvoll anschaute.

»Ich vermute, folgendes hat sich hier abgespielt«, erklärte Corbett. »Jemand hat hier das Feuer erprobt, in dem Wulfstan und die anderen verbrannt sind.«

»Es sieht so aus, als wäre der Teufel persönlich aus der Hölle aufgestiegen«, sagte Claverley. »Sein Schwanz versengte die Erde, und seine Klauen zerkratzten die Bäume.«

»Ja, das könntet Ihr in York auf dem Markt erzählen«, entgegnete Corbett. »Aber ich bin mir sicher, daß der Fürst der Unterwelt etwas Besseres zu tun hat, als aus der Hölle heraufzukommen und das Gras und die Brombeerranken an der Straße nach Botham Bar zu versengen. Nein. Jemand hat probeweise dieses Feuer entzündet, und die Kerben in den Bäumen stammen von Pfeilen.«

»Also hat der Mörder Pfeile abgefeuert?«

»Möglicherweise«, antwortete Corbett. »Er machte einige kleine Feuer, aus welchen Gründen auch immer, und übte mit dem Bogen und benutzte dabei die Bäume als Ziele. Ich vermute, daß er derart in seine Tätigkeit versunken war und sich in der Dämmerung so sicher fühlte, daß er Wulfstan einfach nicht bemerkte. Unser armer Reliquienverkäufer kam auf seinem Gaul die Landstraße entlanggetrottet auf dem Weg zu irgendeinem Dorf oder Markt, um dort seinen Schnickschnack zu verkaufen. Jeder andere wäre eilig vorbeigeritten oder sogar umgekehrt. Wulfstan war jedoch Händler, ein Mann, der das Reisen und das Geschichtenerzählen liebte. Er hielt vermutlich dort an, wo Maltote auf uns wartet, und rief dem anderen etwas zu. Der Mörder dreht sich um, wird erkannt. Sein Pferd steht ganz in der Nähe. Er eilt dorthin, holt seinen Zweihänder, der am Sattelknauf hängt, und läuft auf Wulfstan zu. Der Reliquienverkäufer erschrak vermutlich und war vor Angst wie gelähmt. Er hob seine Arme vor das Gesicht, als sein Mörder das schreckliche Schwert schwang und seinen Körper mit einem fürchterlichen Hieb entzweischlug.«

»Und das Pferd ging durch?« fragte Ranulf.

»Ja. Der starke Blutgeruch läßt den Klepper fliehen. Der Mörder zündet anschließend die obere Hälfte der Leiche an. Indem er das tut, verhindert er nicht nur die Identifizierung des Toten, sondern befriedigt auch seine eigene abwegige Neugier. Endlich weiß er, was das seltsame Feuer am menschlichen Körper bewirkt.«

»Und da Wulfstan Hausierer war und nicht aus dieser Gegend stammte«, schlußfolgerte Claverley, »wurde er auch von niemandem vermißt.«

»Herr«, Ranulf deutete auf die Brandflecken auf der Erde. »Wie vermag ein Mensch das Feuer zu kontrollieren? Wir haben Zunder, der gerade im Freien nur schlecht funktioniert. Man kann aber auch erst ein Feuer anzünden und von dort einen brennenden Ast oder ein Stück Holzkohle mitnehmen. Dieser Mörder scheint jedoch in der Lage zu sein, Feuer aus Luft zu erzeugen.« Ranulf schaute in das grüne Dunkel der Bäume. »Ist das nicht Magie? Der Gebrauch Schwarzer Kunst?«

»Nein«, antwortete Corbett. »Ich könnte den Teufel anrufen, aber ob er kommt, ist eine ganz andere Frage. Der Mörder will, daß wir glauben, daß er über magische Kräfte verfügt. Das ist der Schlüssel zu aller Zauberei.«

»Und dieser geheimnisvolle Reiter?« fragte Claverley. »Er könnte doch der Mörder sein. Er hatte ebenfalls einen Zweihänder.«

Corbett bohrte die Fußspitze in die angesengte Erde. »Mag sein.

Aber wir müssen jetzt gehen, Claverley, andere ebenso dringliche Angelegenheiten warten auf uns.«

Sie stiegen wieder auf ihre Pferde und ritten die Landstraße nach Botham Bar weiter. Als sie sich York näherten, belebte sich die Straße. Händler und Hausierer kamen mit Bündeln und Packen auf dem Rücken aus der Stadt. Die Bettelbrüder des Franziskanerordens schleiften in staubigen Kutten ein müdes Maultier hinter sich her. Ein Bettler schob einen Karren, in dem ein alter Mann ohne Beine lag: Beide wirkten nach einem Tag, den sie mit Betteln zugebracht hatten, recht zufrieden. Sie waren total betrunken, und der Karren schwankte bedenklich auf der Straße hin und her, während sie dreckige Lieder sangen. Bauern hockten auf ihren leeren Karren. Sie hatten ihre Erzeugnisse verkauft. Eine Frau und zwei Kinder gingen müde die Straße entlang. Sie führten eine Kuh an einem Strick. Ein königlicher Kurier galoppierte vorbei, den weißen Stab, das Zeichen seines Amtes, in den Gürtel gesteckt. Der Soldat hinter ihm trug die prächtige Livree des königlichen Gerichtes. Alle traten beiseite, um die beiden durchzulassen. Wenig später mußten sie erneut ausweichen. Ein Soldat des Templerordens galoppierte auf einem Pferd mit Schaum vor dem Maul, die Straße entlang.

»Ich dachte, alle Templer stünden in Framlingham unter Hausarrest?« sagte Claverley.

»Es handelt sich wahrscheinlich um einen Boten«, entgegnete Corbett. »Ich frage mich, was da so dringend ist.«

Sie ritten eilig weiter. Botham Bar kam in Sicht. Die großen Fallgitter hingen wie scharfe Zähne über den Köpfen der Leute, die unter ihnen hindurchgingen. Auf dem Dach des Torhauses waren auf Pfosten die Köpfe von Missetätern aufgespießt, und auf beiden Seiten der Durchfahrt waren provisorische Galgen. An jedem schwang eine übel zugerichtete Leiche in der Nachmittagsbrise hin und her. Auf Schildern, die den Toten um den Hals hingen, waren deren Verbrechen verzeichnet.

»Die Richter des Königs waren nicht faul«, meinte Claverley. »Sie haben gestern den ganzen Nachmittag im Gefängnis getagt.«
»Wohin führt Ihr uns?« fragte Corbett.
»Ihr sollt den Maler treffen.«
»Wen?«
»Den Windhund. Das ist mein Spitzname für den besten Fälscher von York.«
Sie ritten durch Botham Bar hindurch, die Petersgate entlang, an den übelriechenden öffentlichen Latrinen neben St. Michael, der Kirche, die die Stunden verkündete, vorbei und in den belebtesten Teil der Stadt. Die Marktstände waren immer noch aufgebaut und die schmalen Straßen voller Menschen. Die Schenken hatten Hochbetrieb. Ein Mann lag betrunken mitten auf der Straße, und sein Kamerad versuchte die nach Futter suchenden Schweine abzuwehren, was die Passanten sehr belustigte. Alle Pranger waren in Gebrauch. Einige Übeltäter standen in Halseisen, andere waren an Händen und Füßen gefesselt. Einem Lehrjungen hatte man die Daumen in eine Fingerpresse geschraubt, da er von dem Essen seines Meisters genommen hatte. Zwei Huren standen mit kahlgeschorenen Köpfen und entblößten Gesäßen am Pranger und beschimpften die Menge. Ein betrunkener Dudelsackspieler versuchte ihre Rufe zu übertönen, und ein Amtmann züchtigte sie mit Birkenreisig. An einer Straßenecke mußten Corbett und seine Gefährten eine Weile verharren. Eine Gruppe Gerichtsbevollmächtigter hatte eine Schenke durchsucht, um verdorbenen Wein aufzustöbern. Sie hatten drei Fässer beschlagnahmt und mühten sich, diese auszuleeren. Gleichzeitig schütteten der Wirt und seine Frau und der Rest der Familie aus den Fenstern des oberen Stockwerks ihre Nachtgeschirre über ihnen aus.
Zu guter Letzt gelang es dem Amtmann, die Ordnung wiederherzustellen, und Claverley führte sie die Patrick Pool Lane

entlang und in die Shambles. Sie mußten gegen starke Gerüche und den Staub ankämpfen. Sie befanden sich in der schmalen Straße der Schlachter und Pfeilmacher. Diese wurde von auskragenden Häusern gesäumt und war von Fleischabfällen und schwarzgeronnenem Blut bedeckt. Es gab unzählige Fliegen, und Hunde und Katzen schlugen sich um das Aas. Die Menge – alle wollten frisches Fleisch kaufen – drängte sich um die Stände, über denen Schweinehälften, geköpfte Gänse, Hühner und anderes Geflügel hingen. Schließlich verlor Claverley die Geduld. Er zog sein Schwert und rief: »Le roi, le roi!« und bahnte ihnen einen Weg zum großen Vorplatz der All Saints Church.

Hier hatte sich eine Menschenmenge vor dem düsteren Stadtgefängnis versammelt. Vor dem Hauptportal standen eine Reihe Galgen. Die Hinrichtungen waren in vollem Gang. Die zum Tode verurteilten Verbrecher wurden aus dem Gefängnis und auf ein Podium geführt und eine Leiter hinaufgestoßen. Hier legte der Henker ihnen eine Schlinge um den Hals. Dann zog er die Leiter weg. Der Todgeweihte trat in leere Luft, die Schlinge schnürte sich um seinen Hals, bis sein Leben erlosch. Corbett hatte das schon öfter in vielen der großen Städte des Königs gesehen. Die königlichen Richter kamen, die Gefängnisse wurden geräumt, und die Gerichtsversammlungen und Urteilsverkündungen dauerten nicht lang. Die meisten der Verbrecher hatten nicht einmal Zeit zu protestieren. Dominikaner in schwarzweißen Kutten gingen von einem Galgen zum anderen, um den Verurteilten die Absolution zuzuflüstern. Die Menge begrüßte gelegentlich einen der Gefangenen mit Flüchen. Ab und zu rief ein Freund oder Verwandter auch einen Abschiedsgruß und hob seinen Alekrug. Claverley wartete, bis sich das Tor des Gefängnisses wieder öffnete, und drängte sich dann in die finstere Durchfahrt. Der Wächter erkannte ihn.

»Wir sind fast fertig, Claverley«, sagte er. »Bei Sonnenuntergang wird York etwas sicherer sein.«

»Ich komme wegen des Malers!« entgegnete Claverley kurz angebunden und beugte sich von seinem Pferd herab. »Wo ist er?«
Der Dienstmann hob sein von Ale gerötetes Gesicht. »Was wollt Ihr von ihm?«
»Ich muß mit ihm reden.«
»Das geht nur, wenn Ihr den Weg in die Hölle kennt.«
Claverley stöhnte und schlug auf seinen Sattelknauf.
»Der Halunke ist tot«, sagte der Dienstmann lachend. »Gehängt vor kaum einer Stunde.«
Claverley, der seine Gefährten vergessen zu haben schien, deren Pferde in der engen Durchfahrt immer unruhiger wurden, fluchte ausgiebig.
»Was nun?« fragte Corbett.
Claverley drehte sich um, spuckte in Richtung des Dienstmannes und tätschelte dann seinem Pferd den Hals.
»Nichts zu machen«, flüsterte er. »Ich muß Euch wohl in eines meiner großen Geheimnisse einweihen!«

Auch am anderen Ende von York war der Tod am Werk. Der Unbekannte lag in einer kleinen dunklen Kammer des Lazar Hospital auf einem Strohsack, sein schweißgetränktes Haar auf einem weißen Kissen.
»Es ist alles vorbei«, flüsterte er. »Hier komme ich nicht mehr lebend raus.«
Der Franziskaner, der neben seinem Bett kauerte, nahm seine Hand, widersprach jedoch nicht.
»Ich habe kein Gefühl mehr in den Beinen«, murmelte der Unbekannte. Er zwang sich zu einem Lächeln. »In meiner Jugend, Pater, war ich ein sehr guter Reiter. Ich ritt so schnell wie der Wind.« Er bewegte kaum merklich den Kopf. »Was wird nach meinem Tod, Pater?«
»Das weiß nur der Herr«, antwortete der Franziskaner. »Aber

ich stelle es mir wie eine Reise vor, etwa so, als würde man wiedergeboren. Das Kind wehrt sich dagegen, den Schoß zu verlassen, wir hingegen wehren uns, dem Leben den Rücken zu kehren. Es wird jedoch so sein wie nach unserer Geburt. Wir vergessen und setzen unsere Reise fort. Wichtig ist nur«, meinte der Franziskaner noch, »wie wir uns auf diese Reise vorbereiten.«

»Ich habe gesündigt«, flüsterte der Unbekannte. »Ich habe gegen himmlische und irdische Gebote verstoßen. Ich, ein Templer, einer der Verteidiger der Stadt Akka, ich habe fürchterliche Sünden aus Haß und Rachegelüsten begangen.«

»Erzählt mir davon«, sagte der Franziskaner. »Legt die Beichte ab, und empfangt die Absolution.«

Der Unbekannte ließ sich nicht zweimal bitten. Er schaute zur Decke und erzählte sein Leben. Er hatte seine Kindheit und Jugend auf einem Bauernhof in Barnsleydale verbracht. Dann war er in den Templerorden aufgenommen worden. Er berichtete von den letzten, blutigen Tagen in Akka, auf die lange Jahre der Bitterkeit in den Kerkern des alten Mannes der Berge gefolgt waren, für die es keine Erleichterung gegeben hatte. Der Franziskaner lauschte, unterbrach gelegentlich und stellte mit leiser Stimme eine Frage. Der Ritter antwortete immer. Am Ende hob der Franziskaner die Hand und sagte feierlich die Worte der Absolution. Er versprach, am nächsten Morgen nach der Messe das Viatikum zu bringen. Der Unbekannte ergriff die Hand des Mönchs.

»Pater, ich muß einfach jemandem enthüllen, was ich weiß.«

»Einem Templer?« fragte der Franziskaner. »Die Kommandanten haben sich in Framlingham versammelt.«

Der Unbekannte schloß die Augen und seufzte. »Nein, der Verräter könnte unter ihnen sein.« Er öffnete seine ausgedörrten Lippen und rang nach Luft. »Der Rat des Königs befindet sich doch in York?«

Der Franziskaner nickte. Der Unbekannte drückte fest seine Hand.
»Um der Liebe Gottes willen, Pater, ich muß mit einem Mitglied des königlichen Rates sprechen, einem Mann, dem ich vertrauen kann. Bitte, Pater.« Die Augen in dem mageren entstellten Gesicht hatten ein seltsames Feuer. »Bitte, ehe ich sterbe!«

8

Claverley führte Corbett und seine Gefährten nun Richtung Minster in ein besseres Viertel der Stadt. Hier waren die Straßen breit und sauber und die Häuser rosa und weiß verputzt, das Fachwerk bestand aus dunklem poliertem Holz, vereinzelte Fenster- und Türrahmen waren sogar vergoldet. Die Häuser besaßen vier oder fünf Stockwerke und standen in kleinen Gärten. Die Fenster im Erdgeschoß waren verglast, die in den oberen Stockwerken hatten kein Fensterglas, sondern Horn oder mit Öl imprägniertes Leinen. Claverley hielt vor einem Haus an der Ecke einer Gasse, direkt gegenüber der Jackanapes Tavern. Er hob den Eisenklopfer in Form eines Mönchskopfs und pochte lautstark. Erst rührte sich nichts, obwohl durch die Fenster Kerzenschein zu sehen war.
»Keine Sorge«, Claverley grinste über die Schulter, »sie wird schon zu Hause sein.«
Endlich wurde die Tür geöffnet. Eine Magd streckte ihren Kopf heraus. Claverley flüsterte ihr etwas zu, und die Tür wurde wieder geschlossen. Corbett hörte, daß Ketten entfernt wurden, dann öffnete sich die Tür ganz, und eine kleine farbige, grauhaarige Lady in goldgesäumtem weißem Schleier und burgunderrotem Kleid trat heraus. Sie lächelte und küßte Claverley auf die Wange. Mit ihren kleinen leuchtenden Augen musterte sie Corbett und seine Gefährten.
»Kommt herein«, sagte sie mit etwas rauher Stimme. »Ihr könnt Eure Pferde in die Ställe der Jackanapes Tavern stellen.«
Maltote brachte die Pferde weg, und die Frau führte sie in einen

Raum, den sie ihr »unteres Wohnzimmer« nannte, ein großes, bequem eingerichtetes Gemach, das sich über die gesamte Länge des Hauses erstreckte. Durch ein kleines Fenster am hinteren Ende sah man auf Blumenbeete und einige Apfelbäume. Die Einrichtung war luxuriös. Die Diele war mit Binsen ausgelegt, hier lagen Teppiche, und an den Wänden befanden sich leuchtende Tücher. Über dem Kamin prunkte ein Gobelin. Auf einem langen Balken, der unter der Decke hing, flackerten Kerzen.
»Sir Hugh Corbett«, stellte Claverley den Bevollmächtigten vor. »Darf ich Euch mit Jocasta Kitcher bekannt machen, Bürgerin, Kauffrau, Herstellerin feiner Tücher, Besitzerin der Jackanapes Tavern und eine weitgereiste Lady.«
»Einmal ein Schmeichler, immer ein Schmeichler«, entgegnete Jocasta.
Sie führte ihre Besucher zum Kamin, und eine Magd, die aus der Küche herbeigeeilt war, schob ein paar Stühle um das schwache Feuer. Ein großes Durcheinander entstand. Ranulf warf einen Hocker um, und dann beharrte Lady Jocasta darauf, daß sie sich »an ihrer Gastfreundschaft ergetzten«. Sie befahl der Magd, Wein und Marzipanbiskuits zu bringen.
Corbetts Magen war nach den Hinrichtungen immer noch etwas in Aufruhr, aber die überschwengliche Gastfreundschaft dieser kleinen Lady und das Geheimnis, das sie umgab, lenkten ihn bald ab. Er saß auf einem bequemen Stuhl, nippte an seinem Wein und war überrascht, daß dieser kühl und gleichzeitig süß war.
Lady Jocasta beugte sich vor. »Meine Keller stehen immer unter Wasser«, meinte sie, »nicht von den Kloaken, sondern vom eiskalten Wasser unterirdischer Flüsse. Ich kühle damit meinen Weißwein.«
»Gibt es viele solcher Flüsse?« wollte Corbett wissen.
»Du liebe Güte!« Jocasta drehte ihren mit Perlmutt verzierten Kelch in den Händen. »York, das sind eigentlich zwei Städte, Sir

Hugh. Das, was Ihr in Straßenhöhe sehen könnt, und«, sie flüsterte jetzt, »darunter eine weitere Stadt, die von den Römern gebaut wurde. Hier gibt es eine Kanalisation und Gassen, die lange in Vergessenheit geraten sind.« Sie lächelte. »Ich kenne sie jedoch. Mein Mann und ich haben diese Kanäle oft benutzt. Seht nicht so erstaunt drein. Hat Claverley Euch nicht davon erzählt?«

»Das ist der Grund, warum ich Corbett hergebracht habe«, sagte Claverley. »Ich habe ihm unsere Geheimnisse noch nicht verraten, Lady Jocasta, aber ich dachte, daß Ihr uns vielleicht helfen könnt. Es gibt einen Falschmünzer in York.«

»Dann stellt ihn und hängt ihn auf!«

»Die Sache ist nicht so einfach«, meinte Corbett. Er zog eine Goldmünze aus der Tasche und reichte sie Lady Jocasta.

Jocastas Hand war warm und weich. An ihren Fingern steckten kostbare Ringe. Sie ergriff die Münze und betrachtete sie mit einem bewundernden Seufzer. Dann wog sie sie von einer Hand in die andere, ihr Gewicht prüfend, und betrachtete eingehend den Rand und das Kreuz auf beiden Seiten.

»Das ist reines Gold.«

»Was auch immer«, sagte Corbett, »sie stammen nicht aus der königlichen Münze und werden ohne königliche Erlaubnis in Umlauf gebracht. Außerdem nehmen Falschmünzer normalerweise eine echte Münze und machen zwei falsche daraus. Sie mischen das Silber mit minderwertigen Legierungen. Ich habe jedoch noch nie von jemandem gehört, der feinstes Gold dazu benutzt, Münzen zu fälschen.«

Lady Jocasta hob den Kopf. »Ihr müßt mir nichts über die Falschmünzerei erzählen, Sir Hugh. Vor vierzig Jahren – ich sehe jünger aus, als ich eigentlich bin –«, meinte sie fröhlich, und ihre Augen leuchteten, »vor vierzig Jahren machte ich die ganze Stadt unsicher. Meine Eltern wußten nicht ein noch aus. An einem heißen Tag mitten im Sommer ging ich auf eine

Kirmes vor dem Micklegate Bar. Ich traf dort den lustigsten Schurken, den Gottes schöne Erde jemals gekannt hat, meinen späteren Mann Robard. Er war Schreiber und befand sich in Schwierigkeiten. Er konnte die stickigen Kanzleistuben und die sauertöpfischen Mienen der anderen Schreiber nicht mehr ertragen.«

Sie hielt inne, da sich Ranulf an dem Biskuit verschluckte, das er gerade kaute. Er überwand den Hustenreiz jedoch sehr schnell, als ihm Corbett einen finsteren Blick zuwarf. Ranulf schaute so angestrengt in seinen Weinpokal, als läge auf dessen Boden etwas sehr Wertvolles.

»Robard war ein geborener Gauner«, fuhr Jocasta fort. »Er sang wie ein Rotkehlchen und tanzte um den Maibaum wie kein anderer. Von Streichen fühlte er sich so angezogen wie der Bär vom Honig. Ich liebte ihn auf den ersten Blick, und ich liebe ihn immer noch, obwohl er schon zehn Jahre tot ist.«

Claverley streckte den Arm aus und strich ihr über die Hand. »Erzählt weiter«, murmelte er.

»Also«, Jocasta hielt die Goldmünze in den Schein der Kerzen. »Robard hätte das hier gefallen. Er wollte reich werden, Silber anhäufen und als großer Kaufmann oder Krieger in fremde Länder ziehen. Ich beteiligte mich an seinen Bubenstücken. Nachts stahl ich mich aus dem Haus und traf ihn im Mondenschein. Wir lagen auf den Grabsteinen der St. Peter's Church, und er erzählte mir, was wir alles erreichen würden. Wir beschlossen zu heiraten und verlobten uns. Robards Verlangen nach Reichtum machte ihn zum Fälscher. Bald kannten ihn alle gerissenen und verschlagenen Männer dieser Stadt, Sonderlinge, Betrüger, Gauner, Taschendiebe und überhaupt der Abschaum dieser Erde.« Sie zuckte mit den Schultern. »Wir mieteten eine kleine Schmiede an der Coney Street und begannen mit der Falschmünzerei. Das war noch zur Zeit des alten Königs, als die Verwaltung dieser Stadt erheblich zu wünschen übrigließ …

Dann wurden wir gefaßt. Vor Gericht ließ man Robard die Wahl, entweder zu hängen oder sich am Kreuzzug des Prinzen Edward zu beteiligen. Natürlich entschied er sich für letzteres. Die Ausgehobenen versammelten sich auf den Wiesen von Bishop's Field auf der anderen Seite des Flusses. Robard hatte man jedoch zu diesem Dienst gezwungen. Er blieb in Ketten, bis er an Bord der königlichen Flotte ging. Ich begleitete ihn.«
»Ihr wart ebenfalls in Outremer!« rief Corbett überrascht.
»O ja. Alles in allem drei Jahre lang. Aber wir kamen reich zurück. Wir kauften die Schenke auf der anderen Straßenseite. Robard wurde Grundeigentümer, Brauer und Schankwirt. Meine Eltern waren in der Zwischenzeit gestorben. Ich wurde seine Frau. Aber schlechte Gewohnheiten lassen sich nicht einfach abschütteln, Sir Hugh. Als die Gauner der Stadt spitzgekriegt hatten, daß wir zurück waren, hatten wir keine ruhige Stunde mehr. Robard empfing zu allen Tages- und Nachtzeiten Besuch, übertrat aber die Gesetze nicht mehr.« Sie lachte befangen. »Oder jedenfalls nicht mehr allzusehr. Wir wurden noch einmal in eine Geschichte mit Falschmünzerei verwickelt, doch diesmal, das schwöre ich bei Gott, war ich daran nicht direkt beteiligt. Aber Hochmut kommt vor dem Fall. Die Richter des Königs kehrten nach York zurück, ein großes Geschworenengericht wurde einberufen und gegen meinen Mann wurde Anklage erhoben.«
Claverley unterbrach sie. »Wenn er noch einmal verurteilt worden wäre, dann hätte man ihn gehängt. Man erinnerte sich immer noch an seine früheren Vergehen. Lady Jocasta erschien bei den Sheriffs und traf mit ihnen eine geheime Übereinkunft. Robard würde straffrei ausgehen, dafür schwor Jocasta tausend Schwüre, daß sie die Sheriffs und Gesetzeswächter in Zukunft über alle Verbrechen und Vergehen unterrichten würde, die man in der Stadt plane.«
»Ich wurde Kronzeugin«, sagte Lady Jocasta mit leiser Stimme.

»Und mein Mann erfuhr nie etwas davon. Ich traf eine Auswahl, was ich übrigens immer noch tue. Die kleinen Betrüger und Kriminellen kümmern mich nicht weiter, dafür aber die, die morden und verstümmeln, sich an Frauen vergehen und Kirchen schänden. Wie alle Wirtinnen höre ich Gerüchte und gebe sie weiter ...«

»Und Euer Mann erfuhr tatsächlich nie etwas davon?«

»Nein«, antwortete Jocasta, »und auch sonst niemand außer Claverley.« Ihr Gesicht wurde plötzlich hart. »Ich kleide mich nicht in Witwentracht.« Sie tippte sich auf die Brust. »Robard ist immer noch hier. Ich muß nur die Augen schließen, und schon höre ich ihn singen. Nachts, wenn ich meinen Kopf auf dem Kissen zur Seite drehe, lächelt er mich an. Er war kein schlechter Mensch, Sir Hugh, aber, Gott behüte uns, er liebte es, einen Streich zu spielen.«

»Was habt Ihr uns jetzt zu erzählen?« wollte Corbett wissen.

»Bevor ich York verließ, um Euch zu treffen, Sir Hugh«, ergriff Claverley jedoch das Wort, »kam ich hierher. Falls sich der Maler weigern würde, Euch zu helfen, hatte Lady Jocasta ihren Beistand angeboten.« Er zuckte mit den Schultern und wandte sich Jocasta zu. »Und jetzt hat man den Maler gehängt«, erklärte er ohne jede Gefühlsregung.

»Gott sei seiner Seele gnädig.«

»Lady Jocasta und ich kennen uns schon seit Jahren«, fuhr Claverley fort. »Es ist wahr«, er drohte Jocasta scherzhaft mit dem Finger, »die Kunst der Falschmünzerei ist außerordentlich schwierig, doch wenn jemand in dieser Stadt alles darüber weiß, dann ist das Lady Jocasta.«

Corbett blickte zum Fenster hinaus. Die Sonne ging gerade unter. Ihn beschlich auf einmal ein unbehagliches Gefühl. Was wäre, wenn Jocasta selbst die Meisterfalschmünzerin wäre?

»Ich wäre dazu nicht in der Lage«, sagte sie, als hätte sie seine

Gedanken gelesen. »Ich habe keine Schmiede oder die nötigen Edelmetalle. Wichtiger ist jedoch, daß ich alle Gerüchte kenne. Ich habe aber nichts gehört.« Sie hielt die Münze hoch. »Und, glaubt mir, darüber würde man ganz sicher sprechen.«
Corbett räusperte sich und schaute verlegen zur Seite.
»Also, wie kommen diese Münzen zustande«, fragte Ranulf, »und wer ist für sie verantwortlich?«
Jocasta stellte ihren Kelch ab. »Ich habe so eine Münze noch nie gesehen, Sir Hugh. Die meisten Falschmünzer mindern den Wert der königlichen Münzen. Das stimmt doch?«
Corbett nickte.
»Warum sollte also jemand Goldmünzen herstellen, es sei denn ...« Sie machte eine Pause.
»Es sei denn?«
»Laßt uns einmal annehmen, Sir Hugh, Ihr hättet einen Goldschatz gefunden. Nein, nicht am Ende des Regenbogens, sondern irgendwo vergraben: Becher, Kelche, Kannen und Kruzifixe. Was würdet Ihr damit machen?«
»Ich würde den Schatz zu den Sheriffs oder zu den Richtern des Königs bringen.«
Lady Jocasta lachte, Claverley und Ranulf ebenfalls, und sie schüttelte den Kopf.
»Ich mache mich nicht über Euch lustig, Sir Hugh, Ihr seid ein ehrlicher Mann.« Sie wurde wieder ernst. »Aber was würde dann geschehen?«
Jetzt war es Corbett, der lachte. »Die Beamten des Königs würden das Gold beschlagnahmen. Sie würden es genau untersuchen und dann zurückkommen, um mich zu verhören.«
»Und wie lang würde das dauern?«
»Ein Jahr, vielleicht sogar zwei. Bis ich bewiesen hätte, daß ich unschuldig bin und daß es sich bei dem Gold um einen Schatz handelt.«
»Da seht Ihr!« rief Jocasta aus. »Ihr habt also einen Schatz

gefunden. Ihr seid ehrlich, aber die Beamten des Königs beschlagnahmen ihn, und Ihr bekommt nur Ärger.«

»Ja«, stimmte Corbett ihr zu. »Und zu guter Letzt erhalte ich nicht die Hälfte, sondern, so wie ich die Beamten des Schatzamtes kenne, bloß ein Viertel, und das auch nur, wenn ich Glück habe.«

»Also«, sagte Ranulf, »Lady Jocasta, dieses Gold ...« Er unterbrach sich. »Übrigens, Herr, Maltote ist immer noch nicht hier.«

»Er ist wahrscheinlich in der Schenke«, entgegnete Corbett. »Du kennst doch Maltote. Er wird mit dem Stallburschen und den Pferdeknechten über Pferde sprechen und einen Krug nach dem anderen herunterschütten, als wäre er am Verdursten. Was wolltest du sagen?«

»Jemand in York«, nahm Ranulf den Faden wieder auf, »hat also einen Schatz gefunden, ihn eingeschmolzen und Münzen angefertigt. Er hat diese Münzen dann benutzt, um sich Annehmlichkeiten und Luxusartikel zu verschaffen.«

»Genau«, stimmte ihm Lady Jocasta zu. »Das ist die einzige Möglichkeit. Wer Gold- und Silbergegenstände zu einem Goldschmied bringt, wird sofort verdächtigt, ein Verbrecher zu sein oder jemand, der sich über die Vorrechte des Königs hinwegsetzt. Einen Schatz kann man leicht einem Besitzer zuordnen. Kein Goldschmied würde sich damit die Finger verbrennen.« Sie wog die Münze wieder in ihrer Hand. »Wer auch immer dieses Geldstück angefertigt hat, besitzt eine sehr gute Schmiede und verfügt über alle Werkzeuge, die zum Münzenprägen benötigt werden.«

»Aber würde sich diese Person nicht ebenfalls verdächtig machen?« fragte Claverley. »Wenn man feststellen kann, wer der ursprüngliche Besitzer von Goldgefäßen war, dann wird das doch auch bei Münzen möglich sein.«

»Nicht, wenn fünfzig oder sechzig auf einmal auftauchen«, erwiderte Jocasta. »Und so hat das Robard auch immer mit seinen

falschen Münzen gehandhabt. Je mehr du in Umlauf bringst, um so sicherer bist du. Der Mann, der diese Münzen geprägt hat, hat es ebenso gehalten. Er muß die Möglichkeit haben, sich frei in York zu bewegen und diese Münzen unter die Leute zu bringen, ohne aufzufallen.« Sie rieb die Münze zwischen ihren Fingerspitzen. »Und das ist ja das Schöne an dieser Geschichte. Die Goldschmiede und Bankiers wiegen Münzen auch nur auf einer Waage. Es ist schließlich nicht ihre Schuld, daß die Münzen in ihren Besitz gelangen. Sie sind zwar an dem Vergehen beteiligt, können aber so tun, als wären sie unschuldig. Sie haben Lebensmittel oder Stoffe, Wein oder andere Waren verkauft. Sie haben ein Recht auf ihre Bezahlung. Sie nehmen die Münzen an und vergessen alles andere.«
Corbett lehnte sich auf seinem Stuhl zurück. »Genial«, flüsterte er. »Du findest Gold. Du prägst daraus Münzen, du bringst sie in Umlauf, und dadurch machst du alle zu Komplizen. Gleichzeitig entgehst du den Hütern des Gesetzes und wirst sehr, sehr reich.« Er schaute Lady Jocasta an. »Und Ihr habt überhaupt keine Idee?«
»Seht mich nicht so an, Bevollmächtigter«, meinte sie spöttisch. »Dieser Falschmünzer ist kein normaler Raufbold oder gemeiner Verbrecher, der aus einer Münze zwei macht oder sie über einem Holzkohlenfeuer einschmilzt. Dieser gerissene Zeitgenosse ist sehr reich: Ihm stehen alle Mittel zur Verfügung.«
»Aber könnte man nicht zurückverfolgen, wo die Münzen erstmals in Umlauf gelangten?« fragte jetzt auch Ranulf. »Irgendwo muß es doch jemanden geben, der sich daran erinnern kann?«
Lady Jocasta deutete auf Corbetts Geldbeutel. »Ihr habt da doch gutes Silber, nicht wahr, Bevollmächtigter? Könnt Ihr Euch noch genau daran erinnern, welche Münze Ihr von wem bekommen habt?«
»Nein, aber ich würde mich an jede Goldmünze erinnern.«
»Wirklich?« sagte Jocasta. »Auch wenn Ihr befürchten würdet,

daß man sie beschlagnahmt und Euch wegnimmt? In einem Punkt habt Ihr aber recht«, meinte sie und gab Corbett die Münze zurück. »Dieser Falschmünzer kauft mit seinen Münzen wahrscheinlich nicht bei den Kaufleuten der Stadt ein. Schließlich würde man jemanden, der hier und dort mit Gold zahlt, früher oder später wiedererkennen.«
»Sondern?« fragte Corbett.
Lady Jocasta schaute in die Flammen des Feuers. Sie betrachtete die süßlich duftenden Kiefernscheite, die auf dem Bett aus Holzkohle knisterten und zischten.
»Ich wünschte mir, Robard wäre jetzt hier«, flüsterte sie. »Er würde Bescheid wissen.« Sie sah rasch auf. »Ihr wohnt in Framlingham, dem Herrenhaus der Templer?«
Corbett nickte.
»Warum fangt Ihr nicht dort an? Die Templer verfügen über unzählige Möglichkeiten, Wälder und Unterholz, um darin eine geheime Schmiede zu verbergen. Sie importieren Lebensmittel und andere Waren aus dem Ausland. Sie haben gute Kontakte zu Bankiers und Goldschmieden. Und wenn mich nicht alles täuscht, so tauchte das Gold mit der Ankunft der Templer erstmals in York auf.«
»Das stimmt«, entgegnete Corbett. »Der König und sein Hof kamen vom Kriegszug in Schottland zurück und lagerten vor York. Kurz danach trafen die Kommandanten des Templerordens hier ein, und die Münzen gerieten erstmals in Umlauf.«
»Aber wo hatten sie das Gold her?« wollte Claverley wissen.
Corbett spielte mit seinem Kanzleiring, auf den das Geheimsiegel eingraviert war.
»Sie haben dem König ein großes Geschenk gewährt«, meinte Ranulf. »Und sie verfügen über Schätze, von denen niemand etwas weiß.«
Corbett mußte an die Geheimkammer in Framlingham denken.

Bestand zwischen diesem Gold und den Morden ein Zusammenhang?

»Sir Hugh?«

Corbett schreckte aus seinen Gedanken hoch. »Entschuldigt, Lady Jocasta.« Er erhob sich, nahm ihre Hand und gab ihr einen Handkuß. »Ich danke Euch für Eure Hilfe.«

»Ihr seid doch nicht nur hier, um einem Falschmünzer auf die Spur zu kommen?« fragte sie scharfsinnig. »Der wichtigste Beamte des Königs hat andere Aufgaben!«

Corbett fuhr ihr vorsichtig über das Haar. »Nein, Domina, Ihr habt recht. Wie auch sonst immer«, sagte er bitter, »jage ich Dämonen. Männer, die aus unerfindlichen Gründen morden.«

»Dann solltet Ihr vorsichtig sein, Bevollmächtigter, denn die, die Dämonen jagen, werden oft selbst zu Gejagten oder Dämonen.«

Ranulf stand bereits in der Tür und sah, wie sein Herr zusammenzuckte, als hätte Jocasta mit ihren Worten einen empfindlichen Punkt getroffen. Aber dann lächelte sie, und die Mißstimmigkeit verflog. Corbett und Claverley verabschiedeten sich und folgten Ranulf in den Hof der Jackanapes Tavern. Hier erklärte Maltote, der sofort eine schuldbewußte Miene aufsetzte, einen vollen Krug in der Hand, den Pferdeknechten und Mägden gerade, was für ein bedeutender Mann er sei. Ranulf, der immer zu einem Streich aufgelegt war, gesellte sich zu ihnen und fing an, Maltote zu verspotten. Corbett und Claverley traten in den Schankraum. Sie wählten einen Tisch, von dem aus sie Aussicht auf den kleinen Garten hatten. Eine Weile betrachtete Corbett das letzte Abendrot. Claverley bestellte Ale. Corbett nippte an dem Krug, dachte an Lady Jocastas Warnung und empfand auf einmal überwältigendes Heimweh. Die Blumen im Garten erinnerten ihn an zu Hause, und tief in seinem Herzen wußte er, daß er nicht mehr lange in York bleiben würde. Er sehnte sich nach Maeve und Eleanor. Er würde sich sogar das ewige Geprahle Uncle Morgans über irgendwelche unwahr-

scheinlichen walisischen Helden anhören. Er wollte endlich wieder ohne Dolch im Bett liegen und ohne Schwert herumlaufen können.
»Hat uns das weitergeholfen?« unterbrach ihn Claverley in seinen Gedanken.
»O ja, sicher«, Corbett lächelte entschuldigend. »Wir wissen jetzt zumindest, daß der Falschmünzer einflußreich und wohlhabend ist sowie Gold und die Fähigkeit besitzt, die Münzen unter die Leute zu bringen.«
»Könnten es wirklich die Templer sein?« fragte Claverley. »In der Gilde kursieren Gerüchte …«
»Ich weiß nicht«, antwortete Corbett. Er beugte sich über den Tisch und klopfte Claverley auf die Schulter. »Ich bin kein guter Gesellschafter. Habt Ihr Familie, Roger?«
»Zweimal verheiratet«, entgegnete der Vertreter des Sheriffs mit einem Grinsen. »Meine erste Frau starb, aber mit meiner zweiten habe ich ein paar wunderbare Kinder.«
»Werdet Ihr nie müde, Dämonen zu jagen?« fragte Corbett.
Claverley schüttelte den Kopf. »Ich habe gehört, was Lady Jocasta gesagt hat, Sir Hugh.« Er nahm einen Schluck aus seinem Krug und fuhr fort: »Wir tragen alle das Kainszeichen. Ich habe wie Ihr, Sir Hugh, den Zusammenbruch von Recht und Ordnung miterlebt und gesehen, wie die Dämonen aus den Schatten kommen … Nein, ich werde nie müde, gegen sie anzukämpfen. Wenn wir sie nicht jagen, Gott ist mein Zeuge, dann werden sie irgendwann uns jagen.«
Über den Rand seines Kruges hinweg sah Corbett Claverley an. Ein guter Mann, dachte er, gerecht und aufrichtig. Er nahm sich vor, seinen Namen dem König gegenüber zu erwähnen. Ranulf und Maltote setzten sich zu ihnen an den Tisch. Sie hätten mit ihren frivolen Reden weitergemacht, aber ein Blick auf Corbett genügte, um sie auf andere Gedanken zu bringen.
»Was geschieht nun, Herr?«

Corbett lehnte sich gegen die Wand. »Wir kehren nicht nach Framlingham zurück«, antwortete er. »Jedenfalls nicht heute abend. Die Landstraße hinter Botham Bar ist dunkel und gefährlich. Master Claverley, ich bitte Euch um einen Gefallen oder genauer gesagt um vier.«

»Ich habe den Auftrag, Euch bei allem behilflich zu sein.«

»Erst einmal hätte ich gerne hier ein Zimmer.«

»Das läßt sich bestimmt machen.«

»Dann muß unser Falschmünzer irgendwo eine Schmiede haben. In der Stadt gibt es Steuerlisten. Die Schmiede muß in einer Veranlagung auftauchen.«

»Nur, wenn sie nicht geheim ist«, entgegnete Claverley.

»Außerdem möchte ich eine Liste«, fuhr Corbett fort, »aller der Leute, die Güter in die Stadt einführen dürfen. Und dann als letztes: Wenn es sich bei dem Gold um einen Schatz handelt, dann muß er beim Ausheben einer Baugrube gefunden worden sein. Kein Bürger kann solche Arbeiten ohne Genehmigung des Rates durchführen.«

»Das stimmt«, sagte Claverley. »Ihr wünscht also eine Liste von Schmieden oder aller, die eine Schmiede besitzen, eine Liste derjenigen, die Waren einführen dürfen, und derjenigen, die in letzter Zeit die Genehmigung erhalten haben, etwas zu bauen?«

»Ja, und zwar so bald wie möglich!«

»Die Templer werden auf allen drei Listen auftauchen«, meinte Claverley.

Corbett nickte. »Und noch etwas. Am Morgen des Angriffs auf den König kamen der Großmeister Jacques de Molay und seine vier wichtigsten Kommandanten Legrave, Branquier, Baddlesmere und Symmes in die Stadt. Branquier brach schon früh wieder auf, jedenfalls behauptet er das. Baddlesmere und Symmes waren für längere Zeit allein unterwegs, und Legrave begleitete den Großmeister zu einem Goldschmied in der Stonegate. York ist zwar eine große Stadt, aber eigentlich kennt jeder jeden. Die Templer sind sicher aufgefallen. Ich möchte, daß Ihr herausfindet, was genau sie an diesem Morgen unternommen haben.«

Claverley pfiff durch die Zähne. »Und wo soll ich anfangen?«

Corbett grinste und machte eine weite Geste mit dem Arm. »Fragt die Wirte. Ich bin für jede neue Erkenntnis dankbar.«

Claverley trank seinen Krug leer und verabschiedete sich. Er versprach, daß er mit jeder neuen Information sofort persönlich nach Framlingham kommen würde. Dann begab er sich ans andere Ende der Schankstube, um mit dem Wirt zu reden, der hinter einer Theke aus Weinfässern stand. Corbett sah, daß der Wirt nickte. Claverley hob die Hand, rief, daß das mit dem Zimmer in Ordnung gehe, und verließ die Schenke.

»Ich bin müde«, erklärte Corbett. »Ranulf, Maltote, ihr könnt machen, was ihr wollt, vorausgesetzt, ihr seid in einer Stunde wieder in unserem Zimmer.«

Seine Gefährten murrten über Master Langschädel, und Corbett folgte dem Wirt zu seinem Zimmer im zweiten Stock, das prahlerisch als das beste des Hauses bezeichnet wurde. Hier standen nur zwei Betten, aber der Wirt versprach, ein drittes herbeizuschaffen. Diener kamen mit strohgefüllten Matratzen, neuen Kissen, Krügen mit Wasser und einem Tablett mit Brot und Wein. Corbett legte sich auf eines der Betten. Jetzt aber dachte er nicht an Leighton Manor und Maeve, sondern versuchte seine Erkenntnisse zu ordnen. Plötzlich erklang Lärm vor der Tür, und Ranulf und Maltote stürzten herein.

»Was ist denn jetzt schon wieder!« stöhnte Corbett und richtete sich auf.

Ranulf, der ein unschuldiges Gesicht machte, zog einen Hocker heran und setzte sich Corbett gegenüber.

»Diese Lady Jocasta hat Euch doch angst gemacht?« wollte er wissen.

»Nein, das hat sie nicht«, antwortete Corbett. »Ich hatte schon vorher Angst.« Er deutete auf sein Schreibzeug auf dem Tisch. »Denk an all die Mörder, denen wir auf die Spur gekommen sind, Ranulf. Immer gab es ein Motiv – Habsucht, Begierde, Verrat. Morde haben stets ein bestimmtes Muster. Der Täter räumt jeden aus dem Weg, der ihn behindert oder der ihn möglicherweise erkannt hat. Hier aber ist es anders. Hier mordet jemand ohne jedes erkennbare Motiv.«

»Aber Ihr habt doch gesagt, die Templer seien unter sich zerstritten? Daß sie sich am König rächen wollen.«

»Warum haben sie dann Reverchien umgebracht? Warum haben sie mich angegriffen? Und welche Bedrohung, um Gottes willen, stellte der arme Peterkin dar? Außerdem gibt es keinerlei Verbindung zwischen den drei Vorfällen«, sagte Corbett. »O ja, wenn der König verletzt oder getötet würde, und wenn dann sein wichtigster Bevollmächtigter einem fürchterlichen Unfall zum Opfer fallen würde, das hätte vermutlich eine gewisse Logik. Aber warum ausgerechnet Reverchien und Peterkin?«

»Vielleicht wußten sie etwas«, meinte Ranulf.

»Mag sein«, entgegnete Corbett. »Aber dann stehen wir schon vor dem zweiten Problem. Wie kamen sie zu Tode? Murston hat möglicherweise einen Pfeil auf den König abgefeuert, aber wie konnte er anschließend so schnell sterben? Wie entstand das Feuer? Reverchien starb in der Mitte eines Labyrinths an einem Frühlingsmorgen. Peterkin ging mitten in einer belebten Küche in Flammen auf.«

Corbett hielt inne und kaute auf seiner Unterlippe. »Und welche Fortschritte haben wir gemacht? Wir wissen, daß der Templerorden demoralisiert und wahrscheinlich in mehrere Lager gespalten ist. Ich vermute, daß de Molay deswegen nach England gekommen ist. Diese Lager könnten hinter den Angriffen auf Philipp von Frankreich und auf unseren König stecken. Dann gab es diese Warnungen, die von der geheimen Sekte der

Assassinen stammen. Wir wissen, daß der Orden ein Geheimnis hütet, daher auch diese Räume in Framlingham, von denen nur wenige Kenntnis haben. Wir haben erfahren, daß Murston von Rachegelüsten und Bitterkeit verzehrt wurde, aber er muß einen Komplizen gehabt haben.«

Corbett hielt erneut inne. »Der Mörder«, fuhr er nach einer Weile fort, »gebrauchte ein Feuer rätselhaften Ursprungs. Er hat es an den Bäumen an der Straße nach Botham Bar erprobt. Der arme Hausierer bezahlte dort für seine Neugier mit dem Leben. Wir vermuten, daß es sich bei dem Mörder um einen Kommandanten des Templerordens handelt. Wer brachte dann aber an dem Käfig des Bogenschützen die Warnung an? Alle Templer standen in Framlingham unter Arrest, und die Stadttore wurden genauestens bewacht. Und wer hat mir die gleiche Warnung zukommen lassen? Was auch immer die Templer in York vorhatten, so wissen wir doch mit Sicherheit, daß sie sich schon wieder auf der Landstraße nach Framlingham Manor befanden, als die Pfeile auf mich abgefeuert wurden.«

»Vielleicht ist ja der maskierte Reiter der Mörder«, meinte Maltote hoffnungsvoll, »oder einer der Kommandanten in Verkleidung?«

»Die falschen Münzen«, warf Ranulf ein, »könnten auch so ein Schurkenstück der Templer sein.«

»Möglich«, sagte Corbett, »aber wie dem auch sei, Ranulf...« Er streckte sich lang aus. »Wenn dieser Wahnsinn keine Methode hat, wenn der Mörder um des Mordens willen tötet, so wird er immer wieder zuschlagen.«

»Und was machen wir dann?« wollte Ranulf wissen.

»Dann stehen wir erneut vor unserem König«, antwortete Corbett, »und berichten von unseren Erkenntnissen, über einen gespaltenen, demoralisierten Orden, der seine ursprüngliche Aufgabe aus den Augen verloren hat.« Er setzte sich halb auf und stützte sich auf einen Arm. »Und wenn ich davon berichte«, sagte er abschließend, »dann werden sich die Beamten des Schatzamtes bald fragen, warum ein so reicher Orden überhaupt noch existiert, wenn er keine Aufgabe mehr hat und außerdem aus Hochverrätern, Hexenmeistern, Mördern und anderen Missetätern besteht.«

Der Sergeant, der auf der großen Wiese vor Framlingham Manor patrouillierte, schaute auf das Boot, das im See schaukelte. »Es ist langsam an der Zeit, daß der alte Mann wieder ans Ufer kommt«, brummte er.
Er zog den Gürtel, an dem er sein Schwert hängen hatte, höher und ging den langen Weg zum Seeufer. Der Sonnenuntergang war großartig, und eine leichte Abendbrise fuhr ihm durchs Haar.
»Laß den Alten nur fischen«, murmelte er.
Er setzte sich ins Gras, nahm seinen Helm ab und lockerte seinen Kettenpanzer. Er beobachtete Odo. Der alte Bibliothekar war schon vor einiger Zeit mit seinem Boot *The Ghost of the Tower* in die Mitte des Sees gerudert.
»Verdammt noch mal sinnvoller als das, was ich hier mache«, murrte der Sergeant und riß ein Grasbüschel aus, um seine heiße Stirn zu kühlen.
Die Garnison in Framlingham hatte aufgeatmet, als der neugierige königliche Bevollmächtigte mit seinen Gefährten abgezogen war. Allerdings auch nur bis zur Ankunft eines Boten, nach der sich de Molay und die anderen wichtigen Leute in die große Halle zu einer geheimen Ratssitzung zurückgezogen hatten. Der Großmeister hatte ihnen noch einmal eingeschärft, Framlingham nicht zu verlassen und jeden Fremden, der auf dem Besitz gesichtet würde, sofort festzunehmen. Der Sergeant kaute auf einem Grashalm. Er kniff die Augen zusammen, da ihn die untergehende Sonne blendete. Der schwarze Umhang von Bruder Odo bauschte sich und flatterte in der Abendbrise. Der alte

Bibliothekar hatte offensichtlich ziemliche Mühe, die lange Angelrute festzuhalten. Der Sergeant beneidete ihn nach der Aufregung der letzten Tage richtiggehend um diesen heiteren Zeitvertreib. Die Kunde von dem Überfall auf den König und den Morden an Reverchien und dem Koch Peterkin hatte sich herumgesprochen. Kaum jemand hatte ein Wort über Murstons Tod verloren, obwohl sich viele, was seine Tat betraf, mitschuldig fühlten. Trotzdem, Murston war immer ein Hitzkopf gewesen. Nur weil er in Outremer gekämpft hatte, spielte er sich als moralische Instanz auf.
Der Sergeant legte sich in die Wiese und schaute zu den Schäfchenwolken hinauf.
»Ich wünschte, ich wäre nicht hier«, flüsterte er. »Aber wo sollte ich hin?«
Der Fall von Akka hatte der Möglichkeit, im Ausland Dienst zu tun, einen Riegel vorgeschoben. Aus war es mit den dunkelhäutigen Schönheiten, mit den Ausflügen in die Basare. Keine aufregenden Schlachten und keine Möglichkeit mehr, das Heilige Grab zu bewachen. Das Beste, womit er rechnen konnte, war, in irgendeinem einsamen Herrenhaus zu verrotten. Mit etwas Glück schickten sie einen auch aufs Mittelmeer, um dort gegen die Korsaren zu kämpfen. Der Sergeant rieb sich die Augen. Es war nicht seine Aufgabe, sich Gedanken zu machen, zu spekulieren. Murstons Schicksal hatte dem ein Ende gesetzt. Wer war er schon, die Entscheidungen der Kommandanten in Frage zu stellen? Sie wußten schon, was sie taten. Sie kannten die Geheimnisse und berieten hinter verschlossenen Türen. Der Sergeant dachte an den leeren Dachboden von Framlingham Manor. Er fragte sich, was dort vor sich ging. Wieso durften ihn nur de Molay und Branquier betreten? Warum hatten sie dort purpurne Wachskerzen? Was hatten die Gesänge zu bedeuten? Einmal hatte er vor der Tür Wache gestanden. Als die beiden wieder herausgekommen waren, waren sie von Kopf bis Fuß mit

Staub bedeckt gewesen. Was war an diesem Raum so besonders, fragte sich der Sergeant, daß so bedeutende Männer dort auf dem Gesicht im Staub lagen. Er hörte ein Geräusch und erhob sich mühsam. Odo bewegte sich, als versuche er gerade, die Schnur einzuholen. Da sah der Sergeant, daß vorne im Bug ein Feuer ausgebrochen war. Er ließ seinen Helm fallen und rannte los.

»Bruder Odo! Bruder Odo!« rief er. Die Gestalt mit der schwarzen Kapuze schien die hoch auflodernden Flammen aber immer noch nicht zu bemerken. Der Sergeant machte sein Schwert los und rannte so schnell, daß er fast keine Luft mehr bekam. Plötzlich standen das ganze Boot und Bruder Odo in Flammen. Der Sergeant fiel auf die Knie und zitterte vor Angst. Das ganze Boot und sein Passagier wurden vom Bug bis zum Heck von Flammen erfaßt; das Wasser des Sees schien keinen Schutz zu bieten.

»Der Herr errette uns«, flüsterte er atemlos, »vor diesem Höllenfeuer!«

9

Corbett und seine Gefährten kehrten nach Framlingham zurück. Das ganze Herrenhaus befand sich in Aufruhr. Sie stiegen im Stallhof von ihren Pferden, und Baddlesmere eilte ihnen mit wehenden Bartspitzen entgegen.
»Sir Hugh!« Er schluckte. »Ihr geht am besten sofort zum Großmeister!«
Trotz der warmen Sonne und des blauen Himmels merkte Corbett, daß das Gefühl der Bedrohung zurückkehrte. Er sah sich im Stallhof um. Die Templer-Soldaten, die jetzt die Aufgaben der Pferdeknechte und Stallburschen übernommen hatten, starrten ihn an.
»Es hat einen weiteren Todesfall gegeben, nicht wahr?« fragte Corbett.
Baddlesmere nickte und gab Corbett zu verstehen, ihm zu folgen.
Der Bevollmächtigte bat Maltote, sich um die Pferde zu kümmern, und ging mit Ranulf zusammen Richtung Herrenhaus. Baddlesmere führte sie durch einen kleinen Kreuzgang und in die Kammer des Großmeisters. Die kahle, kaum möblierte Klosterzelle wirkte mit ihren weißgekalkten Wänden, einem schwarzen Kruzifix und dem mit Binsen bedeckten Steinfußboden wenig einladend. De Molay saß an einem kleinen Tisch, auf dem ein Kreuz aus Metall stand. Die anderen Kommandanten des Templerordens hatten sich ebenfalls eingefunden. Ihre Erregung war ihren ernsten Mienen und rotgeränderten Augen anzusehen.

De Molay erhob sich, als Corbett eintrat, und fuhr Baddlesmere an, schleunigst zwei weitere Stühle zu bringen. Nachdem Corbett und Ranulf sich gesetzt hatten, klopfte er auf den Tisch.
»Sir Hugh, gestern während Eurer Abwesenheit starb Bruder Odo. Genauer gesagt, er wurde ermordet. Am Spätnachmittag fuhr er wie auch sonst oft mit seinem kleinen Boot *The Ghost of the Tower* hinaus, um zu fischen. Er befand sich eine ganze Weile mitten auf dem See, aber daran war nichts Ungewöhnliches. Ein Templer-Sergeant beobachtete ihn und wollte gerade hinab ans Seeufer gehen, um ihm zu sagen, daß es Zeit für die Abendmesse und das Abendessen sei, da sah er Flammen im Bug. Er kam zu spät. Bruder Odo und das Boot wurden von einem gewaltigen Feuer verbrannt.«
Corbett fuhr sich mit einer Hand an den Mund und sagte leise: »Ich sprach noch mit ihm, bevor ich nach York aufbrach. Ich suchte ihn in der Bibliothek auf. Er zeigte mir seine Chronik und war sehr stolz auf dieses Werk.« Corbett schaute die anderen an. »Warum?« fragte er. »Wie ging das überhaupt vor sich?«
»Das wissen wir nicht«, antwortete Branquier. »Wir wissen das verdammt noch mal nicht, Corbett. Deswegen warteten wir auch auf Euch. Ihr seid der Bevollmächtigte des Königs.« Er stieß ihm einen Finger in die Brust. »Ihr wurdet geschickt, das herauszufinden. Also, macht Eure Arbeit!«
»So einfach ist das nicht.« Legrave beugte sich vor. »Wie soll Corbett da auf eine Spur stoßen? Bruder Odo ging fischen. Alles war ruhig und friedlich. Das Boot befand sich bei Gott in der Mitte des Sees! Niemand schwamm zu ihm hin. Niemand war bei ihm, und doch wurden er und sein Nachen von einem Feuer verbrannt, das nicht einmal das Wasser des Sees löschen konnte.«
»Was für Reste hat man gefunden?« fragte Ranulf unvermittelt. Die Templer schauten ihn von oben herab an.

Da kam ihm Corbett zu Hilfe. »Die Frage meines Freundes ist wichtig.«

»Äußerst wenige«, sagte de Molay. »Die Leiche von Bruder Odo war so verkohlt, daß man ihn nicht erkennen konnte. Dann schwammen noch ein paar halbverbrannte Bootsplanken im See, aber das war auch schon alles.«

»Sonst nichts?« fragte Corbett.

»Nichts«, antwortete de Molay. »Nur ein paar verkohlte Brocken, die nicht näher zu bestimmen waren.«

»Und wer hat das aus dem Wasser gezogen?« wollte Corbett wissen.

»Also«, meinte Branquier, »der Templer-Sergeant konnte wie gesagt nichts machen. Er schlug Alarm, und wir eilten alle ans Seeufer. Einige stiegen in ein anderes Boot, das in einiger Entfernung vertäut lag. Die Flammen wurden auch schon kleiner. Bruder Odos Leiche ist bereits in Tücher gehüllt in einen Sarg gelegt worden. Er soll noch heute abend begraben werden. Wir wollen wissen, Sir Hugh, warum das geschehen ist und wie wir das Ganze zu einem Ende bringen können.«

Corbett schaute sich um. Das Weinfaß, das er als Geschenk des Königs mitgebracht hatte, stand geöffnet auf einem Tisch. Das rote Wachssiegel des Weinhändlers hing wie ein riesiger Blutstropfen seitlich herab. Er seufzte und schob seinen Stuhl zurück.

»Ich weiß es nicht«, entgegnete er. »Soviel kann ich Euch jedoch sagen: Diese Gerüchte und dieses Geschwätz über ein Höllenfeuer könnt Ihr vergessen.«

Corbett erzählte ihnen, was sie an der Straße nach Botham Bar entdeckt hatten. De Molay saß auf einmal kerzengerade. Seine Augen leuchteten.

»Ihr kennt also den Namen des Opfers und wißt, wie der Mann gestorben ist?«

»Ja. Außerdem glaube ich, daß da jemand im Wald war, der eine seltsame Art von Feuer ausprobierte. Als mir Bruder Odo vor-

gestern abend vom Fall von Akka erzählte, erwähnte er auch, wie die Türken Brandsätze in die Stadt katapultiert hätten.«
»Das war aber nichts im Vergleich«, erklärte Branquier. »In Teer getränkte Reisigbündel, die in Brand gesetzt und von einem Katapult oder einer Steinschleudermaschine abgeschossen wurden.«
»Meint Ihr, daß hier dasselbe vorgefallen ist?« fragte Symmes.
Corbett bemerkte, daß sich unter dem Umhang des Templers etwas bewegte. Er hatte sein Wiesel immer noch bei sich.
»Aber das ist doch unmöglich«, sagte Baddlesmere verächtlich, ehe Corbett antworten konnte. »Das ist viel zu schwerfällig. Ein Haufen brennendes Reisig. Wie wollte man damit den Tod von Reverchien inmitten des Irrgartens erklären? Er war allein. Was war mit Peterkin in der Küche? Und was Bruder Odo angeht ...«
»Was spräche gegen einen Feuerpfeil«, unterbrach ihn Corbett, »der mit Teer oder Pech bedeckt ist.« Er zuckte mit den Schultern. »Ich weiß schon, was Ihr entgegnen wollt. Wenn jemand einen Feuerpfeil in Bruder Odos Boot geschossen hätte, dann hätte er versucht, das Feuer zu löschen, oder wäre einfach ins Wasser gesprungen und ans Ufer geschwommen.« Er hielt inne.
»Großmeister, darf ich Euch um einen Gefallen bitten?«
De Molay breitete die Hände aus.
»Um die Erlaubnis«, fuhr Corbett fort, »hier im Herrenhaus die Runde zu machen und wen ich will zu befragen oder, wie man das auch sehen könnte, meine lange Nase in Eure Geschäfte zu stecken.«
»Einverstanden«, entgegnete de Molay, »aber unter einer Bedingung, Sir Hugh. Die beiden Räume, die ich Euch gestern gezeigt habe, von denen müßt Ihr Euch fernhalten. Sonst stehen wir Euch zur Verfügung.«
Corbett dankte ihm und ging.
»Glaubt Ihr das wirklich?« zischte Ranulf, als sie zum Gästehaus zurückkehrten.

Corbett blieb stehen. »Was?«
»Feuerpfeile?«
»Was hätte ich sonst sagen sollen? Ein Mann angelt in der Mitte des Sees. Innerhalb von Minuten, ach was, Sekunden, brennen er und sein Boot lichterloh. Was hätte das Feuer sonst verursachen sollen?« Corbett zuckte mit den Schultern. »Wilde Spekulation, aber etwas Besseres fiel mir nicht ein.« Er zog Ranulf am Ärmel in eine Fensternische. »Was auch immer wir herausfinden«, flüsterte er, »wir verlieren darüber kein Wort. Ich glaube, der Mörder war vorhin im Saal.«
»Was ist dann mit dem maskierten Reiter im Wald?« fragte Ranulf.
»Ich weiß nicht. Auf jeden Fall war er nicht in der Küche, als Peterkin starb. Was diesen Attentäter angeht, diesen Sagittarius, das könnte de Molay sein oder einer der anderen vier. Vielleicht arbeiten auch einige von ihnen zusammen. Ich weiß nicht, warum dieser Attentäter zuschlägt, und ich weiß nicht, wie er es anstellt. Wer auch immer er sein mag, dank unserer Entdeckung an der Straße nach Botham Bar weiß er, daß wir der Wahrheit auf der Spur sind.«
»In diesem Fall könnte er versuchen, uns zum Schweigen zu bringen.«
»Das hat er bereits«, entgegnete Corbett. »Aber sicher, er könnte es wieder probieren. Dann könnte er jedoch auch einen Fehler begehen.« Corbett schaute aus der Nische auf den menschenleeren Korridor. »Ich habe einmal gesagt, daß wir zusammenbleiben sollten. Aber jetzt müssen wir jeder für sich arbeiten. Du durchkämmst mit Maltote dieses Herrenhaus. Untersucht die Schmiede, geht auf die Felder und in die Wäldchen. Haltet nach Spuren von Feuern und nach Brandflecken Ausschau und, wenn möglich, nach einer geheimen Schmiede.«
»Und Ihr, Herr?«
»Ich gehe in die Bibliothek. Bruder Odo starb vielleicht nicht

nur deswegen, weil er hier lebte, sondern weil er etwas entdeckt hatte. Der Mörder muß gesehen haben, daß ich ihn aufsuchte. Ich glaube, die Wahrheit findet sich unter Bruder Odos Papieren.«

Ranulf begab sich ins Gästehaus, um Maltote zu holen. Corbett ließ sich von einer der Wachen den Weg zur Bibliothek erklären. Als er den langen Raum betrat, war es dort bereits ziemlich dunkel.

»Gott sei Eurer Seele gnädig, Bruder Odo«, flüsterte er. »Und Gott möge mir vergeben, falls ich für Euren Tod verantwortlich bin.«

Er trat zu Bruder Odos Schreibnische. Der Tisch war von Pergamentfetzen übersät. In der Mitte lag eine große Velinpapierrolle – Odos Chronik. Corbett rollte sie auf, betrachtete die dramatischen Bilder des Falls von Akka, sah sich ganz genau die Handschrift an und überlegte, ob sich in ihr wohl ein Hinweis auf das geheimnisvolle Feuer finden könne. Auf den Illustrationen waren Steinwurfmaschinen mit brennenden Reisigbündeln abgebildet. Corbett maß dem jedoch keine besondere Bedeutung bei. Er rollte die Handschrift wieder auf, seufzte und wandte sich dann den Pergamentschnipseln zu. Einige waren schon sehr alt, einer fiel ihm jedoch sofort ins Auge. Auf ihn hatte Bruder Odo offensichtlich am Tage seines Todes etwas gekritzelt: Die Zeichnung eines Schreibers mit einer langen Nase, daneben, skizziert, eine Krähe. Corbett mußte lächeln. Die Notizen waren jedoch in Kurzschrift. Corbett erinnerte sich, was ihm Bruder Odo über die Runen erzählt hatte. Ein Zeichen tauchte immer wieder auf und wurde stets von einem Fragezeichen begleitet. Einige der Runen vermochte er aufzulösen, aber es gelang ihm nicht, hinter das System zu kommen. Er ging zum Eingang der Bibliothek zurück und suchte auf den Regalen, bis er fand, was er benötigte – einen dicken Band mit gelben Seiten, in Kalbsleder gebunden und mit einem riesigen Schloß verse-

hen, der Codex Grammaticus. Corbett zog ihn heraus und begab sich mit ihm zu Bruder Odos Schreibpult. Er öffnete den Band und begann zu blättern, Abhandlungen über das Griechische und Hebräische und in einem Anhang, der bereits eifrig in Gebrauch gewesen war, die Buchstaben des lateinischen Alphabets mit den angelsächsischen Runen daneben. Corbett nahm eine Feder und Odos Pergamentfetzen und versuchte die Kritzeleien des toten Bibliothekars zu entziffern. Anfänglich ließen die Runen keinen Sinn erkennen. Es gab die Wörter, die er herausbrachte, einfach nicht. Corbett erinnerte sich daran, daß Odos Chronik lateinisch geschrieben war. Er versuchte es noch einmal. Jetzt verstand er: »Ignis Diaboli«, Höllenfeuer, »Liber Ignium«, das Buch der Feuer, und schließlich ein Name und ein Wort, die immer wieder auftauchten: »Bacons Geheimnis«.
»Du liebe Güte!« flüsterte Corbett. »Was kann er damit nur meinen?«
Das Höllenfeuer, dachte er. So beschrieb auch Odo die Flammen, denen der arme Peterkin und sein Mitbruder Reverchien zum Opfer gefallen waren. Das »Buch der Feuer«? Handelte es sich dabei um eine Art Leitfaden? Um ein Buch mit Zauberformeln? Und »Bacons Geheimnis«? Was hatte das mit diesen fürchterlichen Feuern zu tun? Corbett erhob sich ratlos. Eine Weile suchte er nach einem Katalog über die Schätze der Bibliothek. Als er ihn schließlich fand, entdeckte er keinen Hinweis auf ein »Buch der Feuer«. Es stand da auch nichts, was »Bacons Geheimnis« hätte erklären können. Er räumte gerade den Tisch auf und rollte das Blatt mit den Notizen zusammen, die er sich gemacht hatte, als er vom anderen Ende der Bibliothek her ein Geräusch hörte. Eine Tür quietschte, dann wurde ein Riegel vorgeschoben. Corbett stand auf. Er zog seinen Dolch aus dem Gürtel und schaute den langen Saal entlang. Er sah jedoch nur Staubkörnchen, die in den Sonnenstrahlen über dem auf Hochglanz polierten Holzfußboden tanzten.

»Wer ist da?« rief er und trat einen Schritt zur Seite. »Wer ist da?« rief er ein weiteres Mal.
»Wisse, daß wir kommen und gehen, wie es uns beliebt.« Die Stimme war leise und nicht zu erkennen. Die Worte hallten dumpf in der Bibliothek wider wie das traurige Läuten einer Totenglocke.
Da hörte Corbett ein anderes Geräusch – das Klicken eines Metallverschlusses. Er warf sich zur Seite, und der Bolzen der Armbrust verfehlte nur knapp seinen Kopf und schlug hinter ihm in die Wand ein.
»Wisse«, die Stimme wurde lauter, »daß dir all dein Besitz abhanden kommt und schließlich uns zufällt.«
Wieder das Klicken. Corbett hatte hinter den Regalen Schutz gesucht. Und erneut schlug ein mit Widerhaken versehener Bolzen in die Regalbretter über ihm ein. Corbett mußte sich sehr zusammennehmen, nicht in Panik zu geraten. Er schaute sich hastig um. Die Fenster waren zu klein. Da gab es kein Entkommen.
»Wisse, daß wir Macht über dich besitzen und daß das so sein wird, bis wir unsere Mission erfüllt haben!«
Corbett, der sich flach hingelegt hatte, spähte um die Ecke. Sein Herz setzte einen Schlag aus. Am anderen Ende der Bibliothek stand eine Gestalt in einer fußlangen schwarzen Robe und mit einem Turnierhelm auf dem Kopf. In der Hand hielt sie eine Armbrust und spannte ein weiteres Mal. Ein Klick, und der Bolzen bohrte sich ins Holz, wo Corbetts Kopf eben noch gewesen war. Und dann war da auf einmal ein anderes Geräusch – Schritte. Die Gestalt kam langsam näher. Wenn sich Corbett erheben und auf ihn zurennen würde, wäre er doch nicht schnell genug. Er hätte den Bolzen der Armbrust in der Kehle, lange ehe er seinen geheimnisvollen Angreifer erreichte. Er schluckte trocken. Lange würde er seine Angst nicht mehr in Schach halten können. Seltsamerweise mußte er gerade jetzt wieder an

den Boten des Königs denken, der die Auffahrt von Leighton Manor hinaufreiten würde. Maeve würde ihm entgegeneilen ... Corbett wischte sich den Schweiß aus dem Gesicht und faßte seinen walisischen Dolch noch fester. Er schaute sich erneut um und entdeckte eine kleine Tür in einer der Lesenischen. Jesus Christus, betete er, mach, daß sie nicht verschlossen ist.
Er streckte seinen Kopf vor, zog ihn aber schnell wieder zurück, als ein weiterer Armbrustbolzen wie ein Habicht durch die Luft schwirrte. Dann war er auf den Beinen, noch ehe der geheimnisvolle Armbrustschütze den nächsten Bolzen anlegen konnte. Fluchend schob Corbett das Lesepult beiseite und öffnete den Riegel, aber die Tür bewegte sich nicht. Er warf sich dagegen. Die Schritte kamen näher. Da bemerkte er weiter oben noch Riegel. Er zog sie zurück, und die Tür ging auf. Die Lederscharniere knarrten. Corbett warf sich hindurch und schlug sie hinter sich zu. Die Tür führte auf einen Gang, und Corbett lief, so schnell er konnte, um die nächste Ecke, so schnell, daß er einen Templer umrannte. Er beachtete dessen Rufe nicht weiter und hielt erst an, als er in einem kleinen verwilderten Garten hinter dem Turnierplatz war.
Er kniete hin, um wieder zu Atem zu kommen. Dann steckte er seinen Dolch weg und ging zurück ins Gästehaus. Er knallte die Tür ihres Zimmers hinter sich zu, verriegelte sie, durchsuchte den Raum sorgfältig und ließ sich anschließend aufs Bett fallen. Allmählich wurde aus der Erleichterung Wut, eine rasende Wut darüber, daß er beinahe doch in die Falle gegangen wäre. Er war versucht, durch das Herrenhaus zu laufen und zu verlangen, zu de Molay vorgelassen zu werden, und von ihm eine Untersuchung zu fordern. Aber was wäre damit bewiesen? Nur seine eigene Angst. Der Angreifer hatte die Bibliothek längst wieder verlassen und war spurlos verschwunden. Corbett stand auf und wusch sein Gesicht mit kaltem Wasser. Dann trocknete er es langsam ab und dachte an die in eine schwarze Robe gehüllte

Gestalt, die Armbrust und die Bolzen, die überall um ihn herum durch die Luft geschwirrt waren.

»Zumindest weiß ich eins«, flüsterte Corbett, »er kam nicht aus der Hölle.«

Der Angriff in der Bibliothek, dessen war er sicher, war eine Verzweiflungstat gewesen. War Odo deswegen ermordet worden? Damit er der Ursache des fürchterlichen Feuers nicht auf die Spur kommen würde? Der Angreifer hatte bestimmt auch die Lesenische inspiziert. Da er aber vermutlich von Runen keine Ahnung hatte, hatte er den Pergamentfetzen übersehen, den Corbett jetzt in seiner Brieftasche verwahrte. Es klopfte.

»Herr!«

Corbett schob die Riegel zurück. Ranulf und Maltote stürzten aufgeregt ins Zimmer.

»Sie sind hier!« rief Maltote.

»Halt den Mund!« schrie Ranulf. »Ich habe sie gefunden, Herr, Brandspuren wie an der Straße nach Botham Bar. Erinnert Ihr Euch an die Bäume bei der Ringmauer? Maltote und ich haben dort Brandspuren entdeckt.« Er schaute seinen Herrn an. »Wollt Ihr nicht mitkommen? Herr, was ist passiert?«

Corbett erzählte es ihnen.

»In der Bibliothek!« rief Ranulf. »Warum gerade dort, Herr?«

»Weil der Angreifer wußte, daß ich dort sein würde, und weil er mich daran hindern wollte, etwas zu finden.« Corbett zog den Pergamentfetzen aus der Brieftasche. »Laßt das mit den Brandspuren erst einmal auf sich beruhen. Maltote, ich möchte, daß du nach York reitest.« Corbett ging zum Tisch, nahm eine Schreibfeder und schrieb einen kurzen Bescheid mit dem, was er auf Odos Zettel gelesen hatte. »Geh zum König im Palast des Erzbischofs bei York Minster!« Er reichte Maltote die Nachricht. »Gib ihm das. Falls er dich fragt, was hier vorgefallen ist, dann sag ihm ...« Corbett verzog das Gesicht, »dann sag ihm die Wahrheit. Ich brauche so schnell wie möglich eine Antwort.«

»Kann ich Maltote begleiten?« fragte Ranulf hoffnungsvoll.
»Nein, das geht nicht. Noch ein paar Tage ohne Yorks Fleischtöpfe werden deiner Seele, ganz zu schweigen von deinem Körper, nur guttun.«
Maltote zog eilig los, um seine Satteltaschen zu packen. Dann kam er zurück, um sich zu verabschieden. Auf dem Weg nach draußen rannte er fast den Korridor hinunter.
»Da sieht man einen glücklichen Menschen«, sagte Ranulf. »Was machen wir jetzt?«
»Laß uns ein wenig spazierengehen, Ranulf. Die Sonne und die frische Luft werden uns guttun.«
Sie schlenderten in den Park. Corbett versuchte, so gut es ging, sich zu entspannen. Dann begaben sie sich zur Bibliothek. Die Tür stand offen. Als sie jedoch in die Lesenische kamen, stellten sie fest, daß jemand die Armbrustbolzen aus der Wandtäfelung gezogen hatte. Abgesehen von einigen Kratzern dort und an der Hintertür, erinnerte nichts an den Mordanschlag. Sie gingen zu den Ställen. Nachdem sie etwas herumgefragt hatten, fanden sie schließlich den Sergeanten, der Odo und sein Boot hatte in Flammen aufgehen sehen.
»Kommt«, sagte Corbett, »laßt uns zum Seeufer gehen, und erzählt uns alles.«
Der Sergeant zuckte mit den Schultern, warf den Gürtel, den er gerade reparieren wollte, in eine Ecke und machte sich mit ihnen auf den Weg zum See. Unterwegs berichtete er, was geschehen war.
»Wie lange war Bruder Odo bereits auf dem See?« wollte Corbett wissen.
»Oh, einige Zeit, zwei oder drei Stunden.«
»Und Ihr standet Wache?«
»Ja, ich patrouillierte auf der Wiese und langweilte mich zu Tode. Ab und zu schaute ich auf den See. Es war heiß, ich wurde müde.« Er hielt inne, als sie in den Schatten der Bäume kamen,

die direkt am Seeufer standen. »Ich schaute auf und sah die Flammen. Als wäre das Feuer direkt aus dem See gekommen.«
Corbett deutete auf den Holzsteg, der in den See ragte.
»Odos Boot, *The Ghost of the Tower*, lag hier?«
»Ja. Odo stieg immer ohne Hilfe hinein und ruderte dann auf den See. Dort saß er stundenlang mit seiner Angelrute.«
Corbett trat auf den Steg. Ein seltsames Gefühl, daß sich der See zu beiden Seiten von ihm bewegte. Am Ende des Stegs bemerkte er einige geschwärzte Holzstücke, die im Wasser trieben.
»Ihr kamt hierher?«
»Ja, aber als ich das Ende des Stegs erreicht hatte, stand schon alles in Flammen, da war nichts mehr von dem Boot übrig.«
Corbett sah über die Schulter. »Was meint Ihr damit?«
»Das Feuer verbrannte auch den Boden des Bootes. Das Seewasser schien da keine Rolle zu spielen.« Der Templer wirkte mit einmal besorgt. »Deswegen denke ich auch, daß es das Höllenfeuer war.«
»Und als die Flammen erloschen?« fragte Corbett.
»Das dauerte eine ganze Weile. Zum Schluß waren nur noch ein paar wenige Planken übrig, einige Kleiderfetzen und die verkohlte Leiche von Bruder Odo.«
»Gibt es hier im See viele Fische?« wollte Ranulf wissen.
»Natürlich«, antwortete der Sergeant. »Besonders Forellen. Sie werden auch oft in der Küche zubereitet, ganz frisch, mit einer Sahnesauce.«
»Aber Ihr saht keine Fische?« fragte Ranulf. »Ich meine, Bruder Odo hatte doch schon einige Stunden geangelt, und im See wimmelt es von Fischen. Er müßte doch ein paar gefangen haben?«
»Ich habe keine Fische gesehen. Sie sind vielleicht auch verbrannt.«
Corbett dankte ihm, und der Sergeant kehrte zu den Bäumen zurück.

»Du glaubst, daß Odo bereits tot war, als das Feuer ausbrach?« fragte Corbett.

»Ja, Herr.« Ranulf ging langsam den Steg entlang zum Ufer. »Habt Ihr bemerkt, Herr, daß die Bäume diesen Steg verdecken? Odo war vermutlich erst zu sehen, als er die Mitte des Sees erreicht hatte. Ich denke, er war schon tot, als man ihn in das Boot verfrachtet hat. Dann hat man ihn einfach in sitzender Stellung festgebunden. Er trug einen Umhang mit Kapuze, niemand würde es also vom Ufer aus bemerken. Warum sollte ein alter Templer an einem warmen Frühlingstag einen Umhang mit Kapuze tragen? Außerdem, wenn er geangelt hat, wo ist sein Fang? Ist er verbrannt oder nicht?«

Corbett nickte. »Sehr gut, Ranulf, aber eine Frage bleibt offen: Wie brach das Feuer aus?«

»Das ist es ja, weshalb ich denke, daß er bereits tot war«, fuhr Ranulf fort. »Erinnert Euch, Herr, der Sergeant sah, daß die Flammen im Bug auflöderten, aber Odo machte keine Anstalten, sie zu ersticken. Er sprang weder erschrocken auf, noch versuchte er sich durch einen Sprung ins Wasser zu retten.« Er holte Luft. »Doch das ist alles, was mir dazu einfällt. Wie das Feuer ausbrach, ist ein Rätsel.«

Sie gingen zur Wiese zurück. Auf halbem Weg den Abhang hinauf setzte sich Corbett hin und streckte seine Beine in dem langen Gras aus. Er stützte sich mit den Händen ab und starrte in den blauen Himmel. Dann schloß er die Augen. Er genoß die Wärme, den süßlichen Duft des niedergetretenen Grases und der Wiesenblumen, das Zwitschern der Vögel in den Bäumen und das Summen der Bienen.

»Mit geschlossenen Augen«, murmelte er, »würde ich sagen, ich bin im Paradies.«

Ranulf stöhnte. »Wäre ich jetzt in einer Schenke in Cheapside mit einem Krug Ale in der Rechten und meiner Linken auf dem Knie eines hübschen Mädchens, dann würde ich Euch zustim-

men, Herr.« Er riß ein Grasbüschel aus. »Herr, diese Warnungen der Sekte der Assassinen. Warum benutzte sie der Angreifer?«
Corbett öffnete wieder die Augen. »Die Assassinen sind eine mohammedanische Sekte«, erklärte er. »Sie kleiden sich weiß und haben blutrote Schärpen und Pantoffel. Sie leben unter dem Kommando des Alten Mannes der Berge in ihrer Burg, dem Adlerhorst, in der Nähe des Toten Meeres. Der König hat gelegentlich von ihnen erzählt. Ihre Festung befindet sich auf der Spitze eines Berges, der sich nicht bezwingen läßt. Hier gibt es von Mauern umgebene Gärten mit exotischen Bäumen, Marmorbrunnen, wunderschönen Blumenbeeten und Pavillons, die mit Seidenteppichen ausgelegt sind. Die Mitglieder dieser Sekte, die ›Hingebungsvollen‹, leben von Safranbrot und Wein, der mit Opiaten versetzt ist. Sie träumen vom Paradies. Gelegentlich schickt sie der Alte Mann los, um die zu ermorden, über die er sein Todesurteil verhängt hat. Die Assassinen richteten unter den Kreuzrittern fürchterliche Blutbäder an.« Corbett schaute auf den See. »Sie sind ein Alptraum, Phantome aus der Hölle, die die Menschen in größten Schrecken versetzen, besonders unseren König. Edward träumt immer noch von dem Anschlag auf sein Leben, obwohl der schon gut dreißig Jahre zurückliegt.«
»Könnte es sein, daß Assassinen Mitglieder des Templerordens sind?« fragte Ranulf. »Abtrünnige, die ihren Gelübden abgeschworen haben? Oder könnte nicht auch sein«, er sprach hastig weiter, »daß die Assassinen diese Templer-Verschwörung benutzen, um die westlichen Königreiche zu schwächen?«
Corbett erhob sich und schüttelte die Grashalme von seinen Beinkleidern.
»Diese Frage kann ich nicht beantworten, Ranulf, aber ich denke, daß es an der Zeit ist, mit dem Großmeister zu sprechen.«
Sie kehrten zum Herrenhaus zurück, und es gelang ihnen nach

einer Weile, zum Großmeister vorgelassen zu werden. Dieser saß an einem Tisch, der über und über mit Handschriften bedeckt war. Er gab ihnen ein Zeichen, Platz zu nehmen.

De Molay rieb sich die Augen. »Das hier kann nicht ewig so weitergehen, Sir Hugh. Ich muß nach Frankreich zurück. Der Arrestbefehl des Königs muß aufgehoben werden.«

»Warum?« wollte Corbett wissen und dachte an den Boten, der die Straße nach Botham Bar entlanggaloppiert war. »Gibt es neue Schwierigkeiten in Paris?«

De Molay suchte unter seinen Papieren. »Ja, natürlich. Der Angriff auf Philipp von Frankreich wurde von einem Templer ausgeführt. Dieser Sergeant war einer der schon erwähnten Hitzköpfe. Man überantwortete ihn der Inquisition, und selbstverständlich hat er gestanden.«

»Aber das habe ich Euch bereits berichtet.«

»Ihr wißt jedoch noch nicht«, entgegnete de Molay, »daß Philipp von Frankreich vor einigen Tagen über die Grand Ponte zurück zum Louvre Palast ritt, nachdem er Gräber in St. Denis besucht hatte. Offensichtlich«, de Molay warf das Pergament wieder auf den Tisch, »wurde in diesem Moment ein weiterer Mordanschlag auf ihn verübt. Paris schwirrt nur so von Gerüchten und skandalösen Theorien. Das Großkapitel fordert meine Rückkehr.«

»Und ist an diesen Gerüchten etwas dran?«

De Molay wich seinem Blick aus.

»Großmeister«, sagte Corbett eindringlich, »ich bin nicht Euer Feind. Ich bewundere Euren Orden. Männer wie Bruder Odo oder Sir Guido waren wahrhafte Ritter des Kreuzes, aber, um Gottes willen, öffnet Eure Augen. Irgendwas hier stinkt zum Himmel. Sind Euch«, fuhr Corbett fort, »die Gerüchte und Vorwürfe der Päderastie zu Ohren gekommen, die gegen einige Eurer Gesellschaft erhoben werden?«

De Molay schaute wütend auf. »Haltet mir keine Predigt, Corbett! Ich kann Euch Dutzende Bischöfe nennen, die Geliebte haben, Priester, die zu Huren gehen, Edelmänner, die eine Vorliebe für Pagen haben. Natürlich gibt es Brüder, die gegen die Versuchungen des Fleisches nicht gefeit sind. Aber das sind wir beide auch nicht!«

»Und diese Morde?« fragte Corbett. »Großmeister, könnt Ihr sie erklären? Oder könnt Ihr erklären, warum sich ein Templer derselben Warnungen bedienen sollte wie der Alte Mann der Berge? Könnte es in Eurem Orden einen oder mehrere Abtrünnige geben, Assassinen? Wie sieht Euer Verhältnis zu dieser Sekte aus?«

De Molay lehnte sich auf seinem Stuhl zurück und spielte mit einem Pergamentmesser mit schmaler Klinge. »Jahrhundertelang hat der Templerorden die heiligen Stätten bewacht«, entgegnete er. »Wir haben Burgen gebaut und sind seßhaft geworden. Wir schlossen mit allen Frieden. Bloß weil jemand Allah anbetet und einen in der Schlacht bekämpft, heißt das noch lange nicht, daß man sich nicht in Friedenszeiten mit ihm an einen Tisch setzt und mit ihm Gedanken und Geschenke austauscht.«

»Aber die Assassinen?« fragte Corbett.

»Ja, auch mit den Assassinen. Sie kontrollieren Handelswege, und bestimmte Gebiete fallen unter ihre Gerichtsbarkeit. Sie lassen sich bestechen wie alle anderen.«

»Also trieb Euer Orden Handel mit ihnen?«

»Ja, und um Euch die nächste Frage zu ersparen, Sir Bartholomew Baddlesmere und William Symmes waren einmal als Abgesandte im Adlerhorst. Sie waren Gäste des Alten Mannes der Berge.«

»Warum habt Ihr uns das nicht eher gesagt?«

»Ich dachte nicht, daß das von Bedeutung ist«, antwortete de Molay kurz angebunden. »Baddlesmere und Symmes haben die wunderschönen Gärten gesehen, eisgekühltes Scherbett ge-

trunken und den Reden des Alten Mannes gelauscht. Ja, sie waren seine Gäste, aber das macht sie noch lange nicht zu Abtrünnigen. Die Assassinen sind nicht unsere Feinde.«
»Wer dann?« fragte Corbett.
»Die westlichen Prinzen«, antwortete de Molay. »Sie sehen unsere Herrenhäuser, Landsitze, Scheunen, großen Herden und fruchtbaren Äcker. Beim Gedanken an die Schätze im Temple in Paris und in London, Köln, Rom und Avignon juckt es ihnen in den Fingern. Was machen die Templer eigentlich, fragen sie. Wozu brauchen sie diese Macht und diesen Reichtum? Ließe sich beides nicht besser verwenden?«
»Ihr habt also keine Idee, wer der Mörder sein könnte?« fragte Corbett zum wiederholten Male.
»Ich weiß auch nicht mehr als Ihr, Sir Hugh!« De Molay schob ein Pergament zur Seite und hob einen Brief hoch. »Ich sende einen Boten zum König.«
Corbett nickte.
»Ich werde ihn um Erlaubnis bitten«, fuhr de Molay fort, »nach Frankreich zurückkehren zu dürfen.« Er beugte sich über den Tisch und schaute Corbett finster an. »Überlegt Euch das einmal, Sir Hugh. Hier sitze ich, der Großmeister des wichtigsten Kriegerordens der Christenheit, und muß darum bitten, heimreisen zu dürfen, und auch noch Geld als Sicherheit für mein gutes Betragen hinterlegen.« De Molays Gesicht lief vor Wut rot an. »Gott möge mir diese Bemerkung vergeben, Sir Hugh, aber eine solche Demütigung könnte einen Heiligen dazu veranlassen, Rachepläne zu schmieden!«

Einige Stunden später saß Sagittarius in den Wäldern oberhalb des Sees auf dem Stamm eines umgestürzten Baums. Er entfernte Flechten und Moos von seinen Kleidern und schaute gleichzeitig auf den Griff des Schwertes, das im Boden vor ihm steckte. Beim Anblick des Kruzifixes, das in den Griff eingraviert war,

wurde sein Gesicht hart. Er wiegte mit dem Oberkörper vor und zurück. Sein Herr oder zumindest sein neuer Herr hatte recht – der Orden war am Ende. Was würde es dann noch nützen? Er sah über den See und dachte an Bruder Odo.
»Das tut mir leid«, flüsterte er.
Ja, es tat ihm wirklich leid, daß der Alte sterben mußte. Aber mit seinem guten Gedächtnis und seiner Neigung, sich in alles einzumischen, hätte der Bibliothekar eine Gefahr für ihn werden können. Sagittarius leckte sich über die Lippen. Er dachte an das Faß Wein, das Corbett mitgebracht hatte. Er hatte beim Anstich zugesehen und das rote Siegel mit dem Stempel des Weinhändlers bemerkt, das unübersehbar die Jahreszahl 1292 trug. Der Wein war schwer und süß gewesen. Vielleicht würde er ja eines Tages so reich sein, daß er sich das alles auch leisten konnte. Und wer vermochte sich ihm schon in den Weg zu stellen? Die Templer? Dumme Muskelberge, die vor ihren eigenen Geheimnissen und mysteriösen Ritualen Angst hatten. Sie liefen durcheinander wie Hühner ohne Köpfe. Er zog sein Schwert aus dem Boden und legte es auf die Knie. Dann wischte er die Erde von der Spitze. Corbett war als einziger eine Bedrohung. Das erstemal hatte er den Bevollmächtigten nur erschrecken wollen, aber in der Bibliothek hätte er ihn erwischt und ermordet, wenn diese verdammte Tür nicht gewesen wäre. Was das für einen Aufstand gegeben hätte! Er wagte es nicht, heimlich das Herrenhaus zu verlassen und nach York zu reiten. Das wäre zu gefährlich. Was also als nächstes? Er dachte an den Klatsch und die Gerüchte, die er gehört hatte, das verstohlene Lachen und die Andeutungen. Der Mörder setzte sich wieder auf den Baumstamm und plante gelassen die nächsten Morde.

10

Das Läuten der Glocke weckte Corbett. Ranulf war bereits auf und suchte nach seinem Schwertgürtel. Von den Gängen draußen waren eilige Schritte und lautstarke Befehle zu hören. Andere Glocken in dem Templerhaus begannen ebenfalls zu läuten. Corbett kleidete sich rasch an, schnallte sich seinen Schwertgürtel um und spähte aus dem Fenster. Am dunklen Himmel war ein erster Lichtstreifen zu sehen.
»Werden wir angegriffen?« rief Ranulf. Er sprang von einem Bein auf das andere und versuchte sich gleichzeitig seine Stiefel anzuziehen.
»Das bezweifle ich«, antwortete Corbett und rang nach Luft.
Es hämmerte an der Tür. Ranulf schob die Riegel zurück. Ein Templer-Sergeant fiel beinahe ins Zimmer. Sein Gesicht war rußgeschwärzt, sein Haar zerzaust und sein Umhang und die Strümpfe angesengt.
»Sir Hugh!« rief er ganz außer Atem. »Der Großmeister bittet Euch, sofort zu ihm zu kommen. Es brennt im Hauptgebäude.«
Als sie vor dem Gästehaus standen, sahen sie die Rauchwolke, die auf dem am weitesten entfernten Flügel des Hauptgebäudes aufstieg. Die Templer sammelten sich im Hof, nur halb angekleidet, hustend und durcheinanderredend. Sie bildeten eine Kette, so daß Eimer weitergereicht werden konnten. Corbett drängte sich in das Gebäude. Der Korridor war voller Rauch, der einen Augenblick lang von einer Brise vertrieben wurde. Am anderen Ende sah Corbett den orangefarbenen Schein des Feuers. Ab und zu stürzte ein Templer mit einem überschwappenden Was-

sereimer herein. Branquier kam, gefolgt von de Molay, aus dem Rauch. Sie husteten und spuckten, drängten sich an Corbett vorbei und schwankten in die Morgenluft.

»Es ist Baddlesmeres Zelle!« brachte de Molay mit Mühe heraus. »Sie brennt wie eine Fackel von einem Ende zum anderen.« Er hockte sich auf die Pflastersteine und trank begierig aus einem Wasserkrug, den ihm ein Diener gebracht hatte. Den Rest schüttete er sich ins Gesicht. »Das Wasser richtet nichts aus«, murmelte er.

Corbett kniete sich neben ihn. Branquier schwankte in die Dunkelheit. Er war nicht in der Lage, etwas zu sagen. Seine Augen tränten von dem beißenden Rauch. Andere Templer kämpften sich aus dem Gebäude und riefen, daß sie nichts hätten ausrichten können.

»Die Zelle brennt!« rief de Molay. »Wenn die Flammen nicht unter Kontrolle gebracht werden, dann werden sie das ganze Herrenhaus verzehren.«

Seine Ernüchterung erfaßte auch die anderen. Die Eimerkette kam zum Stillstand. Legrave lief mit einem nassen Lappen über Nase und Mund in den Gang. Ein paar Minuten später kam er wieder zum Vorschein. Die obere Hälfte seines Gesichts war mit Asche bedeckt. Corbett fühlte sich an Murstons rauchende Leiche erinnert.

»Vergeßt das Wasser!« rief der Bevollmächtigte und deutete auf die andere Seite des Hofes. Hier lag an einer Wand ein großer Sandhaufen, der vermutlich für irgendeine Bautätigkeit benötigt wurde. »Benutzt das!« sagte er. »Sand, Dreck, Erde. Erstickt die Flammen, statt sie zu löschen!«

Anfänglich war alles ein einziges Durcheinander, aber dann kam Symmes. Sein Wiesel steckte den kleinen Kopf oben aus seinem Waffenrock. Er zwang die Gefolgsleute, sich in einer Reihe aufzustellen, und schickte Soldaten mit nassen Tüchern über Nase und Mund ins Haus. Einige trugen Eimer mit Sand, andere schwere Decken. Eine Stunde verging. Schließlich erstickten die Flammen, das Feuer war unter Kontrolle.

»Gott sei Dank!« murmelte de Molay. »Gott sei Dank, Sir Hugh, sind Wände und Decken aus Stein. Das ganze Herrenhaus hätte sich aber trotzdem in einen lodernden Scheiterhaufen verwandeln können.«

»Es ist auch so schlimm genug«, meinte Legrave, der näher getreten war. »Die Nachbarzelle ist beschädigt sowie die beiden Räume darüber. Die Deckenbalken und Querträger sind restlos verbrannt.« Er schaute sich um. »Wo ist Baddlesmere?« schrie er auf einmal. »Ich bin mir sicher, ich sah …« Ihm versagte die Stimme.

Branquier lief weg und rief Baddlesmeres Namen. Dann kam er zurück und schüttelte den Kopf.

»War das Baddlesmeres Zimmer?« fragte Corbett.

Symmes nickte.

»Was ist eigentlich genau passiert?« erkundigte sich Corbett.

Symmes drehte sich um und rief zwei Namen. Zwei Templer mit nackten Oberkörpern eilten herbei. Sie waren von Kopf bis Fuß mit Ruß bedeckt und sahen aus, als kämen sie direkt aus der Hölle.

»Ihr habt doch Alarm geschlagen?« wollte Branquier von einem von ihnen wissen.

»Ja, Domine. Ich ging Streife und kam um die Ecke des Ganges, da sah ich Rauch unter der Tür hervorquellen. Ich lief, so schnell ich konnte, dorthin und klopfte, was das Zeug hielt.« Er hob seine blutige und angesengte Hand hoch. »Die Tür war glühend heiß, also rief ich um Hilfe. Als nächste kamen Waldo und Gibner. Gibner rannte sofort weiter, um die Sturmglocke zu läuten. Waldo und ich versuchten die Tür mit Gewalt zu öffnen. Sie war verschlossen und verriegelt. Wir nahmen eine Bank, die auf dem Gang stand, und rammten sie auf der Scharnierseite gegen die Tür. Schließlich gab sie nach«, er rang nach Luft,

»aber Flammen und Rauch sprangen regelrecht auf uns zu. Der Raum war von Feuer und Rauch erfüllt. Fürchterlich. Wie in der Hölle, ein Inferno.«
»Habt Ihr Sir Bartholomew gesehen?« fragte Legrave barsch. »Sagt die Wahrheit!«
»Ja, er lag auf dem Bett. Die Flammen hatten das Bett bereits erreicht. Ich sah ihn nur wenige Sekunden.« Er stotterte: »Ihn und …«
»Und?« fragte Corbett.
»Da war noch jemand«, murmelte der Templer. »Sie lagen beide auf dem Bett. Die Flammen hatten bereits den Betthimmel und den Überwurf erfaßt. Ich rief einmal, dann nahmen wir die Beine in die Hand. Ganz ehrlich, Herr, wir konnten nichts machen.«
»Wer war der andere?« rief Branquier. »Um Gottes willen, Mann! Wir haben zwei Mitglieder unseres Ordens verloren!«
»Der eine war Sir Bartholomew«, sagte der Sergeant, »und der andere, glaube ich, Scoudas.«
De Molay fluchte leise und ging weg. Corbett trat beiseite. Die rußgeschwärzten Templer wuschen sich mit ein paar Eimern Wasser aus dem Brunnen. Die Sonne ging auf und schien schon ziemlich stark. In einiger Entfernung warteten de Molay und seine Kommandanten darauf, daß das Gebäude gefahrlos wieder zu betreten war. Endlich meldete ein Sergeant, daß das Feuer ganz gelöscht sei. De Molay befahl seinen Gefährten zu warten und gab Corbett und Ranulf ein Zeichen. Gemeinsam gingen sie in den rußgeschwärzten, stinkenden Korridor. Wände und Dielen waren angesengt. Sie erreichten Baddlesmeres Kammer. Corbett war überrascht, daß die Hitze so intensiv gewesen war. Die Kammer erinnerte an ein vollkommen geschwärztes Beinhaus. Der Fußboden war knöcheltief mit Asche bedeckt. Von Bettzeug, Möbeln und Wandschmuck existierten nur noch ausgeglühte Fragmente. Die Decke war nicht mehr

vorhanden. Sie schauten in das darüberliegende Zimmer, in dem die Flammen ebenfalls gewütet und alles zerstört hatten.

»Sind die Balken sicher?« fragte Corbett.

»Wir bauen immer solide«, antwortete de Molay. »Feuer ist eine große Bedrohung. Drei, wahrscheinlich sogar vier Zimmer müssen komplett erneuert werden.«

Corbett ging dorthin, wo das Bett einmal gestanden hatte. Von den beiden toten Templern war kaum noch etwas übrig. Zwei verkohlte Skelette, die nach dem Inferno niemandem mehr eindeutig zuzuordnen waren. Trotz der Asche und der Erde, die man zum Löschen verwendet hatte, kniete de Molay nieder und bekreuzigte sich. Tränen liefen über sein Gesicht.

»Requiem aeternam dona eis Domine«, stimmte er an. »Herr, gebe ihnen die ewige Ruhe und lasse dein ewiges Licht über ihnen scheinen.« Er segnete die beiden Toten mit ausgebreiteten Armen. »Wende dein Gesicht nicht von ihnen ab«, betete er, »und vergebe ihnen in deiner unendlichen Gnade ihre Sünde.« Er stand auf, stolperte und wäre hingefallen, hätte Corbett ihn nicht aufgefangen. De Molay hob den Kopf. Corbett war entsetzt. Der Großmeister schien um Jahre gealtert, sein Gesicht war grau, sein Mund stand offen, und er hatte den Gesichtsausdruck eines Kindes, das sich verlaufen hat.

»Was geht hier vor, Corbett?« flüsterte er heiser. »Um Gottes willen, was geht hier vor? Das mit dem Feuer ist schon schrecklich genug, aber jetzt auch noch Bartholomew? Ein guter Soldat. Daß er im Bett sterben mußte mit einem anderen Mann neben sich – wie wird der ewige Weltenrichter darüber urteilen? Welch schrecklichen Schaden diese Geschichte dem Ruf unseres Ordens zufügen wird!«

Er befreite sich aus Corbetts Griff und schwankte auf die Tür zu. Corbett gab Ranulf ein Zeichen, ihn zu stützen. Der Großmeister schlurfte wie ein alter Mann auf den Gang. Dort lehnte er sich gegen die Wand und schloß die Augen.

»Ich habe die Gerüchte auch gehört«, flüsterte er. »Man freundet sich an. Manchmal suchen wir, da wir keine Söhne haben können, jemanden, den wir gerne als Sohn gehabt hätten. Vielleicht war das auch bei Bartholomew so. Jetzt hat ihn das Urteil Gottes erreicht. Die Macht des Bösen ist sichtbar geworden.«
Corbett wischte sich Ruß und Asche aus dem Gesicht. »Unsinn! Baddlesmere und sein Gefährte wurden ermordet. Ihr Tod war geplant.«
»Aber Gerüchte werden sich unter den Übelwollenden verbreiten.« De Molay schaute ihn mit glasigen Augen an. »Er hat die Karten verteilt.«
»Haltet endlich den Mund!« schrie Corbett.
Der Großmeister schaute zu Boden. Ein paar Minuten schluchzte er, dann wischte er sich mit dem Ärmel über die Augen und griff wie ein Blinder nach Corbetts Arm. Er schwankte den Gang entlang auf das Portal zu. Draußen beachtete er seine Gefährten nicht weiter, sondern ging in Begleitung von Corbett und Ranulf langsam zurück zu seinem Zimmer. Dort schien er sich etwas zu erholen. Er hielt seinen Kopf in eine Schale mit Wasser und wusch sich dann Schweiß und Schmutz von Gesicht und Händen. Anschließend goß er Wein in drei Pokale und hielt Ranulf und Corbett je einen hin. Er entschuldigte sich dafür, daß er schon so früh trinke, zitierte aber Paulus, daß etwas Wein gut für den Magen sei. Dann saß er einfach eine Weile da und schaute mit offenem Mund aus dem Fenster. Ab und zu nahm er einen Schluck aus seinem Pokal. Ranulf schaute Corbett an, aber dieser schüttelte den Kopf und legte einen Finger an die Lippen. Die Tür wurde geöffnet. Branquier, Symmes und Legrave kamen auf leisen Sohlen herein und setzten sich. Schließlich seufzte de Molay, drehte sich um und schaute Corbett direkt an.
»Es war also kein Unfall?«
»Nein«, antwortete Corbett. »Mord.«

»Aber wie?« rief Symmes. »Ich habe mir gerade die Reste des Schlosses und der Riegel angeschaut, Großmeister. Der Schlüssel war regelrecht von innen im Schloß festgeschweißt, die Riegel oben und unten waren vorgeschoben.«
»Und was ist mit dem Fenster?« fragte Ranulf. »Wenn das offen war, hätte jemand ein brennendes Holzscheit hindurchwerfen können.«
»Das habe ich überprüft«, entgegnete Symmes. »Die Sergeanten, die draußen Dienst taten, sagen, daß die Läden vor Bartholomews Fenster fest geschlossen gewesen seien.«
Alle sprachen nur über das Feuer. Niemand wagte die Umstände zu erwähnen, unter denen Baddlesmeres gestorben war.
»Die Flammen waren so stark«, rief de Molay, »es brannte wie tausend Feuer. Was auf Gottes Erde hat ein solches Feuer nur verursachen können?« Er machte eine wegwerfende Handbewegung. »Unfälle passieren. Kerzen fallen auf die Binsen auf dem Fußboden, eine Öllampe kippt. Dieses Feuer hatte jedoch einen rasenden Verlauf!« Er schüttelte den Kopf. »So etwas kann es einfach nicht gewesen sein.«
»Und wenn ein solcher Unfall passiert wäre«, fragte Corbett, »warum haben Baddlesmere und sein Gefährte nicht selbst Alarm geschlagen und die Flammen gelöscht?«
»Wenn man dem Sergeanten glauben kann«, sagte Legrave, »dann waren Baddlesmere und Scoudas entweder bewußtlos oder tot.«
»Sie liebten sich.« Symmes verzog angewidert das Gesicht. »Sie starben bei ihrer Sünde.« Seine Stimme war schrill.
»Darüber wird Gott richten«, entgegnete Corbett. »Mich beschäftigt, wie sie starben. Fenster und Tür waren verschlossen. Wie konnte also jemand in das Zimmer eindringen und ein solches Inferno verursachen?« Er schaute die anderen an. »Ist gestern abend irgend etwas Außergewöhnliches passiert?«

Seine Frage wurde mit Kopfschütteln und gemurmelten Verneinungen beantwortet.
»War Baddlesmere ...« Corbett hielt inne, um seine Frage vorsichtiger zu formulieren. »War seine Liaison mit Scoudas allgemein bekannt?«
»Es waren Gerüchte im Umlauf«, entgegnete Symmes. »Ihr wißt schon, diese Art von Klatsch, die es in jeder geschlossenen Gemeinschaft zuhauf gibt ...«
Er brach ab, da es an der Tür klopfte. Ein Sergeant trat eilig ein. Er flüsterte etwas in Branquiers Ohr, legte ihm ein Paar Satteltaschen zu Füßen und ging wieder. Branquier öffnete vorsichtig die Riemen. Er schüttete den Inhalt in seinen Schoß. Die anderen sahen ihm neugierig zu.
»Die Taschen gehören Scoudas«, erklärte Branquier. »Ich hatte den Sergeant gebeten, alles zu bringen, was er in seinem Zimmer findet.«
Er hielt einen Stahlring hoch, der an einem Stiel befestigt war. Corbett erkannte den Gegenstand als das Visier einer Armbrust, wie es von routinierten Schützen verwendet wurde. Alles andere war eher belanglos – ein Messer, eine Messerscheide und einige Pergamentstücke. Branquier entfaltete sie, fluchte und gab sie an Corbett weiter.
Auf dem ersten war eine Skizze, der Stadtplan von York: Trinity Lane, die Straße, die der König entlanggeritten war, mit ihren Häusern. Das Gebäude, in dem Murston gewartet hatte, war mit einem Kreuz markiert.
»Das ist die Handschrift von Baddlesmere«, erklärte Branquier, »auf den anderen Blättern auch.«
Corbett starrte auf die kleine Schrift und die verhängnisvolle Botschaft.

Wisse, daß wir kommen und gehen, wie es uns beliebt, und daß Du uns nicht daran hindern kannst.

Wisse, daß Dir all Dein Besitz abhanden kommt und schließlich uns zufällt.
Wisse, daß wir Macht über Dich besitzen und daß das so sein wird, bis wir unsere Mission erfüllt haben.

»Die Warnung der Assassinen.« Corbett legte das Pergament vor dem Großmeister auf den Tisch. De Molay betrachete es eingehend.
»Könnte es sich bei dem Mörder um Baddlesmere handeln, Sir Hugh?« fragte er. »Erinnert Euch, am Morgen unserer Ankunft in York war er mit Scoudas zusammen.«
»Aber er ist doch mit uns nach Framlingham zurückgeritten«, wandte Symmes ein. »Er war nicht in York, als Corbett seine Warnung erhielt und mit knapper Not den Pfeilen des Attentäters entging.«
»Das ist wahr«, erwiderte de Molay, »aber Scoudas war noch in York. Er kam erst am späten Nachmittag nach Framlingham zurück. Außerdem stammte er aus Genua und war zum Armbrustschützen ausgebildet.«
»Und das hier«, Branquier hielt ein vergilbtes Stück Pergament hoch, das ebenfalls in der Satteltasche war, »ist eine Quittung mit Unterschrift. Er bestätigt den Empfang einer bestimmten Geldsumme.«
»Wollt Ihr damit sagen«, Corbett schaute auf die Quittung und gab sie an de Molay weiter, »daß Baddlesmere und sein Liebhaber Scoudas die Mörder waren?«
»Das scheint mir plausibel«, antwortete Branquier.
»Das stimmt«, sagte de Molay. »Baddlesmere war unzufrieden. Er kannte die Assassinen und ihre Geheimnisse. Er hatte an den Sitzungen des Großkapitels in Paris teilgenommen, nach denen Philipp von Frankreich angegriffen wurde. Er hielt sich in London auf, als die Botschaft der Assassinen an das Portal der St. Pauls Kathedrale geheftet wurde. Er wußte, wann genau der

König nach York reiten und welche Route er wählen würde. Scoudas, sein Liebhaber, zahlte Murston, der ein außergewöhnlich dummer Mensch war, eine große Geldsumme. In den Satteltaschen von Scoudas liegen Abschriften der Drohung der Assassinen sowie eine Kartenskizze von York. Und schließlich und endlich war Scoudas ein erfahrener Armbrustschütze.«
»Aber warum?« fragte Corbett. »Warum ist das Feuer in Baddlesmeres Zimmer ausgebrochen? Und warum haben er und Scoudas nicht versucht zu entkommen?«
»Diese Frage kann ich nicht beantworten«, sagte der Großmeister. »Vielleicht kannten sie ein Geheimnis, irgend etwas ging schief, und der Rauch überwältigte sie.«
»Hat jemand von Euch Baddlesmere gestern abend gesehen?« wollte Corbett wissen.
»Ja, ich«, antwortete Branquier. »Wir aßen zusammen.« Er lächelte schwach. »Wir tranken den letzten Rest von dem hervorragenden Wein, den Ihr mitgebracht hattet. Baddlesmere hatte eine Schwäche für Wein. Er nahm immer einen kleinen Krug mit auf sein Zimmer.«
»Und Scoudas?« fragte Ranulf.
»Sir Hugh«, rief Legrave, »wir sind eine Gemeinschaft von Kriegern. Wir haben unsere Gelübde abgelegt und unterliegen einer eisernen Disziplin. Trotzdem sind wir freie Menschen. Unser Orden ist unsere Familie. Es bilden sich Freundschaften. Wir mischen uns nicht in Privatangelegenheiten ein. Wir haben auch so genug Ärger, ohne daß wir ständig jeden einzelnen kontrollieren.«
»Darf ich diese Pergamentstücke an mich nehmen?« fragte Corbett und erhob sich.
De Molay gab sie ihm. Corbett verabschiedete sich unvermittelt und ging zurück ins Gästehaus.
»Glaubt Ihr das alles?« fragte Ranulf, der versuchte Schritt zu halten.

»Möglich wäre es«, antwortete Corbett. »Es ergäbe schon einen Sinn. Scoudas war in York, als ich bedroht und angegriffen wurde. Ich glaube dem Großmeister. Diese Kartenskizze von York und die Warnungen der Assassinen sind von Baddlesmeres Hand. Aber warum gab er sie Scoudas? Warum waren sie nicht besser versteckt?«
»Vielleicht war Scoudas ja sein Bote?«
»In diesem Fall gibt es drei Möglichkeiten«, sagte Corbett, als sie ihr Zimmer betraten. »Erstens: Scoudas und Baddlesmere waren die Mörder und starben bei einem fürchterlichen Unfall. Dafür spricht einiges. Wir haben ein paar Beweisstücke, aber keine Erklärung dafür, wie das Feuer ausbrechen konnte.« Corbett ging zum Tisch und legte die Pergamentfetzen darauf. »Zweitens: Bartholomew und Scoudas waren Teil einer Verschwörung, also könnten weitere Männer hier im Herrenhaus oder sonstwo an diesem Hochverrat beteiligt sein.«
»Und drittens?« fragte Ranulf.
»Baddlesmere und Scoudas wurden ebenfalls Opfer eines Verbrechens, und der eigentliche Mörder, Sagittarius, ist immer noch auf freiem Fuß. Nun«, Corbett setzte sich an den Tisch, »warten wir die Rückkehr von Claverley und Maltote ab.« Er grinste Ranulf an. »Du kannst jetzt zum Würfeln gehen oder sonstwas tun. Ich bin erst einmal eine Weile beschäftigt.«
Einen Moment lang stand Ranulf unschlüssig da, dann lief er im Zimmer auf und ab und schaute aus dem Fenster. Er murmelte, daß Maltote Glück gehabt habe, diesen elenden Ort verlassen zu dürfen. Schließlich befahl ihm Corbett, zu schweigen und endlich zu gehen, was Ranulf auch tat. Corbett arbeitete weiter an einem Brief. Dann warf er verärgert die Feder auf den Tisch. Mord, Hochverrat, versuchter Königsmord, Päderastie und vielleicht Schwarze Magie. Er stand auf, begab sich zur Tür und verriegelte sie. Corbett wußte genau, wie Edward reagieren würde. Er würde einen Wutanfall bekommen, aber seine Ratge-

ber würden ihm eine pragmatische Vorgehensweise empfehlen, vermutlich, alle Häfen für die Templer zu schließen und ihre bewegliche Habe und ihren Grundbesitz zu beschlagnahmen.
Corbett ließ den Brief halb fertig liegen und verbrachte die nächsten beiden Stunden damit, alles niederzuschreiben, was bisher passiert war und was er gesehen und gehört hatte, seit die Mißlichkeiten begannen. Das führte jedoch zu nichts, und er wandte sich wieder den Pergamentfetzen zu, die er auf Bruder Odos Schreibpult gefunden hatte, und denen, die in Scoudas' Satteltaschen waren. Corbett las die Warnungen der Assassinen erneut. Die erste, die an der Tür der St. Pauls Kathedrale gehangen hatte, die zweite, die man ihm in York zugesteckt hatte, die dritte, die er von Claverley erhalten hatte, und die vierte aus Scoudas' Satteltasche. Corbett stand auf und reckte sich. Und was war mit der fünften? Richtig, der Angreifer in der Bibliothek. Corbett nahm eine Feder und schrieb auch diese auf. Dann betrachtete er alle fünf und ganz besonders die letzte, las sie wieder und wieder, da seine Neugier geweckt war. Da gab es einen Unterschied. Er hatte ihn auch schon früher bemerkt. Aber hatte er etwas zu bedeuten? Corbett biß sich aufgeregt auf die Unterlippe. Die Warnung, die er von Claverley erhalten hatte, und die, die er in York bekommen hatte, unterschieden sich von den anderen. Diese lauteten:

Wisse, daß wir kommen und gehen, wie es uns beliebt, und daß Du uns nicht daran hindern kannst.
Wisse, daß Dir all Dein Besitz abhanden kommt und schließlich uns zufällt.
Wisse, daß wir Macht über Dich besitzen und daß das so sein wird, bis wir unsere Mission erfüllt haben.

Die Notiz, die er von Claverley erhalten, und die, die er in York erhalten hatte, lauteten folgendermaßen:

Wisse, daß Dir all Dein Besitz abhanden kommt und schließlich uns zufällt.
Wisse, daß wir kommen und gehen, wie es uns beliebt, und daß Du uns nicht daran hindern kannst.
Wisse, daß wir Macht über Dich besitzen und daß das so sein wird, bis wir unsere Mission erfüllt haben.

Warum diese unterschiedliche Reihenfolge, fragte sich Corbett. Ein banaler Irrtum? Er ging ans Fenster und schaute auf den Hof. Die Templer-Soldaten waren eifrig damit beschäftigt, den Schutt aus den ausgebrannten Zimmern zu schaffen. Konnte es wirklich nur ein Fehler sein? Aber wenn es kein Fehler war, was hatte es dann zu bedeuten?
»Nehmen wir mal an«, murmelte Corbett, »daß wir es mit drei Verschworenen zu tun haben. Murston, Baddlesmere und Scoudas. Würde das erklären, warum die Warnungen zweimal eine andere Reihenfolge hatten?«
Corbett begab sich zum Lavarium und kühlte sein Gesicht mit kaltem Wasser. Er schaute in das schmutzige Naß. Er war so in Gedanken gewesen, daß er immer noch die Spuren von Rauch und Feuer im Gesicht hatte. Danach ging er auf den Korridor und bat einen Sergeant, frisches Wasser zu bringen. Der Mann kam seiner Bitte nach. Corbett entkleidete sich, rasierte sich vor einem kleinen Spiegel aus Stahl und zog frische Sachen an. Er dachte noch über das Problem nach, als er in die Küche hinunterging. Hier ließ er sich Brot und Käse und einen Krug Ale geben. Niemand beachtete ihn. Die Morde, die heimlichen Skandale, die harte Arbeit, den Brand unter Kontrolle zu bringen, hatten die Templergemeinschaft ziemlich mitgenommen. Ranulf kam ebenfalls in die Küche. Auf seiner rußgeschwärzten Stirn standen Schweißperlen.
»Gutes Spiel?« fragte Corbett.
Sein Diener grinste.

»Du siehst mehr denn je wie ein Kobold aus der Hölle aus. Sei vorsichtig, Ranulf«, sagte Corbett. »Es könnte jemand auf die Idee kommen, deine Würfel näher zu untersuchen.«
»Ich würfle immer ganz ehrlich«, entgegnete Ranulf.
»Ja, und es geschehen immer noch Wunder«, meinte Corbett.
Ranulf ging, um sich zu waschen und umzuziehen. Corbett beendete sein Mahl und setzte sich dann auf eine Bank aus Stein vor dem Herrenhaus. Er genoß die Wärme der Sonne und dachte weiter über die Warnungen nach. Er versuchte sich an etwas zu erinnern, was nicht gestimmt hatte. Sosehr er sich jedoch auch bemühte, es gelang ihm nicht. Er schloß die Augen, entspannte sich und dachte an Maeves letzten Brief.
»Du mußt nach Hause kommen«, hatte sie geschrieben. »Du fehlst Eleanor. Uncle Morgan schwört, daß Du in jeder Stadt ein schönes Mädchen hast. Ich liege Nacht für Nacht wach und hoffe, daß ich am nächsten Morgen die aufgeregten Rufe der Diener höre und daß Du zurückkommst.«
»Sir Hugh?«
Corbett riß die Augen auf. Claverley schaute ängstlich auf ihn hinunter.
»Roger!«
Der Vertreter des Sheriffs verzog sein häßliches Gesicht zu einem Lächeln.
»Wie lange seid Ihr schon da?« wollte Corbett wissen.
»Ich habe mein Pferd in den Stall gestellt und bin zu Eurem Zimmer gegangen. Dort war jedoch nur Ranulf.« Claverleys Miene wurde mit einmal ernst. »Er hat mir die Neuigkeiten mitgeteilt.« Der Vertreter des Sheriffs setzte sich neben Corbett auf die Bank. »Dieser Ort gleicht mehr und mehr einem Leichenhaus«, murmelte er. »Und wenn sich das alles herumspricht ...«
»Was ist geschehen?« fragte Corbett.
»Wir haben Eure Befehle bereits bekommen. Jeder Templer,

der in der Stadt York angetroffen wird, soll sofort festgenommen werden. In der Gilde spricht man hinter vorgehaltener Hand darüber, der König habe Boten zu allen Hafenmeistern geschickt, daß alle Templer, die an Land gehen wollen, festgehalten werden. Weiterhin sollen sämtliche Briefe und Schriftstücke mit ihrem Siegel beschlagnahmt werden. Außerdem hat jeder Templer, der versucht, das Land zu verlassen, sein Leben verwirkt.«

Corbett erhob sich. »Ich hoffe nur, daß der König weiß, was er tut. Die Templer unterstehen direkt dem Papst. Jeder Angriff auf sie«, bemerkte er trocken, »wird als Angriff auf den Stellvertreter Christi persönlich gesehen.« Corbett hakte sich bei Claverley ein, und zusammen gingen sie ins Herrenhaus zurück. »Dem König sind die Templer vollkommen egal«, fuhr er fort, »er und seine großen Herren würden sich nur gerne ihren Besitz unter den Nagel reißen. Wie auch immer, Claverley, was habt Ihr sonst noch für mich?«

Claverley reichte ihm eine kleine Pergamentrolle.

»Zu den schlechten Neuigkeiten gesellen sich noch schlechtere«, sagte er. »Ich habe meine Schreiber beauftragt, alle aufzulisten, die Zugang zu einer Schmiede haben, die Waren nach York einführen dürfen und die eine Baugenehmigung beantragt haben.«

»Und?« fragte Corbett und führte Claverley in sein Zimmer.

»Seht selbst.«

Corbett rollte das kleine Pergamentstück auf. Alle drei Listen waren sehr kurz. Corbett erkannte die Namen einiger der in York führenden Ratsherren und Kaufleute, unter ihnen Hubert Seagrave, Weinhändler und Eigentümer der Greenmantle Tavern. Der einzige Name, der jedoch auf allen drei Listen auftauchte, war der des Templerordens. Sie besaßen Schmieden in York, hatten das Recht, Lebensmittel und sonstige Waren in die Stadt einzuführen, und verfügten über Miet- und andere Wohn-

häuser, die ihrem Verwalter, dem inzwischen verblichenen Sir Guido Reverchien, unterstanden. Er hatte offensichtlich beim Bürgermeister und beim Rat um die Erlaubnis nachgesucht, diese Gebäude zu renovieren und neue zu bauen. Corbett stöhnte und warf das Pergament aufs Bett.
»Das hilft uns auch nicht weiter!« rief er.
Claverley reichte ihm eine Goldmünze. »Ich habe außerdem Mistress Jocasta aufgesucht. Sie dankt Euch für das Geschenk, aber in Anbetracht ihrer Lebensgeschichte hielt sie es für besser, es zurückzuschicken. Sie bittet Euch, die Münze genau anzusehen, besonders den Rand.«
Corbett kam der Bitte nach und sah Spuren roter Farbe.
»Wo kommt die her?« wollte er wissen und kratzte mit dem Fingernagel daran herum. Sie ließ sich ablösen.
»Mistress Jocasta glaubt, daß es sich um Wachs handelt. Weiterhin meint sie, daß das Gold sehr alt ist.« Claverley setzte sich auf einen Hocker und löste seinen Schwertgürtel. »Offensichtlich ist es bei Gold ähnlich wie bei Gewebe. Es gibt unterschiedliche Strukturen und Herkunftsorte. Dieses hier ist weich, sehr wertvoll und heute kaum noch auf dem Markt.«
»Aber warum sollten die Templer Münzen prägen?« fragte Corbett.
»Das weiß ich nicht, Sir Hugh. Vielleicht sind sie bankrott und fangen an, ihre Goldbarren einzuschmelzen. Vielleicht haben sie aber auch einen Schatz gefunden, den sie nicht beim König abliefern wollen. Ich bin geritten, was das Zeug hielt, Sir Hugh, und die Straße war staubig ...«
Corbett entschuldigte sich und goß ihm einen Becher Wein ein. Er war kaum damit fertig, als Ranulf ins Zimmer stürzte. Er erklärte lautstark, daß er überall nach ihnen gesucht habe, vergaß aber, noch weiter zu klagen, als ihm Corbett ebenfalls einen Becher Wein reichte.
»Gott sei Dank seid Ihr gekommen, Claverley!« rief Ranulf

zwischen hastigen Schlucken. »Wie ich schon gesagt habe, daß hier ist das reinste Leichenhaus, ein Schlachtfeld.«

»Habt Ihr Euch danach erkundigt, was die Templer am Morgen des Angriffs auf den König in York unternommen haben?« fragte Corbett.

»Ja, das ergab jedoch nicht viel. Offensichtlich verließ einer von ihnen die Stadt vor den anderen.«

»Ja, das war Branquier.«

»Und eine der Wachen von Botham Bar kann sich genau daran erinnern, wie sich der Großmeister und die anderen getroffen haben und wie sie weggeritten sind.«

»Aber was haben sie vorher gemacht?«

Claverley konnte auch das erklären. »Der Einäugige, Symmes, verbrachte einen großen Teil der Zeit in der Schenke und schaute die Dirnen an. Er war an diesem Morgen jedoch an mehreren Orten, in mehreren Schenken.«

»Und der Verblichene, Baddlesmere?«

»Einige der Aufseher, die auf dem Markt beschäftigt sind, können sich an ihn erinnern. Er lief zwischen den Ständen herum. Sie sahen ihn ganz sicher mit einem jungen Sergeant dort stehen, als Murstons Leichnam aufgeknüpft wurde.«

»Und der Großmeister und Legrave?«

»De Molay suchte einen Goldschmied auf, aber Legrave wartete die meiste Zeit vor dem Haus. Es liegt im Quartier der Handschuhmacher, und einige der Ladenbesitzer erinnern sich, daß er Einkäufe erledigte. Sie hatten ebenfalls den Eindruck, daß er den Eingang des Hauses bewachte, während sich de Molay darin aufhielt.«

»Also hätte jeder von ihnen Gelegenheit gehabt, zur Schenke an der Trinity Lane zu gehen, in der Murston wartete?«

»Ja, das hätte jeder von ihnen tun können«, antwortete Claverley. »Dann ist da noch etwas.« Claverley nahm einen Schluck aus seinem Becher. »Die Wachen bei Botham Bar können sich erinnern, wie ein Templer-Sergeant am späten Nachmittag die Stadt verlassen hat, und zwar derselbe junge blonde, den sie bereits mit Baddlesmere gesehen hatten. Er ritt sehr schnell und brüllte die Leute an, aus dem Weg zu gehen.«

Corbett seufzte. »Das war dann wohl Scoudas. Und der ist auch tot. Wir wissen also jetzt, daß alle Templer, einschließlich Baddlesmere, in York waren, als der König angegriffen wurde. Wir wissen, daß sie alle auf eigene Faust unterwegs waren, sich aber bei Botham Bar trafen und die Stadt verließen, noch ehe ich die Drohung auf der Ouse Bridge erhielt. Sie waren ganz sicher schon außer Reichweite, als aus einem Hinterhalt mit der Armbrust auf mich geschossen wurde. Der einzige Templer, der sich zu diesem Zeitpunkt in York befand, war Scoudas.«

Corbett setzte sich auf die Bettkante. War es möglich, überlegte er, daß die Männer, die hinter diesen Anschlägen steckten, also Baddlesmere und Scoudas, bereits tot waren? Hatte Baddlesmere deswegen die Stadt mit de Molay verlassen, um ein Alibi zu haben, während sein Freund und Liebhaber Scoudas den Überfall ausführte? Wenn das der Fall war, Corbett hatte Mühe, seine Erregung zu unterdrücken, dann würde es keine weiteren Morde geben, und er konnte das dem König berichten. Er sah seine beiden Gefährten an.

»Laßt mich eine Weile allein, ja?« murmelte er.

Claverley leerte seinen Becher. »Ich habe noch eine Nachricht für Euch.«

»Ja?«

»Ein Aussätziger, ein unbekannter Ritter, stirbt gerade im Spital der Franziskaner. Er behauptet, Templer zu sein, und wünscht mit Euch zu sprechen.«

»Ein Templer, ein Aussätziger!« rief Ranulf. »Könnte das der geheimnisvolle Reiter mit Kapuze aus dem Wald an der Straße nach Botham Bar sein?«

Claverley zuckte mit den Schultern.

Corbett lächelte schwach. »Ranulf wird Euch begleiten. Aber geht nicht zu weit. Möglicherweise müssen wir schnell aufbrechen.«

Als die beiden das Zimmer verlassen hatten, versuchte Corbett seine Gedanken zu ordnen. Alles sprach dafür, daß Baddlesmere der Schuldige war, und doch stimmte da etwas nicht. Es ging ihm aber so viel im Kopf herum, daß er nicht darauf kam. Er würde ganz sicher nach York reiten und den Aussätzigen im Spital aufsuchen. Er nahm die Liste, die ihm Claverley gegeben hatte, zog die Goldmünze aus seinem Geldbeutel und schaute auf das rote Wachs auf dem Rand, dann griff er zerstreut nach seinem Becher. Mitten in der Bewegung hielt er inne und dachte an das Weinfaß, das er nach Framlingham mitgebracht hatte. Er sah erneut auf die Liste.

»Natürlich!« sagte er halblaut. »In vino veritas!«

11

Hubert Seagrave, Schankwirt und Weinhändler des Königs, wischte sich über sein schweißbedecktes Gesicht. Er war aschfahl geworden. Entsetzt schaute er Sir Hugh Corbett an, der am anderen Ende seines Kontors saß. Roger Claverley, der Vertreter des Sheriffs, hatte zur Linken des Bevollmächtigten Platz genommen. Corbetts katzenäugiger Diener stand hinter ihnen. Seagrave blickte auf die Goldmünze, die auf dem Tisch lag.
»Natürlich, natürlich«, stammelte er, »habe ich schon solche Münzen gesehen. Pures Gold.« Er schaute verzagt auf seine ebenfalls bleiche Frau und seine kleinen Söhne, die ihn ängstlich anblickten.
»Schließ die Tür, Ranulf«, sagte Corbett. »Also, Master Seagrave.« Der Bevollmächtigte schob seinen Stuhl näher an den Kontortisch heran und bewunderte die Intarsien der Tischplatte, ein schwarzweißes Schachbrettmuster. »Ich werde noch einmal von vorne anfangen. Diese Münze und andere wie diese sind nicht die Arbeit eines unbedeutenden Fälschers, sondern eines reichen und mächtigen Mannes. Dieser Mann entdeckte einen Schatz, der rechtmäßig der Krone zufallen würde, aber er entschloß sich, das Gold im Schmelzofen seiner Schmiede einzuschmelzen und Münzen daraus zu prägen. Er gebrauchte dafür dieselben Formen, die er auch für die roten Wachssiegel verwendet, mit denen er seine Waren versiegelt. Nur ein Dummkopf würde mit diesen Münzen auf den Markt gehen und Waren von ausländischen Kaufleuten kaufen. Er erstand also seine Waren mit diesen Münzen direkt von den Kaufleuten, und diese

gingen dann auf den Markt von York, um ihrerseits mit diesem Gold ihre Einkäufe zu tätigen. Der Sinn dieses Tricks liegt auf der Hand: Der Krone entgeht ein Schatz, mit dessen Hilfe der Kaufmann seinen Reichtum mehrt, und vier oder fünf ausländische Kaufleute verwenden das Gold, um damit Waren zu kaufen, die sie in ihre Heimat mitnehmen. Wer würde ihnen jemals auf die Spur kommen? Wer würde außerdem jemals eine Frage stellen? Die Händler von York sind nur zu erfreut, solides Gold in ihre Truhen fließen zu sehen, und vergessen darüber alles andere.«

Corbett hielt inne und nahm einen kleinen Schluck von dem hervorragenden Wein, den ihnen Seagrave in der Erwartung vorgesetzt hatte, der Bevollmächtigte käme zu einem Höflichkeitsbesuch.

»Nun«, Corbett tippte sich auf die Brust, »ich habe einen Fehler begangen. Ich dachte, die Templer seien die Schuldigen. Sie stellen immerfort Anträge, ihre Häuser in York ausbauen zu dürfen. Sie besitzen die Erlaubnis, Waren aus dem Ausland einzuführen, und überdies eigene Schmieden. Aber aus welchem Grund sollten die Templer den Ärger des Königs auf sich ziehen wollen?«

Corbett machte wieder eine Pause. Der dicke Kaufmann tat ihm wirklich leid. Seine Geldgier hatte einfach die Oberhand gewonnen. »Dies alles trifft jedoch auch auf Euch zu, Master Seagrave. Ihr besitzt mindestens zwei Schmieden in der Nähe der Greenmantle Tavern. Ihr habt außerdem einen Antrag gestellt, ein benachbartes unbebautes Grundstück bebauen zu dürfen. Bevor ich Framlingham verließ, habe ich die Bücher des Verwalters studiert. Ihr bietet für das Grundstück neben Eurer Schenke einen Preis, der weit über dem Marktwert liegt.«

Seagrave öffnete den Mund, barg dann aber das Gesicht in seinen Händen.

»Ich bin fälschlicherweise davon ausgegangen«, fuhr Corbett

unerbittlich fort, »der Schuldige müsse über die Berechtigung verfügen, Waren aus dem Ausland einzuführen. Als Weinhändler des Königs in seiner privilegierten Stadt York benötigt Ihr diese Berechtigung jedoch nicht. Die Schiffe anderer Länder bringen den Wein die Ouse hinauf, die Fässer werden entladen, und Ihr zahlt mit diesen Goldmünzen.«

»Der brachliegende Acker soll Euch auch gar nicht als Bauland dienen«, ergriff jetzt Ranulf das Wort, »sondern Ihr vermutet dort einen weiteren Schatz.«

»Ihr habt jedoch einen Fehler gemacht«, sagte Corbett. »Die Gußformen, die Ihr für Eure Wachssiegel benutzt, habt Ihr auch zum Prägen der Münzen verwendet. An einigen der Münzen finden sich an den Rändern noch Wachsspuren.«

»Ich bin nicht der einzige Kaufmann hier«, murmelte Seagrave, ohne den Kopf zu heben. Er wischte mit den Händen über den Tisch. Sie hinterließen Schweißspuren.

»Master Seagrave«, erhob jetzt Claverley die Stimme, »Ihr seid ein bedeutender Bürger dieser Stadt. Ein Kaufmannsprinz. Eure Schenke ist berühmt, und das nicht nur in York, sondern weit über die Stadtgrenzen hinaus. Ihr seid hier geboren und aufgewachsen. Ihr kennt die Erzählungen darüber, daß schon die Römer hier eine große Stadt hatten und daß in den Zeiten vor Alfred die Wikinger diese Stadt in eine gewaltige Festung verwandelten, in der sie ihre Beute aufstapelten. Solche Schätze sind nicht selten, hier und da findet man einen Becher oder ein paar Münzen. Was aber habt Ihr gefunden?«

»Wir können auch gehen«, meinte Corbett, »und mit den Soldaten des Königs wiederkommen. Sie werden diese Schenke auseinandernehmen und alles umgraben.« Er lehnte sich an den Tisch. »Master Seagrave, schaut mich an!«

Der Kaufmann blickte ängstlich auf. »Es war so einfach«, murmelte er, »es kamen immer neue Kaufleute. Ich wußte, daß sie nichts sagen würden. Wer wehrt sich schließlich schon dage-

gen, in reinem Gold bezahlt zu werden, Sir Hugh? Aber Ihr habt Wachs am Rand der Münze gefunden?«
Corbett nickte.
»Der Himmel mag wissen, wie das da hinkam.« Seagrave erhob sich und schob seinen Stuhl zurück. Als Claverley an seinen Dolch faßte, lächelte er säuerlich. »Keine Sorge, Claverley, ich werde schon nicht fliehen oder irgendeine andere Dummheit begehen. Ich will Euch nur zeigen, was ich gefunden habe.«
Der Kaufmann verließ das Kontor. Einige Minuten später kam er mit einer kleinen Truhe wieder zurück, die etwa zwei Ellen lang und eine Elle hoch war. Er schwankte unter ihrem Gewicht. Mit einem Knall stellte er sie auf den Tisch und warf den Deckel zurück.
»Du meine Güte!« rief Ranulf und starrte auf die Goldmünzen, die vor ihm aufgehäuft lagen.
»Da ist noch mehr«, sagte Seagrave.
Er ging wieder nach draußen und kam mit einem Ledersack zurück. Er knotete die Schnur auf, mit der er zugebunden war, und kippte die Kostbarkeiten auf den Tisch: eine goldene Pyxis, über und über mit Edelsteinen besetzt, ein Trinkhorn, das mit Perlmutt verziert war, zwei kleine Kelche aus schwerem Silber, ein Agnus Dei aus Jade, ein Brustkreuz, in dessen vier Kreuzarmen Amethyste funkelten.
»Ein unermeßlicher Reichtum. Ich fand das alles vor ungefähr drei Monaten, als die Bauleute im Garten gruben«, berichtete Seagrave. »Sie mußten wegen des Schnees und des Frosts eine Pause machen. Ich untersuchte die Grube, und meine Kinder spielten in einem der Gräben. Sie zogen einen Pflasterstein weg, der mit seltsamen Zeichen versehen war. Ich gesellte mich zu ihnen und sah mir das genau an.« Seagrave dachte eine Weile nach. »Ich weiß nicht, ob es sich um ein Kanalisationsrohr oder um eine Wasserleitung aus Ulmenholz handelte. Ich steckte

meine Hand hinein.« Er schüttelte den Kopf. »Ich glaubte zu träumen, denn ich zog einen Beutel nach dem anderen aus dem Rohr hervor. Alle waren mit Münzen gefüllt.« Er ließ auf einmal wieder den Kopf hängen. »Eure Vermutung war falsch, Sir Hugh. Ich könnte solche Münzen beim besten Willen nicht prägen.«

»Sie sehen aber so neu aus«, entgegnete Corbett. »Das Kreuz auf beiden Seiten und das rote Wachs am Rand.«

»Ich habe die Chroniken und Geschichten der Stadt studiert«, sagte Seagrave. »York hieß früher Jorvik. Die plündernden Wikinger hatten hier ein Lager.« Er deutete auf die Kostbarkeiten, die funkelnd auf dem Tisch lagen. »Vielleicht raubte einer der Wikingerfürsten Kirchengold und schmolz es ein. Und da er abergläubisch war, prägte er auf beide Seiten ein Kreuz.«

»Kerzenhalter«, warf Claverley ein. »Sir Hugh, es muß sich um Kerzenhalter gehandelt haben. Das erklärt auch das rote Wachs.«

Corbett hob eine Handvoll Münzen hoch und ließ sie durch die Finger rinnen.

»Seltsam«, murmelte er. »Ich hielt meine Schlußfolgerung, die Münzen seien frisch geprägt, für besonders klug.«

»Sie trifft auch zu«, entgegnete Seagrave. »Wer immer diese Münzen geprägt hat, hat sie nie benutzt, sondern sie sofort mit dem Rest des Schatzes versteckt. Sie müssen ihm dasselbe Pech gebracht haben wie mir. Die hölzernen Rohrleitungen waren angekohlt und die Erde um sie herum auch. Ich wußte nicht, was ich tun sollte«, fuhr er fort. »Ich war diese ewigen Silbermünzen leid, und hätte ich sie beim Schatzamt abgeliefert, was hätte ich davon schon gehabt? Beamte des Königs hätten mich verhört, mir unterstellt, ich hätte die Münzen gestohlen, und sie hätten jede gesetzliche Finte benutzt, um den Schatz ganz behalten zu können. Wieviel davon, Sir Hugh, wäre wohl in der Schatzkammer des Königs gelandet? Die Beamten des Königs

unterscheiden sich auch nicht sonderlich von den Weinhändlern des Königs – allen juckt es in den Fingern.«
»Ihr hättet Euch direkt an den König wenden können«, sagte Corbett.
»Am Tage Eurer Ankunft«, erwiderte Seagrave, »kam mir auch dieser Gedanke. Fast hätte ich die Selbstbeherrschung verloren und alles gestanden, aber ...« Er zuckte mit den Schultern. »Ich war schon zu weit verstrickt. Ich wartete, bis der König nach York kam. Die großen Herren, der Hof, Schreiber, Gefolgsleute in Livree. So viele Fremde in der Stadt, eine passende Gelegenheit, das Gold unter die Leute zu bringen. Die königlichen Hoflieferanten waren unterwegs und erstanden alles mögliche, auf den Märkten wurde soviel verkauft wie nie.« Seagraves Gesicht verzerrte sich, und Tränen flossen ihm die aschfahlen Wangen herunter. »Jetzt habe ich alles verloren«, murmelte er.
Plötzlich wurde die Tür des Kontors aufgerissen, und Seagraves Frau trat ein. Zwei kleine Kinder klammerten sich an ihrem Rock fest.
»Was wird geschehen?« In ihrem hübschen Gesicht mischten sich Angst und Besorgnis.
»Wartet draußen, Mistress Seagrave«, bat Corbett sie. »Der König fordert seine Schätze ein, nicht das Leben eines Mannes. Was Euer Mann gemacht hat, ist verständlich.«
Als die Tür sich wieder geschlossen hatte, sagte Corbett mit sanfter Stimme zu Seagrave, der sich die Augen getrocknet hatte und ihn erwartungsvoll ansah: »Was Ihr tun müßt, Master Seagrave, ist, um eine Audienz beim König nachsuchen. Nehmt den Schatz mit. Erwähnt nicht, daß ich hier war ...« Corbett dachte nach. »Nein, erzählt ihm, ich wäre hiergewesen und Ihr hättet mich gefragt, ob es möglich sei, Seine Hoheit zu treffen.«
»Und dann?« fragte Seagrave besorgt.

»Bittet um Gnade«, fuhr Corbett fort, »und öffnet die Beutel. Glaubt mir, Master Seagrave, der König wird Euch küssen wie einen Bruder, vorausgesetzt, Ihr liefert alles ab.«
»Ihr meint ...«, sagte Seagrave.
»Verdammt noch mal, Mann!« rief Corbett. »Ihr habt Gold gefunden und einiges davon ausgegeben. Das wird man vielleicht von Eurem Anteil abziehen.«
»Dann werde ich nicht bestraft, nicht ins Gefängnis kommen?« fragte Seagrave überrascht.
Corbett erhob sich. »Master Seagrave«, antwortete er trocken. »Wenn Ihr es geschickt genug anstellt, dann werdet Ihr wahrscheinlich noch geadelt.«
Der Wirt versuchte ihn zum Bleiben zu überreden. Er wolle sich für Corbetts Großzügigkeit erkenntlich zeigen. Corbett leerte noch seinen Becher und versicherte dem aufgeregten Seagrave, seine Familie habe nichts von ihm zu befürchten.
»Wirklich?« murmelte Claverley, als sie einen Augenblick lang allein im Kontor waren.
»Mißfällt Euch etwas, Roger?« fragte Corbett mit einer gewissen Schärfe. »Seagrave war nur etwas zu habsüchtig. Wenn wir alle dafür bestrafen würden, dann hätten wir nicht annähernd genug Galgen hier im Land.« Corbett hob die Hand. »Ihr müßt über diese Sache schweigen.«
»Sir Hugh, Ihr habt mein Wort.«
Nachdem sie fertig waren, führten sie Seagrave zum Stall, in dem sie ihre Pferde stehen hatten. Der Kaufmann zupfte ängstlich an Corbetts Ärmel.
»Sir Hugh, ich muß Euch noch etwas mitteilen.«
»Es gibt weitere Schätze!« rief Corbett aus.
»Nein, an dem Tag, als Ihr das erstemal hier wart, hatte ich den Eindruck, Ihr würdet jemanden verfolgen.«
»Was meint Ihr?« fragte Corbett.
»Am Tag, an dem der König in die Stadt kam, war es hier in der

Schenke wie in jeder anderen in York sehr voll. Zwei Templer befanden sich ebenfalls unter den Gästen. Einer von ihnen war ein älterer Kommandant. Ich erkannte das an seiner Art zu sprechen. Er war schon etwas kahl, hatte einen grauen Bart und war klein und untersetzt.«

»Baddlesmere!« rief Corbett.

»Er befand sich in Begleitung eines jungen Sergeanten, eines jüngeren blonden Mannes mit einem ausländischen Akzent. Ich dachte, sie seien wegen des Nachbargrundstücks hier, also bewirtete ich sie freizügig und sprach über meine Pläne.« Seagrave räusperte sich. »Um es kurz zu machen, sie ließen mich gewähren und fragten dann nach einem Zimmer, weil sie Dinge zu besprechen hätten, die sich nicht für die Ohren der Neugierigen eigneten. Ich kam dieser Bitte nach. Das war am frühen Morgen. Um die Mittagszeit brach der ältere auf, der jüngere verließ die Schenke kurz vor Eurer Ankunft ...« Seagrave schwieg einen Augenblick. »Ich fand, daß ich Euch das sagen sollte.«

Corbett dankte ihm und versicherte ihm noch einmal, daß er nichts zu befürchten habe. Als sie den Stallhof verlassen hatten, stieg er von seinem Pferd ab und führte es am Zügel. Claverley sah ihn neugierig an, und auch Ranulf fragte sich, was nun geschehen würde. Sie folgten Corbett durch die belebten und schmalen Gassen und Straßen, bis sie zu einem abgeschiedenen Friedhof einer kleinen Kirche gelangten. Corbett ließ sich auf einem verwitterten Grabstein nieder und betrachtete sein Pferd, das ohne Hast das lange Gras fraß.

»Wenn ich nur über die Hälfte meiner eingebildeten Klugheit verfügte«, begann er, »dann wäre ich wirklich der scharfsinnigste aller königlichen Beamten.« Er seufzte. »In Wahrheit tappe ich herum, als trüge ich eine Augenbinde, wie beim Blindekuhspiel. Finde ich etwas heraus, so geschieht das mehr aus Zufall denn Begabung.«

»Ihr seid immerhin dem Falschmünzer auf die Spur gekommen«, tröstete Ranulf.

»Das war, wie gesagt, reiner Zufall. Ich dachte, das Wachs würde beweisen, daß Seagrave der Falschmünzer ist. Dem war nicht so.«

»Warum habt Ihr ihn nicht festgenommen?« fragte Claverley.

»Das habe ich Euch schon erklärt«, antwortete Corbett. »Er ist zwar habgierig, aber ich will nicht das Blut eines Vaters und Ehemannes an den Händen haben. Jetzt ist da diese Sache mit Baddlesmere und Scoudas«, fuhr Corbett fort. »Sie haben die Greenmantle Tavern für ein Rendezvous benutzt. Seagraves Wunsch, ein Stück Land von den Templern zu kaufen, muß ihnen sehr gelegen gekommen sein. Baddlesmere brach als erster auf, um sich wieder dem Großmeister anzuschließen und auch um jeden Skandal und jedes Gerücht zu vermeiden. Was wichtiger ist: Scoudas hätte mich gar nicht angreifen können, er hielt sich immer noch in der Schenke auf. Also«, Corbett unterbrach sich, da ihn sein Pferd gerade mit den Nüstern am Hals stupste, »Baddlesmere und Scoudas waren nicht im geringsten daran interessiert, den König oder mich anzugreifen. Sie kamen nach York, um ein paar Stunden zusammen verbringen zu können. Baddlesmere und Scoudas waren die ganze Zeit über in der Schenke.«

»Aber die Warnung?« fragte Ranulf. »Die Kartenskizze, die unter Scoudas' Sachen gefunden wurde. Beides von der Hand Baddlesmeres.«

Corbett erhob sich. »Ich frage mich, ob nicht auch Baddlesmere einen Verdacht hatte. Womöglich fertigte er die Kartenskizze an, um selbst der Lösung des Rätsels näher zu kommen?« Er griff nach den Zügeln seines Pferdes und stieg wieder auf.

»Sir Hugh?«

Corbett beendete seine Überlegungen und schaute Claverley an.

»Wenn Ihr das wünscht«, erbot sich dieser, »kann ich mit Euch nach Framlingham zurückreiten oder Euch zum Aussätzigen-Spital begleiten.«
»Nein«, Corbett lächelte. »Wie schon die Schrift sagt: ›Jedem Tag das seine.‹« Er reichte Claverley die Hand. »Ihr habt gute Arbeit geleistet, Roger. Ich werde dem König darüber berichten. Ich danke Euch für Euer Entgegenkommen und Eure Hilfe.«
»Ich hatte gehört, Ihr wärt ein harter Mann«, sagte Claverley und wies mit dem Kopf in Richtung Schenke. »Aber Seagrave wird sich immer an Eure Nachsicht erinnern.«
Corbett zuckte mit den Schultern. »Ich habe im letzten Jahr so viel Tod, so viel Blut gesehen, Master Claverley …« Er verstummte. »Gott sei mit Euch.«
Er gab seinem Pferd die Sporen und ritt vom Friedhof. Ranulf blieb zurück, um sich ebenfalls von Claverley zu verabschieden.
»Er hat Heimweh«, erklärte der Diener flüsternd. »Der alte Master Langschädel sehnt sich nach seiner Frau.«
»Und Ihr, Ranulf?« Claverley grinste.
Ranulf machte ein unschuldiges Gesicht. »Tugend um ihrer selbst willen, Master Claverley«, meinte er salbungsvoll.
Das Lachen von Claverley in den Ohren, gab er seinem Pferd die Sporen, um Master Langschädel noch einzuholen, bevor dieser ganz der Melancholie verfiel.

Corbett stieg im Hof des Aussätzigen-Spitals ab. Ein Laienbruder kam auf ihn zu. Corbett flüsterte ihm etwas zu, und der kleine Mann nickte. »Ja, ja«, murmelte er, »wir haben auf Euch gewartet. Geduldet Euch einen Augenblick!«
Er eilte in das Gebäude und kam kurze Zeit später mit einem Klosterbruder zurück. »Das ist Pater Anselm, der Vorsteher des Lazaretts.«
Der Franziskaner schüttelte Corbett die Hand. »Kommt«, drängte er, drehte sich dann aber um, als Ranulf hinter ihnen herging.

»Nein«, meinte er entschuldigend, »ich fürchte, daß der Ritter nur Sir Hugh sehen will.«

Verwundert schaute Corbett Ranulf an, zuckte dann mit den Schultern und folgte dem Mönch durch das Portal und eine Treppe hinauf. Sie gingen durch den langen Krankensaal. Die Kranken lagen rechts und links in Betten, die durch dunkelblaue Laken voneinander getrennt wurden. Der Raum war sauber und gut gelüftet. Laken und Kissen leuchteten schneeweiß.

»Wir versuchen unser möglichstes«, murmelte Bruder Anselm. »Viele der Kranken haben unter unwürdigen Bedingungen gelebt. Hier können sie zumindest in Würde sterben.«

Am Ende des Saals führte er Corbett in eine kleine Kammer, die vollkommen kahl war. Die weißgekalkten Wände und ein Kruzifix über dem Bett erinnerten Corbett an seine eigene Zelle in Framlingham. Der Unbekannte lag hoch aufgerichtet auf den Kissen, sein langes blondes Haar war schweißgetränkt. Corbett mußte beim Anblick der fürchterlichen Wunden und Geschwüre im Gesicht des Mannes ein aufkommendes Gefühl der Übelkeit unterdrücken. Der Unbekannte öffnete die Augen und versuchte zu lächeln.

»Macht Euch keine Sorgen«, flüsterte er, und der Speichel bildete Bläschen auf seinen ausgetrockneten Lippen. »Ich bin kein schöner Mann mehr, Sir Hugh. Bruder, holt unserem Gast einen Hocker.«

Bruder Anselm brachte einen Stuhl herein und flüsterte Corbett, als dieser sich gesetzt hatte, ins Ohr: »Er hat nicht mehr viel Zeit. Ich bezweifle, daß er die Nacht überlebt.«

Dann ging er und machte leise die Tür hinter sich zu.

Der Unbekannte drehte sein Gesicht zur Wand, schloß die Augen und holte tief Atem. Er bot seine letzten Kräfte auf.

»Ihr seid Sir Hugh Corbett, der Hüter des königlichen Geheimsiegels?«

»Ja.«

»Man sagt, daß Ihr ein ehrlicher Mann seid.«
»Es wird viel geredet.«
»Eine gute Entgegnung. Meine Kräfte lassen nach, Sir Hugh. Ich will mich also kurz fassen. Der Tod wird mich bald ereilen. Wer ich bin oder wo ich herkomme, braucht Euch nicht weiter zu interessieren. Ich war Templer. Ich kämpfte in Akka und wurde, als die Stadt fiel, gefangengenommen und an die Assassinen ausgeliefert, die mich jahrelang in ihrer Festung, dem Adlerhorst, eingesperrt hatten.«
Der Unbekannte bewegte sich. Er versuchte sich durch eine Änderung seiner Stellung eine Linderung seiner Schmerzen zu verschaffen. »Der Alte Mann der Berge«, flüsterte er, »entließ mich aus der Gefangenschaft, um meinen Orden ins Chaos zu stürzen. Ich sollte ihn dem Vorwurf der Feigheit aussetzen.«
»Warum das?« fragte Corbett. »Durch welche Behauptung?«
»Ich kenne ein großes Geheimnis«, sagte der Unbekannte mit schwacher Stimme. »Diese Kommandanten in Framlingham, sie waren alle in Akka. Als die Stadt fiel ...« der Unbekannte unterbrach sich und rang nach Luft. »Einige Templer starben, andere wurden verwundet und gefangengenommen, viele flohen. Aber wenn man dem Alten Mann der Berge Glauben schenken darf«, der Unbekannte fuhr mit den Fingernägeln über die Decke, »war einer der Templer ein notorischer Feigling. Er verließ seinen Posten, und nur deshalb gelang es den Mamelucken, die Stadtmauer zu durchbrechen und mich und meine Gefährten vom Rest abzuschneiden. Am Tage meiner Gefangennahme erzählten sie mir von einem Templer, der weggelaufen sei und Schwert und Schild weggeworfen habe, während andere ihr Leben ließen.«
»Wer war dieser Mann?« wollte Corbett wissen.
»Ich weiß es nicht«, antwortete der Unbekannte. »Aber ich habe jahrelang in meinem Kerkerverlies davon geträumt, zurückzukehren und die Überlebenden zu fragen, wo sie im entschei-

den Augenblick waren, sie Rechenschaft ablegen zu lassen. Am Tag, als ich gehen durfte, sagte mir der Alte Mann der Berge nur, daß der Betroffene jetzt eine einflußreiche Stellung in einer englischen Provinz bekleide.« Der Unbekannte unterbrach sich erneut. »Ich fragte ihn, wieso ihm die Nationalität des Templers bekannt sei, nicht aber sein Name.«

»Und?«

»Er antwortete, daß in Akka nur sechs englische Templer dabeigewesen seien: meine Wenigkeit, Odo Cressingham, Legrave, Branquier, Baddlesmere und Symmes. Der Feigling hatte etwas auf englisch gerufen, also mußte er einer von ihnen gewesen sein. Alle sind sie heute hohe Herren. Wie weit sie es gebracht haben, während ich verrottet bin!« Der Unbekannte lächelte schwach. »Ich ging in die Wälder in der Nähe von Framlingham und sah sie in ihrer Pracht vorbeiziehen.«

»Um diesen einen bloßzustellen, hat Euch der Alte Mann der Berge entlassen und zurückgeschickt?«

»Darüber habe ich lange nachgedacht. Ja, ich glaube, daß das der Grund war«, antwortete er. »Die Spaltung des Ordens ist ein wohlbekanntes Faktum. Ein weiterer Skandal würde ihn in den Augen der westlichen Prinzen noch mehr schwächen.«

»Aber jetzt liegt Ihr doch im Sterben! Als Ihr im Wald bei Framlingham wart, warum habt Ihr da nicht um eine Audienz bei de Molay nachgesucht?«

»Weil ...« der Unbekannte schloß wieder die Augen. »Weil, Sir Hugh, ich wollte mit einem reinen Gewissen vor Gott sterben. Nein. Nein.« Er schüttelte den Kopf. »Das ist nicht die ganze Wahrheit. Als ich durch Europa reiste, hörte ich Geschichten über meinen Orden. Warum sollte ich ihn noch weiter ins Elend stürzen?«

»Warum sprecht Ihr gerade mit mir?«

»Mein Wunsch nach Rache ist verflogen, Sir Hugh, aber das Unrecht muß gesühnt werden. Ihr werdet de Molay von dem

unterrichten, was ich weiß. Sagt ihm, er solle seine Kommandanten fragen, wo genau sie in Akka waren.«
»Sonst nichts? Keine Details, keine genaueren Angaben zum Abschnitt der Stadtmauer oder zum Stadtteil?«
»Die Templer werden schon Bescheid wissen«, antwortete der Unbekannte. »Sie werden schon die richtigen Fragen stellen.« Er nahm Corbetts Hand. »Schwört, Sir Hugh, daß Ihr das tun werdet!«
Corbett schaute dem Unbekannten ins Gesicht, das von der Krankheit so grausam zerstört war.
»Ihr habt keine Angst vor der Berührung eines Aussätzigen?« meinte der Sterbende spöttisch.
»Ich weiß, daß man sich nicht durch Berührung allein ansteckt«, erwiderte Corbett. »Ja, Sir, wer auch immer Ihr sein mögt. Wenn ich den richtigen Augenblick für gekommen halte, dann werde ich es de Molay sagen.« Er legte die Hand des Unbekannten auf die Decke zurück. »Gibt es noch etwas?«
Der Unbekannte schüttelte den Kopf. »Nein, ich habe Frieden gefunden. Geht jetzt!«
Corbett erhob sich und trat zur Tür.
»Sir Hugh!«
Corbett drehte sich um.
»Ich habe von den schrecklichen Feuern gehört. Wer auch immer er ist, es handelt sich um diesen Feigling. Das kann ich mit Gewißheit sagen.«
Draußen setzte sich Corbett erst einmal eine Weile auf eine Bank. Das Geständnis des Unbekannten war wichtig, aber wieso und warum? Corbett seufzte. Er würde de Molay nichts davon erzählen, auch sonst niemandem, beschloß er, nicht einmal Ranulf, bis er das ganze Rätsel gelöst hatte.

Corbett und Ranulf erreichten Framlingham kurz vor Sonnenuntergang. Sie waren schweigsam nebeneinanderher geritten, da sich Corbett geweigert hatte, Ranulfs Fragen zu beantworten. Maltote lag schlafend mit zwei in Kalbsleder gebundenen Folianten auf Corbetts Bett. Er schreckte auf und blinzelte sie an wie eine Eule. Die Bücher hielt er immer noch fest.

»Herr, es tut mir leid«, entschuldigte er sich, »aber ich mußte lange warten.« Er legte die Bücher aufs Bett neben sich.

»Seine Hoheit der König?« fragte Corbett.

»Er ist ziemlich außer sich, hat sich mit de Warrenne und den anderen in sein Zimmer zurückgezogen. Den Sheriffs hat er befohlen, alle Häfen zu schließen. Die Templer sind wirklich gründlich in Ungnade gefallen.«

»Das wissen wir«, meinte Ranulf. »Hat er irgendeine Nachricht geschickt?«

»Wir sollen sofort von hier abziehen. Er will sich um diese Angelegenheiten persönlich kümmern.«

»Hast du etwas über die Sätze herausgefunden, die ich dir aufgeschrieben habe?« wollte Corbett wissen. Er setzte sich neben Maltote, nahm eines der Bücher und schlug es auf. »Um Himmels willen, Maltote!« rief er. »Was hast du da? Den Kommentar des Evangeliums des Matthäus vom heiligen Hieronymus?«

»Ihr müßt etwas weiterblättern«, meinte Maltote. »Ich zeigte die Worte dem Archivar von York Minster. Er hat mir diese beiden Bücher gegeben.«

Corbett blätterte. Sein Blick fiel auf eine Überschrift. »Liber Ignium, Das Buch der Feuer«, flüsterte Corbett. »Ja, das habe ich auch auf dem Pergament von Bruder Odo gelesen.«

Er nahm den zweiten Folianten, eine Sammlung philosophischer Schriften, blätterte darin, hielt inne und lächelte. Er hatte gefunden, wonach er suchte: »Epistola de Secretis Operibus Artis et Naturae.«

»Die Schriften des Bruder Roger Bacon«, erklärte Corbett, »über die Geheimnisse der Natur. Bacon war Franziskaner und hatte in Oxford studiert. Ein exzentrischer Eremit, der ein Observatorium auf der Folly Bridge baute und die meiste Zeit die Sterne betrachtete.«

»Habt Ihr ihn gekannt?« fragte Ranulf.

»Flüchtig«, antwortete Corbett. »Er hielt ab und zu Vorlesungen an den Fakultäten, ein untersetzter Mann mit einem sonnengebräunten Gesicht und einem spitzen Bart. Er sah sehr schlecht, hatte aber eine glockenreine Stimme. Manche hielten ihn für einfältig, andere für einen großen Denker.«

»Und wie sollen uns diese Bücher weiterhelfen?« fragte Ranulf.

»Ich weiß nicht. Vielleicht helfen sie uns ja auch nicht.«

»Ihr müßt sorgfältig auf sie achten«, unterbrach sie Maltote. »Der Archivar ließ mich einen Eid schwören und einen Vertrag unterzeichnen. Sie sollen sofort wieder an die Bibliothek des York Minster zurückgegeben werden.«

»Weiß jemand hier, daß du diese Bücher hast?«

»Nein. Die Templer haben mich nicht weiter beachtet. Einer der Soldaten erzählte mir von dem geheimnisvollen Feuer und vom Tod von Baddlesmere und diesem anderen. Hinter vorgehaltener Hand wurde gemunkelt, sie seien ein Paar gewesen.« Er machte eine Pause, da eine Glocke läutete. »Jetzt findet gerade das Requiem für die beiden statt. Es weiß deswegen kaum jemand, daß ich wieder hier bin.«

Corbett stand auf und ging zum Fenster. Die Sonne schien noch, aber die Wolken zogen sich bereits dunkel und finster zusammen.

»Es wird ein Gewitter geben. Seid vorsichtig«, ermahnte er seine beiden Gefährten. »Lauft nicht allein hier im Haus herum.«

»Herr«, Ranulf trat neben ihn, »ich habe nachgedacht. Erinnert Ihr Euch an das Turnier? De Molay sagte doch etwas darüber, daß Legrave die Lanze in der linken Hand hält.«

»Ja, daran erinnere ich mich.«

»Und Branquier schreibt mit der linken Hand.«

»Was hat das miteinander zu tun?«
»Der Angreifer in der Bibliothek. Ihr habt doch erzählt, er habe einen Helm und einen Umhang getragen ...«
Corbett drehte sich um und schlug Ranulf auf die Schulter.
»Ausgezeichnet. Du bist wirklich der scharfsinnigste meiner Mitstreiter!« rief er. »Maltote, nimm diese Bücher. Ranulf, du hast eine Armbrust. Kommt, laßt uns in die Bibliothek gehen.«
Corbett eilte aus dem Zimmer. Ranulf blieb zurück, um Maltote mit leiser Stimme darüber zu informieren, was seit seinem Aufbruch vorgefallen war. Er erzählte von Seagrave und dem Besuch im Aussätzigen-Spital. Zuletzt nahm er dem jungen Kurier das Versprechen ab, Schweigen zu bewahren.
»Oder Corbett wird dafür sorgen, daß du zum unwichtigsten Küchenjungen in der Küche des Königs degradiert wirst«, murmelte Ranulf drohend.« Er verstummte unvermittelt, als Corbett wieder ins Zimmer trat.
»Ich warte auf euch!« fauchte er sie an. »Maltote, nimm diese Bücher! Ranulf, du deine Armbrust!«
Draußen dämmerte es. Der Himmel war mit tiefgrauen Wolken bedeckt, die von der untergehenden Sonne purpurn beschienen wurden. In der Ferne konnte man es donnern hören, über den Wäldern nördlich des Herrenhauses blitzte es bereits schwach. Sie gingen an der Kirche vorbei, in der sich die Templer bereits versammelt hatten, und die ersten Takte des Requiems hallten schaurig durch die bunten Glasfenster. Die Bibliothek war nicht abgeschlossen, lag aber im Dunkeln. Corbett entzündete ein paar Kerzen, deren Dochte er sorgsam gestutzt hatte. Dann ging er zu der Stelle, an der er angegriffen worden war. Er befahl Maltote und Ranulf, neben der Tür zu warten, und hieß dann Ranulf, so zu tun, als würde er ihn angreifen.
»Ich bin Rechtshänder, Herr«, rief Ranulf. »Das sind die meisten. Ich halte die Armbrust also mit meiner Rechten und spanne sie mit meiner Linken.«

Corbett betrachtete ihn.

»Wenn ich Linkshänder wäre«, fuhr Ranulf fort, »dann wäre es genau umgekehrt, ungefähr so.« Er nahm die Armbrust in die andere Hand und hielt sie etwas unbeholfen, während er sie spannte.

Corbett schloß die Augen und versuchte sich an den Nachmittag zu erinnern, der ihn beinahe das Leben gekostet hätte. Er schüttelte den Kopf und öffnete wieder die Augen.

»Mach das noch einmal, Ranulf, und gehe langsam vorwärts.«

Ranulf gehorchte. Maltote stand mit den Büchern im Arm immer noch neben der Tür.

»Nun, Herr?« fragte Ranulf, der jetzt nur noch ein paar Schritte von Corbett entfernt war. »Könnt Ihr Euch jetzt erinnern?«

»Er hatte sie in seiner Rechten«, verkündete Corbett. »Ja, es war ganz sicher seine Rechte.«

»Bei dem Angreifer muß es sich also entweder um Symmes oder um de Molay gehandelt haben? Legrave und Baddlesmere sind beide Linkshänder. Baddlesmere ist ein verkohlter Leichnam, was auch für Scoudas gilt. Außerdem wissen wir mittlerweile oder nehmen zumindest an«, fuhr Ranulf fort, »daß weder Baddlesmere noch Scoudas in diese Geschichte verwickelt waren.«

Corbett schüttelte nur den Kopf und löschte die Kerzen. Sie verließen die Bibliothek und gingen über den Innenhof. Die Templer traten gerade aus der Kapelle. De Molay winkte Corbett heran. Die Kommandanten standen um ihn herum.

Der Großmeister zwang sich zu einem Lächeln. »Wir haben uns schon gefragt, wo Ihr steckt, Sir Hugh. Wir glaubten fast, Ihr hättet uns vergessen.«

»Ich war im Auftrag des Königs in York«, entgegnete Corbett. Er schaute hastig über die Schulter und dankte Gott dafür, daß Maltote soviel Verstand hatte, die Bücher unter seinem Umhang zu verbergen.

»Wir haben unsere Toten begraben«, fuhr de Molay ungerührt fort und schaute in den düsteren Himmel. »Es hat den Anschein, daß sich das Wetter dem Ereignis anpaßt. Wir müssen einige Entschlüsse fassen, Sir Hugh. Wollt Ihr heute beim Abendessen unser Gast sein?«

»Kein Leichenbegängnis?« fragte Corbett.

»Nicht für Baddlesmere!« fauchte Branquier und trat einen Schritt vor. »Sir Hugh, diese Geschichte ist jetzt aus der Welt.«

»Und Baddlesmere ist der Schuldige?« wollte Corbett wissen.

»Es spricht einiges dafür«, antwortete de Molay. »Seine lasterhafte Verbindung mit Scoudas, seine Ressentiments, seine Kartenskizze von York, aus der hervorging, wo der König anhalten würde, und die Warnung der Assassinen. Brauchen wir noch mehr Beweise? Königlicher Erlaß hin oder her, wir werden jetzt schon zu lange hier festgehalten. In drei Tagen werde ich nach York reiten und um eine Audienz beim König nachsuchen. Auch meine Gefährten hier haben dort Geschäfte. Wir können nicht länger warten. Diese Angelegenheiten sind jetzt geklärt. Baddlesmere war der Schuldige.«

»Das glaube ich nicht«, erwiderte Corbett.

Die Kommandanten des Templerordens wurden mit einem Mal feindselig, umringten Corbett bedrohlich und schlugen die Roben zurück. Darunter trugen sie Schwerter und im Gürtel Dolche. Corbett ließ sich nicht einschüchtern.

»Ihr solltet mir nicht drohen, Großmeister.«

»Ich drohe Euch nicht«, entgegnete de Molay. »Ich bin diese Intrige, diese Rätsel, die Feuer und die Morde meiner ehemaligen Gefährten allmählich leid. Dies ist eine ausgesprochene Tragödie. Ich aber bin ein Untertan Frankreichs und Großmeister des Ordens der Templer. Ich protestiere dagegen, in meinem eigenen Herrenhaus festgehalten zu werden.«

»Dann geht, wenn Ihr das wünscht, Großmeister. Aber ich muß Euch folgendes sagen: Ihr werdet alle als Verräter festgenommen werden. Und erzählt mir nichts von Baddlesmere. Er war vielleicht ein Päderast und ein Unzufriedener, aber er hat sich kein Verbrechen zuschulden kommen lassen. An dem Tage, an dem der König in York angegriffen wurde, lag er mit seinem Liebhaber in einer Kammer der Greenmantle Tavern. Er brach nach Framlingham auf, ehe ich die Drohung erhielt. Scoudas hätte ebenfalls keine Gelegenheit gehabt, mir die Drohung in die Hand zu drücken oder auf mich zu feuern, als ich durch York ritt.«

De Molay wandte seinen Blick ab. »Aber die Kartenskizze?« fragte er. »Die Drohung? Die Quittung?«

»Ja, darüber habe ich auch nachgedacht«, sagte Corbett. Er schaute Symmes von der Seite an, der seinen Dolch schon halb gezogen hatte. »Kommt Eurem Dolch nicht zu nahe«, warnte er, »und kümmert Euch lieber um Euer Wiesel.«

Symmes schaute mit seinem einen Auge auf de Molay, der kaum merklich nickte.

»Ihr wolltet uns etwas über Baddlesmere erzählen«, sagte der Großmeister.

»Baddlesmere glaubte, es handle sich bei dem Mörder um ein Mitglied dieses Ordens«, fuhr Corbett fort. »Er stellte seine eigenen Untersuchungen an. Er zeichnete die Karte. Warum, das vermag ich im Augenblick auch nicht nachzuvollziehen. Dann schrieb er die Drohung ab, um sie genauer studieren zu können. Um deutlicher zu werden, Großmeister, der Mann, den ich jage, lebt und atmet immer noch. Der arme Baddlesmere starb, um als Sündenbock dazustehen, mehr nicht.«

Alle drehten sich um, da ein Sergeant herbeigelaufen kam, sich zu de Molay hindurchdrängte und diesem etwas ins Ohr flüsterte.

»Was ist los?« fragte Corbett.

»Wir wissen nichts Genaueres«, antwortete der Großmeister. »Aber einer unserer Knappen, Joscelyn, wird vermißt. Er ist wahrscheinlich desertiert.« De Molay sah Ranulf über Corbetts Schulter hinweg an. »Sagt Eurem Diener, er soll seine Armbrust sinken lassen.« De Molay hob die Arme und schnalzte mit den Fingern. »Folgt mir bitte alle. Sir Hugh«, er lächelte entschuldigend, »Ihr seid immer noch unser Gast. Bitte nehmt heute am Abendessen teil.«

Corbett blieb stehen, während die Templer mit wehenden Umhängen davoneilten. Ihre Stiefel knirschten auf dem Kies. Maltote sank auf die Knie und stöhnte.

»Herr, diese Bücher sind so schwer wie ein Sack Steine.«

Ranulf steckte die Armbrust wieder in seinen Beutel. Corbett drehte sich langsam um. Seine Beine waren bleischwer. Er bewegte vorsichtig seinen Hals, der sich verkrampft hatte.

Ranulf fragte: »Meint Ihr, Baddlesmere wurde ermordet, weil er zuviel wußte?«

»Möglich«, antwortete Corbett. »Ich begreife aber immer noch nicht, wie diese Morde zusammenhängen. Der Großmeister hat recht, wir können ihn hier nicht mehr lange festhalten.«

»Würde der König sie gefangennehmen lassen?«

»Das bezweifle ich. De Molay ist sowohl von Adel als auch ein Untertan von Philipp von Frankreich. Der König könnte sich etwas ungehalten zeigen, ihn in irgendeiner Hafenstadt festhalten und damit drohen, den Besitz der Templer zu beschlagnahmen. Aber früher oder später würde de Molay doch abreisen und beim Papst Berufung einlegen.«

»Und der Mörder wird straffrei ausgehen?«

»Diesmal, Ranulf, könnte es wirklich so enden. Aber laß uns unsere Gastgeber nicht enttäuschen. Wir sollten uns waschen und umziehen.«

Sie gingen zum Gästehaus zurück. Eine Weile las Corbett in den Folianten, die Maltote mitgebracht hatte. In den ersten Kapiteln von Bacons Werk fand er aber kaum etwas von Interesse. Er hielt das Buch in den Händen und dachte plötzlich an das, was

ihm der sterbende Unbekannte im Aussätzigen-Spital gesagt hatte. Was konnte dieses Geständnis zu bedeuten haben. Die Behauptung, daß einer von den Templern vor so vielen Jahren in Akka feige gewesen war. Hielt sich dieser Feigling jetzt in Framlingham auf? Draußen brach das Gewitter los. Der Regen schlug gegen die Fensterscheiben, dann donnerte es über dem Herrenhaus, und Blitze erleuchteten wiederholte Male gleißend die Bäume des Parks.
»Steht in diesen Büchern irgend etwas Interessantes?« fragte Ranulf und trat neben Corbett.
Dieser kratzte sich am Kinn. »Nichts.« Er erhob sich und zog sein Wams aus. »Das hat noch Zeit. Ich frage mich, was jetzt passiert.«
Ranulf schaute ihn nur an.
»War der wirkliche Mörder tatsächlich so dumm, anzunehmen, daß ich mich damit zufriedengeben würde, daß man Baddlesmere zum Täter erklärt?«
»Wir befinden uns also immer noch in Gefahr?« fragte Ranulf.
»Schon möglich. Aber kommt...« Das Läuten der Glocke unterbrach ihn. Es war wegen des Donners kaum zu hören. »Unsere Gastgeber erwarten uns.«
Sie beendeten ihre Vorbereitungen, zogen ihre Mäntel an und rannten durch den Regen zum Hauptportal. De Molay und die Kommandanten erwarteten sie im großen Saal. Beim Anblick der Männer fröstelte es Corbett. Draußen blitzte und donnerte es. In der Halle waren Fackeln entzündet, und die Kerzen auf der langen Tafel warfen unstete Schatten an die Wände. Corbett und seine Gefährten wurden frostig willkommen geheißen. De Molay wies jedem von ihnen einen Platz an. Corbett saß zu seiner Linken, Ranulf und Maltote etwas weiter weg. Der Großmeister sprach das Tischgebet, und Diener brachten das Essen aus der Küche. Corbett hatte keinen Appetit. Er betrachtete sehr genau seinen Kelch und nahm erst dann einen Schluck,

nachdem bereits andere von dem Wein getrunken hatten, der aus demselben Krug eingeschenkt worden war.

»Ihr traut uns nicht, Sir Hugh«, murmelte de Molay und biß von einem Stück Brot ab.

»Ich habe an fröhlicheren Banketten teilgenommen«, entgegnete Corbett.

Das Mahl nahm seinen Lauf. Legrave versuchte eine Unterhaltung in Gang zu bringen, aber de Molay war tief in Gedanken versunken, und Symmes und Branquier starrten wie versteinert geradeaus. Sie waren fest entschlossen, Corbett und seine Gefährten nicht weiter zu beachten. Als das Mahl fast beendet war, klopfte es laut. Corbett drehte sich auf seinem Stuhl um. Ein Sergeant kam in den Saal gelaufen.

»Großmeister!« rief er atemlos. »Großmeister. Die Soldaten des Königs sind hier!«

De Molay richtete sich halb auf seinem Stuhl auf, fand aber vor Überraschung keine Worte. Ein vollkommen durchnäßter Hauptmann der königlichen Wache schritt bereits in den Saal. Hinter ihm stießen zwei Soldaten einen Gefangenen in Ketten herein, dessen Gefangenenkluft von Wasser troff.

»Großmeister«, sagte der Hauptmann, »ich entschuldige mich dafür, daß wir hier einfach so hereinplatzen, aber wir glauben, daß das hier einer von Euren Leuten ist.«

Er griff den Gefangenen beim Kragen, schob ihn noch weiter nach vorne und nahm ihm dabei die Kapuze ab. Corbett war vollkommen entgeistert. Vor ihm stand Bartholomew Baddlesmere, unrasiert und total durchnäßt.

12

Sofort brach ein großer Tumult aus. Die Kommandanten sprangen auf und zogen ihre Dolche. Stühle fielen um. Soldaten liefen mit gezogenem Schwert oder der Armbrust im Anschlag in den Saal. Der Hauptmann der königlichen Wache rief Befehle. Seine Männer bildeten um den Gefangenen einen kleinen Kreis, Waffen in Bereitschaft. Corbett hatte sich von seiner Überraschung erholt und suchte für Ruhe zu sorgen. Er schaute die Kommandanten des Templerordens kurz an. Alle, einschließlich de Molay, sahen so aus, als hätten sie eine Erscheinung.
»Ich bitte um Ruhe!« brüllte Corbett. Er zog das Geheimsiegel, das er immer bei sich trug, aus einem Beutel. »Alle hier im Raum werden ihre Waffen wegstecken. Ich bin der Bevollmächtigte des Königs.« In derselben Lautstärke fügte er hinzu: »Ich trage die königliche Vollmacht bei mir. Sich mir zu widersetzen ist Hochverrat.«
Seine Drohung entspannte die Lage etwas. Schwerter wurden wieder in Scheiden gesteckt, und de Molay rief einige Befehle. Die Templer-Sergeanten entfernten sich, und die königliche Wache trat einige Schritte zurück. Corbett ging zu ihrem Hauptmann. Dieser nahm seinen schweren, kegelförmigen Helm ab, hielt ihn unter dem Arm und wischte sich Schweiß und Regenwasser aus dem Gesicht. Sein Gefangener stand schwankend da. Er nahm kaum wahr, was um ihn herum vorging.
»Sir Hugh«, der Hauptmann streckte die Hand aus. »Ebulo Montibus, Ritter und Bannerherr. Ich überbringe Euch Grüße des Königs.«

Corbett schüttelte ihm die Hand.
»Ich hätte nie gedacht«, fuhr der Hauptmann fort, »daß ich hier so empfangen werden würde. Dieser Mann hat sich schließlich nichts zuschulden kommen lassen.«
»Das ist eine lange Geschichte, Hauptmann.«
Symmes trat vor. Er fing Baddlesmere auf, der im Begriff war, umzufallen, und führte ihn zu einem Stuhl.
»Wenn er nichts verbrochen hat, warum ist er dann in Ketten?« fauchte Branquier. Er füllte einen Becher mit Wein und reichte ihn dem Gefangenen.
»Ganz einfach«, schnaubte Montibus. »Die Verordnung des Königs war nicht mißzuverstehen. Keinem Templer war es erlaubt, Framlingham Manor zu verlassen.«
»Und wo habt Ihr ihn aufgegriffen?« fragte Corbett.
»Er wollte unbemerkt durch das Micklegate Bar kommen. Er war zwar nicht in seine Templerrobe gekleidet, hatte aber in seinen Satteltaschen genügend Hinweise auf seine wahre Identität. Die Amtmänner der Stadt nahmen ihn fest. Erst saß er in der Burg, dann befahl der König, ihn hierherzubringen.« Der Hauptmann ließ ein schmatzendes Geräusch vernehmen und schaute auf die Tafel. »Es ist eine fürchterliche Nacht«, meinte er, »und meine Männer frieren und sind hungrig.«
»Dann seid unsere Gäste«, sagte de Molay gelassen. »Legrave, führe unsere Gäste in die Küche. Die Ketten können doch wohl entfernt werden?«
Montibus willigte ein. Baddlesmeres Beineisen und Handfesseln wurden aufgeschlossen und fielen scheppernd zu Boden. Baddlesmere saß immer noch wie betäubt da. Ab und zu blinzelte er oder trank mit großen Schlucken aus einem Becher. Seine Bewacher verschwanden in der Küche, mit Ausnahme von Montibus. Corbett setzte sich wieder hin. Maltote blieb erstaunt stehen.
Ranulf, der die Situation außerordentlich unterhaltend fand,

grinste von einem Ohr zum anderen. Er beugte sich zu Corbett hinunter und flüsterte ihm ins Ohr: »Nichts ist jemals so, wie es aussieht, was, Herr?«
»Hat er ein Verbrechen begangen?« fragte de Molay.
»Nicht, daß ich wüßte«, antwortete Montibus, »außer sich über das Verbot des Königs hinwegzusetzen.«
»Zum erstenmal«, erklärte Ranulf lachend und nahm wieder an der Tafel Platz, »sitze ich mit einem Mann am Tisch, der tot und begraben ist und dem man die Totenmesse gelesen hat.«
»Schweigt!« schrie Branquier außer sich vor Wut.
Ranulf lächelte nur. Baddlesmere stellte seinen Becher auf den Tisch, seufzte und fiel förmlich in sich zusammen. Tränen liefen ihm über die Wangen. Ungeachtet dessen lud sich Montibus seinen Teller mit Huhn und Schweinebraten voll. Hungrig begann er zu essen und schaute dann auf. Erst jetzt kam ihm zu Bewußtsein, was Ranulf da eben gesagt hatte und daß es totenstill geworden war. »Was geht hier eigentlich vor?« Er wurde auf einmal sehr ernst, als er des Gesichtsausdrucks der anderen gewahr wurde. »Was meint Ihr damit, ein Mann, der tot und begraben ist?«
»Hauptmann«, ergriff Corbett das Wort, »eßt und trinkt. Ihr und Eure Männer könnt über Nacht bleiben. Ich bin mir sicher, daß die Gastfreundschaft des Großmeisters das zuläßt. Sir Bartholomew, ich muß Euch einige Fragen stellen, aber dies ist nicht der Ort dafür.«
»Nein, da habt Ihr recht«, stimmte de Molay ihm zu und erhob sich. »Branquier, Sir Hugh, bringt Baddlesmere auf mein Zimmer.«
Corbett flüsterte Ranulf zu, die königliche Wache nicht aus den Augen zu lassen, und folgte dem schlurfenden Baddlesmere, der von Branquier geführt wurde, aus dem Saal und durch die Gänge ins Zimmer des Großmeisters. Eine Weile murmelte Baddles-

mere vor sich hin, faßte sich an den Mund und schaute sich mit glasigem Blick um.

»Er ist von Sinnen«, meinte Branquier.

»Sir Bartholomew«, rief de Molay. »Ihr müßt uns sagen, was passiert ist! Eure Zelle brannte aus. Auf dem Bett lagen die Leichen von zwei Männern bis zur Unkenntlichkeit verkohlt. Wir dachten, Ihr wärt einer der beiden.«

Baddlesmere hob den Kopf. »Ich bin ein Wurm und kein Mann«, sagte er feierlich. »Meine Sünden, meine Sünden stehen mir immer vor Augen.«

»Welche Sünden?« fragte Corbett mit leiser Stimme und rückte seinen Hocker so, daß er dem Templer direkt gegenübersaß. »Welche Sünden, Bartholomew?«

Baddlesmere hob den Kopf. »Die Sünde der Päderastie«, antwortete er mit rauher Stimme. »Die förmlich nach Gottes Rache schreit.«

»Und dennoch«, entgegnete Corbett und zitierte aus der Bibel, »wenn Eure Sünde auch blutrot ist, soll sie doch schneeweiß werden. Ihr habt Scoudas geliebt?«

Baddlesmere zupfte an einem Faden seiner regennassen Strümpfe.

»Ich wurde bereits als junger Mann Templer«, begann er mit müder Stimme. »Ich wollte ein Ritter in glänzender Rüstung werden und für das Kreuz sterben. Als Kind schlief ich im Zimmer meiner Mutter. Sie brachte immer Männer nach Hause. Ich hörte sie im Bett stöhnen und herumtollen. Ich war damals noch sehr klein. Als ich vierzehn war, wußte ich, daß ich nie etwas mit einer Frau zu tun haben wollte. Ich wollte rein sein, kalt wie das Eis und rein wie der Schnee. Rein und gottesfürchtig.« Baddlesmere verzog das Gesicht. »Und das war ich auch. Ich wurde Templer, Krieger, Mönch und Priester. Ich erfuhr Versuchungen des Fleisches, konnte ihnen aber widerstehen, allerdings nur, bis ich Scoudas traf. Anfänglich liebte ich ihn wie

den Sohn, den ich nie besaß, mir aber immer gewünscht hatte. Seine Haut war weich und weiß wie Satin ...«
»Und an dem Morgen, als Ihr in York wart«, unterbrach ihn Corbett, »Ihr saht, wie die Leiche von Murston aufgehängt wurde, und gingt dann in die Schenke, die Greenmantle Tavern?«
Baddlesmere nickte.
»Und Scoudas begleitete Euch?«
»Ja, wir teilten ein Zimmer. Scoudas hatte sich jedoch verändert. Er begann mich zu bedrohen, er gab mir zu verstehen, daß er sich über mich beklagen wolle.« Baddlesmere dachte nach. »Das hätte er nicht tun dürfen. Er verhöhnte mich meines Alters wegen. Er sagte mir, er habe einen anderen getroffen, Joscelyn aus dem Gefolge Branquiers. Ich brach wütend auf, traf de Molay, und wir ritten nach Framlingham zurück.«
»Und in der Nacht des Feuers?« wollte Corbett wissen.
»Scoudas kam in mein Zimmer. Ich dachte, daß er sich mit mir versöhnen wollte. Joscelyn war bei ihm. Sie saßen da und quälten mich. Sie drohten damit, Schande über mich zu bringen. Ich konnte ihren Spott nicht mehr ertragen, verließ das Zimmer und knallte die Tür hinter mir zu. Ihr Lachen hallte mir noch in den Ohren. Im Herrenhaus war es ganz still. Ich hatte meinen Wein in meinem Zimmer stehengelassen, also holte ich aus der Vorratskammer einen neuen Krug und ging in den Park. Ich versuchte nicht aufzufallen, da ich niemanden treffen, mit niemandem reden wollte. Ich lief um den Irrgarten herum und in das Wäldchen. Die Nacht war warm, und ich schlief ein, denn ich war müde und erschöpft. Vermutlich hatte ich auch etwas zuviel getrunken. Als ich wieder aufwachte, war es noch dunkel, obwohl die Dämmerung nicht mehr fern war. Ich stand auf. Alle Knochen taten mir weh. Ich wollte gerade zum Herrenhaus zurückgehen, da hörte ich die Rufe und sah die Flammen. Der Rauch drang bis zu mir herüber.« Er hielt inne und kratzte sich am Kinn.

»Und Ihr seid geflohen?« fragte Branquier.
Baddlesmere antwortete nicht, da die Tür geöffnet wurde und Symmes und Legrave eintraten.
»Die königliche Wache schlägt sich den Bauch voll«, sagte Symmes ungehalten. »Und wenn sie am Schweinetrog fertig sind, dann werden wir ihnen den Schweinestall zeigen.«
Corbett beachtete diese Beleidigung nicht weiter. »Warum seid Ihr geflohen?« fragte er.
»Ich geriet in Panik. Es war offensichtlich, daß jemand in meinem Zimmer gestorben war. Man würde mir die Schuld geben. Man würde mich auf jeden Fall verurteilen. Man würde meiner heimlichen Sünde auf die Spur kommen. Schlimmer noch, man könnte mir vorwerfen, das Feuer gelegt zu haben und auch für die anderen Morde verantwortlich zu sein. Alles war ganz einfach. Ich hatte meine Satteltasche bei mir und kletterte über die Mauer. Eine Weile hielt ich mich in der Gegend von York auf, aber ich brauchte ein Pferd und neue Kleider.« Er fuchtelte mit den Händen. »Alles übrige wißt Ihr.«
»Ihr vermutetet, daß jemand in Eurem Zimmer war?«
»Ich ging, so nah ich mich traute, an das Herrenhaus heran und hörte die Rufe. Da kam mir ein Gedanke: Hatte es der Mörder auf mein Leben abgesehen? Selbst wenn es mir gelingen würde, meine Unschuld zu beweisen, würden sie mir dennoch vorwerfen, ich hätte Scoudas umgebracht.« Er verbarg sein Gesicht in den Händen und schluchzte leise.
»Joscelyn starb ebenfalls«, meinte Corbett.
»Aber warum?« fragte Baddlesmere. »Beide waren jung und kräftig. Sie hätten entkommen können.«
»Ihr hattet einen Krug mit Wein dort stehengelassen?« hakte Corbett nach.
Baddlesmere sah blinzelnd auf.
»Wieviel war davon noch übrig?«
»Vielleicht fünf oder sechs Becher.« Baddlesmere schaute ihn

mit offenem Mund an. »Meint Ihr, er war vergiftet? Wurden sie vergiftet oder betäubt?«
»Das ist die einzige Erklärung.«
»Aber ich hätte ihm nie etwas zuleide getan!« jammerte Baddlesmere. »Ich hätte Scoudas nie etwas angetan.«
»Wann habt Ihr den Wein in Euer Zimmer gebracht?«
»Am frühen Nachmittag, den besten Rheinwein. Ich stellte den Krug in eine Schüssel mit kaltem Wasser, um den Wein abzukühlen.«
»Und habt Ihr davon getrunken?«
»Ja, das habe ich, etwa einen halben Becher. Dann kamen Scoudas und Joscelyn. Ihr Spott machte mich so wütend, daß ich den Becher zu Boden warf und ging.«
»Sir Bartholomew«, fuhr Corbett fort, »Euer gesamter Besitz wurde von dem Feuer zerstört, aber bei den Sachen von Scoudas fanden wir eine Kartenskizze von York und die Drohung der Assassinen, beide von Eurer Hand, und außerdem eine Quittung über eine bestimmte Geldsumme, die Murston unterschrieben hatte.«
Baddlesmeres Blick bekam etwas Verschlagenes. Dieser Stimmungsumschwung kam so schnell, daß Corbett sich fragte, ob dieser Mann wirklich noch ganz zurechnungsfähig war. Vielleicht hatte er ja doch den Mörder, Sagittarius, vor sich.
»Die Papiere«, sagte Corbett, »bitte. Warum waren diese Papiere in Scoudas' Besitz?«
Baddlesmere hustete und leckte sich die Lippen. »Ich hätte gerne noch etwas Wein, Sir Hugh.«
Branquier füllte an einem der Beistelltische einen Becher und drückte ihn Baddlesmere in die Hand.
»Beantwortet meine Frage«, forderte Corbett ihn auf.
»Ihr habt hier gar nichts zu fragen«, fuhr Branquier dazwischen.
»Doch, das hat er«, fauchte de Molay den Kommandanten an. »Sir Bartholomew, beantwortet die Frage.«

»Ja, ich werde antworten.« Baddlesmere setzte sich aufrecht hin. »Obwohl ich keine neugierigen Beamten leiden kann. Welche Sünden ich auch immer begangen haben mag, ich bin trotzdem noch ein Templer. Ich kann Euch nicht leiden, Corbett. Es widerstrebt mir, daß Ihr hier seid. Der Orden hat seine eigenen Rituale und Regeln.«

»Die Papiere«, wiederholte Corbett ziemlich ungehalten.

»Ich hatte mit meinen eigenen Nachforschungen begonnen«, sagte Baddlesmere unwirsch. »Ich zeichnete die Karte und schrieb die Warnung ab, um der Lösung des Rätsels näherzukommen. Ich gab Scoudas eine Abschrift und bat ihn, Augen und Ohren offenzuhalten. Wenn mein Zimmer nicht ausgebrannt wäre, dann hättet Ihr dort weitere Abschriften gefunden.« Er zuckte mit den Schultern. »Von der Quittung von Murston weiß ich nichts.«

»Warum hat es in Eurem Zimmer gebrannt?« fragte Corbett.

»Auch das weiß ich nicht.«

»Befand sich dort etwas, das ein so starkes Feuer hätte verursachen können?«

»Nein. Kleider, Pergament, einige Bücher, aber das war auch schon alles.«

»Eine Öllampe?« fragte Corbett.

»Ich sage nichts mehr.« Baddlesmere wandte den Kopf ab.

Corbett wußte, daß der in Ungnade gefallene Templer einen bestimmten Verdacht hatte.

»Was wird mit mir geschehen?« flüsterte Baddlesmere. Er sah de Molay flehend an.

»Ihr werdet bei Brot und Wasser in eine Zelle gesperrt«, antwortete der Großmeister. »Und wenn diese Sache geregelt ist und der Bevollmächtigte des Königs uns allein gelassen hat, dann werden wir Euch den Prozeß machen. Die Krone kann Euch, wenn sie das wünscht, ebenfalls für die Übertretung der königlichen Verordnung bestrafen.«

Baddlesmere nickte. »Das ist das Ende«, murmelte er mehr zu sich selbst. »Man wird mir meinen Adelstitel und alle Abzeichen meines Ranges nehmen. Sir Bartholomew Baddlesmere, Kommandant des Templerordens, degradiert zum Küchengehilfen in einer abgelegenen Festung.« Er ballte die Hand zur Faust und sah Corbett so wütend an, daß dieser nach seinem Dolch griff. Der Haß von Sir Bartholomews Gefährten schlug ihm ebenfalls entgegen. Obwohl Baddlesmere entehrt war, hatten die Templer wie alle geschlossenen Gemeinschaften einiges gegen die Einmischung von Außenstehenden einzuwenden. Corbett erhob sich.

»Großmeister, ich habe meine Fragen gestellt. Ich muß darauf bestehen, daß Sir Bartholomew streng bewacht wird.« Er ging zur Tür.

»Corbett!« Baddlesmere schaute ihn seltsam an. »Die Wahrheit liegt am Ufer.«

»Was meint Ihr damit?«

Baddlesmere begann zu lachen, schüttelte den Kopf und gab ihm zu verstehen, er solle gehen. Corbett verbeugte sich vor de Molay und kehrte in sein Zimmer zurück. Ranulf und Maltote fingen sofort an, ihn auszufragen.

»Ich weiß nicht«, erwiderte Corbett. »Ich weiß nicht, ob Baddlesmere die Wahrheit sagt, den Verstand verloren hat oder vielleicht selbst der Mörder ist. Maltote, wo sind die Bücher?«

Der Kurier zog sie unter dem Bett hervor.

»Wir werden alle hier in diesem Zimmer schlafen«, verkündete Corbett. »Heute abend«, er ließ sich auf eines der Betten sinken und schlug einen der Folianten auf, »werde ich sehen, welche Geheimnisse diese Bücher enthalten.«

Corbett verbrachte die Nacht mit der Lektüre. Einige Seiten las er mehrmals. Seine Gefährten schliefen friedlich wie Säuglinge. Gelegentlich wurden Corbett die Augenlider schwer. Dann nickte er für eine ganze Weile ein und schüttelte sich schließlich, um

wieder einen klaren Kopf zu bekommen. Er schüttete sich eine Handvoll Wasser ins Gesicht oder suchte nach frischen Kerzen, wenn die alten zu weit niedergebrannt waren. Schließlich war nichts mehr zu tun. Die letzten Kapitel von Bacons Werk waren vollkommen rätselhaft, aber Corbett war trotzdem hoch zufrieden. Er kannte jetzt den Ursprung des geheimnisvollen Feuers. Er fiel kurz vor Sonnenaufgang in einen tiefen, von Alpträumen geplagten Schlaf. Überall brannte das Höllenfeuer.
Ranulf schüttelte ihn, um ihn zu wecken. »Herr, es ist schon zehn Uhr.«
Corbett richtete sich auf und stöhnte. Er hielt die Hand über die Augen, um sie gegen die Sonnenstrahlen zu schützen, die durch die offenen Fensterläden fielen.
»Maltote und ich sind schon seit Stunden auf. Wir haben bereits im Refektorium gefrühstückt, haben uns die Bäuche vollgeschlagen, und alle haben uns nur finster angeschaut. Montibus ist wieder fort.«
Corbett stöhnte. »O nein!« Er setzte sich auf, rieb sich den Schlaf aus den Augen und schob die Bücher zur Seite. »Mir wäre es lieber gewesen, er wäre geblieben. Er hätte uns etwas Schutz bieten können.«
Ranulf war mit einmal ganz ernst. »Die Templer werden uns gegenüber doch nicht handgreiflich werden, oder? Wir sind schließlich Abgesandte des Königs.«
»Oh, keine Handgreiflichkeiten, aber du oder ich oder wir beide, mein lieber Ranulf, könnten einen schrecklichen Unfall erleiden.«
»Erzähl ihm, was wir gefunden haben«, drängte Maltote. Er saß auf einem Hocker und nähte eine Lederschlaufe an einem Steigbügel fest.
»O ja.« Ranulf reichte Corbett einen Lumpen, der oben zusammengeknotet war.
»Knotet das Bündel vorsichtig auf, Herr.«

In dem Beutel lagen einige angesengte Lederstücke.
»Was ist das?« Er faßte eines der Lederstücke an, das unter seiner Berührung zu Staub zerfiel. Ein kleiner Teil war jedoch wohlerhalten und glänzte.
»Das ist Leder«, erklärte Ranulf. »Lederstücke. Wir haben sie dort im Wald gefunden, wo wir auch auf die Brandspuren gestoßen sind. Kleine Lederstücke, die der Wind in alle Himmelsrichtungen zerstreut hat.«
Corbett legte den Lumpen vorsichtig aufs Bett. Er sah sich jeden einzelnen Lederfetzen ganz genau an. Dann stand er auf, reckte sich und zog sein Wams und sein Hemd aus. Er wusch sich Gesicht und Hände und bat Maltote, etwas heißes Wasser aus der Spülküche zu holen, da er sich auch noch rasieren wollte.
»Nun?« fragte Ranulf ängstlich. »Was haltet Ihr davon?«
»Angesengte Lederstücke«, sagte Corbett. »Es könnte sich um Teile eines Sacks handeln, in dem das, was die Antike das Höllenfeuer genannt hat, transportiert wurde.«
Ranulf wollte sofort weitere Fragen stellen, aber Corbett schüttelte nur den Kopf und konzentrierte sich, da Maltote inzwischen zurückgekehrt war, auf seine Rasur. Er bat Ranulf, nicht so sehr mit dem Spiegel zu wackeln, den er in der Hand hielt.
»Wenn ich fertig bin«, Corbett lächelte Ranulf an, »dann kannst du mir in der Küche etwas zu essen holen – aber paß auf, von wem du es dir geben läßt. Beim Essen werde ich euch dann eine Geschichte erzählen.«
Corbett trocknete sich ab, und Ranulf eilte in die Küche und kam mit Brot in einer Serviette und einem Krug Ale wieder zurück.
»Also«, Corbett rieb sich das Kinn und setzte sich an den Tisch. »Jetzt habe ich meine Waschungen beendet, jetzt kann ich euch berichten, was ich in den beiden Büchern gelesen habe. Zunächst einmal, das Feuer kommt nicht aus der Hölle, es wird von Menschen erzeugt.«

Corbett biß in eines der Brote, während Ranulf ungeduldig mit den Füßen scharrte.

»Zuerst dachte ich«, fuhr Corbett fort, »irgendein Öl könnte das Feuer verursacht haben. Aber Öl ist nicht so zuverlässig. Manchmal fängt es nur sehr schwer Feuer, besonders dann, wenn es gerinnt. Bruder Odo, Gott sei seiner Seele gnädig, muß das auch erkannt haben. Er las in seiner Chronik und dachte dann an die Feuergeschosse, die die Türken nach Akka katapultiert hatten. An diesen war nichts Außergewöhnliches. Eine Mischung aus Teer und Pech, mit der ein paar Lumpen getränkt wurden, und die entzündet wurde, wenn das Geschoß bereits auf dem Katapult lag. Dann wurde es zu den Verteidigern der Stadt hinübergeschleudert. Ich habe bei anderen Belagerungen schon ähnliches beobachtet. Stroh oder Lumpen werden mit Schwefel bedeckt und dann angezündet.

Aber das Feuer hier ist anders. Odo erkannte das. Als jemand, der die Kunst der Kriegsführung studiert hatte, erinnerte er sich an zwei Schriften. Die erste ist eine sehr alte Abhandlung, die ›Liber Ignium‹ oder ›Das Buch der Feuer‹ heißt. Die zweite ist viel interessanter. Es handelt sich um ein Traktat des Mönchs Bacon, das ›De Secretis Operibus Artis et Naturae‹ heißt. In diesen beiden Werken wird eine sehr gefährliche Substanz beschrieben, eine Mischung von Elementen, die sich, wenn sie mit einer Flamme in Berührung kommt, kaum löschen läßt, nicht einmal mit Hilfe von Wasser.«

»Und Ihr glaubt, daß die Morde damit verübt wurden?« fragte Ranulf.

»Vielleicht. Im ›Liber‹ ist von einer Mischung aus Schwefel, Weinstein und einer Substanz, die als Sal Coctum, gekochtes Salz, bezeichnet wird, die Rede. Bacon ist da genauer. Er erwähnt eine Substanz, die Salpeter genannt wird. Bruder Bacon verschlüsselte seine Entdeckung in Rätsel und Anagramme, aber wenn man ihm glauben kann, dann entzündet sich eine Mischung aus Salpeter, Schwefel und Weinstein sofort.«

»Aber Ihr habt doch gesagt«, wandte Ranulf ein, »daß Bacon von vielen für etwas beschränkt gehalten wurde.«

»Ich bezweifle, daß er das wirklich war«, erwiderte Corbett. »Bruder Bacon hatte seine Gelehrsamkeit von den Arabern. Den Arabern zufolge kannten sowohl die alten Griechen diese Substanz als auch die Armeen von Byzanz, die mit ihr die Flotten der Mohammedaner zerstörten. Daher auch der Name ›Griechisches Feuer‹ oder ›Seefeuer‹.«

»Natürlich haben alle Kommandanten des Templerordens in Outremer Dienst getan. Sie kennen möglicherweise dieses Geheimnis.«

»Was wichtiger ist, die Templer besitzen einige der besten Bibliotheken der Welt, besonders in London und Paris«, entgegnete er und biß in sein Brot. »De Molay und seine Gefährten kennen vielleicht das Geheimnis, sie sind jedoch im Augenblick zu sehr damit beschäftigt, was in ihrem Orden passiert. Sie haben nur einen Blick für die schrecklichen Todesfälle und den damit verbundenen Skandal.« Corbett nahm einen Schluck Ale. »Bei Bruder Odo war das anders. Er war distanzierter, abgeklärter, er war ein wahrer Gelehrter. Die Ermordung von Reverchien muß Erinnerungen in ihm wachgerufen haben. Er suchte ebenfalls nach dem, was ich schließlich fand.«

»Aber könnt Ihr das alles beweisen?« fragte Ranulf.

»Wenn das nötig sein sollte, ja, ich glaube jedoch ...«

Die Tür wurde unvermittelt aufgerissen, und de Molay stürzte ins Zimmer. »Sir Hugh, Ihr müßt sofort mitkommen! Es ist Baddlesmere ...«

Der Großmeister machte kehrt, und Corbett blieb nichts anderes übrig, als ihm zu folgen. Ranulf und Maltote schlossen sich ihnen an. De Molay eilte mit großen Schritten voran, ohne sich umzudrehen. Er überquerte den Hof des Herrenhauses zu den

Häusern der Diener, erklomm eine Treppe und ging schließlich einen schmalen Korridor entlang. Die Wachen, die vor der Kammer standen, öffneten die Tür. De Molay trat ein, und Corbett folgte ihm.

»O mein Gott!«

Der Bevollmächtigte wandte den Blick ab. Baddlesmere, nur mit Hemd und Strümpfen bekleidet, hing an einem Laken, das um einen Deckenbalken geschlungen war. Er bot einen fürchterlichen und gleichzeitig kläglichen Anblick. Sein Antlitz hatte sich dunkelviolett verfärbt, seine Augen quollen hervor, und die Zunge ragte aus seinen halbgeöffneten Lippen. Seine Leiche drehte sich wie eine groteske Puppe in der Brise, die durch die schießschartenschmalen Fenster hereinkam. Corbett zog seinen Dolch, schnitt mit Ranulfs Hilfe den Toten herunter und legte ihn auf das Feldbett. De Molay war mit wächsernem Gesicht, dunkle Ringe unter den Augen, in der Tür stehengeblieben. Er öffnete den Mund, um etwas zu sagen, schüttelte dann aber nur den Kopf.

»Großmeister, was wolltet Ihr sagen?«

De Molay bewegte die Lippen, bekam jedoch keinen Laut heraus. Statt dessen faßte er sich an den Magen, schob Corbett beiseite und rannte auf eine der Latrinen zu, die sich in einer Nische im Gang befanden.

Er mußte sich heftig übergeben.

»Ist das Selbstmord?« flüsterte Ranulf.

Corbett betrachtete die Leiche, besonders die Fingernägel und die Lage des Knotens hinter dem linken Ohr. Dann hob er das Hemd hoch und sah sich den Oberkörper an. Schließlich durchtrennte er den Knoten mit seinem Dolch. Er versuchte den Toten möglichst würdevoll hinzulegen und deckte ihn mit seinem eigenen Templerumhang zu.

»Er hat Selbstmord begangen«, murmelte Corbett. »Der Schritt vom Leben zum Tod ist so einfach. Baddlesmere stand auf dem

Bett, machte eine Schlinge, legte sie sich um den Hals und trat dann das Bett beiseite.«

»Was ist das hier?« Ranulf beugte sich über das Bett. Dahinter war etwas in die Wand geritzt.

Corbett betrachtete die Inschrift sorgfältig. »›Veritas‹«, las er, »›stat in ripa.‹ Die Wahrheit findet sich am Ufer«, murmelte er. »Was in aller Welt hat Baddlesmere damit gemeint? Der Spruch heißt sonst immer: ›Veritas stat in media via.‹ Die Wahrheit findet sich in der Mitte der Straße.«

»Ich habe ihn so gefunden!«

Corbett drehte sich hastig um. De Molay stand in der Tür.

»Er wurde gestern abend mit einem Krug Wasser und einem Laib Brot hierhergebracht. Zwei Wachen waren die ganze Zeit vor der Tür.«

»Und sie haben nichts gehört?«

De Molay schüttelte den Kopf. »Sie haben gehört, wie er früh am Morgen hin und her ging. Er sang das Dies irae. Ihr wißt schon, diesen Teil der Totenmesse, wo es heißt, Tag des Zornes, Tag der Trauer! Himmel und Erde verbrennen zu Asche.«

»Siehe, welche Furcht in den Herzen der Menschen«, fuhr Corbett fort, »wenn der Richter, von dessen Urteil alles abhängt, aus den Himmeln auf die Erde kommt!«

De Molay kniete neben dem Bett nieder und bekreuzigte sich. Nun erschienen auch Branquier, Legrave und Symmes. Corbett folgte der Treppe ins Freie. Kurz darauf kamen de Molay und Legrave.

»Ehe Ihr fragt, Großmeister, Sir Bartholomew hat Selbstmord begangen.« Corbett zuckte mit den Schultern. »Die Reue, die Angst vor Verdächtigungen, die Unfähigkeit, die Ächtung zu ertragen.«

»Ich habe ihn aufgesucht«, berichtete de Molay, »und mit ihm gesprochen wie mit jedem anderen Bruder.« Er sah Legrave an. »Wir können ihn nicht in geweihter Erde bestatten.«

»Aber Großmeister«, rief Legrave, »er war genausogut mein Bruder! Ich kannte Sir Bartholomew. Wir haben in Akka zusammen gekämpft.«

De Molay sah Corbett erwartungsvoll an.

»Nachsicht ist die Grundlage aller Gesetze«, meinte Corbett. »Ich denke nicht, daß Christus ihn mit solcher Strenge betrachten wird wie Ihr.«

»Merkwürdig«, sagte de Molay, »alle diese Todesfälle durch Feuer. Einst, als ich noch ein Kind war, Corbett, verspottete ich eine alte Hexe auf den Wiesen bei Carcassonne, eine alte Frau, die in einer elenden Hütte neben einem Graben lebte. Mit der Dummheit und Unwissenheit der Jugend rief ich, sie solle brennen. Sie trat mit funkelnden Augen auf mich zu: ›Nein, de Molay‹, kreischte sie, ›du wirst brennen und zu Rauch werden!‹« De Molay rieb sich die Augen. »Ich habe mich immer gefragt, was sie damit meinte. Jetzt weiß ich es. Es gibt verschiedene Arten des Feuers und verschiedene Todesarten.«

Ohne eine Erwiderung abzuwarten, drehte sich der Großmeister auf dem Absatz um und ging weg. Legrave eilte hinter ihm her. Corbett blickte ihnen nach und winkte dann Ranulf und Maltote heran.

»Sattelt eure Pferde«, befahl er. »Ich möchte, daß ihr nach York reitet. Sucht dort Claverley auf.« Er griff in seinen Beutel und zog ein kleines Stück Pergament daraus hervor. »Seht zu, daß ihr diese Substanzen irgendwo in der Stadt auftreibt, aber mischt sie nicht. Claverley wird euch behilflich sein.«

»Wo bekommen wir das alles?«

»Bei den Köhlern der Stadt. Ihr werdet wahrscheinlich eine Weile brauchen, aber achtet darauf, daß ihr die Sachen nicht miteinander vermischt, und kommt so schnell wie möglich mit ihnen zurück.«

Noch ehe die Stunde schlug, hatten Ranulf und Maltote das Herrenhaus verlassen. Corbett hielt es für ratsam, auf seinem

Zimmer zu bleiben. Er durchsuchte es, schloß die Läden und holte dann einen Pfosten, mit dem er die Tür verbarrikadierte. Dabei fiel ihm eine breite Spalte zwischen Tür und Dielen auf. Er blickte lange auf das Leder, das zum Schutz vor Zugluft unter die Tür genagelt war. Corbett lächelte. »Hol mich der Teufel«, murmelte er.

Allmählich ahnte er, auf welche Weise sämtliche Opfer gestorben waren. Aber er rätselte immer noch über Identität und Motiv des Mörders. Er legte sein Schreibzeug auf den Tisch, las eine Weile in seinen Notizen und versuchte dann, sich an Gespräche zu erinnern, an besondere Vorfälle, Gesten und Mienen. Er mußte immer wieder an den toten Baddlesmere denken, die in der Zugluft schwankende Leiche, und an die rätselhafte Inschrift an der Wand.

»Die Wahrheit findet sich nicht am Ufer«, murmelte Corbett. »Sie findet sich in der Mitte der Straße. Was kann Baddlesmere mit diesem Unsinn nur gemeint haben?«

Er schlief eine Weile, stand dann auf und ging in die Küche, um sich etwas zu essen zu holen. Ein säuerlicher, unwirscher Gefolgsmann warf es ihm fast ins Gesicht. Später am Nachmittag klopfte es an der Tür. De Molay erkundigte sich, ob alles in Ordnung sei. Corbett bejahte die Frage und widmete sich wieder dem Studium seiner Papiere. Er beschloß, mit dem ersten Beweisstück zu beginnen, der Drohung der Assassinen. Erneut grübelte er darüber nach, daß es zwei Fassungen gab.

»Warum, warum, warum?« fragte sich Corbett laut. »Warum sind sie unterschiedlich?«

Es gab die Drohung, die am Portal der St. Pauls Kathedrale gehangen hatte. Sie stimmte sowohl mit der von Baddlesmere als auch mit der, die man ihm in der Bibliothek zugerufen hatte, überein. Diese drei unterschieden sich geringfügig von Claverleys und der, die er auf der Ouse Bridge erhalten hatte. Jede Geschichte, überlegte Corbett, geht auf eine einzige Quelle

zurück, ganz egal, ob es sich jetzt um eine Liebesgeschichte oder um eine Nachricht handelt. Sie verändert sich erst dann, wenn sie weitererzählt wird. Baddlesmere erfuhr von der Drohung, als der König mit de Molay und den anderen Kommandanten des Templerordens zusammentraf. Aber warum war die Warnung, die er auf der Ouse Bridge erhalten hatte, dieselbe wie die von Claverley? Corbett fuhr sich mit der Hand an den Mund.
»Du liebe Güte!« murmelte er. »Soviel zu deinen logischen Fähigkeiten, Corbett!«
Er kehrte zu seinen Notizen zurück. Jetzt dachte er in anderen Bahnen. Er konzentrierte sich darauf, wann die Drohungen erfolgt waren und wie der Angriff auf sein Leben in York abgelaufen war.
Schließlich schaute er auf. »Die Templer waren ja vielleicht in York, als ich die Warnung erhielt«, flüsterte er, »sie hatten aber alle bereits die Stadt verlassen, als ich überfallen wurde.«
Er griff wieder zu seiner Feder. Also, schrieb er auf, mußte der Überfall von jemand anders geplant worden sein. Corbett kaute auf dem Federkiel. Eine Weile hatte er Baddlesmere und Scoudas im Verdacht gehabt, aber beide waren unschuldig. Sie waren vollauf mit ihrem illegalen Verhältnis beschäftigt, hatten keine Zeit für irgend etwas anderes. Corbett stand auf, öffnete die Fensterläden und schaute in die Abenddämmerung. Er hatte das Rätsel teilweise gelöst. Das Wie und das Warum. Das Wer war aber immer noch offen. Wen hatte Baddlesmere im Verdacht? Was hatte die Inschrift zu bedeuten? Konnte sie ihn zur Wahrheit führen oder war sie eine Warnung an den Mörder oder etwa beides? »Veritas stat«, übersetzte Corbett mit »die Wahrheit befindet sich«, aber was hatte das »in ripa« zu bedeuten? Er fing an, die beiden Worte vor sich hin zu sagen. Er vertauschte ihre Reihenfolge, aber das änderte auch nichts. Er nahm den Zettel mit der Drohung, den ihm der kleine Junge auf der Ouse Bridge

zugesteckt hatte, dann schaute er wieder auf seine Notizen. Habe ich irgend jemandem davon erzählt? überlegte er. Und wenn nicht, welcher von den Templern hat es dann erwähnt? Er zermarterte sich das Gehirn, aber seine Augenlider wurden langsam schwer. Er überzeugte sich noch einmal, daß die Tür fest verschlossen war, wickelte sich dann in seinen Umhang und legte sich aufs Bett.

13

Ranulf und Maltote kehrten am späten Vormittag des folgenden Tages zurück. Beide waren unrasiert, sahen unausgeschlafen aus und erklärten entschieden, daß sie erst nach langem Suchen das Verlangte gefunden hätten. Darüber sei es Nacht geworden und damit die Ausgangssperre verhängt und die Stadttore geschlossen worden. Also hätten sie sich ein Zimmer in einer Schenke in der Nähe von Botham Bar nehmen müssen.
»Ja, und das Ale habt Ihr dort natürlich auch probieren müssen?« sagte Corbett verärgert.
Ranulf hob die Hände und sah ihn mit unschuldigem Blick an.
»Herr, nur einen Tropfen, nur einen Tropfen.«
»Zeigt her, was Ihr gekauft habt«, fauchte Corbett.
Ranulf schnürte seine Satteltasche auf und zog drei große Beutel daraus hervor, die alle drei ein Pulver enthielten. Corbett öffnete sie, roch daran und nahm etwas von jedem auf einen Finger. Der Geruch war scharf, aber nicht stechend.
»In der frischen Luft«, sagte er, »würde das nicht weiter auffallen. Niemand würde sich etwas denken.«
Sie verließen ungesehen das Gästehaus und gingen um das Herrenhaus herum zum Labyrinth. Corbett nahm seinen Hornlöffel aus seinem Beutel und mischte die Pulver vorsichtig nach Bacons Anweisung. Dann häufte er sie auf die Erde, nahm Ranulf eine brennende Kerze aus der Hand und stellte sie daneben. Er forderte Ranulf und Maltote auf zurückzutreten. Die Kerzenflamme flackerte und ging aus. Unter Schwierigkeiten gelang es Corbett, sie wieder zu entzünden. Diesmal brannte sie höher,

die Kerze schmolz, und die Flamme bewegte sich auf den kleinen Haufen dunklen Pulvers zu. Corbett war schon nahe daran, alle Hoffnung zu verlieren, da erfaßte die Flamme das Pulver. Es knisterte, und eine Stichflamme schoß in die Luft und versengte den Boden. Corbett betrachtete die bläuliche Flamme. Ranulf und Maltote waren sprachlos.
»Ich habe noch nie etwas so schnell und so gewaltsam brennen sehen«, sagte Ranulf.
»Und ich habe schon einmal etwas Ähnliches beobachtet«, berichtete Corbett. »Wenn die Bauern im Herbst die Stoppelfelder abbrennen, dann bewegt sich das Feuer manchmal mit rasender Geschwindigkeit.« Er trat das Feuer aus, da er nicht wollte, daß Alarm geschlagen würde.
Sie verließen den Irrgarten und gingen auf ein paar Bäume zu. Hier nahm Corbett einen trockenen Ast. Wieder mischte er die drei Stoffe. Er bedeckte den Ast bis auf das eine Ende mit dem Pulver, das er entzündete. Diesmal war die Wirkung noch stärker. Die Flamme breitete sich, als sie das Pulver erreicht hatte, so schnell aus, daß Corbett das Feuer sofort wieder mit dem Stiefel löschen mußte.
»Ihr hättet Handschuhe anziehen sollen«, meinte Ranulf, als sich Corbett seine Hände an seinem Wams abwischte. »Ein paar Stulpenhandschuhe aus dickem Leder.«
Corbett schaute auf seine Hände und dann wieder auf Ranulf.
»Handschuhe?« flüsterte er. »Entsinnst du dich an die Lederstücke, die ihr gefunden habt? Stulpenhandschuhe!« rief er. »Das ist die einzige Spur, die der Mörder zurückgelassen hat.«
»Was meint Ihr?« fragte Ranulf.
»Die Lederstücke«, erinnerte ihn Maltote, »die wir in der Nähe der Brandflecken gefunden haben. Der Mörder muß die Handschuhe verbrannt haben, die er benutzt hat.«
Corbett ging weiter in das Wäldchen hinein. Er wußte jetzt, wer der Mörder war. Aber wie konnte er das beweisen? Welchen

Beweis hatte er? Er befahl Ranulf, die Pulversäcke zu verstecken, und sie kehrten ins Gästehaus zurück. Corbett bat seine Gefährten, etwas zu essen aufzutreiben, und studierte Baddlesmeres Kartenskizze.

»Da ist nicht die ganze Stadt drauf«, murmelte er, »sondern nur das Viertel um die Trinity Lane.«

Er las noch einmal die Worte, die Baddlesmere in die Wand geritzt hatte. Am Abend zuvor hatte Corbett noch geglaubt, daß es sich um ein Anagramm oder ein Rätsel handeln müsse. Er übersetzte die Worte ins Englische und stellte anschließend die Buchstaben um. Aber alle seine Schlüsse ergaben keinen Sinn. Dann übersetzte er die Worte ins Französische und klatschte überrascht in die Hände. Baddlesmere hatte ebenfalls gewußt, wer der Mörder war. In den Minuten vor seinem Selbstmord hatte er sich aber nicht dazu durchringen können, seinen Ordensbruder ans Messer zu liefern. Dieser rätselhafte Satz hatte sein Gewissen jedoch nicht weiter beschwert.

Ranulf und Maltote kamen mit Essen aus der Küche zurück. Ranulf konnte es seinem Herrn, dem Master Langschädel, an der Miene ansehen, daß dieser jetzt die Falle zuschnappen ließ.

»Er stellt jetzt die Klageschrift zusammen«, flüsterte er Maltote zu, »wie jeder Richter, der über Leben und Tod zu entscheiden hat.«

»Ihr wißt, wer es ist?« rief er.

Corbett legte die Feder hin und drehte sich um. »Ja, ich kenne nun den Mörder, und ich glaube, daß ich es auch beweisen kann.«

»Logik«, sagte Ranulf, »wie immer.«

Corbett schüttelte den Kopf. »Nein, Ranulf, nicht Logik. Ich habe es mit der Logik versucht und dabei einen fürchterlichen Fehler gemacht. Man geht von einer bestimmten Prämisse aus und glaubt, daß sie zum erhofften Erfolg führt.« Er stand auf und reckte sich. »Wegen meiner Arroganz und meiner Logik habe

ich einen schrecklichen Fehler gemacht. Der arme Baddlesmere war der Wahrheit näher als ich.«
»Was heißt Prämisse?« wollte Maltote, den Mund voll Brot und Käse, wissen.
»Man geht von einer bestimmten Aussage aus«, antwortete Corbett. »Beispielsweise: Alle Männer trinken Ale; Maltote ist ein Mann; also trinkt Maltote Ale. Aber die Prämisse ist falsch. Es trinken nicht alle Männer Ale. Das ist keine unumstrittene Tatsache. Deswegen ist auch jede Feststellung, die auf dieser Aussage fußt, falsch.« Corbett zog sich einen Hocker zu seinen beiden Gefährten hinüber, die an die Wand gelehnt dasaßen. Sie teilten sich Brot und Käse. »Ich glaube, innerhalb des Templerordens gab es eine geheime Verschwörung, Männer, die sich an der Krone hier und in Frankreich rächen wollten. Daraus schloß ich, daß die Morde hier in Framlingham und sonstwo das Werk dieser Männer waren. Da lag ich vollkommen falsch.«
»Und wer war es dann?« fragte Ranulf.
Corbett schüttelte den Kopf. »Eßt Euer Brot und Euren Käse.« Er hielt inne, als er draußen auf dem Gang ein Geräusch hörte. »Wir müssen so schnell wie möglich hier weg«, drängte er. »Ranulf, pack unsere Taschen. Maltote, geh zu den Ställen und sattle die Pferde. Ich möchte vor Ablauf einer Stunde auf der Landstraße sein.«
Maltote nahm sich noch ein Stück Käse und eilte nach draußen. Ranulf warf einen kurzen Blick auf die angespannten Züge Corbetts und packte hastig ihre Sachen zusammen. Corbett räumte sorgfältig sein Schreibzeug in einen Kasten und kontrollierte dann, daß sie auch nichts liegengelassen hatten.
»Versteck die Bücher, die Maltote mitgebracht hat«, zischte er. »Was ist mit den drei Beuteln Pulver?«
»Die sind sorgfältig voneinander getrennt«, versicherte ihm Ranulf.
Sie gingen aus dem Gästehaus und zu den Ställen. Maltote hatte

bereits ihre Pferde ins Freie geführt. Er war damit beschäftigt, ein kleines unberechenbares Packpferd aufzuzäumen. Corbett half ihm dabei und kontrollierte das Zaumzeug und die Sattelgurte. Er war überrascht, daß es im Herrenhaus so still war. Da hörte er ein metallisches Klirren und Ranulfs gemurmelten Fluch. Der Ausgang des Stallhofes wurde von Soldaten der Templer versperrt. Sie trugen Helme und waren jeder mit einer Armbrust bewaffnet. Auf beiden Seiten standen die Sergeanten und Offiziere.

»Steigt auf«, befahl Corbett, »und reitet sie um, falls das nötig sein sollte!«

Corbett gab seinem Pferd die Sporen. Jemand rief einen Befehl, und einer der Armbrustschützen hob seine Waffe. Der Bolzen schwirrte über Corbetts Kopf. Er hatte Mühe, sein Pferd unter Kontrolle zu halten und nicht selbst in Panik zu geraten. Wieder wurde der Befehl erteilt. Diesmal verfehlte ihn der Pfeil nur um Haaresbreite. Und dann prallte einer vor seinem Pferd aufs Pflaster, das wieherte und scheute.

»Weiter reite ich nicht«, murmelte Maltote.

Corbett zügelte sein Pferd. De Molay kam aus dem Hauptgebäude und durchquerte die Linie der Soldaten. Der Großmeister trug eine leichte Rüstung, ebenso wie die anderen Kommandanten. Seine Hand ruhte auf dem Heft seines Schwertes. Er trat heran und ergriff die Zügel von Corbetts Pferd.

»Ihr wollt Euch einfach so ohne jeden Abschied davonmachen, Sir Hugh?«

»Daran könnt Ihr mich nicht hindern«, entgegnete Corbett. »Ich reite jetzt hier durch, und Ihr müßt mit den Folgen leben.«

»Bitte.« De Molays rotgeränderte Augen hatten etwas Flehendes. »Corbett«, flüsterte er. »Ihr wißt doch, wer der Mörder ist? Eure Miene verrät Euch.«

»Darüber hat der König zu entscheiden«, sagte Corbett.

»Nein, Sir Hugh, hier gilt die Gerichtshoheit der Templer. Ich bin Großmeister. Ich bestimme hier. Die Gerichtsbarkeit der Templer ist ebenso gründlich und streng wie die eines Königs.« Corbett entspannte sich etwas. »Ihr wißt doch ebenfalls, wer der Mörder ist, nicht wahr?«

»Ja, ja, ich glaube schon. Es zu beweisen ist jedoch etwas anderes.«

»Wenn ich bleibe«, sagte Corbett, »dann habe ich Euer Wort, daß der Gerechtigkeit Genüge getan wird und ich anschließend unbehindert meines Weges ziehen kann?«

De Molay hob den Arm. »Ich schwöre auf das Kreuz.«

Corbett stieg ab. »Dann schickt vier Eurer Männer nach York. Keine Sorge, ich werde ihnen Vollmachten und Pässe geben. Sie sollen Monsieur Amaury de Craon, den Gesandten Philipps IV., im Palast des Erzbischofs aufsuchen.« Corbett sprach absichtlich leise. »Benutzt irgendeinen Vorwand und ladet ihn ein, als Euer Gast hierherzukommen. Sagt ihm, Ihr hättet ihm einige geheime Dinge mitzuteilen, die die Krone Frankreichs beträfen. Ihr solltet den Brief so freundlich wie möglich abfassen.« Corbett schaute in den blaßblauen Himmel. »Es ist jetzt fast schon Mittag. Er könnte bis zur Abenddämmerung hiersein.«

»Ich habe ebenfalls Bartholomews Nachricht an der Wand gelesen«, erklärte de Molay. »Sie paßt zu den anderen Puzzlestücken und Fragmenten.«

»Ihr hättet mir das sagen sollen«, tadelte Corbett ihn.

»Heute abend werden es alle wissen«, flüsterte de Molay.

Corbett drehte sich um und befahl Ranulf und Maltote, abzusteigen, die Pferde wieder in den Stall zu stellen und ihr Gepäck ins Gästehaus zu bringen. Die Templer traten beiseite, und Corbett kehrte auf ihr Zimmer zurück. Die Wachen ließen nicht lange auf sich warten. Sie postierten sich im Gang.

»Wir hätten weiterreiten sollen«, meinte Ranulf. Er warf die Satteltaschen zu Boden. Sein Gesicht war hochrot vor Ärger. »Sie hätten sich doch nicht getraut!«

»Das ließ sich nur auf eine Art herausfinden«, entgegnete Corbett, »und das wollte ich nicht riskieren.«

Er setzte sich an den Tisch und schrieb einen kurzen Brief an den König und die Vollmachten, die es den Templer-Kurieren erlauben würden, die Stadt York zu betreten. Er siegelte die Schreiben eilig, und Ranulf gab sie einer der Wachen, die vor der Tür standen. Corbett konnte jetzt nichts anderes tun als abzuwarten. Er beachtete Ranulfs ständige Fragen nicht weiter und auch nicht Maltotes halblaute Betrachtungen, von wie vielen Templern sie bewacht würden.

Am Nachmittag machten sie einen Spaziergang, und die Wachen folgten ihnen. Ranulf zählte mindestens ein Dutzend. Corbett war nahe dran, um eine Audienz bei de Molay nachzusuchen, entschied sich aber dagegen. Er war sich immer noch nicht ganz sicher und kam zu dem Schluß, daß es besser war, de Craons Ankunft abzuwarten. Er befahl Ranulf und Maltote, auf ihr Zimmer zurückzugehen, und begab sich selbst in die Templerkirche. Eine Weile saß er in der Marienkapelle und schaute auf die wunderschöne, aus Mahagoni geschnitzte Skulptur der Madonna mit dem Jesusknaben. Darüber war eine kleine Fensterrosette, deren Glasmalereien Szenen aus dem Leben Christi zeigten. Einige Minuten lang betete er. Die Madonna und die Glasmalereien erinnerten ihn an die kleine Kirche in der Nähe der Farm seines Vaters.

Ich sollte dorthin zurückkehren, dachte er, und nach dem Grab meiner Eltern sehen. Er schaute auf das Fenster. Vielleicht könnte er ebenfalls ein bemaltes Glasfenster kaufen, durch das dann Licht in das dunkle Querschiff fallen würde, in dem seine Eltern unter kalten und feuchten Platten begraben lagen. Er lächelte. Seiner Mutter würde das gefallen. Sie hatte ihn häufig an solchen Nachmittagen in die Kirche mitgenommen, während sein Vater und sein älterer Bruder bei der Feldarbeit waren. Sie erklärte ihm immer die Wandmalereien und die geschnitzten

Figuren auf dem Lettner. So hatte er auch Pater Adelbert kennengelernt, der sich später seiner Ausbildung angenommen hatte.
»Du mußt hart arbeiten, Hugh«, hatte seine Mutter oft zu ihm gesagt. »Denk daran, daß die großen Eichen auch einmal als kleine Eicheln angefangen haben.«
»Ich wünschte, du wärst hier!« flüsterte Corbett.
Was hätte sie jetzt über ihn gedacht. Er war weit weg von seiner zweiten Frau und seinem Kind und bereitete sich darauf vor, einen Mörder mit seinen Taten zu konfrontieren und der Gerechtigkeit zum Sieg zu verhelfen. Das war das Erbe seines Vaters. Dieser war Soldat gewesen, hatte im Bürgerkrieg gekämpft und immer wieder gesagt, wie wichtig ein starker Regent, gute Richter und vernünftige Gesetze für ein Land seien. Corbett seufzte. Er erhob sich von dem kleinen Betschemel und ging zum Portal der Kirche zurück. Hier hatten seine Wächter auf ihn gewartet. Er war sich immer noch nicht sicher, was er tun würde und wie er den Mörder in eine Falle locken könnte. Anhaltspunkte waren eine Sache, Beweise eine andere. Er drehte sich um und schaute noch einmal auf die Fensterrosette und die Geschichten, die dort dargestellt waren. Plötzlich kam ihm eine Idee.
»Ich möchte de Molay sehen«, sagte er zu einer der Wachen. »Sofort.«
Der Sergeant, der die Verantwortung hatte, zuckte mit den Schultern und nickte dann. Er führte Corbett um das Herrenhaus herum und zur Klosterzelle des Großmeisters. De Molay war sehr beschäftigt. Diener packten seine Truhen und Kisten. Das Bett war abgezogen, und alle Pergamente und Tintenfässer waren vom Schreibtisch verschwunden.
»Ihr wollt abreisen, Großmeister?«
De Molay gab den Dienern ein Zeichen, sich zurückzuziehen.
»Ihr seid mein Gefangener, Hugh«, sagte er trocken. »Was auch

immer heute abend passiert, ich werde mit Euch als Euer Gefangener nach York reiten, um den König zu treffen.« Er legte den Kopf auf die Seite. »Aber deswegen seid Ihr vermutlich nicht hier?«
»Nein«, antwortete Corbett. »Ich bin gekommen, um Euch um einen Gefallen zu bitten. Ich möchte, daß Ihr sowie Branquier, Symmes und Legrave niederschreibt, was seit Eurer Ankunft in England geschehen ist.«
»Warum?«
»Weil ich das brauche.«
»Was wird damit bewiesen?«
»Nichts – nichts direkt«, log Corbett. »Aber sagt Euren Kommandanten, daß sie sich bei Monsieur de Craon über mich beschweren können, nachdem ich diesen getroffen habe. Ein solcher Bericht könnte sehr nützlich sein.« Er ging zur Tür. »Es sind immer noch ein paar Stunden, bis es dunkel wird«, meinte er, »genug Zeit.«
Corbett begab sich ins Gästehaus zurück und schlummerte eine Weile. Aus der Küche wurde Essen gebracht, und spät am Nachmittag erschien jemand aus dem Gefolge de Molays und informierte ihn, daß Monsieur de Craon eingetroffen sei. Er solle sich bereithalten. Etwa eine Stunde später gingen Corbett, Ranulf und Maltote ins Refektorium. Die Templer hatten sich bereits um die große Tafel versammelt. De Craon erhob sich, als Corbett eintrat. Sein zerfurchtes Gesicht überzog ein Lächeln.
Corbett erwiderte de Craons Händedruck nur schwach. Er mußte sich sehr zurückhalten, das listige und scharfsinnige Antlitz des anderen nicht zu ohrfeigen. »Er hat zwei Gesichter«, hatte er einmal zu Maeve gesagt. »Er ist de Craon, der Gesandte, aber seine Augen erzählen eine andere, finstere und gewalttätige Geschichte.«
Branquier, Symmes und Legrave waren ebenfalls anwesend und

einer von de Craons schwarz gekleideten Schreibern, ein bleicher junger Mann mit wachsamen Augen, dessen dünnes Haar ganz kurz geschnitten war. Er sollte als de Craons Zeuge fungieren.

Als sich alle gesetzt hatten, erhob sich de Craon.

»Großmeister, ich heiße Sir Hugh Corbett willkommen, aber ich ging davon aus, daß Ihr es wart, der mich sprechen wollte. Warum ist er dann hier?«

De Craons Schreiber war bereits eifrig dabei, den Protest seines Herrn aufzuzeichnen. De Molay lächelte. Er sah auf einmal viel jünger aus. Offensichtlich genoß er es, Philipps Gesandten zu ärgern. Corbett fragte sich, wie das Verhältnis zwischen dem Großmeister und dem König von Frankreich aussah. De Craon, den das schweigende Lächeln de Molays verwirrte, setzte sich wieder.

»Sir Hugh ist hier«, de Molay rieb sich nachdenklich die Hände, »weil er ein Jäger der Seelen und ein Ergründer von Geheimnissen ist.« Er schaute Corbett an. »Die Zeit vergeht«, murmelte er, »und die Dunkelheit rückt näher.«

Corbett stand auf und ging ans Ende der Tafel. Hier konnten ihn alle sehen. Er beobachtete die Anwesenden. Ranulf hatte die Anweisung erhalten, sich mit Maltote an der Tür zu postieren. Beide hatten sie ihre gespannte Armbrust an die Wand gelehnt.

»Einmal«, fing Corbett an, »gab es einen König von Frankreich, der ein Heiliger und ein Krieger war – Ludwig der Heilige, der die Kreuzesstandarte auf den Zinnen von Jerusalem hissen wollte. Das gelang ihm nicht, er starb, und die Märtyrerkrone war seine Belohnung.«

De Craon, der seinen Ärger vergessen zu haben schien, sah Corbett jetzt neugierig an.

»Zu dieser Zeit«, fuhr Corbett fort, »erhielt dieser König und Heilige Hilfe von den Templern, einem großen kriegerischen Mönchsorden, dessen Ordensregeln der heilige Bernhard persönlich festgelegt hatte. Diese Mönche hatten eine Vision. Sie wollten die heiligen Stätten in Outremer erobern und gegen die Ungläubigen verteidigen. Jahre vergingen. Es traten große Veränderungen ein, und jetzt haben wir einen König von Frankreich, einen Nachfahren Ludwig des Heiligen, Philipp den Schönen, der seine Standarte lieber über den Zinnen von London und Antwerpen flattern sieht.«

»Das muß ich mir nicht bieten lassen!« De Craon sprang auf.

»Setzt Euch!« fauchte ihn de Molay an. »Und das ist das letztemal, daß Ihr Sir Hugh unterbrecht, Sir!«

»Aber Philipps Träume ließen sich nicht verwirklichen«, nahm Corbett in sachlichem Ton den Faden wieder auf, »also hatte er einen neuen Traum. Was er mit roher Gewalt nicht bekommen konnte, wollte er heimlich an sich bringen. Seine Tochter wird den einzigen Sohn unseres Königs heiraten. Philipp weiß also, daß eines Tages sein Enkel den englischen Thron besteigen wird. Philipp muß dafür bezahlen, muß eine riesige Mitgift aufbringen, aber seine Goldtruhen sind wie die von Edward von England leer. Und so schaut er sich um, und sein Blick fällt auf den mächtigen Templerorden mit seinen Herrenhäusern, Gütern, seinem Vieh und seinen Schätzen. Er widmet sich diesem Orden sehr eingehend und weiß auch, daß dieser seinen Idealismus weitgehend eingebüßt hat. Man spricht hinter vorgehaltener Hand von Skandalen, von Päderastie und Trunksucht.«

Corbett schaute die Tafel entlang und bemerkte, daß Symmes' narbiges Gesicht rot anlief. »Es gibt geheime Rituale, die Rede ist von Verschwörung und Intrige. Und der verschlagene Philipp ersinnt einen raffinierten Plan ...«

De Craon wollte sich erheben, aber de Molay streckte die Hand aus und drückte ihn auf seinen Stuhl zurück.

»Der Templerorden«, fuhr Corbett fort, »läßt eine Menge zu wünschen übrig. Er ist zum Teil von innen verfault, wird aber vom Heiligen Vater in Avignon beschützt. Jeder, der sich gegen die Templer stellt, stellt sich gegen das Papsttum, und das kann sich Philipp natürlich nicht leisten. Er wartet ab und wählt seinen Mann – einen Templer, der in seinem Orden die Judasrolle spielen und diesen durch einen Kuß verraten wird.«

Die Templer rutschten unruhig auf ihren Stühlen hin und her. Corbett fragte sich, wer von ihnen sich schon einmal überlegt haben mochte, denselben Pfad zu beschreiten wie der Mörder. Nur de Molay saß ruhig da, die Hände vor den Mund gelegt, und sah Corbett mit dem Ausdruck eines gehetzten Wildes an.

»Ein neuer Großmeister wird gewählt.« Corbett beugte sich über die Tafel. »Er hält ein Großkapitel in Paris ab. Er will dem Orden zu einer neuen Blüte verhelfen und erklärt seine Absicht, sämtliche Ordensprovinzen zu besuchen. England steht als erstes auf der Liste. Er verläßt Paris, geht in Dover an Land und reist nach London. In dieser Zeit kommt es zum ersten Skandal. Ein einfältiger Templer-Sergeant wird unter dem Verdacht festgenommen, einen Mordanschlag auf Philipp von Frankreich verübt zu haben. Ein verderbter Mensch, der sich vermutlich etwas mit Schwarzer Magie beschäftigte. Dieser Templer wird der Inquisition überantwortet. Ich vermute«, Corbett lächelte schwach, »daß auch ich schwören würde, daß schwarz weiß ist und weiß schwarz, wenn man mich der perfiden Grausamkeit der Inquisition ausliefern würde. Gott möge mir das vergeben, aber ich wäre sogar in der Lage, meinen Glauben zu leugnen und meine Familie zu verraten, auch wenn ich mich anschließend als Feigling verfluchen würde. Diesem Sergeant fiel das alles leichter. Er war verbittert und voller Haß und antwortete dem Inquisitor nur allzu bereitwillig, um so sich selbst und den Orden, dem er einmal gedient hatte, ins Verderben zu stürzen.«

Branquier beugte sich vor. »Wollt Ihr damit sagen, daß der Sergeant gar nicht der Angreifer gewesen war?«

»Allerdings«, antwortete Corbett. »Man hat ihn angelogen. Phil-

ipp wurde weder im Bois de Boulogne noch auf der Grande Ponte angegriffen. Das sollten wir nur glauben. Es gibt weder einen Sagittarius«, fuhr Corbett fort, »noch Geheimbünde und Intrigen bei den Templern, nur eine gelinde Unzufriedenheit, die sich ein bestimmter Judas zunutze machte.« Er schaute de Craon an, der seinem Schreiber die Feder aus der Hand riß.
»In England«, setzte Corbett seine Rede fort, »begann dann die eigentliche Intrige. König Edward hatte in Outremer gekämpft. Die Assassinen hatten einen Mordanschlag auf ihn verübt. Solche Erinnerungen lassen sich nicht abschütteln, und Edward war entsetzt, als die Drohung der Assassinen an das Portal der St. Pauls Kathedrale geheftet wurde. Ihm gefror das Blut in den Adern. Er kam nach York, um eine große Ratssitzung abzuhalten. Dort traf er auch den ehrenwerten Gesandten de Craon, um die Bedingungen der Eheschließung zu besprechen. Unser König ist ebenfalls bankrott, also bemühte er sich um eine Anleihe beim Templerorden.«
»Aber die Warnung in London?« rief Branquier.
»Oh, die wurde von jemandem aus Eurem Orden an das Portal geheftet. Einem Judas, der ein Spion von Philipp von Frankreich geworden war.«
»Das ist alles Unsinn«, fauchte de Craon. »Dumme Spekulation …«
»Wartet«, sagte Corbett. »Als sich der Verräter in London aufhielt, hat er nicht nur die Drohung an die Tür der St. Pauls Kathedrale genagelt, sondern auch Kaufleute aufgesucht, um bestimmte Substanzen wie beispielsweise Salpeter und Schwefel zu kaufen. Dieser Templer hatte einmal in Outremer Dienst getan. Hier hatte er ein geheimnisvolles Feuer kennengelernt, das so stark brennt, daß es sich nicht mit Wasser löschen läßt. Kommt Feuer mit bestimmten Materialien in Berührung, dann entsteht der Eindruck der Hölle auf Erden.«
»Davon habe ich gehört.« Symmes setzte sein Wiesel auf den

Tisch. Er streichelte ihm die Ohren und hielt ihm ein kleines Stück Dörrfleisch vor die Schnauze. Die Augen des Templers funkelten. »Davon haben wir alle gehört!« rief er. »Die Byzantiner haben damit eine große Flotte der Mohammedaner verbrannt.«

»Aber das ist doch kein Geheimnis«, unterbrach ihn de Molay. »In einigen Büchern ist von diesem Feuer die Rede, und ist nicht dieser Gelehrte der Franziskaner, Bacon, der Art des Feuers auf die Spur gekommen?«

»Jedenfalls ist das dem Mörder gelungen«, ergriff Corbett wieder das Wort. »Das war auch nicht weiter schwer. Die Bibliotheken von Paris und London werden von Gelehrten aus aller Herren Länder besucht. Das Feuer läßt sich ohne Schwierigkeiten erzeugen, wenn man nur weiß, was man kaufen muß und wie man es anzuwenden hat.« Corbett hatte seine Augen fest auf de Molay gerichtet. »Was den Mörder betrifft«, fuhr er fort, »so kam dieser nach York, mischte die Substanzen und experimentierte mit ihnen in Framlingham in den Wäldern, wo er nicht mit neugierigen Blicken und neugierigen Fragen rechnen mußte. Trotzdem verbreiteten sich Gerüchte. Man meinte, das Höllenfeuer gesehen zu haben. Eines Abends verläßt er also das Herrenhaus und begibt sich auf die einsame Landstraße nach Botham Bar. Er fesselt seinem Pferd die Vorderbeine und experimentiert erneut mit dem seltsamen Feuer, perfektioniert seine Anwendung. Gleichzeitig übt er sich im Armbrustschießen. Er ist ein hervorragender Schütze. Selbst im Dunkeln verfehlen die Feuerpfeile nicht ihr Ziel.

Alles wäre ohne Zwischenfall verlaufen, hätte nicht an diesem Abend der Reliquienhändler Wulfstan, vermutlich nicht mehr ganz nüchtern, York verlassen, um seinen wertlosen Kram auf den Dörfern in der Umgebung feilzubieten. Wulfstan, der ein neugieriger Mensch war und immer begierig, neue Geschichten zu hören, bemerkte die Feuer und ritt mit seiner Mähre von der

Landstraße und zwischen die Bäume. Dem Mörder kam das alles andere als gelegen. Wulfstan würde sich an sein Gesicht und sein Pferd erinnern können. Er zieht seinen großen Zweihänder und schlägt mit solcher Kraft zu, daß der arme Wulfstan mitten entzwei gehauen wird. Wulfstans Pferd scheut und verschwindet in der Dunkelheit. Der Mörder hat endlich eine Leiche, mit der er experimentieren kann. Außerdem wird das Feuer die Züge des Toten unkenntlich machen. Er zündet sein Opfer an und hört in diesem Moment die Rufe der beiden Nonnen und ihres Führers. Also versteckt er sich zwischen den Bäumen, bis die drei vorbei sind. Ehe er weiterreitet, zieht er noch die Pfeile aus den Bäumen. An ihn erinnern nur noch die Einschußstellen, die versengten Stellen auf der Erde und Wulfstans brennende Leiche.«

»Wer?« rief de Craon. »Wer ist dieser Mörder?«

»Geduldet Euch noch einen Augenblick«, antwortete Corbett. »Der Mörder, Monsieur de Craon, ist nun in der Lage, sein Netz auszuwerfen. Murston, der Templer-Sergeant, ähnelte dem, der in Paris in eine Falle gelockt wurde. Am Abend, ehe Edward von England nach York reitet, wird Murston befohlen, sich in eine Schenke in der Nähe der Trinity Lane zu begeben, durch die der König reiten wird. Er soll eine Kammer mieten und dort warten.«

»Murston war ein Mörder«, unterbrach ihn de Molay, »ein Verbrecher.«

»Er war kein Verbrecher«, entgegnete Corbett, »er war nur etwas einfältig. Er führte den Befehl eines seiner Vorgesetzten aus. Er verbringt den Abend, wie das jeder gute Soldat getan hätte. Der König ist auf dem Weg nach York, und Ihr begebt Euch ebenfalls mit Euren Kommandanten dorthin, Großmeister. Einer dieser Kommandanten geht jedoch heimlich zur Schenke, in der Murston wartet, schneidet ihm die Kehle durch und nimmt die Armbrust, die dieser in die Stadt mitgebracht hat. Als der König die Trinity Lane entlangkommt, schießt dieser

Kommandant zwei Bolzen ab, die seine Hoheit nur um Haaresbreite verfehlen.«
Corbett drehte sich um, deutete auf einen Stuhl, der in einer Ecke stand, und gab Ranulf ein Zeichen, ihn zu bringen. Er hatte Kreuzschmerzen und mußte sich setzen.
»Murston ist bereits tot, als die Bolzen abgeschossen werden«, fuhr er in seiner Rede fort. »Das Griechische Feuer ist bereits über seine Leiche ausgestreut. Der Täter schießt seinen zweiten Bolzen ab, entzündet das Pulver und eilt die Treppe hinunter. Er tarnt sich mit einem zerrissenen Umhang, den er von einem Bettler gekauft hat. Ich kam als erster in die Dachkammer, aber er war bereits über alle Berge. Ich stand da und fragte mich, wie es Murston wohl angestellt hatte, innerhalb von Sekunden zwei Bolzen abzufeuern und in hoch auflodernden gelbblauen Flammen zu verbrennen.«
»War es die Absicht des Täters, den König zu töten?« fragte de Molay.
»Nein, mit diesem Angriff sollte nur die Intrige eingeleitet werden. Der Täter und Philipp von Frankreich wollten den Templerorden in einen großen Skandal verwickeln.«
»Warum?« rief Branquier.
»Damit die englische Krone gegen den Orden vorgehen, seinen Besitz beschlagnahmen und die Staatskasse mit seinen Reichtümern füllen würde. Was Edward in England begönne, würde Philipp von Frankreich bald zu einem Ende führen. Und wenn der Heilige Vater Einwände erhoben hätte?« Corbett zuckte mit den Schultern. »Philipp hätte einfach nur auf Edward von England hingewiesen und gesagt, daß er dem Beispiel des Regenten des Nachbarlandes folge. Philipp hätte den Orden zerstört, sein Hab und Gut beschlagnahmt, sich bereichert und gleichzeitig eine Bewegung aus der Welt geschafft, die ihn ständig daran erinnerte, daß noch sein heilig gesprochener Großvater ein Kreuzfahrer gewesen war. Der Papst hätte Edward für den

Hauptschuldigen gehalten. Der Täter wußte, daß ich die Vorgänge untersuchen würde. Daher erhielt auch ich eine Warnung, daher beabsichtigte er, mich in der Nähe der Shambles zu ermorden.«
»Aber zu diesem Zeitpunkt hatten wir alle York bereits verlassen«, wandte de Molay ein. »Kein einziger Templer befand sich mehr in York, als Ihr angegriffen wurdet.« Der Großmeister breitete die Hände aus. »Es stimmt schon, einer von uns hätte Euch die Warnung zukommen lassen können, aber ...«
»Die Warnung kam auch gar nicht von Euch«, sagte Corbett. »Der geheimnisvolle Armbrustschütze war kein Templer, oder habe ich unrecht, Monsieur de Craon?«
Der Franzose verzog keine Miene.
»Nur Ihr«, fuhr Corbett fort und deutete auf de Craon, »wußtet, wann ich den Palast des Erzbischofs verlassen hatte. Ihr ließt mich verfolgen. Ihr oder eine Eurer Kreaturen habt auch den Überfall eingefädelt und dadurch noch mehr Verwirrung gestiftet.«
»Und Reverchien?« fragte Legrave heiser, ohne den Kopf zu heben. »Keiner von uns war hier im Herrenhaus, als Reverchien starb.«
»Nein, nein, aber Ihr wart am Tage vor seinem Tod dort. An diesem Tag begab sich der Täter mit dem Griechischen Feuer in das Labyrinth. Er ging bis in die Mitte. Auf dem Sockel des Kreuzes stehen drei Kerzen in Halterungen aus Eisen. Der Täter streute das Griechische Feuer über die Kerzen, den Sockel und die Stufen des Sockels, auf denen Reverchien immer kniete.«
»Natürlich«, sagte Branquier leise. »Und der alte Kreuzfahrer entzündete diese Kerzen, sprach seine Gebete und dachte nur an Gott.«
»Ja«, erwiderte Corbett.
Er drehte sich um und gab Ranulf in der Ecke ein Zeichen. Der

Diener trat mit einer kleinen Schüssel heran. Corbett stellte sie auf den Tisch. Er lächelte de Molay entschuldigend an.

»Ich habe die Schüssel in der Küche geliehen.«

Er erhob sich und nahm eine der vielen Kerzen, die in Haltern auf den Fensterbänken standen.

»In der Schüssel«, erklärte Corbett, »befindet sich eine kleine Menge des Pulvers, das das Griechische Feuer erzeugt.« Er schaute auf, da die Templer ihre Stühle zurückschoben. »Keine Sorge, es besteht keine Gefahr.« Corbett zog ein langes Stück Velinpapier aus seinem Beutel, legte es in die Schale und entzündete das eine Ende. Die Flamme breitete sich schnell aus. Selbst Ranulf zuckte erschrocken zusammen, als die kleine, wütende Flamme hoch in die Luft schoß. »Reverchien ging genauso in Flammen auf«, sagte Corbett, zog die Schale zu sich heran und blickte nachdenklich auf die Brandspuren.

»Reverchien entzündete die drei Kerzen und sprach seine Gebete. In dem schwachen Licht des frühen Morgens bemerkte er nicht das todbringende Pulver um sich herum. Die Kerzen brennen. Das Pulver fängt Feuer. Die Flammen fahren die Kerzen herunter und erfassen das Pulver auf den Stufen. Reverchien ist in Sekundenschnelle eine lebende Fackel. Eine raffinierte Art, jemanden zu ermorden und sich gleichzeitig weit entfernt vom Tatort aufhalten zu können. Das Feuer entwickelt eine unglaubliche Hitze.« Corbett schob die Schale die Tafel entlang. »Es ist nicht mit Wasser zu löschen und hinterläßt keinerlei Spuren. Es gibt anschließend absolut keinen Anhaltspunkt, wie das Feuer begann.«

Corbett setzte sich wieder. »Bei den anderen Morden war es ähnlich. Peterkin, der Pastetenbäcker, zog eine Schürze und Handschuhe an, die mit demselben Pulver präpariert waren. Er harkt die brennende Asche zusammen und hat vor seinem Ende noch einen Verdacht, was da vor sich geht. Erinnert Euch, die Köche redeten über seinen Tod und über die anderen seltsamen

Vorfälle. Peterkin sprach im Scherz von Schwefelgeruch. Dieser Schwefelgeruch ging von seinen Kleidern aus. Alles weitere wißt Ihr«, sagte Corbett und sah den Mörder an. »Etwas heiße Asche oder ein glühendes Stück Holzkohle fällt auf seinen Handschuh. Er versucht den Brandherd abzuschütteln. Das gelingt ihm natürlich nicht. Das Feuer breitet sich aus, und er stirbt qualvoll.«

»Aber warum?« fragte Symmes. »Warum ein harmloser Koch?«
»Weil der Mörder Schrecken verbreiten wollte. Er wollte Verwirrung stiften und Gerüchte in Umlauf setzen, die Templer seien mit einem Fluch behaftet, würden nicht nur einem potentiellen Königsmörder Unterschlupf gewähren und sich gegenseitig umbringen, sondern es dem Höllenfeuer auch gestatten, Unschuldige in ihrer Mitte zu verbrennen.« Corbett spielte mit seinem Kanzleiring. »Nach Peterkins Tod flüchteten sämtliche Diener aus Framlingham. Diener sind neugierig. Sie haben ein Gespür für das Ungewöhnliche. Mit Peterkins Tod hatte ihre Schnüffelei ein Ende. Der Mörder konnte sich in Sicherheit wiegen.«

»Und wer, Sir, ist er?« fragte Legrave scharf.
»Ihr, Sir«, antwortete Corbett mit leiser Stimme.

14

De Molay brauchte eine Weile, um die Gesellschaft zur Ruhe zu bringen. Legrave stand auf und warf sich auf Corbett, aber Symmes, der zwischen ihnen saß, vereitelte den Angriff. De Craon sprang auf und gab seinem Schreiber das Zeichen zum Aufbruch. Corbett kannte seinen alten Widersacher und durchschaute ihn. De Craon würde sich erst dann verabschieden, wenn es für ihn von Vorteil war. Corbett war froh, daß die anderen Templer nicht sofort zu Legraves Verteidigung eilten. Einige wirkten betroffen, manche artikulierten lautstark ihren Protest, aber die finstere Miene des Großmeisters und Branquiers bestürzter Blick bestärkten Corbett.

Sie wissen etwas, dachte er. Meine Worte stimmen mit ihren geheimen Erkenntnissen überein.

Schließlich wurde Legrave, der hochrot vor Wut war, gezwungen, sich wieder zu setzen.

»Das könnt Ihr nicht beweisen!« stammelte er.

»Zu diesem Punkt werde ich kommen«, entgegnete Corbett, »wenn ich das Meine zu den anderen Morden gesagt habe. Der arme Bruder Odo. Ihn habt Ihr erledigt, als er fischen ging. Ihr habt ihm zwischen den Bäumen bei der Mole aufgelauert. Dort war kein Blut. Ihr werdet ihm eins über den Kopf gegeben haben. Vermutlich habt Ihr seinen Schädel zertrümmert. Dann habt Ihr ihn in sein Boot gehievt und ihn aufrecht auf der Ruderbank festgebunden. Im Bug und Heck habt Ihr das Griechische Feuer verteilt. Die Riemen habt Ihr an den Händen des alten Mannes festgebunden und außerdem an den Seiten des

Bootes befestigt. Euer Opfer hielt die Angelschnur zwischen den Fingern. Dann habt Ihr *The Ghost of the Tower* einen Stoß gegeben, so daß das Boot auf die Mitte des Sees hinaustrieb. Dieser Anblick war in Framlingham nichts Ungewöhnliches – der alte Odo in seinem Umhang mit Kapuze über eine Angelrute gebeugt, das Boot leise schaukelnd im See. Ihr habt von den Bäumen aus einen Feuerpfeil in das Boot geschossen, und das Inferno brach aus. Wenn ein Mann wie Odo, der in seinem Orden das Ansehen eines Helden genießt, vom Höllenfeuer verzehrt werden kann, wer ist dann noch sicher? Was geht in Framlingham eigentlich vor, fragten sich alle. Was ist plötzlich in diese Templer gefahren? Und die üblen Gerüchte nahmen ihren Lauf.«

»Warum gerade Odo«, wollte de Molay wissen, »warum gerade diesen sanften alten Mann?«

»Weil er ein Gelehrter war«, antwortete Corbett.

»Und Baddlesmere?«

»Weil er einen Skandal auslösen würde«, fuhr Corbett fort. »Legrave kannte Baddlesmeres Geheimnis. Er hatte von seiner Leidenschaft für junge Männer gehört und wußte auch, daß er einen Krug gekühlten Wein in sein Zimmer mitnehmen würde. Er versetzte den Wein mit einem Schlaftrunk und verteilte das brennbare Pulver unter den Binsen auf dem Fußboden bis hin zur Tür zum Leder gegen die Zugluft. Der einzige Fehler: Baddlesmere befindet sich nicht im Zimmer. Die Liebenden hatten gestritten. Scoudas und Joscelyn trinken den Wein. Es wird dunkel, und Baddlesmere geht beleidigt im Park spazieren.« Corbett schaute Legrave an, der bleich geworden war. »Ihr kehrt vermutlich mit einer Schale mit einem Stück glühender Holzkohle zu dem Zimmer zurück und schiebt dieses unter der Tür hindurch. Die Binsen sind trocken, das Pulver flammt auf, das Inferno bricht los und bringt den beiden betäubten jungen Männern den Tod.«

»Großmeister«, Legrave trat einen Schritt vom Tisch zurück. Da setzte Symmes jedoch sein Wiesel auf den Fußboden, das verschwand, und sein Herr packte Legrave am Oberarm.

»Ich denke, Ihr bleibt besser hier, Bruder«, erklärte Symmes mit leiser Stimme. »Was Corbett sagt, ergibt einen Sinn.«

»Natürlich«, fuhr Corbett fort. »Es bestand ein Zusammenhang zwischen dem Mord an Baddlesmere und dem an Bruder Odo. Der Bibliothekar war zu neugierig geworden. Er fing an, sich an Geschichten über seltsame Feuer zu erinnern, die er im Osten gehört hatte. Legrave hatte jedoch ein Auge auf ihn. Vielleicht hat ihm Odo sogar von seinen Nachforschungen erzählt. Deswegen kamt Ihr auch in die Bibliothek, während ich mich dort aufhielt. Wenn ich die Hintertür nicht gefunden hätte«, meinte Corbett unwirsch, »dann hättet Ihr mich ebenfalls auf dem Gewissen.«

Legrave schaute Corbett mit glasigem Blick und zusammengebissenen Zähnen an. Er schluckte und sah hastig zu de Craon hinüber, der sich aber umwandte.

»Was auch immer er für Sünden begangen hatte«, fuhr Corbett in seiner Rede fort, »Baddlesmere war ebenfalls der Wahrheit auf der Spur. Er fragte sich, wer für Murstons Tod verantwortlich war. Baddlesmere wußte, wohin der Großmeister sich am Morgen des Angriffs auf den König begeben hatte. Er kam wie ich zu dem Schluß, daß zwei weitere seiner Gefährten ebenfalls nicht als Täter in Frage kamen. Symmes und Branquier hielten sich in der Nähe von Botham Bar auf, also in einem ziemlichen Abstand zur Trinity Lane, als der Angriff erfolgte.«

»Das stimmt«, unterbrach ihn Branquier. »Baddlesmere hat uns alle gefragt, wo wir uns aufgehalten hätten und welche Straßen wir entlanggegangen seien.«

»Er wollte auch wissen, in welchen Schenken wir etwas getrunken haben«, fügte Symmes hinzu.

»Aber ich war doch beim Großmeister!« rief Legrave. Er sah die Tafel entlang. De Molay verzog keine Miene.
»Der Großmeister war mindestens zwei Stunden beim Goldschmied«, entgegnete Corbett. »Ihr solltet vor der Tür warten.«
»Das tat ich auch.«
»Nun, wenn Ihr Euch Baddlesmeres Karte von York anschaut, dann sind es von der Stonegate zu der Schenke in der Trinity Lane, in der sich Murston befand, nur wenige Minuten.«
De Molay nahm seine Hand vom Mund. »Sir Hugh spricht die Wahrheit«, erklärte er. »Wir suchten zwei Goldschmiede in dieser Straße auf. Einmal trat ich ins Freie und fand Euch nicht vor der Tür.«
»Ich war bei den Marktständen«, entgegnete Legrave.
»Ach wirklich«, meinte Corbett. »Was habt Ihr gekauft?«
Legrave leckte sich über die Lippen.
»Handschuhe«, antwortete statt seiner Branquier, »um genau zu sein, Stulpenhandschuhe. Das habt Ihr uns zumindest gesagt.«
»Wo sind sie?« wollte Corbett wissen. »Ihr habt mehr als ein Paar gekauft. Das haben zumindest verschiedene Besitzer der Marktstände ausgesagt. Wozu benötigt jemand mehr als ein oder meinetwegen auch zwei Paar Stulpenhandschuhe? Ihr seid ein Kriegermönch, Legrave, und nicht irgendein eitler Höfling.«
»Wo sind die Handschuhe?« wiederholte de Molay.
»Ihr werdet keine Spur von ihnen finden«, sagte Corbett. »Das Pulver, das Legrave verwendete, ist sehr gefährlich. Es ätzt. Die einzelnen Partikel setzen sich im Stoff fest. Hat man es einmal an den Handschuhen, muß man diese vernichten. Legrave tat das auch. Er verbrannte sie an entlegenen Stellen des Parks. Meine Gefährten fanden noch die letzten Reste.«
»Ihr lügt! Ihr lügt!« Legrave schlug mit den Fäusten auf den Tisch.
»Wir können Euer Zimmer durchsuchen«, bot Corbett an. »Wir

können Euch bitten, die Handschuhe herzubringen. Wer weiß, was wir an ihnen finden? Spuren der Substanzen, die Ihr verwendet habt? Diese werden ebenfalls an den Stiefeln und Kleidern sein. Vielleicht sind auch an Eurem Dolch oder an Eurem Schwert Spuren von Blut?«

»Ralph«, Branquier beugte sich vor und schaute die Tafel entlang. »Ihr habt die Möglichkeit, zu diesen Vorwürfen Stellung zu nehmen.«

Legrave schaute zu Boden.

»Baddlesmere beschäftigte sich ebenfalls mit der Drohung der Assassinen«, fuhr Corbett fort. »Die Warnung, die an das Portal der St. Pauls Kathedrale genagelt worden war, lautete folgendermaßen:

Wisse, daß wir kommen und gehen, wie es uns beliebt, und daß Du uns nicht daran hindern kannst.«

Corbett schloß die Augen.

»Wisse, daß Dir all Dein Besitz abhanden kommt und schließlich uns zufällt.

Wisse, daß wir Macht über Dich besitzen und daß das so sein wird, bis wir unsere Mission erfüllt haben.

Das ist der Wortlaut der Drohung, die ich im Kloster im Beisein des Königs verlas. Die Warnung, die ich auf der Ouse Bridge erhielt, war jedoch etwas anders:

Wisse, daß Dir all Dein Besitz abhanden kommt und schließlich uns zufällt.
Wisse, daß wir kommen und gehen, wie es uns beliebt, und daß Du uns nicht daran hindern kannst.

Wisse, daß wir Macht über Dich besitzen und daß das so sein wird, bis wir unsere Mission erfüllt haben.

Die Warnung, die ich von Master Claverley erhielt, hatte ebenfalls diese Reihenfolge.« Corbett zuckte mit den Schultern. »Dieses Detail machte mich stutzig. Gab es bei diesem makabren Spiel zwei Parteien? Legrave in England und de Craon in Frankreich? Legrave heftete die Drohung an die Tür der St. Pauls Kathedrale, als die Templer durch London reisten. De Craon ließ mir eine Abschrift der zweiten Fassung zukommen. Außerdem wurde auf seine Veranlassung hin eine weitere Abschrift von einem seiner Schreiber an den Käfig von Murston angebracht, um uns noch mehr zu verwirren.« Corbett lächelte den Franzosen düster an. »Ihr werdet Eurem Herrn in Frankreich beichten müssen, daß Ihr einen fürchterlichen Fehler begangen habt – Ihr habt eine Botschaft falsch abgeschrieben.«
Der französische Gesandte regte sich nicht. Er saß mit zurückgelehntem Kopf da und starrte an die Decke.
»Aber wo ist die Verbindung?« fragte Symmes. »Wie habt Ihr gewußt, daß Legrave und de Craon beide Verschwörer waren?« Corbett wandte sich an Symmes. »Bei meiner Ankunft hier – Ihr erinnert Euch vielleicht nicht daran – erzählte ich Euch, daß ich eine ähnliche Drohung erhalten hätte. Ich sagte Euch jedoch nicht, wo. Später bemerkte Legrave dann beiläufig, als Ihr alle versammelt wart, daß ich bei der Überquerung der Ouse Bridge bedroht worden sei. Wie hätte er das wissen sollen, wenn nicht er und de Craon gemeinsame Sache gemacht hätten?« Corbett deutete auf Symmes. »Ihr habt Euren Bericht geschrieben, wie der Großmeister das angeordnet hatte, die ganze traurige Geschichte?«
Der Templer nickte.
»Und Ihr, Branquier?«
»Natürlich.«

»Und was ist mit Euch, Legrave?«

»Ich war zu beschäftigt«, antwortete dieser.

»Wie auch immer«, rief Symmes, »ich habe nicht gewußt, daß Ihr die Warnung auf der Ouse Bridge erhalten habt.« Er deutete auf Legrave. »Ich erinnere mich jedoch daran, daß Ihr das gesagt habt. Branquier hat einen Bericht über diese Versammlung bei den Akten.«

»Aber dieses Herrenhaus wurde doch bewacht«, wandte de Molay ein. »Wir konnten alle nicht nach York reiten, und Monsieur de Craon war auch nicht hier.«

»Wenn Ihr mit jemandem in Verbindung hättet treten wollen, der sich vor den Mauern dieses Anwesens aufhält, wäre das ein Problem?« fragte Corbett daraufhin. »Baddlesmere hat Framlingham auch ohne Probleme verlassen. Ich bin mir sicher, daß Monsieur de Craon Leute hat, die ihm zu Diensten stehen. Die beiden konnten also in Verbindung bleiben.« Corbett machte eine Pause und schaute nach draußen. Das Gewitter war vorüber, aber der Regen prasselte immer noch gegen die Fenster. »Schließlich«, sagte Corbett, »das muß ich gestehen, machte ich einen schrecklichen Fehler.« Er sah die anderen an der Tafel an. »Ich dachte, dieser Orden sei im Kern verrottet, aber wie in jeder Gemeinschaft besteht auch hier Gut und Böse nebeneinander. Großmeister, ich entschuldige mich, daß ich Euch und Euren Brüdern mit solchem Mißtrauen begegnet bin.« Corbett rieb sich die Augen. »Aber ich bin müde und mit meinem Herzen bereits weit weg. ›Veritas in ripa‹«, murmelte er, »Die Wahrheit findet sich am Ufer.« Er schaute Legrave an. »Das hatte Baddlesmere an die Wand seiner Zelle geritzt, ehe er sich aufhängte. Er hatte ebenfalls erraten, wer der Täter war. Vielleicht hatte er etwas beobachtet. Vielleicht war ihm aufgefallen, daß sich Legrave in unmittelbarer Nähe der Trinity Lane aufgehalten hatte, als der König angegriffen wurde. Mag sein, daß er sich auch nur daran erinnerte, was für ein ausgezeichneter Armbrustschütze

Legrave war. Ein geborener Krieger, er war weder Links- noch Rechtshänder, sondern vermochte mit beiden Händen gleich gut umzugehen. Er konnte mit Leichtigkeit eine Lanze von der einen in die andere Hand nehmen. Als ich mich an den Angreifer in der Bibliothek erinnerte und meinen Diener bat, die Szene nachzustellen, war ich erst ganz verwirrt. Da fiel mir ein, daß der Angreifer die Armbrust von einer Hand in die andere genommen hatte.« Corbett sah den Großmeister an. »Ihr wißt, was die Inschrift zu bedeuten hat?«
»Ja, ja«, antwortete de Molay. »Das lateinische Wort für Ufer ist ripa, aber auf französisch heißt Ufer la grève.«
Corbett schob seinen Stuhl zurück. »Baddlesmere wußte das«, erklärte er. »Aber er konnte einen alten Freund und Ordensbruder nicht verraten. Außerdem hatte er keinen Beweis. Er hinterließ nur eine kryptische Nachricht und hatte so ein reines Gewissen.« Corbett erhob sich. »Ich habe alles gesagt, Großmeister«, meinte er. »Es gibt keine geheime Verschwörung innerhalb des Templerordens, statt dessen hatten wir es, wie ich gezeigt habe, mit einem Versuch zu tun, den Orden in Mißkredit zu bringen, um Edward von England zu veranlassen, seinen Besitz zu beschlagnahmen und so Philipp von Frankreich mit gutem Beispiel voranzugehen. Legrave war das Werkzeug, die Köpfe waren jedoch«, Corbett blickte zu de Craon hinüber, »jene verderbten Seelen, die den französischen König beraten.«
»Ich habe ebenfalls alles gesagt.« De Craon sprang auf, und sein Stuhl fiel krachend um. »Großmeister, ich weigere mich, diesen Unsinn noch länger anzuhören. Ihr beleidigt mich und meinen Dienstherrn. Ich werde bei Edward von England und beim Temple in Paris in aller Form protestieren.«
»Ihr könnt gehen, wann immer es Euch beliebt«, meinte de Molay trocken. »Wie Ihr selbst wißt, seid Ihr ein Gesandter, der Immunität genießt. Ich habe keine Macht über Euch.«
De Craon öffnete den Mund, um etwas zu erwidern, überlegte

es sich dann aber anders und eilte, gefolgt von seinem Schreiber, aus dem Saal. Im Vorbeigehen schaute er Corbett an. Der Bevollmächtigte zuckte zusammen, so bösartig war dieser Blick. Er wartete, bis de Craon die Tür hinter sich zugeknallt hatte. Der französische Gesandte rief nach seinen Pferden und nach seinen anderen Dienern.

»Er wird nach York zurückkehren«, sagte Corbett, »sich ausgiebig bei seiner Hoheit beschweren und sich schon morgen um diese Zeit auf dem Weg zum nächsten Hafen befinden, um dort ein Schiff nach Frankreich zu besteigen. Ich muß jetzt ebenfalls aufbrechen.«

Er sah Legrave an, der mit gefalteten Händen dasaß, in die Dunkelheit starrte und die Lippen bewegte, ohne daß ein Laut zu hören gewesen wäre. Corbett hoffte immer noch, dem Mann die äußerste Demütigung ersparen zu können.

»Ihr könnt noch nicht aufbrechen«, erklärte de Molay.

»Aber Ihr habt uns Euer Wort gegeben.«

»Erst wenn wir mit dieser Angelegenheit fertig sind!« fauchte de Molay. »Und diese Angelegenheit ist noch nicht beendet!« Er drehte sich um. »Sir Ralph Legrave, Kommandant dieses Ordens, was habt Ihr auf diese Anschuldigungen zu erwidern?«

Symmes, der neben dem Angeklagten saß, ergriff seinen Arm und schüttelte ihn. Legrave zog den Arm weg. Es hatte den Anschein, als könnte er etwas in den Schatten auf der anderen Seite des Saales sehen.

»Was habt Ihr zu erwidern?« fragte de Molay noch einmal und noch unfreundlicher.

»Ich bin Templer«, antwortete Legrave.

»Ihr seid der fürchterlichsten Verbrechen angeklagt!« rief Branquier. »Euer Zimmer und Eure Habe werden durchsucht werden!«

Legrave riß sich aus seinen Träumereien. Er fuhr sich mit einem Finger über die Lippen. »Dann werdet Ihr die Beweise finden.«

Er kaute auf seiner Unterlippe und schaute kurz zu Corbett hinüber. »Sie finden sie vielleicht nicht, aber Ihr werdet sie entdecken. De Craon hat mich vor Euch gewarnt. Ich hätte Euch sofort töten sollen. Wir haben alle den Tod verdient.« Seine Stimme wurde lauter. »Wir sind Templer, Männer, die ihr Leben dem Kampf gegen die Ungläubigen geweiht haben. Schaut uns jetzt an: Bankiers, Kaufleute, Bauern. Männer, die wie Bruder Odo von vergangenen Heldentaten leben. Und dann Reverchien und sein idiotischer Bußgang jeden Morgen. Baddlesmere und seine Knaben. Symmes und sein Alkohol. Branquier und seine Bilanzbücher. Gibt es für irgendeinen von uns Hoffnung? Ich trat diesem Orden bei, weil ich eine hehre Vision hatte. Ich stellte mir so etwas wie die Suche nach dem Heiligen Gral vor.« Er deutete auf de Molay. »Philipp von Frankreich hat recht. Unser Orden ist am Ende. Warum klammern wir uns an unsere Reichtümer? Der Orden sollte aufgelöst, mit anderen vereinigt werden und eine neue Aufgabe erhalten.«

»Und Ihr?« fragte Corbett. Er war neugierig, was Philipp diesem Judas geboten hatte.

»Ich wäre Ritter und Bannerherr am französischen Hof geworden«, antwortete Legrave. »Ja, ich hätte Herrenhäuser und Güter besessen und meine Gelübde hinter mir gelassen. Ich hätte die Möglichkeit gehabt, Versäumtes nachzuholen, zu heiraten und einen Erben zu zeugen. Das zumindest hat einen Sinn. Früher oder später wird ein Sturm kommen und das Haus der Templer, das auf Sand gebaut ist, zerstören.«

Corbett ging zu ihm hinüber und beugte sich über ihn. »Ihr lügt«, sagte er ihm ins Gesicht. »Ihr seid ein Feigling. Ihr habt Euren Orden schon vor Jahren in Akka verraten.«

Legrave wich entsetzt zurück, als er den Zorn seiner Gefährten bemerkte.

»Was sagt Ihr?« stammelte er.

»Ich traf einen Ritter, einen Templer im Aussätzigen-Spital in

York. Er war jahrelang bei den Assassinen in Gefangenschaft gewesen. Er sagte mir nicht seinen Namen, nannte sich Unbekannter, aber er erzählte mir von einem englischen Templer, der von seinem Posten in Akka geflüchtet war und so seine Kameraden dem Untergang geweiht hatte.«
»Ich habe davon gerüchtweise gehört«, unterbrach ihn Branquier.
»Es war doch so, Ihr seid geflüchtet?« wollte Corbett wissen. »Und die Franzosen haben das spitzgekriegt. Sie haben Euch keine Reichtümer geboten, sondern gedroht, Euer Geheimnis zu verraten.«
Legrave nickte nur. Er bedeckte sein Gesicht mit den Händen und schluchzte leise.
»Ihr erklärt Euch für schuldig?« flüsterte Branquier.
»Ihm muß der Prozeß gemacht werden!« rief Symmes.
»Der Prozeß hat gerade stattgefunden«, sagte de Molay und erhob sich. »Er ist schuldig.«
Der Großmeister zog sein Schwert, das an einer Ecke seines Stuhles hing, aus der Scheide, ging um die Tafel herum und blieb vor Legrave stehen. Er hielt das Schwert, wie ein Priester ein Kruzifix hält.
»Ich, Jacques de Molay, Großmeister des Templerordens, spreche Euch, Sir Ralph Legrave, Ritter desselben Ordens, schuldig, mit Eurer Hand fürchterliche Verbrechen und schrecklichen Verrat begangen zu haben. Was habt Ihr darauf zu entgegnen?«
Legrave hob den Kopf.
»Das Urteil ist gesprochen«, sagte de Molay feierlich. »Die Hinrichtung findet morgen in der ersten Dämmerung statt.«
»Das könnt Ihr nicht tun!« rief Corbett.
»Geht in Eure Schreibstube!« entgegnete de Molay. »Seht bei den Urkunden und Rechtstiteln, bei den königlichen Privilegien und Erlaubnissen nach. Ich habe Gewalt über Leben und Tod, Gewalt über Galgen und Schinderkarren, Bruder.« De Molay

schaute Legrave an. »Ich frage Euch ein letztes Mal: Habt Ihr noch etwas zu sagen?«

»Nichts«, antwortete Legrave. »Außer, Großmeister ...« Er blickte sich im Saal um. »All das wird vergehen«, flüsterte er, »denn unser Anliegen ist gescheitert. Unsere Tage sind gezählt. Unser Haus wird fallen.«

De Molay trat zur Tür und führte einige Sergeanten herein. Symmes richtete Legrave auf. De Molay nahm ihm den Schwertgürtel ab, das Zeichen der Ritterschaft.

»Schickt einen Priester zu ihm«, sagte de Molay mit heiserer Stimme, »damit er seine Sünden beichten kann.«

Der Gefangene verließ den Saal, ohne sich noch einmal umzudrehen.

Corbett ging mit ausgestreckter Hand auf den Großmeister zu. »Adieu.«

De Molay packte sein Handgelenk und hielt es mit aller Kraft fest. Corbett fing an, sich Sorgen zu machen. Ranulf fluchte und trat einen Schritt vor.

»Ihr seid unser Gast«, erklärte de Molay. »Es ist zu spät zum Umkehren. Ihr seid der Bevollmächtigte des Königs. Ihr müßt sein Zeuge sein, daß Gerechtigkeit geübt wird.«

Corbetts Herz setzte einen Schlag aus. De Molay hatte recht. Bei Legraves Hinrichtung würde er als Zeuge benötigt werden. Der König würde das fordern.

»Habt Ihr Einwände?« fragte de Molay neugierig.

»Ich sehe niemanden gerne sterben«, sagte Corbett, »und am allerwenigsten auf dem Schafott.«

De Molay ließ seine Hand los. »Das wird schnell gehen«, murmelte er. »Und nun, Sir, bittet Eure Diener, den Raum zu verlassen, Branquier und ich haben Euch etwas zu sagen.«

»Herr«, protestierte Ranulf. »Es ist nicht so, als ...«

»Sir Hugh befindet sich in Sicherheit«, erklärte de Molay. »Es wird ihm nichts zustoßen. Ihr habt mein Wort.«

Corbett nickte. Ranulf und Maltote gingen zögernd zur Tür.
»Wartet auf Euren Herrn im Gästehaus«, rief ihnen der Großmeister hinterher. »Es dauert vielleicht etwas länger, aber Ihr habt nichts zu befürchten.«
Als sich die Tür hinter den beiden geschlossen hatte, gab de Molay Corbett ein Zeichen, wieder Platz zu nehmen. Er und Branquier setzten sich neben ihn.
»Ihr hattet einen Verdacht«, begann Corbett.
»Ich hatte Baddlesmeres Rätsel verstanden«, entgegnete de Molay. »Beim Großkapitel in Paris war Legrave oft abwesend. Ich fragte mich, ob er sich mit Agenten von Philipp traf. Der französische König hat uns immer als ein Ärgernis betrachtet. Wir erinnern ihn ständig daran, daß sein heiliggesprochener Großvater den heiligen Stätten in Outremer zu Hilfe geeilt ist. Aber da ist noch etwas. Vor etwa achtzehn Monaten bewarb sich Philipp, der gerade Witwer geworden war, darum, in den Orden aufgenommen zu werden.«
»Warum?« rief Corbett.
»Wegen der Ehre, vielleicht wegen unserer Schätze oder um das große Geheimnis zu erfahren.«
»Welches große Geheimnis?« wollte Corbett wissen.
De Molay sah Branquier über den Tisch hinweg an.
»Er hat es verdient, das Geheimnis zu erfahren«, meinte er mit leiser Stimme.
Branquier atmete lautstark aus.
»Ich habe so entschieden«, sagte de Molay. Er lockerte den Kragen seines Hemdes und holte ein goldenes Reliquiar hervor, das vorne von einem dicken Glas bedeckt wurde, und legte es auf den Tisch. Dann zog er die Kerze näher heran.
»Was ist das?« fragte Corbett.
»Ein Stück des wahrhaftigen Kreuzes«, antwortete de Molay. »Wir haben es an uns gebracht, ehe die Schlacht von Hattin verloren wurde. Legt Eure Hand darauf.«

Corbett gehorchte.

»Jetzt schwört«, drängte der Großmeister, »daß Ihr das, was Ihr heute nacht miterlebt, keiner Menschenseele erzählen werdet, nicht einmal andeutungsweise.«

»Ich schwöre!« sagte Corbett. Er wußte, daß ihm die Templer jetzt das große Geheimnis ihres Ordens anvertrauen würden, den Ursprung ihrer geheimen Rituale und den Grund für ihre Geheimkammern und für ihre Zeremonien, die um Mitternacht stattfanden.

»Ich schwöre«, wiederholte er, »beim Kreuz des Erlösers!«

De Molay hängte sich das Reliquiar wieder um den Hals und führte ihn zusammen mit Branquier ohne ein weiteres Wort aus dem Saal. Sie gingen die Treppe hinauf, einen Gang entlang und auf die Geheimkammer zu, die immer noch von einigen Soldaten streng bewacht wurde. De Molay schloß auf, ließ Corbett jedoch nicht eintreten. Statt dessen kam er mit dem Gobelin wieder zum Vorschein, der Corbett schon bei seinem ersten Besuch der Kammer aufgefallen war. Die Soldaten standen mit gesenkten Köpfen und ohne eine Miene zu verziehen da, während die drei eine weitere Treppe hinaufgingen und in eine geheime Kapelle traten. Der Großmeister hängte den Gobelin vor einen Altar, der auf einem kleinen Podium stand. Er entzündete einige an der Wand befestigte Fackeln und einige Kerzen auf dem Fußboden. Der dunkle Raum erstrahlte in gleißendem Licht. Daraufhin legte der Großmeister drei Kissen auf den Fußboden. Branquier gab Corbett ein Zeichen, neben ihm niederzuknien. De Molay machte sich am Holzrahmen des Gobelins zu schaffen. Er entfernte diesen zusammen mit dem gestickten Bild; darunter kam ein helles Leintuch zum Vorschein. Corbett fiel auf, daß es sehr alt sein mußte. Es war stark vergilbt, und nur schwache Umrisse waren darauf zu erkennen. Der Großmeister stellte zwei Kerzen daneben auf. Das Bild war jetzt besser zu sehen. Er kniete neben Corbett nieder.

»Schaut, Sir Hugh«, flüsterte de Molay, »schaut und betet an.«

Corbett blickte auf das Tuch. Um ihn herum verschwand alles, seine beiden Begleiter und das Zimmer. Seine Augen gewöhnten sich allmählich an die Lichtverhältnisse. Plötzlich setzte sein Herz einen Schlag aus, und ihm brach der Schweiß aus. Das Bild, wie mit einer rostroten Farbe gemalt, zeigte ein Haupt mit einer Dornenkrone. Die Augen waren geschlossen, die Haare blutverklebt. Sie umrahmten ein langes Gesicht. Die Nase war spitz, wie es die von Toten immer sind. Die vollen Lippen waren leicht geöffnet, die Wangen zeigten Spuren von Mißhandlungen. De Molay und Branquier beugten sich vor und berührten mit der Stirn den Boden. Dann sagten sie: »Wir beten Dich an, Christus, und wir loben Dich, denn durch Dein heiliges Kreuz hast Du die Welt erlöst.«

Corbett war sprachlos. Das Bild war lebensecht. Wenn er die Hand ausstreckte und es berührte, würde sich der Kopf vermutlich bewegen, er würde zum Leben erwachen, und die Augen würden sich öffnen.

»Ist das …?« flüsterte er und erinnerte sich an die Geschichten und Legenden über das heilige Tuch, das einmal das Gesicht des gekreuzigten Jesus bedeckt hatte. Einige behaupteten, es befände sich in Lucca in Italien, andere wiederum in Rom, Köln oder Jerusalem. De Molay erhob sich. Er ließ Corbett noch einen Augenblick in der Betrachtung verweilen, trat dann vor, löschte die Kerzen und bedeckte das geisterhafte Antlitz wieder mit dem Gobelin. Danach setzte er sich Corbett gegenüber auf das Podium.

»Es ist, was Ihr denkt«, murmelte er. »Das heilige Schweißtuch Christi, das Tuch, mit dem Josef aus Arimathäa und Nikodemus das Antlitz Christi im Grab bedeckt haben. Die Züge des Gesichts zeichneten sich darauf ab. Es war jahrhundertelang verschollen, aber als Konstantinopel 1204 geplündert wurde, kam es in den Besitz unseres Ordens.« Er machte eine Handbewegung. »Wir beten es mitten in der Nacht an. Hier liegt der Ursprung aller unzusammenhängenden Gerüchte, daß die Templer die Köpfe von Toten verehren und sich geheimen Ritualen hingeben. Das ist unser großes Geheimnis, und Philipp von Frankreich würde sich dieses Geheimnisses gerne bemächtigen.«

Corbett setzte sich auf den Boden und nickte. Jeder König würde ein Vermögen dafür geben. Besäße Philipp das Schweißtuch, dann würde dieses seiner Herrschaft zusätzliche Autorität verleihen. Wenn die Umstände das erforderten, könnte er es auch für eine unglaublich hohe Summe verkaufen. Die gesamte Christenheit würde sich darum reißen.

De Molay half Corbett wieder auf die Beine.

»Nur ausgewählten Mitgliedern des Ordens wird dieser Anblick zuteil«, erklärte er. »Geht jetzt, Sir Hugh, aber sagt nie ein Sterbenswort über das, was Ihr hier gesehen habt.«

Corbett stand auf und verließ die kleine geheimnisvolle Kapelle. Er kehrte in sein Zimmer im Gästehaus zurück. Maltote schlief bereits, aber Ranulf war begierig darauf, seinem Herrn zu gratulieren und ihn mit Fragen über das Vorgefallene zu löchern. Corbett schüttelte jedoch nur den Kopf, zog seine Stiefel aus, hüllte sich in seinen Mantel und legte sich aufs Bett.

»Ihr werdet mir das doch erzählen können, Herr«, winselte Ranulf.

Corbett richtete sich halb auf dem Ellbogen auf. »Ich sage nur eins, Ranulf, und du darfst mich dann nie wieder fragen. Ich bin ein sturer Mensch, das weißt du. In einer Nacht habe ich in das Herz des Bösen geblickt und den Ursprung des Lichtes geschaut. Ich habe einen Blick in den Himmel und in die Hölle geworfen.«

Ranulfs halblaute Verwünschungen in den Ohren, legte er sich wieder hin und hoffte, daß es bald hell werden würde, damit er seine Angelegenheiten zu einem Ende bringen konnte.

Am nächsten Morgen stand er zusammen mit Ranulf und Maltote vor dem Hauptportal des Herrenhauses. Die Sonne war noch nicht durch den dichten Nebel gedrungen, der über den Bäumen hing, sich unheimlich in der scharfen kalten Brise bewegte und dem Park ein geisterhaftes Aussehen verlieh. De Molay hatte angeordnet, daß sich die Templer vollzählig versammelten. Sie standen um ein roh zusammengezimmertes Podium herum, auf dem sich ein großer Klotz befand, an dem eine Doppelaxt lehnte. Auf der anderen Seite des Klotzes war ein mit Sägespänen und Stroh gefüllter Korb. Der Großmeister stand auf dem Podium und stimmte das De Profundis an, den Totenpsalm. Er wich einen Schritt zur Seite, als ein Soldat der Templer, der von Kopf bis Fuß in Schwarz gekleidet war und eine rote Maske vor dem Gesicht trug, das provisorische Schafott betrat. Eine einzelne Trommel ließ sich vernehmen, als Legrave in Stiefeln, Hosen und einem weißen Leinenhemd aus dem Hauptportal des Herrenhauses geführt wurde. Er war bleich, zeigte aber keine Furcht. Er kletterte auf das Blutgerüst und kniete vor dem Block nieder. De Molay ging zu ihm und flüsterte ihm etwas ins Ohr. Legrave lächelte schwach und schüttelte den Kopf. Er wollte nichts hören. De Molay trat zurück. Der Scharfrichter band Legrave die Hände auf dem Rücken zusammen und drückte seinen Kopf auf den Richtblock. Einige Sekunden saß der Gefangene bewegungslos mit vorgestrecktem Hals und geschlossenen Augen. Dann hob er unvermittelt den Kopf. Der Scharfrichter wollte ihn schon ein weiteres Mal nach unten drücken, da gab ihm de Molay ein Zeichen. Legrave schaute in den Himmel und dann auf diejenigen, die seiner Hinrichtung beiwohnen würden.

»Es wird ein schöner Tag«, sagte er mit deutlicher Stimme. »Die Sonne wird aufgehen, und der Nebel wird sich verflüchtigen.

Brüder ...« Jetzt zitterte seine Stimme ein wenig. »Brüder, denkt an mich.« Er legte den Kopf auf den Block, der Scharfrichter zog sein Hemd etwas zurück und trat dann einen halben Schritt beiseite. Die Trommel begann von neuem. Die große Axt beschrieb einen Kreis, es blitzte, als sie mit einem Pfeifen die Luft durchschnitt und schließlich Legraves Hals durchtrennte, Adern, Sehnen und alles. Corbett schloß die Augen, murmelte ein Gebet und begab sich nach draußen.

Im Söller des Palastes des Erzbischofs von York saßen Edward, König von England, und John de Warrenne, der Earl of Surrey, auf den gepolsterten Bänken der Fensternische und schauten auf den Hof. Dort sattelten und zäumten Corbett, Ranulf und Maltote ihre Pferde und die beiden Packpferde, die sie von den königlichen Ställen für ihre Reise nach Süden geliehen hatten. Corbett stieg auf und schaute durch das Tor. Er überlegte, wie lange sie wohl von York nach Leighton brauchen würden. Der König unterdrückte seinen Ärger, öffnete seine Hand und schaute auf das Geheimsiegel.
»Eure Hoheit, ich nehme meinen Abschied«, hatte Corbett erklärt. »Ich möchte um die Mittagszeit schon auf dem Heimweg sein. Ich habe mein Wort gehalten, jetzt ist es an Euch, dasselbe zu tun.«
Der König hatte getobt und gefleht, aber Corbett hatte sich nicht erweichen lassen.
»Euer König braucht Euch!« hatte Edward verärgert gerufen.
»Meine Frau und meine Familie brauchen mich ebenfalls«, hatte Corbett entgegnet, den Ring vom Finger gezogen und das Siegel aus seiner Brieftasche genommen. Er war auf den König zugegangen und hatte ihm beides in die Hand gedrückt.
»Edler Herr«, hatte der Bevollmächtigte geflüstert, »jeder gute Hund bekommt früher oder später seine Belohnung.«

»Aber warum gerade jetzt?« Edward hatte Corbett am Hemd gepackt.
»Ich ...« Corbett schaute weg. »Ich bin müde«, hatte er heiser geflüstert. »Ich bin das Blut und die Gewalt leid. Ich trete von meinem Amt zurück. Ich möchte auf meinem Gut leben und meine Schafe zählen. Ich möchte mit meiner Frau das Bett teilen und nicht mit einem Dolch unter dem Kopfkissen einschlafen, während Ranulf und Maltote die Tür bewachen.«
Corbett hatte die Finger des Königs um den Ring und das Siegel geschlossen und dann sein Gemach verlassen. Er hatte Ranulf und Maltote zugerufen, daß sie sofort aufbrechen würden.
De Warrenne folgte Edwards Blick mit den Augen. »Ich könnte ihn aufhalten«, erbot sich der Earl. »Gebt mir zehn gute Bogenschützen, und ich halte ihn am Stadttor auf und bringe ihn zurück.«
»Ach du meine Güte!« stöhnte Edward. Er beugte sich zu seinem Earl Marshall hinüber und kniff ihn in die Wange. »Ihr seid ein guter Mann, John. Wenn ich Euch befehlen würde, Euer Streitroß zu besteigen und den Mond anzugreifen, dann würdet Ihr auch das tun.« Er warf Corbetts Ring und Siegel zwischen die Binsen auf dem Fußboden, merkte sich jedoch genau die Stelle. »Ich habe Corbett zu dem gemacht, der er ist«, murmelte er heiser. »Er ist nicht unersetzbar.«
Schon als er diese Worte sprach, wußte er, daß das nicht die Wahrheit war. Der verschlossene und etwas schwermütige Corbett mit seinem trockenen Humor und seiner ausgeprägten Gerechtigkeitsliebe würde ihm fehlen. Corbett, sein Schutzengel und Schatten, wie er ihn einmal genannt hatte.
»Er hat wirklich gute Arbeit geleistet«, gab de Warrenne widerstrebend zu. »Glaubt Ihr Master Hubert Seagrave?«
Edward grinste. »Nein. Die Wahrheit hat viele Gesichter, aber ein reicher Weinhändler, der seine Sünden bekennt und eine

Truhe mit altem Gold vorbeibringt und um die Gnade des Königs bittet, weil er sich einen Augenblick lang selbst vergessen hat...« Edward zuckte mit den Schultern. Er deutete auf den Hof. »Corbett hat einen scharfen Verstand, aber sein Herz ist butterweich. Ich vermute, daß er da die Hand im Spiel hatte. Ich profitiere jedoch, die Schreiber des Schatzamtes tanzen vor Freude, und Seagrave wird sich nie mehr trauen, dem Hof den vollen Preis für ein Faß Wein zu berechnen.«

»Und de Craon?« fragte der Earl.

»Protestiert beleidigt«, antwortete Edward. »Er ist schockiert und erzürnt. Der verlogene Schurke protestiert etwas zu lautstark. Er wird zu meinem liebreizenden Amtsbruder in Frankreich zurückkehren. Was ich von dem dann zu hören bekomme! Du liebe Güte! Erst wütende Proteste und entrüstetes Leugnen, anschließend wird Philipp in sein Spinnennetz zurückkehren und neue Ränke schmieden. Er hat die Templer auf dem Korn, und er wird die Templer zur Strecke bringen, aber nicht solange ich auf dem Thron in Westminster sitze...« Edward stand auf und ging zum Tisch. »Legrave ist tot. De Molay wird nach Frankreich zurückkehren und sich Philipps Unschuldsbeteuerungen anhören. Er wird auch ihm eine Anleihe anbieten.« Edward setzte sich und blätterte in den Büchern, die Corbett aus der Bibliothek des Erzbischofs entliehen hatte. »Aber dieses Feuer...«

»Ihr hattet von ihm schon früher gehört, Eure Hoheit?«

»O ja«, log Edward und gab de Warrenne ein Zeichen, sich neben ihn zu setzen. Der König stützte sich mit den Ellbogen auf den Tisch und legte das Gesicht in die Hände. »Im Sommer«, sagte er nachdenklich, »werde ich wohl wieder in Schottland einfallen. Ich werde Wallace und seinen Rebellen eine Lektion erteilen, die sie nie vergessen werden.« Er tippte auf die Buchseiten. »Ich möchte, daß meine Waffenmeister das hier studieren. Was Corbett herausgefunden hat, werden sie wohl auch noch herausfinden können. Dieser Schurke Claverley soll ihnen helfen. Ich will ihm eine Belohnung geben. Laß uns, mein guter Earl, dieses Feuer nach Norden tragen. Die ganze Heide wird in Flammen stehen!«

Edward hörte ein Geräusch aus dem Hof. Er schob seinen Hocker zurück und ging zum Fenster. Sein Herz setzte einen Schlag aus – Corbett war verschwunden.

Nachbemerkung des Autors

Die Ereignisse dieses Romans spielen sich vor dem Hintergrund der historischen Wirklichkeit ab. Die Stadt York sah so aus, wie ich sie beschrieben habe. Gelegentlich habe ich ältere Schreibweisen bekannter Orte verwendet, beispielsweise Botham Bar für Bootham Bar.

Der erste Gebrauch des Schießpulvers in der englischen Kriegsführung wird von Henry W. Hine in seinem Buch *Gunpowder and Ammuniton, Their Origin and Progress*, verlegt von Longmans 1904, ausgezeichnet beschrieben. Hine liefert eine genaue Analyse dieses Pulvers und erwähnt sowohl das »Liber Ignium« als auch die geheimnisumwitterten Leistungen von Bacon, die in meinem Buch erwähnt werden. Auch heutige Gelehrte kämpfen mit den schwierigen Anagrammen und der kryptischen Sprache Bacons, in denen dieser seine Formel verbarg. Vielleicht war sich der gute Klosterbruder der Gefahren bewußt, die seine Entdeckung mit sich brachte. Griechisches Feuer wurde bereits von den Byzantinern gebraucht. Eine Zeitlang konnten sie dieses Geheimnis sogar bewahren. Die Bemerkungen Edwards I. am Ende des Buches haben vermutlich ebenfalls ihren Hintergrund in der Wirklichkeit. *Die Hitze der Hölle* spielt im Jahre 1303. Laut Hine (Seite 50) zog Edward 1304 nach Norden und setzte das Feuer zum erstenmal bei der Belagerung von Stirling Castle ein. Bis zum Jahre 1319 hatten die Schotten diesen Vorsprung aufgeholt. Ein flämischer Gelehrter hatte ihnen das Geheimnis verraten.

Der Fall von Akka und die Folgen, die dieser für den Templerorden hatte, sind ebenfalls gut dokumentiert. Philipp von Frankreich beabsichtigte, dem Orden beizutreten, wurde jedoch nicht aufgenommen. Es gibt Beweise dafür, daß er Edward gegen die Templer aufwiegeln wollte, damit aber keinen Erfolg hatte. Im Jahre 1307 jedoch, nach dem Tode Edwards I., begann Philipp seine berüchtigte Verfolgung des Templerordens. Er klagte ihn der Hexerei und der Sodomie an und unterstellte den Templern weiterhin, sie würden den vom Rumpf abgetrennten Kopf eines Toten verehren. Die englische Krone war eine der wenigen Institutionen, die den Orden verteidigte, und eine Zeitlang vermochte Edward II. der Forderung seines Schwiegervaters zu widerstehen, den Orden in England aufzulösen. Schließlich gelang es Philipp jedoch, sich durchzusetzen. Der Templerorden wurde aufgelöst, 1313 wurde sein Großmeister Jacques de Molay vor der Kathedrale von Notre Dame in Paris bei lebendigem Leib verbrannt. Ehe er starb, beteuerte de Molay noch einmal seine Unschuld. Er forderte Philipp dazu auf, ihn »innerhalb eines Jahres vor dem göttlichen Gericht zu treffen«, und verfluchte die französische Monarchie außerdem bis in ihr dreizehntes Glied. De Molays Fluch sollte sich erfüllen. Philipp IV. starb innerhalb eines Jahres, seine drei Söhne starben kinderlos, und sein Enkel Edward III. von England erhob Anspruch auf den französischen Thron und stürzte Europa damit in den Hundertjährigen Krieg. Ludwig XVI, die »dreizehnte Generation«, starb auf der Guillotine, das letzte Gefängnis seiner Familie war der Temple in Paris, das ehemalige Hauptquartier des Templerordens.

Die Templer besaßen das Grabtuch, das Tuch, mit dem das Gesicht Christi bedeckt gewesen war. Das war der Ursprung der Legende, sie würden einen abgetrennten Kopf verehren, und beeinflußte die gesamte Kunst der Templer, wie neuere Ausgrabungen in Templecombe in Dorset beweisen.

Paul Harding – 14. September 1994

Tessa Korber
Die Karawanenkönigin

Ein opulenter Roman voller Exotik und Erotik

Syrien im 3. Jahrhundert. Nach dem Mord an ihrem Ehemann übernimmt die schöne Zenobia die Herrschaft über die Wüstenstadt Palmyra. Geschickt setzt sie sich gegen Verschwörungen durch, erobert Ägypten und ebenso die Männer. Gefährlich wird es erst, als sie sich mit dem römischen Kaiser anlegt ...

»Was für ein Leben, was für ein Tempo! Eine grandiose Leistung.«

Rheinischer Merkur

Pamela Kaufman
Die Herzogin

Sie war schön und hochgebildet. Sie wurde Königin von Frankreich und England und fürchtete weder Kaiser noch Papst. Einer ihrer Söhne war Richard Löwenherz. Eleonore von Aquitanien lebte im 12. Jahrhundert, ist aber bis heute eine der interessantesten Frauengestalten der westlichen Welt. Pamela Kaufman läßt sie in diesem außergewöhnlich spannenden historischen Roman wieder lebendig werden.

»Ein Lesevergnügen von der ersten bis zur letzten Seite...«

Bücherschau

Paul Harding
Teufelsjagd

Ein Mörder treibt im Sommer des Jahres 1303 in der königlichen Universitätsstadt Oxford sein Unwesen. Unruhe und Angst breiten sich aus. Ein Fall für Sir Hugh Corbett, den ehemaligen Chefsekretär im Dienste des Königs Edward I. Doch ehe sich Sir Hugh versieht, ist auch sein Leben in Gefahr.

CHRISTIAN JACQ
Nofretete's Tochter

»... Jacqs unterhaltsamster Roman.«
Berliner Morgenpost

Die Herrschaft des Echnaton und der Nofretete geht ihrem Ende entgegen, und Ägypten steht am Rande des Zusammenbruchs: Anchesa, die dritte Tochter des Herrscherpaares, träumt vom Ruhm und scheint doch niemals eine Chance zu haben, den Thron zu besteigen.

»Jacq erzählt mit romantischer Fabulierlust...«

Hannoversche Allgemeine

Knaur